Ein literarisches Abenteuer, ein großer Gesang, ein feministisches Manifest: Feridun Zaimoglus neuer Roman ist ein unverfrorenes Bekenntnis zur Notwendigkeit einer neuen Menschheitserzählung – aus der Sicht der Frau. Dieses Buch lässt zehn außerordentliche Frauen zur Sprache kommen vom Zeitalter der Heroen bis in die Gegenwart. Es sind Menschen, deren Sicht auf die Dinge nicht überliefert wurde. Weil Männer geboten, die Wahrheit tilgten und die Lüge zur Sage verdichteten. Diesen Frauen war es vorbehalten, schweigend unsichtbar zu bleiben oder dekorativ im Bild zu stehen. Doch nun sprechen sie – klar und laut, wie eine abgefeuerte Kugel …

»Feridun Zaimoglu schreibt keine Schonkost für sensible Leser, dafür eine mitreißend sprachgewaltige Hommage an starke Frauen.«

Knut Cordsen, BR Diwan

Feridun Zaimoglu, geboren 1964 im anatolischen Bolu, lebt seit etwa 45 Jahren in Deutschland. Er studierte Kunst und Humanmedizin in Kiel, wo er seither als Schriftsteller, Drehbuchautor, Dramatiker und Journalist arbeitet. Er schreibt für »Die Welt«, die »Frankfurter Rundschau«, »Die Zeit« und die »Frankfurter Allgemeine Zeitung«. 2002 wurde er mit dem Hebbel-Preis ausgezeichnet, 2003 dem Preis der Jury beim Bachmann-Wettbewerb in Klagenfurt und 2004 dem Adelbert-von-Chamisso-Preis. Im Jahr 2005 war er Stipendiat der Villa Massimo in Rom. Im selben Jahr erhielt er den Hugo-Ball-Preis und 2007 den Grimmelshausen-Preis, 2008 den Corine-Preis, 2010 den Jakob-Wassermann-Literaturpreis und 2012 den Preis der Literaturhäuser. Im Jahr 2015 war er Stadtschreiber von Mainz, und 2016 wurde ihm der Berliner Literaturpreis zugesprochen. Er veröffentlichte unter anderem die Erzählungen »Zwölf Gramm Glück« und das Buch »Rom intensiv«, die Romane »German Amok«, »Leyla«, »Liebesbrand«, »Hinterland«, »Isabel«, »Siebentürmeviertel« und zuletzt »Die Geschichte der Frau«.

Weitere Informationen finden Sie unter www.fischerverlage.de

Feridun Zaimoglu

DIE GESCHICHTE DER FRAU

Roman

FISCHER Taschenbuch

Aus Verantwortung für die Umwelt hat sich der
S. Fischer Verlag zu einer nachhaltigen Buchproduktion
verpflichtet. Der bewusste Umgang mit unseren Ressourcen,
der Schutz unseres Klimas und der Natur gehören
zu unseren obersten Unternehmenszielen.

Gemeinsam mit unseren Partnern und Lieferanten
setzen wir uns für eine klimaneutrale Buchproduktion ein,
die den Erwerb von Klimazertifikaten zur Kompensation
des CO_2-Ausstoßes einschließt.

Weitere Informationen finden Sie unter:
www.klimaneutralerverlag.de

MIX
Papier aus verantwortungsvollen Quellen
FSC
www.fsc.org
FSC® C014496

Erschienen bei FISCHER Taschenbuch
Frankfurt am Main, September 2020

Lizenzausgabe mit freundlicher Genehmigung
des Verlages Kiepenheuer & Witsch, Köln

Druck und Bindung: GGP Media GmbH, Pößneck
Printed in Germany
ISBN 978-3-596-70015-8

Nach ihren Siegen lernten die Männer,
Ruhmestaten zu erdichten.
Sie schrieben, sich erlügend, ihre Sagen.
Dies ist der Große Gesang, der ihre Lügen tilgt.
Es spricht die Frau.
Es beginnt.

TOCHTER DES PRIESTERS JETRO

SCHWARZHÄUTIGE FRAU DES MOSES

MUTTER ZWEIER SÖHNE

1490 V. CHR.

IM ZELTLAGER

DER ISRAELITEN

ZIPPORA

MOSES, VON GOTT GESANDT, ist schön im Schmerz. Es fällt Mondlicht auf seine Hände. Durch die Ritzen und Löcher des Zeltes sehe ich ihn: meinen Mann. Er kennt Worte aus Luft und Wind. Er kann die schnellenden Schatten, die uns beißen, vertreiben.

Er richtet im Namen des Richters in der Höhe. Weiß er, dass ich ihn anschaue aus dem Dunkeln heraus, dass ich in die Dunkelheit blinzele? Er weiß es, denn er blickt zurück, als könnte er mich sehen, ich höre ihn sagen: »Was tust du in deiner Heimlichkeit?« Jäh stürmt er in das Zelt, zehn Schritte ist er gegangen wie mit einem einzigen Schritt. Ich habe den Sud gerührt im Tontopf. Ich bitte ihn, sich vor mich hinzusetzen. Er setzt sich auf den Boden. Ich bitte ihn, Stock und Peitsche zur Seite zu legen. Er entwaffnet sich. Ich löse die Knoten seines atemnassen Gesichtsschurzes. Die schwarze Binde fällt ihm in den Schoß. Der Gott seiner Väter hat sich ihm gezeigt als brennende knisternde Disteln, als flammender flackernder Busch. Es leuchten die Wunden, die nie verheilen. Ich tunke die Fingerkuppen in die erkaltende Paste und streiche sie auf die gerissene Haut. Es fährt mir ein Feuer in den Leib, ich halte es aus, es erlischt. Mann meiner Liebe, wie bist du gezeichnet. Mann meiner Liebe, was entquillt deinem Angesicht, das du verhüllen musst, damit die Männer deines Stammes nicht vor Schmerz aufschreien.

»Gott raste durch dich in Seinem Feuer«, sage ich, »in Seiner Stimme ist Gewalt.« Moses aber schweigt, während meine Finger Vogelflügel nachahmen. Moses, nah bei mir, fern gerückt durch seine Erwählung, knüllt das schwarze Tuch, ich küsse seine verbrannten Schläfen. Dann reibe ich mir mit Sand die Hände sauber. Er will sich erheben. Ich sage: »Bleib eine Weile.« Er will den Gesichtsschurz knoten. Ich sage: »Sprich von dem, was sich tat, als wir nach Ägypten zogen, du, deine Söhne, und ich, Jetros Tochter aus Midian.«

»Du hast es selbst gesehen«, sagt er.

Ich sage: »Was hat sich vom Himmel losgerissen? Bin ich ein krummes Holz, dass du nicht sprichst?«

»Du bist mein Weib.«

»Dann sprich davon.«

»Du musst beginnen«, sagt er, »ich folge dir.«

»Der Herr rief dich«, sage ich, »wir waren auf dem Weg. Da geschah es, Braus und Erdstoß, ich hörte das Kreischen. Wer wollte dich zerfetzen, wenn nicht ein Feind? Es war ein herabstürzender Fluch. Eine Brut fiel dich an. Aber der Schrei, ich wurde für Tage taub.«

Moses, Mann meiner Liebe, streicht den Schurz glatt. Er will nicht, dass ich ihn an diese Nacht erinnere. Als der Geist kam, ihn zu verschlingen, als er mit ihm rang, sein Haupt im Schlund des üblen Gebieters, wollt ich mit brennendem Scheit dies Tier verscheuchen. Es sollte nicht kommen über meine Kinder, die ich hinter meinen Rücken stieß. Moses, von Gott gerufen, fuhr Stück für Stück in dies Nichts, das kreischte.

Ich sagte in dieser Nacht zu meinem Kind Gerschom: »Ich werde dich zum Bluten bringen, rette deinen Vater!«

Ich löste seinen Lendenschurz, ich zog die Haut über die Spitze seiner Scham und schnitt sie ab mit dem Feuerstein. Sein Blut strich ich auf Moses Füße und rief: »Du bist mir ein Blutbräutigam geworden!« Da wurden Nacht und Himmel ruhig. Beschnitten habe ich meinen Sohn, und dies Zeichen des Bundes war eine mächtige Kraft.

»Ich wäre sonst erstickt«, sagt Moses. Sein Blick ist finster.

»Wer hat dich angefallen?«

»Der Verkommene. Der Feind Evas, der Feind Adams.«

»Ist er auch jetzt hier?«, sage ich.

»Er wacht am Rand. Der Herr in unserer Mitte hält ihn ab davon einzubrechen.«

Die Zauberer, versteckt in den Zelten, rufen ihn an. Der Ruhm seiner Widerwärtigkeit blendet sie, die sie vor Stolz schwellen. Es heißt, dass sie auf ihre Stunde warten. Es heißt, dass sie auf einen dritten Aufstieg Moses zum Berge hoffen. Dann werden sie rufen: »Die Wahrheit unseres Wüstenführers ist nichts als ein großer Schwindel.« Sie werden rufen: »Wir sind an vielen großen Felsen vorbeigezogen, Moses blieb unbekümmert. Wir brauchen keine dritte Tafel der Gebote. Er hat es vollendet. Er hat Seine Worte leserlich gemacht.«

Jetzt sagt der Mann meiner Liebe: »Hüte dich vor ihnen. Sie sind im Stand der Rohheit, sie sind im Teufelsreich.« Sein Gesicht ist eine einzige Wunde, und verwundet ist er an seinen Lippen. Er knotet den Schurz, reißt abstehende Fäden von den Augenlöchern, dass er besser sehen kann.

»Geh zu Jetro, und gib ihm das«, sagt er. Er reicht mir einen Streifen Tierbalg.

»Willst du ihn verbannen?«

»Ich räche mich nicht.«

»Wird er zornig werden, wenn er deine Worte liest?«, sage ich.

»Es liegt an ihm«, sagt er und wendet sich ab. Er schaut auf unsere schlafenden Söhne, die unter Fellen liegen. Ich lege das Tuch auf mein Haupt und trete hinaus.

Tausend Zelte. Tausende Seelen. Alle Feuer sind erloschen. Die jungen kühnen Männer, leicht beflaumt, stehen Wache, von einer unbändigen Wut angespornt. Die Ferne schimmert. Es ist das Stiftszelt, Gottes Wohnung. Dort ist die unberührbare Stelle. In Silberfarben spricht der Herr. Er spricht in rotem Lehm, in Gesängen tobender Seelen. Er spricht in den Zungen der Schakale und in der Stummheit unserer Kehlen. Seine Geräusche sind hörbar für den, der dem sanften Zwang nicht widersteht. Im senkrechten Rauch ist sein Geist. Wer hineintritt, vergeht. Dies lehrte mich der verbrannte Moses, Mann meiner Liebe, in den ersten Tagen, die ich im Lager verbrachte. Und er lehrte mich: Die Männer, sie sind werdende Krieger, bald bereit zur Schlacht. Die Frauen, sie müssen im dichten Dunkel, wenn die Angst ihre Brust zuschnürt, Mut zusprechen ihren Söhnen.

Bin ich das Ebenbild meines Mannes? Das frage ich mich und wage aber selten den Widerspruch.

Vater Jetros Geflüster in seinem Zelt. Er bricht jäh ab und bittet mich einzutreten. Hat er mich gerochen? Hat er nur geraten? Mein Vater, der brechende keuchende Patriarch. Höchster Priester unseres Stammes ist er gewesen. Unter den Israeliten ist er der unbenannte Mann. Sein golddurchwirktes Gewand hat er dem Gesandten Gottes gestiftet, dass er es JHWH als Geschenk darbringe. Es wurde vom Herrn nicht angenommen, es war unheiliger Stoff. Jetzt nagt er an einer alten Wurzel, die wenigen Zähne schaben und raspeln. Ich lege das Tuch auf die Schultern, ich reiche ihm den Streifen Balg. Er liest ein Mal und ein zweites Mal, das ist seine Gewohnheit. Er sagt: »Ich soll erhören seinen Ruf und zerschmeißen meine Götter, die er Götzenbilder nennt. Sonst bin ich des Todes. Sonst bin ich in beiden Welten gleich schlecht.«

Der Herr hat den Mann meiner Liebe geschlagen mit einem rasenden Herzen. Der Palast in Midian, in dem Vater Jetro das Knie beugte vor Steinriesen, wird ein Schutthügel sein: Das hat Moses seinem alten Stamm versprochen. Die Herrscher aller Reiche, sie sind Könige der Toten. Wo wir lagern, ist das Gebiet des Herrn. Was wir tun, ist von Gott gewollt oder ungewollt. Was wir sind auf dem trockenen Boden, das bestimmt der Eine. Ich frage Vater, was ihn daran hindert, ein reiner Geist zu werden.

»Nichts«, sagt er, »mich saugt der an, den die Hebräer den Verkommenen nennen. Du hast von ihm gehört?«

»Ja, Vater.«

»Sind wir ein verstoßenes Geschlecht? Habe ich keinen frommen Mund? Die alten Bräuche hat gemordet dein Mann Moses. Die mit den Lippen Zauber trieben, sind erschlagen. Was möchte er? Mich, mich will er brechen.«

»Fällt es dir derart schwer?«, sage ich. »Du fürchtest doch nicht den Schmerz?«

Er könnte das Stück Haut hergeben. Er hat gelobt, dass kein Schermesser auf sein Haupt komme, so lange, bis das Heil ihn streift. Was müsste geschehen? Im wiederkehrenden Traum wird er zermalmt unter einem Berg, den der Höchste über ihn schweben lässt. Er saust herab, weil er schweigt. Wie deutet er den Traum? Dass er als Feind des alten Stammes gezeichnet wird, daran glaubt er fest. Eine Scherbe reißt in meiner Brust, ein jäher Schnitt, doch ich halte es aus. Ich halte es aus. Mein Vater hat sich gehärtet, wir alle sind ausgetrocknet. Ich warte so lange, bis ich in sein Schweigen hineinrage. Der Gesandte braucht keine Antwort. Es wird ihm eingegeben werden, ob Vater Jetro dem in Rauch gehüllten Einen folgen wird.

♀

Mirjam steht an der Wasserstelle, das ist ein Riss im scharfen Felsen, er entstand durch einen Schlag mit dem Stock, den Moses vollführte. Doch der alte Stamm staunt nicht über die Wunder, er murrt über die Gebote. Die Nacht ist vergangen, das Licht dringt nicht durch. Moses Schwester Mirjam gilt als Prophetin, die Stätte der Offenbarung aber, das Zeltheiligtum, darf sie nicht betreten. Hier steht sie, gekleidet wie eine Wüstenschabe, in zerrissenen Flickenlumpen. Hier steht sie und schöpft Wasser wie eine niedere Magd. Gelegentlich schaut sie voller Furcht über die Schulter: Abseits vom Lager liegen in Sandkuhlen, in tiefen Löchern, die Männer, die Gräuel begangen haben. Sie wurden aufsässig. Es gibt Gerüchte, denen ich keinen Glauben schenke. Der Pharao ist in der Sturzwelle ertrunken. Sein verfluchter Leib verrottet auf dem Grund des Wassers. Er kann nicht geborgen und mit Duftsalben eingerieben werden, damit er ins Unterreich eingeht. Die Aufrührer hatten gerufen: »Der gerechte Gott schließt den nicht aus, der uns mit gutem Brot und gutem Fleisch belohnte. Du, Moses, bist ein grausamer Feindverschlinger!« Für diesen Frevel büßten sie mit dem Leben.

Ich höre und bleibe an Moses Seite, denn er liebt nicht das Gemetzel. Er wird in beiden Welten gepriesen. Wer den goldenen Thron besteigt als Menschengott, wird gefressen von den Fischen auf Befehl des Herrn. Wir halten uns fern von den Leichengruben. Die Toten sind zugeschüttet, es gibt keinen König, der sie beweint. Ich spüre Mirjams Furcht, die sie mit einem falschen Lachen überspielt. Ich begegne ihr ehrfurchtsvoll, spreche sie in freundlichen Worten an.

Sie zeigt auf den Himmel: Das Lager ist verborgen in einer großen Dunstwolke, unauffindbar das Volk Gottes, unauffindbar für die Krieger anderer Stämme. Wir sind verloren gegangen für alle, die uns aufspüren wollen. Mirjam sagt: »Deine Söhne, sind sie verkümmert?«

»Nein«, sage ich schroff, »beschwöre keine Krankheit.«

»Haben sie viel Wind verschluckt? Sie zerbeißen die Worte in halbe Laute.«

»Beide sind beschnitten«, sage ich, »beide sind mit Moses Mannestum beschenkt.«

»Sie gleichen dem Vater«, flüstert sie.

»Du bist mir nicht gut, Mirjam Prophetin.«

»Kennst du Balaam?«, sagt sie.

Frauen drängen zur Quelle. Wir weichen zur Seite. Sie schöpfen das Wasser, sie füllen die Schläuche, sie schweigen und lauschen.

»Ein böser Magier«, sage ich, »er stand im Dienste des Pharao.« Er diente ihm, besser als die anderen Giftmischer an seinem Hofe. Als Kind hat Moses nach der Krone des Pharao gegriffen. Da sprach Balaam: Ich weissagte, dass der König den Thronräuber aufzieht. Tötet diesen Jungen! Der Pharao beriet sich mit den anderen Magiern. Er ließ vor seinem Ziehsohn ein Kohlebecken aufstellen. Zwischen den glühenden Kohlen lag ein Stück Gold. Sie schauten auf das Kind, das geprüft wurde. Es steckte die Kohle in den Mund. Seither ist es zungenlahm.

»Es ging nicht auf meine Söhne über«, sage ich, »sie wuchsen in Midian auf. Sie müssen hier in einer anderen Zunge sprechen.«

»Die Zunge Gottes«, ruft sie, »tadelst du uns, weil wir uns von dir und deinesgleichen unterscheiden? Sind deine Söhne nach dir geraten?«

»Sie eint das Blut, im Blut ist die Seele«, sage ich.

»Ich könnte bekennen: Menschenscheu bin ich geworden, weil du und deinesgleichen mich die Geschwärzte schimpfst. Ihr erzählt: ›Die Nacht klaffte auf und gebar Moses zwei Söhne, und also sind sie Nachtgeburten.‹ Also sind sie Nachtpfützen. Ihr erzählt: ›Moses Brut keimte im Zwielicht, diese Kinder sind zwei dunkle Flecken …‹«

In mir funkelt ein finsterer Kern, der aus Groll besteht. Welche Mutter könnte ruhig bleiben, wenn man ihre Kinder halb geglückte Kinder nennt? Meine Söhne wissen von der großen Verleumdung. Seit sie und ich im Lager leben, behauptet das Volk, sei Gott dem alten Stamm nicht mehr gefällig. Die Wolke verdunste allmählich zu einem dünnen Schleier, der die Befleckten bedecke.

Zum Zeichen, dass sie mich verachtet, reibt die Frau hinter Mirjam die Handgelenke aneinander. Ich wiederhole: »Uns, Prophetin, eint das Blut, im Blut ist unsere Seele.«

»Wir sind Niemande, wir sind entbehrlich«, sagt sie.

»Wessen Weib bin ich, Mirjam? Wessen Söhne sind meine Söhne?«

»Rührt er dich denn noch an? Ich glaube nicht. Du bist die Tochter eines Priesters, der dem fauchenden Abgott diente.«

Die Hohnworte der beistehenden Frauen prasseln auf mich nieder: hündisch lauernde Buhle, kalte Männin, Weib, das Gott umwerfen will, Weib, das den Wüstenführer verlockt.

Ich fülle die Krüge. Böse Flüche füllen ihnen die Kehlen. Mein Name erlischt, aus diesem Leben werde ich genommen. Ich tauche die Hand in den Krug und wische das Wasser über die Stirn. Es fährt jäh ein Wind hinein in die Weiberschar, die Frauen zerstreuen sich zischend.

Aaron, Moses Bruder, kommt aus dem Haus der Heiligkeit, sein Antlitz blank und ohne Wunden, mächtiger heftiger Mann, im Licht des Herrn, ein rächender Eifer ist ihm eingegeben. Er trägt die Spur der schimmernden Ferne, des Lichts, das in der Ferne glüht. Ich danke ihm, der die Spötter gebrochen hat.

»Moses ist sanftmütig«, sagt er, »der Stock in seiner Hand müsste auf Köpfe sausen. Er wurde nicht durch das Los gewählt. Gottes Geist hat ihn begabt. Jetzt bedrängen sie ihn und dich.«

»Meines Mannes Schwester, Mirjam«, sage ich, »sie sieht an mir einen großen Makel.«

»Habt ihr euch gezankt?«

»Ich hüte mich vor Zank.«

»In ihr ist keine Bosheit«, sagt er.

»Gern folge ich der Prophetin«, sage ich, »wenn sie es zulässt.«

»Früher, in Ägypten, suchten wir in den Gebüschen nach Schlangen. Ein Biss brachte den Tod. Wonach suchen wir, da wir rasten und weiterziehen, rasten und aufbrechen? Alles, was da draußen ist, hungert nach uns.«

»Ich verstehe dich nicht, Aaron Prophet.«

»Viele von uns sind kalte Tiere«, sagt er, »narbennasig, zu Tode erschrocken.«

»Aber nicht Mirjam«, sage ich.

»Hunger und Kummer zehren an ihr.«

»Ja, Prophet.«

»Was willst du mich noch fragen?«

»Wie lange noch dauert die Wanderung?«, sage ich.

»Priestertochter aus Midian«, sagt er laut, »bist du aus sündigem Samen gemacht? Bist du dürr im Geist? Mach dich nicht schuldig!«

Die vollen Krüge werden schwer und schwerer in meinen Händen. Der Angstschweiß rinnt mir in die Augen. Ich erinnere mich an meine Unterweisung am ersten Tage meines Lebens im Lager: »Es ist gut, bezwungen zu werden, von dem Einen und Seinem Gesetz. Lerne, dass es richtig ist: Das Weib Zippora aus Midian wird zernichtet, ihr Wohlstand ist zerronnen. Zippora, Weib des Moses, von Gott geführt, ist neu entstanden. Diese Worte sollen eingehen in deinen Leib.« Ich erinnere mich und beuge das Haupt. Aaron verbietet mir, das zu verkehren, was Schrift geworden sei. Will ich mich um meinen Gewinn bringen?

»Nein, Prophet«, sage ich.

»Du weißt um die Toten in dieser trockenen Erde?«, sagt er.

»Sie kümmern mich nicht.«

»Ein geschändetes Grab war eines jeden Mund. Jetzt liegen sie in ihren Gräbern. Der Verkommene beleckt ihre offenen Augen. Wir Lebenden fragen uns, wenn wir eine Aasfliege sehen: Worauf hat sie sich gesetzt? Auf Unreinlichkeit. Auf das feuchte Lendentuch. In der Sünde stirbt der Leib. In der Sünde sind sie zweifach gestorben. Die große Fliege beleckt diese Toten, und sie können die Augen nicht schließen. Vergiss das nicht, Weib meines Bruders.«

Kraft ist mir gegeben, Kraft ist mir genommen, ich werde bestehen für Gerschom, den ich auf dem Weg beschnitt, und für Elieser, den Aaron weihte in der Wüste. Ich weiche vor ihm, dem Wortlehrer des Volkes. Die Schnurzipfel seines Haupttuchs verfangen sich an seinem Bart, er wischt die Schnüre aus dem Gesicht. Er lässt mich gehen ohne eine weitere Mahnung.

Zwischen den Zelten sitzen die Frauen und Mädchen an den kleinen Feuern, sie rühren in Töpfen. Mit dem Wasser in den Schläuchen könnte ich zehn Feuer löschen. Ich könnte rufen: »Seht her, womit der Herr mich begabte! Ich beschere euch kalte Pfannen und kalte Räucherpfännchen! Mit der Nadel meiner Silberspange könnte ich Löcher reißen in eure Röcke, die ihr nicht nähen könntet. Denn es wären midianitisches Silber und midianitische Worte, die den Stoff zerfetzten!«

Mir ist verboten, die Sprache meiner Mädchenkindheit zu sprechen. Elieser, meine Zweitgeburt, lernte einen Zauberspruch bei Vater Jetro. Zur Strafe musste er fasten im südlichsten Zelt, ausgesetzt dem Geflüster der Schlangen und der Hyänen. Sie folgten uns. Sie wollten Elieser aufreißen und sich einrollen auf seiner Leber. Er schweigt seit seiner Rückkehr, die Tage im Bußzelt haben ihn gehärtet. Der Geschmack am Gesetz kommt über den Gebrauch, lehrt Moses. Hat mein schweigender Sohn Geschmack an den Geboten gefunden?

Es ist heiß im Zelt. Ich fülle eine Schüssel mit klarem kaltem Wasser, Elieser trinkt und trinkt. Ich erzähle ihm, der am Boden kauert, von den Frauen mit Wohlgeruch. Von ihren Haarspitzen tropft Duftharz und hinterlässt eine Spur aus kleinen Sandklumpen, das ist das Alphabet der Ameisen und Käfer, das ist der herabgeperlte Schweiß der Luftgeister, die uns Kühle an die Schläfen fächeln. Von der Tochter des Mannes, der in Ägypten behänd Ziegel stach und dessen zwei Finger der Aufseher aus Neid brach.

»Seine Tochter will jedes Mal, wenn sie mich sieht, dich an meiner Seite entdecken. Sie könnte vor Gram bald erblinden. Sie könnte glauben, dass du dich im tiefen Schlaf verloren hast! Du hast mit ihr gesprochen, das war, als der alte Stamm das zwölfte Mal das Lager aufschlug. Sie vermisst dich. Sie kämmt sich für dich. Sie kleidet sich mit dem besten Rock, den sie besitzt, für dich. Schmeckt dir das Gesetz bitter am Gaumen?«

»Nein«, sagt er leise.

»Endlich brichst du dein Schweigen. Was ist mit dir, Elieser?«

»Am zweiten Tag im Bußzelt … da kam einer der Neffen von Korach, verflucht sei sein Name.«

»War es Bechorat?«, sage ich.

»Ja. Es war Bechorat«, sagt er, »bewehrt mit einer Riemenpeitsche und mit einem Messer. Er sprach: ›Ich bin hier, um mich zu rächen an dem Tod meines Onkels. Ich habe die Klinge am Wetzstein geschärft.‹«

»Du hast mit ihm gerungen und ihn besiegt.«

»Nein, Mutter«, sagt er, »ich habe ihm die Kehle dargeboten wie das Brandopfer.«

»Er ließ dich am Leben. Warum? Wegen deiner Sanftmut?«

»›Ägypten hat sich geleert, wir sind ausgezogen, seitdem brennen wir und brennen.‹ Das waren Bechorats Worte.«

»Er wiegelt dich auf«, sage ich, »er macht dich zum Messer wider deinen Vater.«

»Mein Vater zieht an tausend Kälberstricken«, sagt er, »und tausend Kälber folgen dem Propheten.«

Korach, der schlafende Götze. Der reichste Mann der Hebräer, sein Besitz wurde beim Auszug auf die Rücken von siebzig Maultieren geschnallt. Sein Gold, sein Geld, seine Söhne, sie haben ihn nicht vor dem Tod bewahren können. Zu seinen Lebzeiten sprach man: »Korach, der hohe Herr, wollte die ganze Welt fressen. Er hat ein großes Maul, es wird ihm gelingen. Gebt ihm zehn Jahre, und er stößt den Pharao vom Thron und herrscht fortan über Ägypten.« Nun verwest er in seiner tiefen Sandhöhle. Und er flüstert den jungen Kriegern seiner Sippe ein, dass Moses mit Feuergewalt zu bändigen sei. Der tote König Korach schickt seine Meuchler aus.

Ich sage: »Warum hat er dich nicht erstochen?«

»Ich weiß es nicht«, sagt Elieser.

»Wirst du dich mit ihm treffen?«

»Hunde kleiden sich in Schäbigkeit«, ruft er, »ich bin kein Verräter.«

»Prophetensohn Elieser, das bist du, nichts anderes bist du«, sage ich, »dein Onkel Aaron ist Prophet, deine Tante Mirjam ist Prophetin. Diese Macht bekämpfen sie.«

»Wer?«

»Korachs Sippe. Der Verkommene. Jene, denen ich missfalle, weil ich schwarzhäutig bin.«

Die Leichen sind Behältnisse, sie werden gefüllt mit bösen Wünschen. In höhlendunklen Zelten halten allnächtlich die Magier Wache. Sie sprechen: »Verehre ich das Gefäß? Oder verehre ich die Kraft, die dies Gefäß füllt?« Sie machen aus den Leichen Helden. Sie machen aus den Gräben und Gräbern Tempel. Sie träumen von Blut und Ruhm. Der Traum ist der Boden, dem Bitternis entwächst. Der Traum ist das böse Ägypten, das die Alten und ihre junge Brut lockt und lockt. Sie brechen das Brot in kleine Happen, werfen sie auf den silbernen Teller, lesen aus der Stellung der Stücke den Tag der Rückkehr. Wie wird sie der Nachfahr des von Gott ertränkten Pharao empfangen? Wird er in eines jeden Mund einen Klumpen Gold legen? Wird er sie beschenken mit Brustleder und Beinschienen? Der Mann meiner Liebe spricht: »Wer Götzen verehrt, hat Tierblut in den Adern. Wer sich nach alter Sklavenherrlichkeit sehnt, hat keinen Verstand.«

Ich tue alles mit kleinem Geschick, ich lasse nicht nach. Ich schaue ihn an. Elieser sitzt mit überkreuzten Beinen nah an der Zeltklappe, er blickt blind durch eine Ritze hinaus. Ich kämme das Haar meines Sohnes in langen Strichen, das Haar, das ihm in die Rinne zwischen den Schulterblättern fällt. Er hat kupferfarbene Haut, und wie Kupfermünzen leuchten seine Augen. Wir durchstreifen dies Land, er wird auf einem anderen Boden heimisch werden. Er genügte dem Brauch der Büßer, doch ihn überfiel Korachs Brut. Er möchte nicht träumen. Der Gottesrausch seines Vaters ist ihm unheimlich. Er gleicht dem Fellhaar, das der Wüstenwind ins Gestrüpp geweht hat. Am Himmel kreisten zu Mittag Totenvögel: Der Verkommene ist im Fluch, es ist sein Handwerk, uns zu bedrängen.

»Sehnst du dich auch nach der verlorenen Üppigkeit, Elieser?« sage ich.

»Ich habe nicht unter dem Pharao gelebt«, sagt er.

»Männer erzählen dir keine Geschichten aus der Zeit?«

»Kein Mann in meinem Alter kennt dies Leben. Unsere Väter waren allesamt Diener, in den Augen der Ägypter galten sie weniger als Vieh.«

»Dein Vater war der Ziehsohn des Königs«, sage ich.

»Erst verließ er den Palast«, sagt er, »dann verließ er mit dem alten Stamm das Land.«

Das ist auch meine Geschichte, mein Erstgeborener und meine Zweitgeburt wollen sie nicht hören. Sie fiebern und sie sind erschrocken über die kommenden Gemetzel. Zeruja, die Tochter des Ziegelstechers, taucht jeden Morgen ihre Finger ins Salbgefäß, schaut in den Spiegel aus poliertem Silber: Sie sieht darin das Gesicht der Frau Eliesers. Sie ist jung, ihre Schwestern spielen mit Lumpenpuppen. Doch Zeruja gleicht dem Strudel eines tiefen Wassers. Zwischen Rücken und Bauch sitzt ihre feste Seele. Elieser steht jäh auf und verlässt das Zelt. Er braucht keinen Beistand, um Bisse und Stiche zu überleben. Die Einöden locken ihn. Er sieht Rauch über den Gebieten, die wir Feindesland nennen. Ich muss meine Zunge zähmen, dass ich die Männer meines Zeltes nicht vergraule.

♀

Auf einer kahlen Anhöhe wird ein Gerechter bestattet, der nach einem Schlangenbiss aufquoll und starb. Neben der Hand des Toten stehen eine Schale mit Wasser und eine Schale mit Körnern in Wein. Sein Leichenkittel ist fadenscheinig. Eine Kette aus Kalksteinsplittern liegt ihm auf der eingefallenen Brust. Ein Ältester aus der Sippe Korachs hält einen Stab aus Nilpferdzähnen hoch, zeichnet einen Kreis in die Luft. Zum Zeichen des Kummers haben die Frau und die Söhne des Toten die Gesichter geschwärzt: schwarze Masken aus Fleisch. Sie treten vor zur Segnung. Der Älteste ruft seine blinden Diener, das ist das Bild, das ich sehe. Ich taumele zwei Schritte zurück. Ich sage: »Es ist mir, Moses Weib, befohlen, es ist meiner Zunge befohlen, dass ich euch warne. Ihr sollt ablassen von ägyptischen Bräuchen. Ihr sollt sprechen ein Gebet der Ergebenheit.«

»Schweig!«, ruft die Witwe.

»Wer bist du, dass du uns befiehlst?«, sagt der Älteste, »bist du erhoben in unserem Stamm, Schwarzhäutige? Scharfe Tatzen hast du. Zum Schwanzstummel ist dir der Steiß gewachsen.«

»Deshalb bedeckst du deinen Rücken mit wallendem Stoff.«

»Warum bist du bei uns?«, sagt die Witwe.

»Dein Mann war ein Gerechter«, sage ich leise.

»Schickt dich der Prophet? Schickt dich sein Gott?«

»Die Macht ist erschienen im Stiftszelt«, sage ich, »er wurde geweckt und gerufen.«

»Verrate mir doch, Weib des Führers«, ruft der Älteste und lacht auf, »was ist unser Glaube?«

»Wir glauben ohne Bildnis.«

»Der Bund ist uns verheißen, nicht dir. Du bist aus Midian, dem Land der Nachkommen Kains. Eine Männin kann nicht ihre Hände dem Herrn weihen. Eine Männin des Feindesstammes Midian kann nur den Boden entweihen, auf dem sie steht und geht. Du ringst um einen Rang, der dir nicht zusteht. Dieser Gerechte ist mein Blut, du bist es nicht. Schweig still! Sonst ritz ich dir mit diesem Stab ein Mal in die Stirn.«

»Ich spei vor dir aus«, sagt Gerschom an meiner Seite,

»dein Name werde zermahlen im Maul des Verkommenen …«

»Halbbrut, nimm deine Mutter und scher dich fort!«

»Wir ehren den Gerechten«, sage ich.

»Er ehrt euch nicht«, schreit die Witwe.

»Lehm ist er gewesen, Lehm ist er geworden«, könnte ich rufen, doch ich schweige und stehe neben meinem Sohn. Die Witwe weiß: Die Totenspeise in der Schale ist Lästerung. Wen will sie speisen? Ihn, der keinen Bissen zermahlen kann. Wovor soll ihn die Splitterkette schützen? Die in Stein gehauenen Gottheiten Midians und Ägyptens sind Schlamm der Unterwelt. Ein Götze erbricht den nächsten Götzen. Keine Opfergaben. Kein Weihrauch auf dem Opfertisch. Kein Priester im Pantherfell, der die Sklaven wie Hunde von der Schwelle scheucht. Sieht sie es nicht, diese Frau aus der Gefangenschaft? Jetzt reibt sie Ruß vom Gesicht auf den Handrücken, sie sagt: »Leicht ist es, dir zu ähneln. Leicht ist es, mich zu waschen. Dir aber ist Reinheit verwehrt.«

»Verfluche mich nicht«, sage ich, »der Fluch fällt auf dein Blut zurück.«

»Sie droht mir, das darfst du nicht dulden«, sagt sie zu dem Ältesten.

Er greift zu einem Stein zu seinen Füßen und wirft nach mir, der Stein trifft mich hart an der Wange. Ich taumele, ich falle, Gerschom hält mich. Der Älteste buckelt, als habe man ihn in die Enge getrieben. Der Älteste schreit wie ein Blinder in Bedrängnis. Aus seiner Brust ragt die Spitze eines Eisendorns, sein Fleisch klafft auf, Pinhas zieht die Lanze mit einem Ruck aus seinem Rücken und stößt ihn auf den Leichnam.

»Wer wagt es?«, ruft er, »wer erhebt sich über Moses Weib Zippora? Wer will mich einlullen mit dem Gerede der Vorfahren? Der Mistkäfer, der eine Dungkugel rollt, ist weiser als ihr. Der Menschengötze ist gefällt. Mindert eure Schande und sprecht das Gebet.«

Die Lanze in der Linken, das Schwert in der Rechten, der Führer der Krieger lauscht, sie beten: »Herr, der Höchste, Lehm ist er gewesen, Lehm ist er geworden, nur Dein Atem ist in ihm gewaltig. Lehm sind wir, dein Atem in uns ist lebendig. Schütze ihn vor dem Verkommenen. Schone ihn, wenn Du Gericht hältst. Schenke ihm Grabesruhe. Herr, der Höchste, ewig und ohne Schwäche.«

Pinhas reißt die Kette vom Hals des Toten, er führt uns aus der Höhle hinab ins Wüstental, und während mir das Gesicht zerfließt vor Blut, spricht er mit donnernder Stimme: »Rückkehr ist unmöglich, dies ist der Gang mit Gott, wer wagt es, wer will sich von uns trennen? Die Wahrsager haben vor Angst feuchte Achseln, denn ich bin der Mann, der die Eisenlanze stößt, der die bösen Augen aussticht. In den Kornkammern Ägyptens hausen die Ratten, in den Totentempeln stapelt sich das Aas, und doch schreiben die Knechte des neuen Pharao, mit der Binse auf die Palette, dass der König mächtig sei, dunkle Wirbel auf die Sonne zu zaubern, und die Zerlumpten in meinem Stamm fragen: ›Stimmt es, dass man in seinem Reich Affen im Hause hält?‹ Sie fragen: ›Stimmt es, dass man im Schatten der Palmenhaine in Wein getränkte Beeren isst? Stimmt es, dass die freien Frauen Alabasterpulver aufs Gesicht streuen, dass es sich straffe?‹ ›Wer wagt es‹, rufe ich, Pinhas, und möchte sie zertreten, sie erinnern sich an die Stühle mit den gedrechselten Stierhufen, haben sie darauf gesessen, ihre Väter waren Knechte, geringer als Ziegelstaub, sie kennen dies Leben aus den Fabeln, und doch flüstern sie: ›Ich erinnere mich.‹ Wie sie doch alle träumen von Üppigkeit, Besitztum ist Trug, das lehrt mein Lehrer Moses, erhoben vom Herrn, wir brauchen keine Graphitschreine, wir brauchen keine Priester, die mit der Mittelrippe des Palmwedels Götzengeraune niederschreiben, überall im Land ein Leuchten, sehen sie das nicht, ich komme über sie, denn ich bin Moses Zorn in der Gestalt eines Kriegers, er hat sie gewarnt vor Magie, und was machen die Zerlumpten, sie greifen Staub von der Fußspur des Gesandten und streuen ihn in den Wind, wer wagt es, bald wird die Ferne schwinden, bald wird der Himmelsstrich schmelzen, das ist dem Stamm versprochen, und du, hohe Zippora, die du nicht ihre Hochgesänge anstimmst, dein Stamm in Midian ist aus Inzucht entstanden, doch du bist gereinigt, du bist bei uns, du weißt es, sie wissen es nicht: Wir haben uns erhoben …«

Gerschom fällt ihm in die Rede, er sagt: »Nimm mich auf in die Schar deiner Krieger, Herr.«

Ich falle im Zelt auf die Knie, ich weine still. Wird meinen Sohn das erste Bogengeschoss fällen? Wird er mir genommen, weil der Herr die Erstgeborenen an sich reißt, weil Er sie mit Seiner Liebe sengt? Wer trifft ihn im Genick, wer schlägt ihn mit Fäusten nieder?

Wird ihn die brausende Macht anfallen, wie sie es tat bei seinem Vater? Dies ist keine Landschaft, die Feinde liegen im Hinterhalt, außerhalb des Dunstes, der uns verbirgt. Alles vertan, wir sinken herab.

Ich schaue auf: Im Eingang steht Moses, unerbittlich, makellos. Im letzten Licht des Tages flammt er auf. Sein

Gesichtsschurz ist schweißgetränkt. Im Krug habe ich verschlossen ein bitteres Gewürz, er bricht das Siegel, streift ab eine tiefe Fingerspur, streicht es auf die Zunge. Bitternis in seinem Mund, und doch kann er freier sprechen. Ich will ihm den Schurz aufknoten, er weicht ins Dunkel.

»Ich habe deine Füße mit Blut berührt«, sage ich.

»Was sprichst du wieder davon?«

»Meine Zweitgeburt durfte ich nicht bei seinem Namen rufen, ein Jahr lang. Wir schützten ihn. Er sollte nicht angefallen werden von einem Helfer des Verkommenen.«

»Elieser«, sagt Moses.

»Hier knurren die Mägen meiner mageren Söhne«, sage ich.

»Was der Stamm leidet, leiden wir auch.«

»Gerschom hat sich Pinhas angeschlossen. Elieser grollt dir.«

»Meine Feinde umstellen ihn«, ruft er, »sie sprechen: ›Einst wuchs uns das Unsere unter den Stauden, unter den Wurzeln. Was wir aus der Erde herausschlugen, war essbar …‹ Verliere ich ihn an meine Feinde?«

»Er verrät dich nicht, niemals.«

»Wenn er den Herrn verlässt, führe ich ihn vor das Auge des Volkes«, sagt er, »ich gebe ihm Galle zur Speise.«

»Mein Sohn widersteht«, sage ich.

Er spricht: »Nicht Elieser, noch Gerschom wird den Stamm nach mir führen, das hat der Herr mir eingegeben.« Er spricht mahlend, als brannte die glühende Kohle in seinem Mund. Die Brunst schwächt, er schmiegt sich nicht an mich, ich bin ihm bedrohlich und verboten. Er sagt, dass sein heißes Blut nicht mir gehört. Bin ich ein Tier? Ängstigt ihn die Schmalheit meines Gesichts, dass er meine Nähe meidet? Ich habe mich von meiner Wurzel gelöst, das ist eine meiner Taten. Ich habe aufgehört, zerstoßenen Kupferspat auf die Augenlider zu reiben, das ist eine meiner Taten.

Als Priestertochter stand es mir damals zu, eine Perücke mit aufgesetztem Harzkegel zu tragen, er schmolz und zerfloss. Midian übernahm den Brauch der edlen Ägypterinnen. Ich legte ab die Perücke, ich trug kein teures Gewand, ich schwor ab der Art und Sitte der Edlen der Paläste.

Das ist eine meiner Taten. Ich töte den Hunger. Ich töte meine Neugier. Ich töte meinen Hass. Die Feinde im Lager, in den Zelten in der Nachbarschaft, verfluchen jeden midianitischen Mutterschoß: Sie sind blutfeuchte Flöhe, sie können mich nicht kränken. Der Mann meiner Liebe trägt einen Lendengurt um die Lenden, dass er sich schütze vor mir bei Tage. Ich achte es nicht, das ist eine meiner Taten. Kälber und Tauben, Silberbarren, hohle Elefantenzahnspitzen, gefüllt mit Weihrauch und Räucherharz. Steckkämme mit langen Zähnen: Ich hinterließ sie den Dienerinnen im Tempel. Was gewann ich? Einen gesichtsverhüllten Gesandten, krumm von der Last, betend und bebend, ins andere Land entrückt, das er Gottes Gegenwart nennt. Ich festige ihn, er lässt sich von der Macht erheben.

In der Stille und der Dunkelheit des Zeltes erzählt er: »Ich habe zurückgeschaut, vom Ufer aus, wir hatten die Wasserschneise durchschritten, ich schaute zurück auf den Mann, der mich aufgenommen und zum obersten Höfling gemacht hatte. Die Männer und Frauen meines Stammes waren Knechte unter ihm. Von Aufgang und Untergang der Sonne haben sie Lehm zu Ziegeln geknetet. Wofür? Für die Tempel des Gottkönigs. ›Herrenhuldigung, niemals!‹, das schrie ich seiner Schwester Bithiah ins Gesicht. Dann. Dann, nach all den Jahren … dann begann es. Ich hob den Stab in die Höhe, der starke Ostwind fuhr ins Wasser, das sich teilte. Wir zogen durch die Furt. Ich stand am Ufer, dankbar dem Einen Heiligsten. Ich schaute auf den Pharao. Er stieß die Lanze in die Sturzwoge, die ihn verschlang. Aller Glanz erlosch, die Verwüstung war vollkommen. Dann …«

»Was dann, Moses?«, sage ich.

»Seine offenen Augen … der Gottlose bereute im Tod.«

»Wird ihm verziehen?«

»Er war hochmütig«, ruft er, »leg an das Festgewand. Folge mir.«

♀

Die Häupter der siebzig Sippen stehen in einer Reihe, sie blicken auf das Heiligtum, in das der Herr eingezogen ist. Moses tritt vor den ersten Ältesten, er legt die Hand auf den Scheitel des Mannes, er sagt: »Geweiht dem Höchsten. Du sollst das Böse aus unserer Mitte wegtun.« Der Älteste fällt auf die Knie. Moses schreitet zum nächsten Sippenhaupt.

Die Krieger aus Korachs Rotte lauern am Rand. Ihr totes Oberhaupt ist geächtet, seine Seele ist geächtet. Ließe man ihnen ihren Willen, sie würden Pinhas bei lebendigem Leibe häuten. Doch der Führer der Schar schützt Moses Rücken. Ich sehe Gerschom in seiner Nähe, zwei Messer am Gurt, die Stirn geschwärzt, er hat sich gezeichnet mit dem Mal des bewehrten Streiters. Das ist die Stunde der Entzweiung. Die einen nehmen an das Leben für Blut und Ruhm, sie schwächen die anderen, die in das alte Leben sinken. Ich will den Mann meiner Liebe nicht beschämen, deshalb habe ich mich unter die Frauen gemischt. Wir stehen abseits von den Männern. Moses schreitet die Reihe ab, hundertvierzig Knie im Sand. Siebzig Weihungen. Siebzig Blicke. Die Mütter und Töchter entzünden zur Feier Lichter. Der Geist, der auf die Ränder des Lagers ausgewichen ist, wird aus siebzig Wunden bluten. Ich zucke zusammen, als mich Mirjam berührt. Sie spricht: »Wir sind gesegnet.«

»Prophetin«, sage ich und gehe einen Schritt zur Seite.

»Licht erhellt uns«, sagt sie, »denn diese Männer werden erhoben.«

»Ich sehe nur Frauen, die brennende Scheite schwenken«, sage ich.

»Sie erleuchten die Nacht, dass wir den Geist schweifen sehen.«

»Der Herr braucht die kleinen Flammen nicht.«

»Ist Er dir erschienen?«, sagt sie und lacht auf, »hat Er dir den Schmerz der Sterblichkeit genommen? Bist auch du mit der Seherei begabt?«

»Nein, Prophetin«, sage ich und wende den Blick ab. Der heiße Wind beißt mir in die Augen.

»Und doch«, sagt Mirjam, »birst dir die Brust nicht vor Freude. Weshalb?«

»Die Ältesten haben Enthaltsamkeit gelobt«, sage ich, »wenn diese Frauen nachts die Vereinigung wünschen, werden die Männer sie schmähen. Es gibt keinen Grund zu feiern.«

»Wir gleichen nicht euch«, sagt sie hart, »man muss uns nicht mit dem Viehstachel zähmen, dass wir die Lust besiegen.«

Es friert mir das Gotteslob am Gaumen. Mirjam hält den Scheit an die Fackel in der Hand der Mutter Zerujas.

Im Flammenschein steht Vater Jetro, die Leihgabe eines anderen Königtums. Bald wird er vernichtet, bald ist er verschwunden. Eine Windgestalt in der Nacht der Leuchten. Er betet, er schwankt auf den Fußballen, er betet. Älter als unsere Sünden ist die Welt. Vater Jetro betet um seine Heimkehr in die ungestörte Düsternis. Ich bange um meine hungrigen Söhne. Sie haben verstanden und bekennen: Der Herr ist kein Wesen, das tastbar ist. Gerschom und Elieser, Mirjam liebt sie, denn ihre Herzen brennen wie glühende Kohlen. Was aber hasst sie mich? Es sprudeln keine Lügen aus meinem Mund. Ich scheide das Reine vom Befleckten, ich übertrete nicht das Gesetz, ich bin kein Freund der Welt. Der alte Stamm erregt sich vor Bitterkeit bei meinem Anblick.

Es ist vollzogen. Die Ältesten sind erwählt, die Krieger bringen brennenden Weihrauch in den Räucherpfannen als Opfergabe dar. Jammer und Jubel der alten Zeit sind überwunden, das Joch ist abgeworfen. Der Himmel ist frei gefegt vom Nachwuchs des bösen Engels, die Gerechten sind geschützt. Die Frauen, die Alten, die Kinder: Sie schwenken Stöcke mit bunten Fetzen, Freudenbänder, verblichene Fahnen. Die Söhne und Töchter Korachs, des maßlosen Mannes, den Pinhas mit einem Stoß durchbohrte, blicken mich an. Sie sehen mich als den wahren Mörder. Ich wende mich ab: Geschrieben auf die Tafeln sind die Gebote, Wort für Wort. Der Leib ist mir eine fürchterliche Enge, ich fliehe. Der Verkommene gibt mir Gedanken ein: »Die Ältesten sind Moses Hofstaat. Bald wird er sich mit den Herrschaftszeichen Pharaos, mit Krummstab und Geißel, schmücken.«

Ich spüre die Fallwinde und schaue hoch: Es regnet Taumolke auf unsere Scheitel. Zehrung, ein Geschenk des

Herrn, herabfallend ohne Laut und Wirbel. Ich stimme das Gotteslob an und greife nach dem Himmelsbrot am Boden. Wo sind meine mageren Söhne? Zwischen den Zelten, abseits vom jauchzenden Volk, finde ich Zeruja, die ein Stück vom Manna rupft und auf Eliesers Zunge legt. Beschäme ich sie, wenn ich mich ihnen nähere? Sie hat mich entdeckt, sie kommt mir entgegen, mein Sohn folgt ihr, er spricht beim Kauen Dankesworte.

»Was ist das?«, sagt Zeruja und zeigt auf das Manna auf ihrem Handteller.

»Tauflocken, die erst im Mund zerschmelzen«, sage ich.

»Was ist das wirklich?«

»Die am alten Leben hängen, glauben: Es sind getrocknete Lotosknospen. Ich hörte den Schmied, den Gerechten, sagen: ›Es ist verdicktes Engelsgespei.‹«

»Fabeln«, ruft Elieser.

»Die alten Frauen erzählen eine andere Geschichte«, sage ich, »die Urmutter Eva hat im Kessel Milch aufgekocht, im Garten in Gottes Nähe, kurz vor der Stunde der Vertreibung. Die Milch ist geronnen und verflockt. Tausend Jahre blieb die dicke Milch im Kessel. Jetzt streut sie über uns der Herr aus Gnade.«

»Ich hörte von einer dunklen Geschichte«, sagt Zeruja, »die Seelen, die ins Gottesreich eingehen, verletzen sich. Was wir essen, ist der Schorf ihrer Wunden.«

»Nichts als Fabeln«, sagt Elieser.

»Und was ist wahr und nicht erfunden?«, ruft Zerujah und hält das Gottesbrot hoch, »wir pflücken es nicht vom Strauch. Wir streifen es nicht ab von der Borke. Wir kratzen es nicht vom Fels. Es fällt zwischen die Zelte auf das Land …«

Sie stimmt eine Beschwörung an wie ein Kind. Sie wird reifen. Ich blicke auf die Männer, die das Manna wie Beutestücke gierig in den Beutel tun. Bärtige Saatvögel. Der Mann meiner Liebe, der sein Brandmal mit dem Geschichtsschurz bedeckt, hat die Ältesten gezählt und genannt. Es kümmern ihn nicht prasselnde Wüstenbrote, er wendet sich ab. Ich gehe zu ihm, ich sage: »Wer will dich umwerfen? Den Schmutz des Leibes hast du gewaschen. Rein atmest du. Wer will dir das glühende Wort in deinem Mund löschen? Du bist mein Blutbräutigam.« Er spricht: »Bis der vierte Schweiß trocknet, muss ich hier wachen. Ich wehre den Verkommenen ab. Er streift den Saum der Siedlung. Nimm die Söhne und geh ins Zelt, Zippora.«

Er bittet mich, ich erfülle seinen Wunsch. Schön ist er im Schmerz, schön ist er, wenn er mich bei meinem Namen nennt. Gerschom und Elieser folgen mir ins Zelt. Ich breche Gottes Brot in Stücke. Ich fülle die Tonschale mit Wasser. Sie essen und sprechen von den dünnen Furchen im Sand. Sind es Abdrücke? Sind es Zeichen, die die Abergläubischen mit zitternden Fingern gezeichnet haben? Die Lügner dichten ihnen Halbheit an. Sie sind nicht schlechtes Blut, sie sind mein Fleisch.

♀

Heimlich. Nicht hastig. Von einer Schattenpfütze in die andere. Vorbei an den Bruchsteinen, die gespalten und verwittert sind. Ich gerate nicht in das Unlicht, mit dem sich der Verkommene tarnt. Hinter mir der brennende Dunst. Ich höre Geheul, die Leere beißt. Ich höre die Schreie der versengten Kehlen. Mein Herz rührt sich, doch ich fliehe nicht. Keine Erscheinung stellt sich mir in den Weg. Ich sehe: grob abgezogenes Fell an einer Stange, Lockaas für Fliegen und Getier. Ich sehe: Die Krüppel und die Verfluchten, hinkend, stürmend, stürzen auf das Aas, reißen es herunter, heulen Laute. Fast kehre ich um, fast sprengt es mir die Brust.

Fünf Schritte, zwölf Schritte, dann stehe ich vor der Reisiglaube mit Wänden aus rissigen Tüchern. Ich trete ein, ich sehe: ein Schrecknis, milchweiß gefleckt, ihr Angesicht, an den Wimpernspitzen gespießter getrockneter Schlafseim. Die Prophetin, durch den Fluch aus dem Mund des Gesandten gebleicht. Ihr ist der helle Tag in eine finstere Nacht umgewandelt. Ihre Schultern sind voller Flecken, Flechten und Grinde. Sie zupft an einem Lumpenbündel, ich setze mich ihr gegenüber. Sie spricht: »Die Wunde an deiner Wange ist verheilt.«

»Ja, Prophetin«, sage ich und stelle die kleine Schale mit Trockenbeeren auf das Bündel.

»Es ist mir zum Ekel geworden, das Manna, und der Sand, und bei Tage der Himmel, der wie ungemünztes Silber blendet«, flüstert sie.

»Iss von den Beeren, Prophetin.«

»Meine Zähne brechen beim Kauen. Ich werde sie später im Mörser zerstampfen.«

»Es ist schlimm«, sage ich.

»Ja, das ist es. Ich speie das Manna aus vor Ekel. Ich höre meine Haare. Ich höre, wie sie sich vor Ekel von der Kopfhaut lösen.«

Sie schweigt, und ich teile mit ihr die Stille. Die Aussätzigen sind das Volk hinter Gottes Rücken. Sie haben die Farbe der Sünde angenommen. Sie riechen nach Lehm ohne den Atem des Höchsten. Das Volk ohne Helligkeit. Es gilt als unter jedem Rang und unter jeder Würde. Zum verdammten Volk gehören die Fallsüchtigen. Die Scheeläugigen, die vor Neid zerspringen. Die Männer, die jauchiges, blutiges Wasser schwitzen. Die Aufsässigen, die das Gemetzel überlebten. Sie sind die Überbleibsel des Mordes, der Zerstückelung, mit einem Daumen hängen sie am Leben. Sie sind auf Lebenszeit verbannt. Stapelte man sie alle übereinander, wären sie ein himmelhoher Menschenturm. Der Turm würde einstürzen, weil ihre Nasen und Zehen und Finger und Ohren abfielen. Sie taugten nicht zu Sprossen, und nicht zu Griffmulden. Sie sind unfest, wenn sie gehen. Sie sind unfest, wenn man sie aufeinanderlegt.

»Ist das ein Kinderspiel der Krüppel?«, sage ich.

»Sie fallen zurück in die Zeit der Zauberei«, flüstert sie, »sie raunen ihre Sünden in das Aas, dann zerreißen sie es. Hast du je Ägypten gesehen?«

»Nein, Prophetin.«

»Die Magier schürzen Knoten, sie bewegen Winde und Wolken. Es heißt: Zehn Maße Zauberei kamen in die Welt. Neun Maße raffte Ägypten, ein Maß nur blieb übrig für die anderen Völker.«

»In Midian besprachen die Priester gegossene und gehauene Bilder«, sage ich, »diese Welt ist mir versunken … Stimmen die Gerüchte?«

»Sie sind wahr«, sagt Mirjam, »ich klagte den Gesandten an. Ich sprach: ›Weshalb, Moses, willst du das Lager nicht mit deinem Weib teilen? Ist Zippora derart schmutzig, dass sie dich verschmutzt? Bin ich schmutzig, weil ich bei meinem Mann liege?‹ Auch mein Bruder Aaron stritt mit ihm. Da fluchte er mir das Mal an den Leib. Dies ist meine Strafe: Ich werde erdrückt von meinem Gewicht.«

»Du bist vom Makel nicht befleckt, Prophetin.«

»Meine Nachbarin ist eine durch Ausfluss Unreine«, sagt sie, »sie wurde gestraft, weil sie geronnenes Blut aß …«

»Im Blut ist die Seele«, rufe ich.

»Sie musste das Lager verlassen. Sie betet: ›Bald ist eine andere Jahreszeit. Bald ist ein anderes Land.‹«

»Glaubt sie an die Heimkehr?«

»Sie glaubt an das Land vor uns«, sagt sie.

»Dann soll sie einziehen in dies Land«, sage ich.

»Ich habe sie gehört, ich habe sie gehört, die Heuschrecken in Schwärmen. Die Springfüße und die Flügel rieben sie aneinander. Ein böser Sturm, der den Pharao traf. Ein Nichts war er, seine Höflinge waren Nichtse. Große Macht der Gottheit haben sie ihm angedichtet. Zernagt hat das Heer der Schrecken sein Reich.«

Ich kenne die Geschichten, der Mann meiner Liebe hat sie mir erzählt: der alte Stamm, der dem Pharao die abgöttische Räucherung verwehrte. Es träumen die Frauen und Männer seit dem Auszug von der mächtigen gelben Wolke, die sich auf Feld, First und Früchte legte. Ein Geschwür ist Ägypten. Und was ist mir Midian? Ich sage: »Vater Jetro hat eine kniende Steingottheit zerschlagen, kurz vor seiner Flucht.«

»Dem König und den Edlen ging er voran«, flüstert sie, »er besprengte zur Reinigung den Weg mit Milch. Es ist gut, dass er herausfand aus seiner Knechtschaft.«

»Er leidet, Prophetin.«

»Keiner von uns wird geschont«, sagt sie und erhebt sich langsam. Ich will sie stützen, sie wehrt mich ab. Sie legt den Lumpen über ihr Haupt, verlässt das Zelt, ich gehe ihr nach.

Draußen winseln Krüppel, ich höre fremde Laute. »Habt keine Angst«, ruft Mirjam, »es ist überwunden, wir sind neu gemacht, zankt nicht um das Aas. Begrabt das gehäutete Tier. Ihr seid nicht schuldig ...«

Ich kehre zurück. Die Ferne schimmert. Ich sehe einem Vogelschwarm nach. Dies ist eine reine Nacht, der Dunst ist unsere Kuppel. Der Mond schält sich wie Schorf vom Himmel und fällt. Die Prophetin treibt den Aussätzigen die Schlangenbannsprüche der alten Zeit aus. Den Hunger nach gesäuertem Brot, nach schwarzen Feigen. Hinter dem trockenen Gestrüpp sehe ich auf Knien Moses, Gesandter, an den Herrn gebunden. Ein Brand ist in mir, ich will ihn anfallen wie ein böser Geist. Ich bleibe stehen: Er hat um sich einen Kreis gezogen. Barhäuptig ist er, barfüßig ist er. Die Schürzenbänder wischen über seinen Nacken, er betet.

»Was hast du getan, Moses?«

»Du hast das Verbot missachtet«, sagt er und richtet sich auf.

»Das Fleisch der Prophetin fällt in Knoten ab«, schreie ich, »ist das gerecht?«

»Nein«, sagt er leise.

»Du sprachst: ›Man muss dem Herrn sein Brot weihen, und Korn und Salz, und die geschnürten Schuhe, und den Pflug, und alles, was uns belebt.‹ Hat Mirjam je gegen dies Gebot verstoßen?«

»Nein«, sagt er.

»Ist es Sünde, dass sie atmet? Hat sie einen Treueschwur an einen Götzen geleistet?«

»Sie wird geliebt.«

»Liebst du sie nicht?«, sage ich.

Er tritt heraus aus dem Kreis, wickelt die Schürzenbänder um die Ohren, schnürt die Sandalen.

Ich sehe die leeren Lederscheiden am Gurt, die Messer hat er im Zelt abgelegt. Die Worte Mirjams hallen nach: »Die Wunden wurden uns geschlagen, weil wir nicht alles bedacht haben. Weil wir im Nachsinnen fehlerhaft waren.« Der Fluch bedeckt die Prophetin, sie ist die Herrin über die Spottfratzen. Die Verdammten sehen aus wie gebändigte Sturmdämonen. Ist es Sünde, dass sie atmen? Der Zucht Gottes sind sie ausgesetzt, und der Nachtdurst quält sie. Rostige, verbeulte Näpfe halten sie vor sich, sie betteln um Körner. Das alles erzähle ich dem Mann meiner Liebe. Ich erzähle: »Mirjam, von Gott geliebt, wachsen am Unterarm kleine Zitzen. Welpen können sich an ihnen festsaugen. Werde auch ich mit Ausschlag bestraft, weil ich sie heimlich besuchte?«

»Sieben Tage wird sie leiden«, sagt Moses, »der Herr gewährt ihr Gnade.«

»Er soll ihr die Seelenseuche nehmen, noch in dieser Stunde!«

»Ich flehte Ihn an. Es ist beschlossen.«

»Bete für sie«, sage ich.

»Das werde ich tun«, sagt er und tritt wieder in den Kreis. Was gilt die Bitte eines schwarzen Weibes? Bei dem Gerechten Moses gilt sie viel. Die jungen Mütter vor den Zelten blicken mich hart an. Sie haben sich mit Fettasche Schlangen gestochen in die Haut. Sie bedecken diese Zauberzeichen mit Stofffetzen. Aber ich bin ihnen ein Schauspiel. Es wiegt nicht viel, dass ich allen Gräueln abschwor. Sie denken: »Glanz strahlte aus Moses Antlitz, als er auf dem Berge Sinai aus der Wolke trat. Was verdunkelt er sich mit der Geschwärzten?« Auf dem Weg zum Zelt höre ich ihr höhnisches Zischeln.

Elieser tritt an meine Seite. Von den Hunden will er sprechen. Von den Hunden aus dem Lager der Aussätzigen, den Hunden, die seitwärts bellen. Die schnappen und schnappen und Luft zerkauen. Von unreinen Tieren, die den Unreinsten verbellen, die böse Kraft am Rand der Siedlung. Von einem Hund spricht er, der sich die vordere rechte Pfote zerbiss, weil sie schwärte. Ein dreipfotiger geheilter Hund folgt ihm hinkend. Viele Steine haben ihn getroffen, und er hat überlebt. Ich halte aufgeweichte Körner vor die Hundeschnauze, das Tier frisst und leckt mir die Hand.

Der Mitternachtswind weht die Schreie der Krüppel herbei. Das Land düstert sich ein.

♀

Im ersten Tageslicht erhebe ich mich und trete hinaus aus dem Zelt. Moses, alte Zunge, alte Füße, kniet im Kreis. Er hat zu den Ältesten gesprochen: Das Volk soll sich fürchten und nicht vermessen sein. Hat ihn die Furcht niedergerungen? Der wievielte Schweiß trocknet ihm auf der Stirn? Ich flüstere: »Gerechter, hörst du mich?« Er richtet sich auf, ich stütze ihn.

»Sie leidet keine Schmerzen mehr«, sagt er.

»Segen auf die Prophetin«, sage ich.

»Kreidebleiche Mirjam.«

»Du hast sie gesehen, Moses?«

»Im Traumbild sah ich sie, und sie sah mich.«

»Was ist euch geschehen?«

»Wir sprachen nicht«, sagt er, »wir schauten, wie eine Schlange in die Ferne glitt. Taunass war sie, schön war sie. Eine Schlange hat keine Bleibe, sie gleicht dir und mir. Sie war nicht die Gestalt einer Kraft. Sie glitt dahin, und wir sehnten uns, auch zu gleiten.«

»Was ist das für ein Zeichen?«, sage ich.

»Wir sind gemacht aus Sand und Menschenlauten, wir locken die Feinde und Tiere. Eine Königsschlange, die züngelnd herankriecht, weil sie uns gerochen hat … das wäre ein unheilvolles Bild. Im Traum waren Mirjams Finger und Hüften eingebogen. Und da wurde sie zum Baum, deren Frucht tragende Äste sich senkten. Die Früchte, sie waren von Tau benässt. Sie glänzten wie geölte glänzende Glatzen. Da zerfiel der Traum.«

»Moses«, sage ich leise.

»Habe ich nicht genug verraten?«, ruft er, »was willst du noch von mir?«

Ich streite mit ihm: Erträglich und angenehm soll er es Mirjam machen. Nicht länger soll er seine Kehle füllen mit dem Fluch. Rinnsale Schweiß soll er vergießen, dass er ihr von Herzensgrund vergebe. Ich flüstere ihm ins Ohr: »Knechte können Kanaan nicht erobern, Mann meiner Liebe, das hast du mir gesagt. Die Haufen ordnen sich zum Heer, du wirst sie nicht führen. Wer führt uns Frauen, wenn nicht eine Frau? Stärke sie.«

»Ich tu es«, sagt er.

»Schwörst du es beim Blut deiner Söhne?«

»Bei ihrem und bei deinem Blut, Zippora.«

Silbern glüht der Himmelsstrich. In den kalten Gebieten, außerhalb des Dunstes, warten die Horden der Feinde. Die Fabeln der Vorfahren sind wertlos wie die mehrfach durchlöcherten Münzen, mit denen sich die Abergläubischen behängen. Aaron, verehrt vom Stamm, der gute Redner, sagt: »Die Demütigung der Prophetin hat Moses tief ins Herz gestochen. Auch ich muss Sühne leisten …« Hat er sich des üblen Geredes schuldig gemacht? Warum wurde ihm verziehen, und warum verbringt Mirjam Tage des Leids? Ich streife durch das Lager, ich sehe vor den Zelten Kreise im Sand. Die Ältesten ahmen den Gesandten nach.

Gerschom wird Krieger. Zeruja betört Elieser. Vater Jetro wird, von Reue geplagt, sterben. Wer ist mir gut? Die Prophetin, wieder erweckt nach dem siebten Tag, ist meine Glut. Die Krüppel und Kranken gehorchten, sie ließen ab von der Reißerei am Aas. Gott ist Gast, und die Schlangen pfeifen leise im Wüstenwind.

TOCHTER UND SCHWESTER

DES BLUTSCHÄNDERISCHEN ÖDIPUS

STREITERIN GEGEN DEN

GEWALTHERRSCHER KREON

ZEITALTER DER HEROEN

THEBEN

ANTIGONE

TEIRESIAS NAHT. Der blinde Seher Thebens eilt herbei mit wankendem Leib. Beschenkt ist er mit der Geistesgabe. Beschenkt ist er mit der Fertigkeit, Toten Worte zu pressen. Kein Mann und keine Frau ist er. Nicht genug von diesem, nicht genug von jenem. Halbmann, Frau ohne Busen. Das böse Gerücht: Er spiegelt sich an jedem Wasser, ohne das Bild zu sehen, er wackelt mit dem Steiß. Sein Unterkleid hat einen ungehörigen Ausschnitt. Sein Überwurf reicht ihm nur bis zu den Knien. Wen schwärmt er an? Den Knaben, den Blindendiener, der nach Veilchenbalsam riecht. Teiresias umfasst mit grober Hand des Dieners Schulter. Das Gerücht: Der Seher wäscht sich die Hände und trocknet sie an den Haaren des Jünglings. Ein Knabe mit lockigem Haar, ein Blinder mit geölten Knien. Wer das Kommende kennt, wird geduldet und geschützt hinter Thebens Mauern. Übelkeit. Viertelmann mit dem Widerrist einer Frau. Er weiß, dass ihn die Schimpfnamen überleben. Er sagt laut: »Ich rieche deine Gedanken.«

»Du hörst die Leichenschaben«, sage ich, »du hörst ihr Gesumm.« Er steht vor mir, hinter ihm die Stadt. Glatt sind seine Wangen. Es wächst ihm kein Bart. Die langen Wimpern sind ein Vorhang aus Spinnenbeinen. Sie verdecken die hohlen Höhlen. Seltsam, dass er mit einem Ruck innehält. Seltsam, dass er sich die Augen reibt. Der Diener krümmt bei der Verbeugung ungeschickt den Leib – ist es

Absicht? Er riecht es, er ist verschreckt. Der Seher entlässt ihn: Sie haben sich abgesprochen, sie spielen ein Spiel, um mich einzuweihen in die Kunst der heimlichen Gebärden.

»Beschreibe mir den toten Polyneikes«, sagt Teiresias.

»Mein Bruder liegt auf dem Rücken«, sage ich, »ein Hieb mit dem Schwertknauf hat ihm die Nase verrückt. Sie liegt wie die Falte eines schweren Tuchs auf seinem Gesicht. Das Brustleder ist gespalten. Er sieht aus wie in zwei Hälften geteilt.«

Der Seher ermahnt mich: Mit ganzem Leib gehen wir ein in die Unterwelt. Auch wenn wir zerstückelt werden, ich solle es nicht vergessen. Ich werde es vergessen.

»Seine Beine und Füße sind nackt, Seher. Die Wächter haben ihn seiner Sandalen beraubt.«

»Das Schwert?«

»Die Spitze abgebrochen«, sage ich.

»Es war ein harter Kampf. Eteokles gegen Polyneikes, Bruder gegen Bruder.«

Ich habe sie verloren in derselben Stunde. Nicht weinen werde ich vor dem Seher um meine Verluste. Nicht vergessen werde ich die Würde meines Standes. Jäh schüttelt er sich, als wittere er den Hinterhalt des Weibes. Bei der Kälte frieren ihm die Knochen. Er zerrt und zupft am Tuch, bis es seine Knie bedeckt. Ich denke: Der Diener könnte mit harten Griffen seine Waden reiben. Er könnte seinen Überwurf um des alten Mannes Hals legen.

»Was siehst du noch?«, sagt er.

»Er gleicht einem Schaustück«, sage ich, »ich erkenne ihn, auch wenn ihm der Geist entwich.«

»Freue dich, Antigone. Freue dich, dass man ihn als Krieger ehrt.«

»Ein erlegtes Wild«, rufe ich, »mehr ist er nicht. Er wird im Tod verspottet.«

»Wurde er geschändet?«, sagt er, »haben die Sieger auf seine Stirn das Mal des Sieges geschnitten?«

»Er war gesprenkelt von Käfern, ich fegte seine Brustwehr frei und die nackten Beine.«

»Königstochter.« Teiresias spricht dies eine verbotene Wort und verstummt.

Das bin ich gewesen: die Tochter meines Bruders, der sich mit unserer Mutter vereinte. Seither bin ich ein Krug voller Asche. Ich speie die Götter an. Kein Hochgesang zu ihrem Ruhme lässt mich beben. Ich erinnere mich: Heute in der Früh war mein Bruder bedeckt von einer Haut aus Tau, die beim ersten Lichte schmolz.

Teiresias flüstert: »Du fragst dich, ob Polyneikes noch bei uns ist? Hat er sich seiner Muskeln, seiner Sehnen entwunden? Ist er entkleidet?«

»Wären nicht die klaffenden Schnitte, ich würde glauben, dass er aufsteht, dass der Sand vom Leib zu Boden rieselt.«

»Welcher Sand?«

»Der, mit dem ich ihn bestreut habe«, sage ich.

»Du brichst das Gesetz?«, sagt er, »du missachtest König Kreon?«

»Bewohnbar nur für Aasfresser ist mein Bruder«, rufe ich, »der Tote ist ein gefällter Baum. Was fürchtet Kreon? Dass ihm der Wipfel grünt, dass ihm ein Dutzend Wurzeln wachsen? Macht er den Verrat ungeschehen?«

»Polyneikes verriet Thebens helle Erde«, schreit der Seher, »seine eigene Stadt.«

»Ich erkenne seine Schande.«

»Dann erkenne auch deine eigene«, sagt er, »unser König

hat geheißen: ›Der Thebener, der Theben bekriegte, soll vor den Toren der Stadt verrotten. Wer ihn begräbt, ist des Todes.‹ Kreon wird nicht zögern, Antigone.«

Entwaffnet ist mein toter Bruder ihm nicht geheuer, meinem Onkel Kreon, dem Tyrannen. Spräche ich diese Worte aus, würde sie Teiresias dem Herrscher überbringen. Wegen seiner Ungestalt bleibt er erpressbar. Die Bürger staunen ihn an: Wie kann er bei den Gottheiten in Gunst stehen? Zerstoßene Muscheln mischt er in die Kraftspeise, jeden Morgen. Um Reiz und Wert ist dieser alte Mann gebracht. Wie kann er, der den Tuchsaum knüllt, im Gehen wie im Sitzen, wie kann dieser Beutel Knochen angesehen sein bei den Mächtigen?

Er sagt leise: »Der Morgentau ist der Speichel der Nacht. Wir sind tüchtig im Träumen, es bedarf aber der Tatkraft …«

Was will er mir aufzeigen? Ich gelte als fest und frostig, meine Magerkeit stößt die Männer ab. Ich deute nicht die Spuren im Schlaf.

Der Seher schnalzt einen Locklaut, der Knabe eilt herbei. Ich folge ihnen zu den großen blanken Knochen des menschenköpfigen Löwen.

»Die Sphinx schrie, und wir bluteten aus den Augen«, sagt der Seher.

»Das Tier herrschte über euch«, sage ich.

»Kreon war König, auch damals.«

»Das Tier konnte er nicht bezwingen.«

»Er besaß nur schadhaftes Werkzeug.«

»Was heißt das?«, sage ich.

»Wenn Wind aufkam«, sagt er, »sträubte sich das Fell der Sphinx zu kleinen Stacheln.«

»Da kam … mein Bruder-Vater.«

»Da kam er. Und das Tier fauchte ihn an. Er stürzte in die Tiefe und starb. Bald war er bis auf die Knochen zernagt.«

»Weshalb erzählst du mir das?«

»Die Männer Thebens«, sagt er, »man muss ihre Mäuler mit Leiersaiten vernähen. Sie verdunkeln die Geschichten. Sie erfanden die Fabel: Ödipus löste das Rätsel der Sphinx. Wahr aber ist: Unheimlich war dem Tier ein Mann, dessen Fleisch verdorben war. Ich stand auf der Zinne, als es geschah. Die Sphinx sprach nicht. Ödipus sprach nicht. Der Sohn hatte den Vater erschlagen: Das Tier roch an ihm die Schande und fiel.«

Der Seher lügt nicht. Ich stand hinter dem einäugigen Bruder-Vater. Geschunden und unbewehrt war er, und er zuckte nicht beim Anblick der jungfrauhäuptigen Hündin. Stumpf geschliffene Scherben zu seinen Füßen, ich schaute hin, es waren Knochensplitter: Die Bestie bewachte die Überreste der Thebener, die sie mit spitzen Zähnen zerteilt hatte. Die Abgeschlachteten kümmerte unser Leben nicht. Der Bestie aber trieb ein Blick auf Ödipus alle Wildheit aus.

»Zum Bittgang brachen wir auf, dass die Sphinx vor Thebens Toren stürze«, sagt der Seher, »das Morden verschaffte ihr Lust. Und wir baten jeden Tag lustvoll um ihren Untergang.«

»Es hat nicht geholfen«, sage ich.

»Auch Kreons Sohn hat sie gerissen.«

»Haimon«, flüstere ich.

»König Kreon wurde seines Erben beraubt«, sagt er.

»Ich verlor den, der mich liebte«, sage ich, »ich glaube nicht, dass es dieses Tier gab. Auch wenn ich seine Knochen sehe.«

»Dann bist du genauso blind wie ich«, sagt er und lacht auf.

Ich denke: Ödipus, Bruder und Vater, war nicht begabt darin, blind zu sein. Also stolperte er oft. Er stolperte, weil ihm sein irrsinniger Königsvater die Füße durchstochen hatte. Später, viel später, zerstach er sich die Augen, er nahm der toten Iokaste die Haarspange ab und stach und stach. Ein Wirrwarr ist die Welt. Er wollte glauben. Ich glaube nicht an unseren Ursprung aus dem silbernen Ei. Die Gelehrten lehren: »Die Nacht ist dic Gebärerin, sie hat die Ersten der Erde gebrütet.« Nein. Die Ahnen logen. Ich glaube nicht an die Spirale, die wunderkräftige Priester an die Wände malen. Nicht an das Heilwasser, mit dem man die Stufen des Schreins besprengt. Nein. Die alten Geschlechter sind erloschen. Sie sind verstummt. Ich glaube an das große Spinnennetz, an dem die Götterköpfe hängen: Gespinste aus Stein und Seim. Tote Stoffheit aus Nichts und Nimmermehr. Die Männer, sie haben ihre Hymnen, wir haben unsere Gesänge. Die Priester, in Stierhäute gewandet, heiligen den Gefechtslärm. Ich sage laut: »Es gilt ein Mann als Himmels Held, wenn er Männer mordet. Wenn er Frauen schändet.«

»Still!«, ruft Teiresias.

»Du fürchtest, dass dein Knabe mich verrät?«

»Ich diene dem Seher!«, schreit der Jüngling. »Ich bin sein treues Geleit.«

Er schaut mich voll Haß an. Der Seher zeigt keine Regung.

»Nun frage ich mich«, sagt Teiresias, »welchem deiner beiden Brüder gleichst du?«

»Ich habe ... ich hatte drei Brüder«, sage ich.

»Bist du unbotmäßig wie Polyneikes? Bist du der Stadt ergeben wie der jüngere Eteokles? Der eine liegt unbestattet bei den Knochen der Sphinx. Der andere wurde als hochgepriesener Held begraben. Was ist ihnen, und auch Ödipus, eigen?«

»Sie sind verflucht«, sage ich.

»Das bindet sie«, sagt der Seher, »und doch verschlossen sie die Ohren vor dem Geschwätz der Barbaren. Bist du unbekümmert darum, dass wir verfallen? Eine Stadt darf nicht viele Stämme bergen. Befehde nicht die Herrschaft. Beweine auch Eteokles, den Polyneikes fällte.«

»Ein eitler Windschnapper bist du geworden, Teiresias«, rufe ich.

Der Diener stemmt sich hoch, braust auf mit dem Viehstachel, doch der Seher verstellt ihm den Weg. Er spricht: »Blind kam ich her, blind geh ich fort, ich habe nichts gesehen.«

Er flieht die Zeugenschaft. Er flieht mich, das ungekämmte Weib. Der Wind weht seinen Umhang wie eine Schleierschleppe hoch. Ich sinne über seine Worte nach. Welchen Zauber hebe ich auf, wenn ich den frierenden Leib meines Bruders zudecke? Der neue König Kreon hat Polyneikes zur Antastbarkeit verdammt. Teiresias verlangt die billige Liebe zur Stadt. Die ruhmbedeckten Krieger, die er lobt, aßen das Mark des Granatapfelzweigs, dass es den Trieb anfache. Dann eilten sie im Sturmlauf ins Hurenhaus. Mich ergreift keine heilige Scheu vor dem Geist dieser Männer, die tot im Sand lagen. Sie sind begraben. Ich versenke mich nicht in Träume. Ich kehre zurück zum Bruder und streue Grabeserde auf das gespaltene Brustleder.

♀

Ismene fiebert in leichter Erregung, sie ist von Wein berauscht. Sie spricht mit schwerer Zunge, ihre Zunge ist ein Zwerg, ihr Kopf ein Riese. Sie singt das Lied von dem Hirtenjungen, der mit elf Zehen zur Welt kam. Erst galt er als Missgeburt, die Mutter schützte ihn vor dem Zorn des Vaters. Sie schützte ihn vor den Gerüchten der Frauen, die ihr ins Gesicht sagten: »Du hast die keimende Frucht deines Leibes durch den Mund erbrochen.« Ismene singt: »Keine Gottheit hat dich geschlachtet. Kein Mann hat dich gepfählt. Gewachsen bist du zum Hüter über die lang- und rundohrigen Schafe …« Nah bei ihr steht Kleio, die alte Amme. Schnüffelnde Hunde bannt sie mit gellenden Pfiffen. Und doch sah ich oft ihre Hand auf einem Hundeschädel ruhen. Jetzt riecht sie an ihren Fingern. Sie hütet uns, die zwei Waisen, in einem schmucklosen Haus. Ismene verstummt und beschaut sich im Spiegel. Sie spricht: »Sie meiden mich.«

»Die Männer?«, sage ich.

»Sie drehen mir den Rücken zu, wenn ich durch die Gassen ziehe.«

»Ein geachteter Bürger des Rats rief: ›Den Zikaden sollten wir in Theben nacheifern!‹ Die Zirpenweibchen sind von Natur aus stimmlos. Er wurde beklatscht, man ließ ihn hochleben.«

»Ich wurde begehrt«, flüstert sie.

»Du hast nichts an deiner Schönheit eingebüßt«, sagt Amme.

»Liegt es an unserem … Vater?«

»Ödipus ist in den Bergen, was könnte er uns schaden?«, sage ich, »er wird heilige Sträucher verbrennen. Er wird in den Dämpfen alles sehen, was uns bedroht. Er hat uns nicht verlassen.«

»Er ist weit weg«, ruft Ismene.

Amme bittet sie, das Lied zu Ende zu singen, meine Schwester schüttelt stur den Kopf.

Der Hirtenjunge strich in Gewitternächten brodelnd durch die Haine. Er dachte: Will ich als Zerrbild leben? Er dachte: Was bin ich mit diesem Überschuss geboren? Die einen nennen es Makel, die anderen den Rest der Mutterhöhle, der kleben blieb. Sein Vater riet: »Du musst lernen, dich schlau zu winden. Dir erwächst keine Schwachheit wegen des überzähligen Zehs.« Die Scham trieb den Jungen auf die Höhen, in die Senken.

Ich frage Amme, was dem jungen Hirten geschah. Hat er den elften Zeh abgeschnitten? »Der Zeh war nicht einmal eine Lästigkeit, die ihn behinderte«, sagt sie, »beim Schafehüten sann er darüber nach, und dann aber hat er beschlossen, nicht mehr daran zu denken.«

»Es kam kein Mädchen, das sich in den Zeh verliebte?«, sagt Ismene.

»Verliebst du dich in ein Muttermal? In eine hängende Hinterbacke?«

»In eine Nase.«

»Beschreibe mir die Nase«, sage ich und lache auf.

»Sie ist nicht klein, deshalb nenn ich's nicht Näschen oder Nasenklein. Sie ist nicht groß, deshalb zieht sie den Kopf nicht nach unten.«

Wir reden über Zehen und Nasen, um schweigen zu können über unsere verlorenen Brüder: Der eine verlor sich im Blutrausch, er berauschte sich am Blut des Bruders. Der andere wollt sein Recht erstreiten, er verlor die Schlacht und geht nicht ein in die Unterwelt. Kreon zog die unfreien Diener ab, unser Haus ist ein Heim des Fluches. Amme facht das Herdfeuer mit Rinde und Scheiten an. Der Ruß der vielen Feuer hat die Wände geschwärzt. Er hat geschwärzt die Balken und die Altäre. Ismene wirft den Kelch zu Boden, die zwei Henkel brechen ab, der Wein sickert in den gestampften Boden. Sie schreit: »Ich werde nicht begehrt!«

Amme liest aus den Weinflecken: »Ödipus, der Bruder, der Vater, hält seine Geisterhand über uns.«

»Das Orakel ist erfüllt, wir ragen in die Stille der Toten, sie werden uns freigeben, noch in diesem Leben, Geduld, nur ein bisschen Geduld.« Was könnte schlimmer sein, als in diesem großen Grab zu warten? Gern würde ich Amme schütteln, gern würde ich die Masken zerschlagen und den Götterkopf in das Feuerbecken schleudern. Polyneikes und Eteokles zerfraßen einander. Ismene und ich dürfen es ihnen nicht gleichtun. Theben ist ein Flammenmeer. Theben ist ein Bronzespiegel, in dem unsere Bilder brennen.

»Solange der Mond über uns steht, werden wir nicht zerstreut«, sagt Amme.

»Weshalb meiden sie uns?«, sagt Ismene.

»Es liegt am Krieg.«

»Die Schlacht ist geschlagen. Wir haben einen neuen König, unseren Onkel Kreon. Was lässt uns leiden? Was befiehlt er, dass mich keines Mannes Blick streift?«

Ismene erzählt: Sie hat Bleiweiß aufgetragen, um ihre dunkle Haut aufzuhellen. Sie trug den Überwurf mit Purpurbesatz, als sie durch die Gassen ging. Ihre Knöchelspangen glänzten im Licht. Sie war eine Jägerin, sie kirrte die schönen Männer: Daran hat sie geglaubt, bis sie sah, was sie nicht sehen wollte. Bis sie hörte, was sie nicht hören wollte. Ein Mann rief ihr zu: ›Das Prachtstückchen

Antigone ist ein Bettvieh! Mit einem Griff würde ich sie zähmen.‹

»Die Ehre der Männer wiegt so schwer wie das Kupfer, mit dem sie für den Schoß der Dirne zahlen.«

»Keine bösen Worte, Antigone«, ruft Amme.

»Schnüre ich mich mit Binden, um Busen und Hinterbacken zu heben?«, sage ich laut, »ich tue es nicht, weil ich in Trauer gewandet bin.«

»Ich trage eine Busenbinde«, sagt Ismene, »du nennst mich schlecht?«

»Du bist ein junger Weinstock, der nicht vertrocknet. Ich bin die Älteste unseres Hauses, also muss ich trauern … Wann bist du Onkel Kreon das letzte Mal begegnet?«

»Nicht heute, nicht gestern.«

»Früher besuchte er uns oft«, sage ich, »seit dem gewonnenen Krieg gelten wir als schlechte Gesellschaft.«

»Sind wir das? Sind wir schlecht?«, sagt Ismene.

Ich schaue auf meine Schwester und schweige. Gesetz, Brauch, himmlische Lenkung: Steine in Kreons Mund. Die Macht ist ihm eine Kostbarkeit. In seiner Natur vermischt sich Grau mit Schwarz. Und also sollen wir, die Töchter des blutschänderischen Ödipus, schwarzen Statuetten gleichen, schwer und unbewegt, schwebend und belebt, je nach seiner Laune.

Die Tür wird jäh aufgerissen, zwei Wachen stehen an der Schwelle. Der kinnbärtige Krieger spricht zu mir: »Der König befiehlt dich zu sich.« Ich bitte die Amme, den Weinkrug fortzuschaffen. Ismene lasse ich in ihrer Obhut zurück.

♀

Ich trete hinaus zwischen die Wachen. Sie schreiten aus, als übten sie für eine heilige Handlung. Als wir am Tempel vorbeigehen, bedeckt der bartlose junge Krieger den Mund mit der Hand, ein Zeichen seines Frommseins. Die Frauen, die Männer, sie blicken mich an. Ismene wäre beglückt, wenn sie so viel Aufsehen erregte. Unfreie mit langen Stangen auf der Schulter kehren heim von der Olivenernte. Die Körbe sind voll, ihr Herr wird vor Freude lachen. Ich werde sanft geleitet, die Wachen achten mich, denn ich bin die Nichte des Herrschers. Das Wehrgehänge des Frommen stößt gegen seine kräftigen Schenkel. Ich habe es genau gesehen, als sie mich holten: Trotz ihres Kummers hat Ismene ihn gemustert, und er streckte die Brust vor. Wollte er um sie werben, er müsste Tage der Liebeständelei überstehen. Er müsste ihr einen Reif aus Golddrähten schenken. Der Jüngling träumt von Siegen, er ist ihr aber nicht gewachsen, er würde bei dem ersten Spott in den Tempel fliehen.

Ich denke: Denke nicht! Ich denke: Denke lieber über die Begegnung nach, die dir bevorsteht. Die Wachen geleiten mich in die kleine Halle. Der Schnürriemen meiner rechten Sandale schleift über den Boden. Zwei Locken fallen mir in die Stirn. Er, der über die Ordnung der Knechte wacht, soll meine Nachlässigkeit bemerken. Ich sage leise die Worte auf, die mir Amme früher vorsang: »Mich mied das Schlechte, mich fand das Gute.« Jetzt sehe ich ihn, den Segen der Stadt, die Pracht in Purpur: Kreon. Viele seiner Waffengefährten fanden in der Schlacht den Tod. Krümmt er deshalb den Rücken? Nein. Er hebt auf, was ihm aus der Hand fiel: eine Münze. »Nichte«, sagt er. Auf einen Wink von ihm verlassen die Krieger die Halle.

»Ödipus stand dort, wo du stehst, Nichte. Ich stand an seiner Seite. Eine Stunde verging, die Stunden zersprangen. Womit war er wohl beschäftigt?«

»Ich weiß es nicht«, sage ich.

»Er zählte die Kerne der Feige. Auf welche Zahl ist er wohl gekommen?«

»Hast du mich deshalb hergebeten? Soll ich ein Rätsel lösen?«

»Ich verrate es dir: Es waren eintausendfünfhundert Kerne. Er zählte, und ich rührte mich nicht. Man fragt den Herrscher nicht nach dem Sinn seiner sonderbaren Tat. Ich war ihm ergeben. Hättest du gefragt? Hättest du es gewagt?«

»Ja«, sage ich, »ich hätte gewusst, dass er mir eine Wahrheit enthüllen will.«

»Frage ihn, wenn du ihn siehst. Denn ich bin neugierig.«

»Worauf? Ob er mich noch erkennt?«

»Verwirrt und blind streift er durch die Wildnisse«, sagt Kreon. »Ich bin neugierig, ob er dich verflucht, so wie er es tat bei seinen beiden … Söhnen. Aber nun zurück zu der Geschichte. Ödipus griff immer wieder in die offene Frucht, zeigte den Kern vor, steckte ihn zwischen Zahn und Unterlippe. Zwischen Zahn und Oberlippe. Zwischen Zahn und Zunge. Zwischen Zahn und Wange. Ich wachte über die Zählung. Ich atmete leise und lauschte seinen Atemzügen. Dann warf er die Schale weg, schluckte, verlangte Wasser, schluckte alle Kerne herunter. Mit vollem Mund hätte er kaum sprechen können. – Wie nanntest du es, die Wahrheit? Ödipus, Thebens König, gewaltig und voller Kraft, wandte sich mir zu, er sprach: ›Eintausendfünfhundert Kerne im Bauch einer einzigen Feige, eine gerade Zahl, ich bin glücklich!‹«

»Es hat ihn gefreut?«, sage ich.

Kreon erzählt: »Auf seinen dünnen Beinen ging der oberste Thebener auf und ab, er durchmaß die Halle mit hüpfenden Schritten. Die Palastwachen streckten die Speere in Erwartung einer Raserei. Ödipus galt als der Zögling einer anderen Welt, als fleischgewordener Orakelspruch. Kein Mann glaubte, dass er ihn übermeistern könnte. Der Bändiger der Sphinx war mit blutnassem Nabel zur Welt gekommen. Später raunten die Krieger: ›Wir litten schwer unter dem irrsinnigen König.‹ Sie beschrieben ihn als Rumpf mit einem Bein aus Erz und einem Bein aus Maultierdung. Mit einem Arm aus dienstbaren Sehnen, mit einem toten knorrigen Arm. Wer aber war dieser König wirklich? Es geschah, dass er den Herrscherkranz vom Haupt riss und die Lorbeerblätter in den Mund stopfte. Es geschah, dass er finster und freudlos durch die Gassen strich. ›Er richtet ein Verderben an‹, sprachen die einen. ›Er ist in der Entlegenheit zuhause‹, sprachen die anderen. Widerspiegelte er unsere Bilder, und sahen wir in ihm uns: atmende Nichtse?«

»Jetzt herrschst du«, sage ich, »wirfst du eine Münze auf, statt eine Feige zu spalten?«

»Was starb, ist gegangen«, sagt er, »was lebt, ist geblieben. Ich zähle nicht die Kerne, ich zähle die Überlebenden.«

»Können wir zurückkehren in den alten Stand?«

»Als wäre nichts geschehen? Das ist uns unmöglich«, sagt er.

»Die Geister sind sprechender Spuk«, sage ich.

»Sie werden schwinden … Du, Antigone, benimmst dich nicht ausschweifend. Du wartest nicht, du hast dir nicht vor Trauer über deiner Brüder Tod die Wangen zerkratzt. Du bist rein in deiner Tugend.«

»Ich werde von Amme gut behütet.«

»Sie fütterte Eteokles mit vorgekauten Stücken Fleisch. War er ein schlaffes Kind?«

»Nein«, sage ich, »er wäre fast erstickt, als er einen Happen schluckte.«

»Er isst ... er aß wie ein Barbar, oft genug musste ich ihn zügeln.«

»Auf dich hat er gehört.«

»In den Anfängen«, sagt Kreon, »doch das alles liegt hinter uns. Wir sind rasend geworden. Die Thebener glaubten, dass von den Höhen Felsblöcke heruntersausten. Wir aber wurden auf eine andere Weise gestraft.«

»Jetzt herrschst du«, sage ich noch einmal.

Ich falte auf, was verborgen war: Wir werden auskommen ohne jene, die uns verlassen haben. Wir werden nicht bestehen ohne Strenge.

Kreon ist erkennbar hagerer, rauer, bleicher geworden durch die Würde. Es verdrießt ihn sichtlich, dass ich ihm die Achtung versage. Dass ich die Strähnen nicht hinter die Ohren streiche. Das Magdtum dichtet er mir an. Die Bürger Thebens sind geistig stumpf. Will er sie in ihrer Tollheit belassen? Wird es ihm gelingen, sie unter sein hartes Recht zu zwingen? Ich staune ihn an: Mein Onkel, der Pflug der Fügung. Mein Onkel, der den Dienerinnen die Gesäßbinden straffte. Der sie gewaltsam kniff und koste, bis sie aufschrien. Dieser Mann, kein Krieger, dieser Mann, ein König. Mein Kopf bellt, er hört nicht das Gebell. Ich denke: Der Schlag wird kommen, sei auf der Hut!

»Zürne mir nicht, dass ich die Dienerschaft aus deinem Haus entfernte. Kennst du den Grund?«

»Du sorgst für unser Wohl«, rufe ich und lache auf.

»Auf Geheiß des Verfluchten, der hundert Flüche kennt«, sagt er, »auf Geheiß deines blinden Schandvaters hat die Unfreie, die dir beim täglichen Bad diente, hat dieses Weib …«

»Was hat sie?«, rufe ich.

»Sie hat ihm von dir berichtet.«

»Er sorgt sich um mich.«

»Deine Nacktheit hat ihn erregt«, sagt er und dreht die Münze in seiner Hand.

»Du lügst!«

»Lügt ein König? Trage ich den Hoden eines Esels am Armband, wie es die Männer meines Standes tun? Ich verachte die lüsternen Alten. Ich verachte Teiresias, der den Duft seines Knaben tief einatmet. Doch was soll ich halten von meiner jungen Nichte? Auf die Sohlen ihrer Sandalen hat Ismene ein Brettchen mit der Schrift genagelt: ›Folge mir.‹ Sie drückt ein bei jedem Schritt die Schrift in den Straßenstaub. Es folgen ihr niedere und hohe Männer zu den Gräbern. Das taten sie, bevor ich ihnen drohte: ›Wer sie begehrt und berührt, wird aufgespießt.‹ Lügt ein König?«

»Wachst du über unsere Tugend?«, sage ich.

»Deine Mutter Iokaste hat sich erhängt, als sie die Schande erkannte«, sagt er.

»Tat sie recht daran?«

»Ihr Mann wurde erschlagen. Sie hätte ihre restlichen Tage in Trauer verbringen müssen. Sie aber nahm den Bezwinger der Sphinx zum Mann. Ödipus wurde König.«

»Ja, und du wurdest abgesetzt.«

»Jetzt sprichst du zu mir, dem König«, sagt er.

»Ich spei auf dein Gerede von verlorener Tugend«, sage

ich und schlage ihm die Münze aus der Hand. Die Münze fällt mit hellem Klang. Kreon folgt ihr mit den Augen. Ich rufe: »Du schimpfst deine Nichten Huren. Es gibt in Theben keinen Mann, der unsere Häute schindet.«

»Weil ich es befahl.«

Ein König lügt, ich gebe nichts auf seine Worte. Teiresias lügt, er krümmt sich vor den Herren, die ihn tadeln, wenn er Verfall und Niedergang weissagt. Die Unfreie ist unschuldig. Einverleibt hat sie sich ihre Sprache, die Hoheit und Gottheit in vielen Worten kennt. Sie war nur ein Schattenfleck in meinem Haus. Einverleibt habe ich mir die schmutzigen Kiesel, mit denen die Knaben geschickt nach Raben werfen. Ich habe mein Gesicht zur Steinmaske geglättet. Ich habe mit Hohngelächter gegeizt. Ich habe leise geatmet in Gegenwart der Könige. Mein Unglaube wuchs, sie waren nicht der Widerschein des Sternenlichts am Himmel, ihr Fleisch roch wie das der anderen. Einverleibt habe ich mir den Rauch von Lorbeer und Gerstenmehl, die Orakel, die Schreie der Dienerinnen, die sie im Dunkeln besteigen …

»Nichte«, flüstert er, »ich bin nicht schuld an deiner Unreinheit.«

»Mein Name ist rein«, sage ich laut, »ich bin unerreichbar für die Verleumder.«

»Trauerst du um deine Mutter?«

»Um sie und alle anderen.«

»Ich trauere auch«, sagt er.

»Was willst du von mir … König?«

»Dass du dich reinwäschst von der finsteren Gabe. Dass du begreifst: Dies ist dein erster Tag. Dies ist deine erste Stunde. Suche meine Nähe.«

»Lass uns in Frieden«, sage ich.

»Ziehe dich zurück von den Gassen. Ziehe dich zurück von den Fenstern. Hülle dich ein in Ziemlichkeit. Du solltest geistern in deinem Haus. Bade mit kaltem Wasser. Die Amme soll dich bedienen. Diese Münze, sie bleibt so lange am Boden liegen, bis du sie aufhebst.«

Er ruft nach den Wachen. Sie geleiten mich bis zur ersten Palaststufe: Dort werde ich entlassen. Ich laufe zum Flussufer und achte nicht die Locklaute, achte nicht die Bürger, die raunen und schnalzen. Ich setze mich auf den großen Stein. Das Wasser fließt dahin, es ist ein weicher Spiegel. Das Haar will ich nicht waschen, dass es mir hänge über den Rücken wie eine verfilzte Pferdemähne. Mein Blick haftet nicht, das dürre Land flieht bis zum flirrenden Himmelsstrich. Ich denke: Meinen ersten Tag, meine erste Stunde, werde ich dir, Kreon, nicht schenken. Polyneikes ohne Grab wird ein bösartiger Geist werden, weißt du das nicht?

Er wird uns heimsuchen. Was geschieht, wenn der Geist in unserer Welt gefangen ist? Er verdreht dem frommen Krieger den Sinn: Die alte Amme muss dem werbenden Jüngling wehren. Die Scheite knacken lauter, das Feuer im Becken singt. Jeder Geist kehrt in seinem Haus ein. Es steht nicht in seiner Macht, fernzubleiben von den Seinen.

Ich höre die Schreie, heute ist der Tag der Weihe. Ein Jüngling stürzt sich vom Dach des verfallenen Turms in die Tiefe. Ich sehe nichts, weil ich weit weg in meiner Entlegenheit sitze. Ich bin unerreichbar im Tuch, das das Flusswasser des Ismenos genässt hat. Der Weihetag: Unten stehen klagende Frauen, jung und bleiweiß die Gesichter, sie wollen das Opfertier hoch oben umstimmen mit Lauten der Bestürzung. Und doch hoffen sie auf den sühnenden Sprung. Ein einziger Schrei aus hundert Kehlen.

Der Jüngling ist gesprungen. Es flattern große Vögel auf, sind es Tauben, sind es Raben, oder weht der Wind weiße Fäden hoch? Thebens toter Sohn ist eine Lockspeise. Die Frauen werden ihn zum Tempel tragen. Sie werden Lorbeer streuen auf die Blutlache zu Füßen des Turms. Ich sehe den Lichtschein. Der für die Gottheiten Zerbrochene wird geehrt mit Fackeln, mit brennenden Stauden des Riesenfenchels. Jede Gottheit ist ein Mundloch, das die Thebener mit Leichen stopfen.

»Herrin«, sagt jemand hinter mir, ich springe auf, greife eine Handvoll Kiesel und werfe die Steine, die auf den Leib des vermummten Mannes prasseln. Zum Zeichen, dass er mich nicht anfallen wird, zeigt er die Hände vor: Sie sind verschorft und verschwielt. Ein Unfreier, ein Bote, ein Mörder. Zum Zeichen, dass er mich nicht töten möchte, fällt er hart auf die Knie.

»Herrin«, sagt er, »sei mir gnädig.«

»Wer bist du?«, rufe ich.

»Man hat mich beauftragt.«

»Womit?«

»Dich zu finden. Ich habe dich gefunden.«

»Wer hat dich geschickt?«, sage ich, »Kreon?«

»Der alte König, der mein König ist«, sagt er und zeigt mir eine Spange. Ich erkenne sie wieder: Sie scheitelte das Haar meiner Mutter Iokaste. Ich sehe das vertrocknete Blut am Dorn.

»Hast du sie gestohlen?«, rufe ich.

»Nein, Herrin. Ich nahm sie aus der Hand meines Herrn.

Er sprach: ›Sie wird dir misstrauen. Erwarte von ihr keine Milde.‹ Er sprach: ›Sie ist eine Tochter ohne Seelenruhe.‹«

»Er hat sich von uns abgewandt. Er wendet sich keinem Diener zu.«

»Mein Herr sprach: ›Meine Haut ist nicht zerschlagen. Sprich diese Worte vor ihr nach.‹«

»Du kommst nicht von Kreon«, sage ich.

»Wir müssen gehen«, sagt er, »noch ist Theben abgelenkt vom Opfergang.«

Der Diener richtet sich auf, ich folge ihm. Oft saß Ödipus still am Feuerbecken. Oft sprach er leise, dass ihm die Haut nicht zerschlagen sei. Dass er Wort und Werk voneinander scheiden könne. Oft verblasste er im Feuerschein. Er wandte sich ab von den Priestern, die in den Eingeweiden eines schwarzen Widders seine Tauglichkeit lasen. Der Diener, dem ich folge, könnte mit bloßen Händen einen Feldochsen niederringen. Nicht Gesetz, noch Gewalt, die adelige Tugend ist ihm bindend.

Sonst hätte er Ödipus abgeschworen. Der alte König, der kein König mehr ist, wollte mit den Beinen in den Himmel laufen. Er fiel, er floh, er gilt als schuldiger Mann. Nach Krieg und Brand in Theben singt man von Kreon Siegerlieder. Bei Ödipus sammeln sich die wüsten Männer. Sie stehen in den Ackerfurchen, sie blicken in den Osten, aus dem ein erzener Koloss kommen soll. Es wurde geweissagt: »Die Welt leckt, und in allen Gebieten erhebt sich Zorn.« Die Priesterin von Delphi hat gesprochen: »Mondlos die Nacht, zerfressen die Geräte, es reift ein Anfang unter euren Händen, die Barbarenstämme rasen heran, reißen herab, sie werden sein die Schleifsteine unseres Geistes und unserer Gestalt …« Dumme Worte, doch sie glauben. Benebelung, doch sie glauben: an die Wilden mit den Fackelaugen, an den bösen Sohn des Himmels, der die Furchen zerstampft unter seinen Füßen. Sie sagen auf das Gebet: »Wecke die Wilden! Sie sind gähnende Hunde. Sie riechen wie Huren nach schwerem Duft. Sie riechen wie geräucherte Ranken.« Narbenäugiger Ödipus, mein Bruder, mein Vater, gefallener Mann in der letzten Stunde. Er sah nur auf einem Auge gut, das andere war verwarzt und verschwollen. Mit dem einen Auge bezwang er Thebens Plage, sein Blick schnitt und schnitt, er schnitt ins Fleisch der jungfrauenhäuptigen Hündin. Sphinx nannte sie das leichtgläubige Volk. Blind wurde er nach dem doppelten Stich mit dem Spangendorn. Ich musste ihn führen. Jetzt lässt er sich führen von Unfreien mit mächtigen Schultern.

Der Diener bleibt stehen vor einem Felsspalt, und heraus tritt Ödipus, gestützt von einem abtrünnigen Palastwächter. Er flüstert ihm ins Ohr, und der Blinde spricht: »Meine Gefährtin hat mich gefunden.«

Er hat sich die langen Haare geschnitten. Trauert er um seine Mutter-Frau Iokaste? Die Liebe zu seinen Söhnen, die sie ihm geboren hatte, erlosch, als er das Orakel endlich enträtseln konnte. Er liest meine Gedanken, er sagt: »Die Priesterin, die mir damals weissagte, ist tot. Sie fiel vom hohen Dreifuß auf die Felsen, ihr Schädel brach entzwei.« Ich denke: Nicht nur bei den Toten sind die Knochen verschoben. Er, der mich zeugte, hat eine Haut, die sich über Knochengräte spannt. Ich bin eine Missgeburt. Er ist eine Missgestalt. Der Wächter raunt ihm wieder Worte ins Ohr, Ödipus spricht:

»Es haben sich Locken aus deinem Haar gelöst, und deine Stirn ist glutrot. Bist du im Krieg, Gefährtin Antigone?« Er sinkt auf den Boden, er greift in eine Ledertasche, er kaut Kohlsamen, um den Weinrausch zu dämpfen. Er klopft auf die Erde, und ich setze mich neben ihn.

»Du weißt von Polyneikes«, sage ich.

»Tot und gebrochen«, sagt er, »und man verweigert ihm das Grab.«

»Sprich mit Kreon. Er hört auf dich.«

»Seine Gier verödet die Stadt«, sagt er.

»Dann rüste dich zum Schlag. Vernichte ihn.«

»Kreon ist die große Fliege, die meinen ruhelosen Sohn umschwirrt.«

»Er bat dich um deinen Segen«, rufe ich, »du hast ihn Polyneikes verweigert.«

»Nicht allein ihm. Auch Eteokles. Auch Kreon.«

»Und das war falsch.«

»Meine jungen Söhne sind gebrochen, ich habe noch acht Zähne im Mund. Die Lider sind mir zu Wülsten verwachsen, ich gleiche Teiresias, dem knabenhungrigen Tier. Wessen Schlächter bin ich? Zugrunde gerichtet hat sich Theben. Ich meide jede Stadt. Jungfrauen werfen mir Rosengirlanden in den Weg. Das sagen mir meine Gefährten. Sie leiden – woran? Wurde ich aus einem großen Reich vertrieben? Die Scham ist mir ein glühender Stirnreif. Ich sage: Ein Reich hab ich nicht vererbt, als ich aus der Königshalle floh.«

»Ich blieb«, sage ich, »Ismene und Amme blieben. Wir waren ahnungslos. Von deiner Flucht erfuhren wir von Kreon. Wir waren deine Hinterlassenschaft. Du warst nicht mutig, Ödipus.«

Seine Gefährten spannen sich an, sie sind wütend. Diese Welt wird nicht leichter, wenn ihr blinder König seine schwere Schuld zugibt. Die Niederlagen der Helden nähren Ödipus. Dass sein Geschlecht erlischt, wünscht er nicht, es soll gedeihen unter einem anderen Himmel. Die Getreuen schützen ihn, als lebte fort sein Königtum in dieser Grotte, als trotzten sie dem erzenen Koloss, für den sie Kreon halten. Als nisteten sie in Ödipus Dunkelheit: in der Finsternis der linken Augenhöhle, in der Finsternis der rechten.

Er gilt ihnen als Zweitmächtigster im Zerfall. Sie träumen nicht von Festigkeit, das liegt hinter ihnen. Es hat ihnen gefallen, dass er in seiner ersten Stunde der Schande seinen Herrscherumhang in Streifen riss. Ein wüster Priester, der sich in Felsspalten zwängt: das ist Ödipus.

»Ich sehe keine Fratzen«, flüstert er, »nicht im Schlaf, noch im Rauch.«

»Dann bist du ein reiner Geist.«

»Ich scheue die Nacht, seitdem ich blind bin. Denn nachts sind die Sehenden still. Sie schließen die Augen und geben vor zu erblinden. Sie ahmen mich nach. Ich lasse mich nicht täuschen.«

»Willst du sterben?«, sage ich.

»Noch nicht.«

»Willst du, dass ich mich für dich verwende?«

»Niemals!«, schreit er, »Theben riecht nach Iokaste.«

»Sprich nicht über unsere Mutter«, rufe ich.

»Allumfassend war sie für mich. Ich habe es nicht gewusst.«

»Doppelt so alt wie du«, sage ich laut, »doppelt so klug wie dein Vater, den du erschlagen hast!«

»Ich habe es nicht gewusst«, sagt er und legt die Hände über die Augen. Sein Gefährte raunt ihm ins Ohr. Bruder-Vater. Mann von hohem Rang. Damals, als ich den Einäugigen nach Theben führte, das eine Seilende um seine Brust geschlungen und das andere in meiner Hand … hat er da gedacht: Ich werde ein Schänder gewesen sein? Vater-Bruder. Rechtlos und lichtlos. War er schwerer zu verderben als Kreon? Man müsste einen Felsen nach ihm schleudern.

»Gefährtin«, sagt er, »mein Rausch ist verflogen. Glaubst du mir, dass ich bei Verstand bin?«

»Das glaube ich.«

»Polyneikes ist von gleicher Gabe und gleichem Blut.«

»Er war es«, sage ich, »jetzt ist er ein Opfer der Öde.«

»Folgst du dem Brauch?«

»Ich ahm nicht nach die feierlichen Bräuche der Ahnen.«

»Dann soll er ruhen«, sagt er, »dann soll er liegen. Was ist unter dem Grund, unter der Welt? Ich hackte in die Erde, ich grub und grub. Es kam zum Vorschein: Steine, Wurzeln, kleine Knochen, Fasern, Würmer und Käfer. Dort unten … ist nichts.«

»Bist du hinabgestiegen, Blinder?«

»Ich brach ab. Ich stieg aus der Grube. Die Gottheiten sind Nichtse, das habe ich gesehen.«

»Die Tochter, die ich bin, verachtet dich«, sage ich, »dein Sohn, der er ist, verwest. Lege dich hin zum Sterben. Deine Gefährten werden dich begraben.«

♀

Stein, im Bauch der Hure gebrütet. Die Hure, eine Steingebärerin. Der Stein, das bin ich. Die Hure, das ist Mutter Iokaste. In der Hitze, vor den Toren der Stadt, stehe ich am Leichnam Polyneikes. Es stehen bei mir vier Getreue und der junge fromme Krieger. Ich gieße Salböl auf den toten Leib, ich ziehe und zerre an Polyneikes, zerre ihn von der Erde fort, auf die er fiel. Wenn ich ihn nicht begraben kann, will ich ihn verrücken. Keine Zweige, kein Sand, keine Verhüllung.

»Uns bleibt nicht viel Zeit«, sage ich.

»Unter wessen Bann stehst du?«, sagt der junge Krieger.

»Ich bin eine reine Frau.«

»Hat dich ein wilder Wolfshund gebissen?«

»Nicht vom Biss des Hundes, noch vom Biss der Assel bin ich wütig geworden«, sage ich, »ich kenne die Geschichten, die man über mich erzählt.«

»Ich will mir keine Schuld aufladen«, sagt er. »Aber der Mächtige missachtet den Brauch, er verachtet die Zeremonien. Deshalb sind wir hier. Der Feind ist bezwungen. Kreon macht diesen Toten zur Unnatur. Sie wird über uns kommen …«

»Keine Worte mehr«, sage ich. »Tut es.«

Klatschende Schläge, harte Stöße. Sie brechen das Brustbein, sie spalten den Brustkorb, sie reißen sein Herz aus der Brust. Ich halte ihnen das geweihte Tuch hin, der junge Krieger legt mir das Herz meines Bruders in meine Hände, ich falte den Stoff zweifach, drücke das Bündel leicht gegen meine Brust. Die Männer rücken die Rippen, füllen das Loch mit dem Knäuel, den mir Ödipus gab: geknüllte Fetzen vom Saum des Überwurfs von Iokaste. Keine Leere in seinem Leib. Lässt sich die Unterwelt bestechen? Die Männer gehen schweigend auseinander. Ich, Antigone, bin erniedrigt, und er, Kreon, ist erhöht. Ich bin die Eine, die sich gegen Theben stellt. »In mir brennt kein Ehrgeiz«, das flüstere ich bei jedem Schritt auf dem Weg zu meinem Haus, ich liebe die Windstille und den rauschenden Regen, ich liebe den verklungenen Sang der unfreien Mädchen Thebens, ich liebe nicht die Lügen der Thebener Krieger.

Sie glauben: An Kreons Hinterhaupt, auf dem Höcker, versteckt unter dunklen Locken, ist ein verkümmertes Auge. Wenn es sich öffnet und der Blick dich trifft, wirst du auf einen Schlag zahnlos. Ich bin die Eine, die sich gegen die trüben Träume stellt. Totes Herz im Tuch, meines Bruders Gabe.

Amme und Ismene stehen am Feuerbecken, ihre Gesichter sind gerötet. Das Zeichen meines Hasses auf den Mächtigen in meinen Händen. »Es hat längst aufgehört zu schlagen«, sage ich. Amme kniet vor dem Hausaltar. Auf das Wunder der Gottheiten hat sie vergeblich gehofft. Im Netz hat sie sich verfangen, jetzt fürchtet sie den Biss der Spinnc.

»Sie suchen nach dir«, sagt Ismene, »im Dämmer werden sie uns wieder heimsuchen.«

»Wir sind in Eile«, sage ich.

»Soll ich sein Herz sehen? Wünscht es Polyneikes?«

»Nein«, sage ich, »es reicht, wenn du an seinem kleinen Grab stehst.«

Amme führt uns in den Hintergarten. Ich sinke auf die Knie und kratze tiefer, die Fingernägel brechen. Ödipus irrt, er ist in seinem Eigensinn erstarrt. Die Steine, das sind die Murmeln der Kinder. Die Wurzeln, das ist das Gewebe des Grundes. Die kleinen Knochen, das sind die angenagten Überreste der Beute. Die Fasern, dünne Stricke zur Festigung der schwarzen Klumpen. Würmer und Käfer, das sind kneifende und zwickende Fresser. In die Tiefe lege ich das verhüllte Stück, fülle das Loch mit Erde. Ich habe den

Leib verwüstet, damit der Geist in die Unterwelt wandern kann. Er glüht herzlos in der Sonne. Sein Herz ist begraben. Es beginnt Polyneikes erste Stunde. Dies Stück ist hinabgefallen, es liegt im dunklen Mund. Wird der Wächter des Hades sprechen: »Dies ist eine Silbe, kein Wort. Dies ist ein Kern und keine ganze Feige. Dies ist eine Maske und kein Gesicht. Dies ist keine Heimkehr?« Diese verschmutzte Gabe, aus dem Rumpf gerissen, sank herab. Der Rest liegt leichenstarr auf freiem Feld. Der Tod hob seine Schande auf.

Wir trinken, wir spielen unseres Bruders liebstes Kinderspiel. Dünne Zweige bricht Amme, wickelt Garn um die Enden, spannt das Garn über die Zweigstäbe, legt das kleine Floß auf das Wasser in der Schüssel. Wir spritzen Wein aus dem Mund, bis das Floß kentert. Es ist nicht einfach, nicht zu weinen. Ismene und ich, Kinder böser Zeugung, von Geburt aus verkehrt, aus Dreck geknetet, vom Leben abgefallen: Wir weinen nicht. Wir zeigen keine Ängstlichkeit.

»In seinem eigenen Schmutzwasser soll Kreon ersaufen«, sagt Amme, »der Wolfshund soll seinen Harn abschlagen in sein Gesicht.«

»So soll es sein«, sagt Ismene.

»Der alte Denker auf dem Markt, den Bart kräuselt er zu Locken, vor den Freien und Unfreien, er sitzt auf teurem Tuch und dreht Locken.«

»Der Philosoph«, sage ich.

Amme sagt: »Manchmal stehen die Männer im Kreis, sie lauschen seinen Worten. Auch ich habe seine Worte behalten. Er fordert die Tat wider den zorngeschwellten Aufwiegler. Er zeigt auf die verheilten Wunden auf seiner Stirn. ›Das war ich‹, spricht er, ›ein Aufwiegler. Ich verfluchte Land, Amt und Paläste. Mein Zorn war unermesslich, ich schwoll und schwoll. Dann ergriffen mich die Krieger des Königs, sie schleppten mich in eine Gasse und zerschlugen mich. Den Tag der Prügel nenne ich den Tag meiner Wiedergeburt. Ich erwachte und sah mein herrliches Theben.‹«

»Er dankt für die Schläge?«, sagt Ismene.

»Er heiligt die Hände, die ihn schlugen.«

»Ist das seine Lehre? Dass der Schlag uns heilt?«

»Frag ihn«, sagt Amme, »frage die Männer, die ihm nacheifern.«

»Schlagen sie sich auf dem Marktplatz?«

»Sie kraulen sich den Bart.«

»Ich kenne ihn«, sage ich, »zu Ödipus' Zeiten tat er sich als Seher hervor. Er wollte Teiresias übertreffen. Er war darauf bedacht, dass sein Gewand im Sitzen vorteilhafte Falten warf. Auch er atmete den Rauch von Gerstenmehl ein. Auch er sprach derart dunkel, dass die Rätsel die Mägde bezauberten.«

»Darum ging es ihm?«, sagt Ismene.

»Ein Nichtsnutz wurde als geistbegabter Deuter gerühmt. Die von ihm besamten Mägde lauerten ihm auf. Er konnte sich kaum wehren. Neu geboren ist er nicht. Heute verdammt er jede heilige Erhebung. Er hofft auf Kreons Liebe.«

»Es ist so weit«, flüstert Amme, »ich höre sie.«

Kreon hat harte, rüde Krieger geschickt, zum Zeichen seiner Verachtung. Am liebsten würden sie die Frauen des Hauses schänden, allein die hohe Strafe schreckt sie. Der Anführer greift mich am Arm, zerrt mich ins Freie, versetzt mir einen Stoß. Ich fange mich vor dem Fall. Ich stolpere nicht, weil ich meine Schritte zähle. Ich bin taub für die Flüche, die mir die Bürger an den Hals, an die Brüste, an meine Scham wünschen. An dem Aufgang zum Palast packt mich der Anführer hart an den Haaren, zieht mich an den Treppen hoch. Er flüstert: »In einen langen Dienstkittel würd ich dich stecken, Weib. Ich machte dich mir morgens und nachts brauchbar und nützlich …« Ich denke: Deine Lenden sollen faulen, zehn Fieberblasen sollen eitern, deine rotte Scham soll in dieser Welt bleiben, wenn du stirbst. Ich denke und schweige. Er stößt mich in die Palasthalle. Kreon ist nicht allein. Teiresias, der erste Leberbeschauer des Hofes, stützt sich hinter dem König auf den Knotenstock. Thebens reichste Bürger schauen auf die blinkende Münze am Boden.

Hat sie der Tyrann, ihr geweihter Herr, mit einer Geschichte unterhalten? Er ist der Pflüger hinter den angespannten Ochsen. Kreon, unbeseelt und unbestimmbar. Kreon, unbeschränkt und unbezähmbar. In seiner Welt bin ich beschädigt. In seiner Welt bin ich zerschmettert.

»Nicht Mädchen, noch Frau«, ruft er, »nicht Neffe, noch Nichte. Eine Neffin bist du, und so werde ich dich nennen. Die mannstolle Ismene, prächtig anzusehen, darf sich meiner Gunst erfreuen. Ich züchtige sie bald mit der Sandale. Nur wenn sie ihr Haupt zum Fußkuss neigt, schlage ich sie wieder meiner Verwandtschaft zu. Wen habe ich vergessen?«

»Die Amme«, sagt Teiresias.

»Sklavin Kleio«, sagt Kreon laut und lacht auf, »eine lebende Tote, alt und mürb geworden, mehr Gewand als Haut. Sie riecht nach geronnener Milch. Ich lasse sie mit dicken Tauen fesseln. Ich ertränke sie im Wasser des Ismenos. Ich erfreue mich an deinen Tränen.«

»Was willst du von mir?«, sage ich.

»Neffin, Leichenhuldiger«, schreit er.

Ich beiße mir auf die Lippe, bis ich Blut schmecke. Ich will sagen: Leg den Rest meines Bruders ins Grab. Ich will sagen: Sein Herz ist im Besitz der Unterwelt. Stattdessen sage ich: »Kreon, du hast gelogen. Ödipus hat nicht alle Kerne der Feige im Mund gesammelt und geschluckt. Er wäre erstickt.« Der König keucht. Die Thebener, frei und unterworfen, schmeicheln ihm: Sie stoßen Laute des Entsetzens aus. Ich habe ihren Bändiger beleidigt.

»Wessen Geschöpf bist du?«, ruft er, »in wessen Diensten stehst du? Wirkst du im Namen eines tieferen Sinns? Hat dich eine Traumerscheinung zur falschen Tat verleitet?«

»Lass den Toten frei«, sage ich.

»Sein Blut und mein Blut sind geschieden … Du klagst, als hätten wir den Feind im Wachstum nicht gelähmt. Außerhalb der Mauern liegt zerschlagen der Mann, der das Heer aus Argos führte gegen seine eigene Stadt. Er wird an der Luft verwesen. Du aber verhüllst den Verräter.«

»Ich genüge dem guten Brauch.«

»Du verdreckst dich, wenn du ihn berührst. Bist du eine Aasschabe?«

»Besser ein Mensch stirbt, als dass ein Volk verdirbt«, sage ich.

»Das sind seine Worte.«

»Und Polyneikes ist gestorben. Das schlechte Blut floss ab.«

»Ich verbot die Bestattung!«, schreit er, »was heißt das? Sein Gesicht soll in der Sonne gerben. Nicht lösen sollst du auch nur einen Finger aus der Leichenstarre. Nicht lockern sollst du auch nur den kleinen Zeh. Doch du konntest nicht von ihm lassen. Mein Gespür trügt mich nicht. Ich hegte immer den Verdacht: Zeugt mein Sohn einen Sohn, zieht

Antigone ihren Jungen groß, um ihm beizuwohnen, sobald er gereift?«

»Schande über dich«, sage ich.

Iokaste und Ödipus. Hure und Buhler. Es gibt keinen Mann hier im Palast, der das vergisst. Er ist das Becken des Willens aller Männer. Er betäubt und raubt. In der Höhle des beidäugig blinden Ödipus klopfte ein Gefährte Felsen in Bruchsteine. Er wollte ein Tier jagen, er wollte es häuten und das Fell über seine Schultern legen. Die Thebener lieben gebratene Lämmerfüße im Topf. Polyneikes ist in Gefangenschaft, Kreon lässt ihn nicht frei. Ihn nährt die Macht, er säugt die Reichen, die ihre Schnauzen nach seinem Bauch recken. Auf seiner Seite, und auf der Seite seiner Feinde, sind Männer, die sich die Kraft von Tieren einverleiben.

»Heb die Münze auf«, ruft Kreon, »ich nehme es als Verbeugung. Die hohen Thebener, blind oder sehend, nehmen es als den Naturdrang des Weibes, das alles raffen will, was glänzt und funkelt.«

»Zählte Ödipus die Kerne?«, sage ich.

»Er zerquetschte die Feige in seiner Faust. Die Frucht, die ihm zwischen den Fingern quoll, war ihm ein fesselnder Zauber. Er warf die Schale fort. Die klebrige Hand steckte er in die Achselhöhle. Ist das die Tat eines Mannes von Verstand? Du, Neffin, kommst nach ihm … Teiresias!«

»Ja, König?«

»Du erzähltest: ›Sie sah die Knochen der Sphinx und glaubte nicht.‹ Wird dann auch das Geldstück, das ich sehe, ihr verborgen bleiben?«

»Das hoffe ich nicht«, sagt Teiresias.

»Kreon, spielst du mit mir?«, rufe ich.

»Sklavin Kleio schalt dich oft wegen deiner Verträumtheit. Sie hat dich schlecht gehütet. Ich spreche zu einem Kind, das sich im bösen Spiel vergeudet.«

»Dann ist alles beschlossen.«

»Keinen einzigen Fürsprecher findest du in Theben«, schreit er, »mich wirst du nicht auf deine Seite ziehen! Dein Anhauch versengt, du hasst mit Fieberlippen. Unsere Frauen haben dich geachtet. Dein Geschlecht war königlich, und die Königlichen sind entrückt. Dass du Leib und Busen festzurrtest mit Lumpen, fanden sie nur sonderbar. Dass du den Viehhirten aufsuchtest, der die Herde ins Schlammloch führt. Dass du ihn fragtest, weshalb sich Ochs und Kuh im Schlick wälzen. Dass du die niedere Kleio schimpftest, weil sie dir erzählte: Kadmos, Thebens Gründer, säte Drachenzähne, und Krieger seien gesprossen aus den Furchen. Dass du unsere Wahrheit als Wahn abtatest. Das alles hat man dir, Neffin, verziehen. Du hast oft die Mitte verfehlt. Ich war gebunden durch das Blut, trotz der Schande meiner Schwester. Ich sprach von deinen Missgeschicken, von Verblendung und Unvernunft. Männer Thebens, ich gestehe meinen Fehler. Nicht länger steht dies Weib unter meinem Schutz. Nicht länger gilt es als Tochter der Stadt. Schließt es ein in die Schädelgruft, ins Beinhaus unserer Ahnen. Der Mund der Neffin soll versiegelt sein. Doch der Mund gehört zum Kopf, der Kopf zum Rumpf und der Rumpf zu den Gliedern.«

Er hält inne. Er wartet. Er fällt das Urteil über mich.

»Ich verfüge, denn mein Gesetz ist Landesbrauch: Lebend eingeschlossen wird sie in der Gruft. Dann ist auch ihr Mund umschlossen. Dann wird sie heimisch in den Kerkern aller Geister, die wir von uns geschieden wissen.

Ich befehle: Den Verräter ins Licht, die Aufsässige ins Dunkel!«

»König Kreon«, sagt Teiresias leise.

»Reiz mich nicht, Seher! Jeden, der dieser Neffin half und hilft, schimpf ich Weiberknecht. Wenn sie erlischt, erlischt der Fluch. Ergreift sie. Entfernt sie!«

♀

Weit fort ist Theben. Weit fort ist der Hades. Meinen Zorn habe ich ausgehaucht. Diese Höhle mit den Totenresten darf nur der Wächter betreten, den ich als Kerkermeister ansprechen soll. Ich tu es nicht. Ich bin die Tochter des Blutschänders, Ungestüm ist mir eigen. Bin ein ausgewürgter Ballen der Gottheiten, Gewölle der Nichtse, sprechender Staub. Rattenschwester. Bin verschwistert mit verbröckeltem Gebein. In der höchsten Nische liegen vierhunderteinundfünfzig Totenköpfe. Müde bin ich geworden vom Zählen. Ich zählte auch die Schädel in zwei kleinen Nischen. Mutter Iokaste, ruhmlose Selbstmörderin, in diesem Beinhaus hat man sie verscharrt, ohne Tafel, die ihr Grabloch anzeigt. Tief hinab in die Finsternisse wag ich mich nicht. Dort unten, in der Feuchte. Dort, an den tropfenden Felsen. Lebt und schwebt ihr Geist unter dem Grund? Es stäubt, wenn ein kleingesichtiges Tier zwischen den Schädeln läuft. Könnte ich einen Stein gebären, hätte ich eine Waffe. Der Wächter sprach: »Schärfe das Ende eines schlanken Knochens, lauere mir im Dunkeln auf, spieß mich an der Schulter auf. Ich werde dich nicht aufhalten, wenn du fliehst. Ich werde dem König sagen, dass du mich überwältigt hast …«

Nein. Ich glätte und straffe mein Haar. Ich streiche Tropfen ab von den Wänden, reibe das Wasser ins Gesicht. Draußen geht der Regen nieder. Wird es verhindern, dass ein unbeflaumter Mann in die Tiefe stürzt? Ich streiche die Strähnen hinters Ohr. Es öffnet sich die Tür, der Wächter ruft: »Schnell, langsam, kurz! …« Schnell schlüpft Ismene hinein, sie macht zwei vorsichtige Schritte, sie hat nur eine kurze Zeit ausgehandelt.

»Womit hast du ihn bestochen?«, sage ich.

»Er ist fromm«, sagt sie, »er lobt deine Tugend.«

»Kein Kuss?«

»Nicht auf die Wange. Nicht auf die Lippen.«

»Willst du ihn wiedersehen?«

»Er verbot sich einen Blick auf meine Hüften«, sagt sie, »er würde mich begehren.«

Sie umarmt mich im Sitzen, ich lasse es geschehen. Dann zuckt sie zusammen: Von unten aus der Feuchte dringt ein jammervoller Schrei hinauf. Ich erzähle: »Oft kann sich ein Tier trotz der Krallen nicht festhalten, es gerät in einen Spalt des Bodens, es wird verschluckt. Die Unterwelt beißt Stücke vom Leben. Hier, bei den Schädeln, sind wir sicher.«

»Zwei Tage«, sagt sie.

»Es folgen noch viele Tage«, sage ich, »Kreon wartet.«

»Worauf?«

»Dass ich mich mit einem Fußkuss unterwerfe«, sage ich.

»Wartet er vergeblich?«

»Schwester …«

»Wer tot ist, kommt nicht wieder«, ruft sie, »wer lebt, kann den anderen überdauern.«

»Ich hörte, er feiert den Sieg über die Feinde.«

»Thebens neue Helden sind berauscht. Ich wünschte, sie würden aufhören zu schreien.«

»Der Titel vergeht«, sage ich, »der Name verbleicht. Der Jubel der Schmeichler, er wird verklingen. Dann wird dich niemand sehen, wenn du den frommen Wächter lockst. Wie geht es Amme?«

»Sie kniet vor dem Altar«, sagt sie, »manchmal stundenlang.«

»Du musst bitte lügen. Berichte ihr: Antigone ruht auf einem weichen Lager. Sie isst und trinkt. Berichte ihr: Im neuen Unterkleid, das man ihr gab, sieht sie aus wie eine Braut.«

»Gut, ich werde lügen.«

Der Wächter schließt auf, Ismene geht hinaus in die Dämmerung. Sie weiß nichts. Die Ahnen, die Altäre, die Siegesschreie kümmern sie nicht. Der Friede Kreons ist gemacht aus hundert blitzenden Münzen am Boden. Ismene wird entkommen. Ein Kleid mit einer Schleppe aus Stacheln trug sie in meinem Traum. Glaubte ich an Zeichen, hätte ich zu ihr gesprochen: Es liegt Glanz auf deinen kommenden Tagen.

Ich hätte gelogen.

Ich schmücke mich für die klappernden Gottheitsschädel am Netz. Ich reiße mein Leibtuch in Streifen. Ich bin die Steingebärerin, gekrönt mit dem Kupferkranz, Iokastes Tochter.

TOCHTER DES ALTGLÄUBIGEN ELIAM

FRAU DES VERRÄTERS JUDAS

JÜNGERIN JESU

AM 6. TAG NACH DER AUFERSTEHUNG

JERUSALEM

JUDITH

IN DER MORGENFRÜHE mahle ich die Körner mit dem Reibstein auf dem Mühlstein. Ich wasche meine bestaubten Hände. Es hat die ganze Nacht geregnet. Nun aber weht ein Glutwind, das ist die milde Gottesgeißel. Auf fernen hohen Hängen sehe ich Sprenkel Licht. Ich sage: »Hab Lust zur Gnade, Herr.« In feurigen Farben strahlt der Himmel. Ein schlafender Lärm ist in mir. Wird er anschwellen? Wird er verklingen? Der kalte Acker kühlt mich nicht. Der Schluck Wasser löscht nicht meinen Durst. Den ungesäuerten Teig lege ich auf das heiße Scheit, wende den Fladen um und um. Dann gehe ich zu Judas, der im Kreis aus Steinen sitzt. Er hat die Steine hergetragen, er hat sich in den Kreis gebannt. Er drückt in den Lehm des Bodens mit Fingerspitzen einen Stempel: fünf kleine Mulden.

Auf jedem Stein kauert ein Dämon. Sie umstellen ihn, sie umzingeln die böse Mitte. Zu Tode geschmettert ist mein Mann von den Worten des Mannes, der uns mit dem Heil überfiel. Judas sitzt in der Asche. Kein erlösendes Wort dringt zu ihm. Nicht der Schatten eines Gotterfüllten könnte ihn heilen. Den Namen des Herrn hat er zwischen die Augen geschnitten, ich sehe Buchstaben aus Schorf. Sein Gesicht ist ein nasses Tier. Er kann sich nicht hochstemmen, und er kann nicht eine Gewalt werden, die über mich kommt. »Judas«, sage ich. Das Tier zuckt. Die Myrrhesalbe im Widderhorn, die ihm der Priester schenkte, hat er nicht angerührt.

Sein Haupt bleibt ungesalbt. »Judas«, sage ich leise. Ich breche entzwei den Fladen und breche entzwei die Hälften. Ich lege ihm ein Stück zwischen die Steine. Er drückt das Brot tief in den Lehm, zieht es heraus, schiebt es zwischen die Lippen. Judas ist gefesselt, nur das Tier ist frei. Es frisst Lehm, es kaut schwarzes Brot. »Judas«, sage ich, »in den Jüngern hat Messias sein Zeugnis versiegelt.«

»Ja«, flüstert er.

»Du bist einer der Zwölf«, sage ich.

»Ich bezeugte unseren Vater, der in der Höhe wohnt.«

»Gott hat an dich geglaubt.«

»Der Vater und der Menschensohn«, sagt er.

»Die Welt dringt ein in die Frömmsten«, sage ich.

»Sie drang in mich ein. Ich wurde zu Satans Köter.«

»Zum Hörigen des Teufels«, rufe ich. »Ist er … ist er noch bei dir?«

»Verschwunden«, flüstert er.

»Dann tritt heraus aus dem Kreis«, rufe ich, »komm in das Haus.«

»Ich kann nicht. Ich werde bewacht.«

Es fallen Worte herab vom Himmel und werden zu Propheten. Messias ist ein bleibendes Wort. Es beginnt, es dauert, bis zum letzten Schmerz. Wir taten ab das Alte. Wir beten in fremden Gebärden. Mein Gebet ist kein Lippendienst. Aus der zornigen Hand geschleudert ist mein Leben. Ich schaudere nicht mehr.

Mit Speichel gedemütigt und mit Galle und Essig getränkt hat man den Menschensohn. Was warte ich auf Himmelszeichen? Was wartet Judas, der mich zum Weibe nahm, auf Lohn? Sein Grab wird sein der Magen eines Geiers.

Aus der Mitte der Zwölf wollen die Jünger den Bösen tilgen. Jacob, der Bruder des Herrn, hat ihn zu Boden gestoßen. Er und die anderen Jünger wollten Judas steinigen. Doch der Menschensohn, wiedergekehrt im Glanz, sprach: »Der erste Stein trifft mich, wollt ihr das? …« Blut entweiht das Land, wir sind mit Blutschuld beladen. Das Gesicht meines Mannes, der nach hoher Ehre sann, geriet zum Tier. Jetzt hört er die Kriegsschreie der Dämonen. Er ist der Mächtigkeit beraubt, ihm sind die Hände nicht länger gefüllt.

Ich lege ein zweites Stück Brot zwischen die Steine, er achtet es nicht. »Judas«, sage ich und halte inne. Er zuckt und schlackert, als wären ihm die Hände aus dem Gelenk getreten. Dies ist der Mann, der glaubte: Wasser aus der Quelle des Heils ist ausgegossen. Ich fürchte mich vor den Steinen, ich trete zurück, ich warte, bis er auf die Seite fällt. Nur das Tier atmet. Ich bleibe in der Stille. Ich breche die Hälfte der Hälfte entzwei und schaue auf meine Hände: Risse, Schnitte, Asche vom heißen Scheit. Auf verbotenem rundem Boden, im umgatterten Gehege, fault Judas bei lebendigem Leib. Der Glutwind hat ihn verdorrt. Er will in den Fetzen, die ihn bedecken, sterben. Die Sünde keimt. Ein Gewoge ist in mir. »Jünger«, sage ich, und er zischt und reißt sich Haare aus. »Ein Jünger bist du gewesen«, sage ich, »und ein Jünger bist du heute. In der Weite seines Mantels verbirgst du dich. In kalten Winden hast du gestanden und es überlebt. Dieser Wind wird verwehen. Glaubst du das? Glaubst du mir, Judas?«

Er flüstert: »Enthäutet wie ein Opferwidder …«

»Wer?«

»Nicht ich«, sagt er, »nicht ich. Aber er.«

»Der Messias.«

»Rabbi Jesus … Ich habe gehört, was er zu dir gesagt hat.«

»Er sprach zu dir«, sage ich, »ich war bei euch.«

»Der Rabbi sprach: ›Es wäre besser, dass ein Mühlstein an deinen Hals gehängt würde. Dass du ersäuft würdest im Meer, wo es am tiefsten ist.‹«

»Ja, ich bezeuge es.«

»Die anderen Getreuen«, sagt er, »Petrus allen voran, sie wollen die Hunde auf mich hetzen.«

»Du hast Jüngerschaft verkauft. Deshalb bist du beraubt der Wundergabe. Kannst du noch heilen? Kannst du noch durch Worte Stürme stillen?«

»Nein, das ist mir genommen.«

»Kannst du durch die Haine gehen mit reiner Seele?«

»Lass mich, Weib«, ruft er, »der Rabbi hat dich geschickt!«

Mein Menschenmund reicht nicht für seine Worte. Gerne würde ich an der Seite des Messias das Reich Gottes bereiten. Gern wäre ich geistesmächtig. Er hat meinen Willen erkannt und mich nicht gerufen. Von Kraft zu Kraft schreitet er. Auf der dunklen Rückseite stehe ich, das Weib des Verräters.

Ich erinnere mich: Als die Jünger Ähren rauften, weil sie Hunger hatten … als die Pharisäer den Messias bedrängten, weil er den Schabbat entheiligte … da stürzte ich zu seinen Füßen und hielt mich fest am Saum seines Leibgewandes. »Uns ist ein Prophet erweckt«, schrie ich, »segne mich, Rabbi …« Was tat er? Er sprach: »Ein Ausgang ist dir verheißen«, und er lief zu den Jüngern. Judas aber war nicht auf dem Feld, und als ich heimkehrte, war er nicht in der Lehmhütte. Zur späten Nacht kam er, hungrig und bleich, und er griff in den Busen und zeigte mir die Schakalpfote. Ein Händler hatte sie ihm für vier Silberschekel verkauft. Schutz gegen Schmerz und Schaden. Seelen sind schäbig: Judas Glaube hörte auf, weil er an Zauber glaubte. Weil er Münzen stahl aus dem Beutel, in dem das karge Gut der Getreuen verwahrt wurde. Damals wurde sein Gesicht zum Tier. Was sticht ihn die Sünde, da er sich im Kreis ringelt wie ein Wurm? Ein Rachegebet müsste ich anstimmen, dass er stirbt.

Auf meine Hand habe ich gezeichnet die Worte: JHWH gehörig. Ich trete heran und strecke die Hand zwischen die Steine. Kein Schmerz kommt über mich, Schmerz kommt über Judas.

»Siehst du das?«, rufe ich.

»Das Gesetz ist das Licht der Völker«, schreit er.

»Welches Gesetz, Verfluchter?«

»Der Hohepriester wacht darüber.«

»Bist du größer als dein Rabbi Jesus?«, sage ich laut. »Hast du ihn übertroffen in der neuen Treue?«

»Du redest wie Johannes«, sagt er, »was wisst ihr schon vom Ernst der Gesetze?«

»Sieh dich an, Judas. Du bist aus der Herde ausgelesen. War es der Ernst der Gesetze, der dich umtrieb?«

»Was weißt du schon, Weib?«

»Welches Geheimnis hütest du?«, rufe ich.

»Eine große Bürde ist mir um den Hals gelegt«, sagt er und wischt den Speichel von den Lippen, »ich bin dem Tempel und der Stadt ein Spott. Johannes steckt dahinter. Abschneiden will er mich von den gerechten Knechten. Ich bin ein Mann alter Art. Der Rabbi … er hat mich erkannt.

Er hat mich auf die Beine gebracht. Es ist Brauch, dass man den Gott der Väter ehrt …«

Er spuckt und sprotzt, und er kratzt mit der Tonscherbe die Geschwüre. Der schlafende Lärm in mir ist erwacht, er schwillt an. Schäbiger Judas. Fahler und fleckiger Judas. Die Erstgeborenen gehören Gott. Hätte man ihm nur die Kehle durchgeschnitten.

Messias sprach: »Krieg wird kommen nach mir.« Die gerechten Knechte, sie haben sich zerstreut über das Land. Ist ungangbar der Pfad, den uns Rabbi Jesus wies? Streift der Löwe mit gerecktem Schweif in unserer Nähe, der Löwe, vor dem uns Messias warnte? Ich höre das alte strenge Weib vom Feld hangab klappern: Es schlägt Bronzeschüsseln aufeinander, um das Böse zu vertreiben. Es betet, dass ich sterbe. Für das Weib bin ich die Frau eines Gesetzlosen, der sich einem Abtrünnigen anschloss. Diese Welt ist in die Verkehrtheit gestoßen. In Strünken und Stümpfen wohnt Satan, Keim und Kern sind verdorben. Wer lebt im Himmelreich, wer lebt sein altes Leben? Blinde führen Blinde, das kommende Gericht kümmert sie nicht. Sie krümmen sich vor Geisterfurcht, so wie sich Judas windet im Kreis der bösen Steine. Seine Worte prasseln auf mich, sie prallen ab. Er schreit: Von dem Opferbock, dessen Kinnbacken, Magen und Vorderfuß an den Priester gingen. Von dem Priester im ungenähten Ärmelrock, der ihn lobte: »Du, Judas, stehst in naher Fühlung zum Obersten des Gotteshauses.«

Ich werfe die Fladenstücke vor seinen Mund, vor das Maul des Tiers, das schnauft. Vorletzte Nacht erschien mir ein Fremder zwischen den Lehmwänden. Er sprach gebieterisch. Jedes Wort war eine prächtige Blüte aus zuckenden Zungen. Der Bote des Herrn, er kündete die Vermehrung der Schmerzen: »Es wird von Judas, dem schwarzen Jünger, nicht genommen die Last. Sünde wird ihn zeichnen. Gott ist für ihn unerreichbar.« Am Tag der erweckten Seelen ist er Freund der sprechenden Hölle. Die Hölle wird zu Judas sprechen wie zu einem Bruder. Judas, der Gefallene, ist eine Geisel dieser Seite, und er ist eine Geisel der anderen Seite.

Der Bote Gottes pries das makellose Lamm: ohne Fehler, von Geburt an geweiht. Er trug das Heilige unter die Menschen. Der Bote, ein Vorhang aus Luft in Aufruhr. Der Bote, ein Wasserfall. Er fragte mich: »Wirst du den Messias befeinden, wenn man dich beschenkt mit allen Tempelschätzen?« Ich fuhr auf, bevor ich antworten konnte. Ich weinte, weil er meine Antwort nicht gehört hatte. Habe ich mir diesen Traum gewünscht? Habe ich die Erscheinung geschaut? In dieser Nacht riss ich die Strohmatte von der Wand, zerschnitt sie, den Häcksel trug ich zum Steinkreis und entzündete ein Feuer. Es wärmte Judas Leib. Der Morgen kam, die Leuchte in meiner Brust aber war verloschen. Judas, mein Mann, schreit: »Ich ließ den Rauch vom Opfer steigen! Warum hat der Rabbi mich verstoßen?«

Ich bete: »Herr, vergib uns die Schuld, die ihm und mir am Leibe haftet.«

»Die Nieren mit Fettbett, das Fett der Innereien«, sagt Judas, »ich gab sie dem Tempel. Der Herr hat sich erfreut am aufsteigenden Fettdampf!«

»Ist das wirklich wahr?«, sage ich.

»Mein Opfer nahm Er an.«

»Dein Brandopfer hat der Teufel verzehrt«, schreie ich, »schäme dich, Judas.«

»Ich bereue«, sagt er.

Es kann kein Segen auf Judas niedergehen. Messias bannt.

Das Weib mag mit den Schüsseln klappern, wie es will. Der Glutwind mag den Staub hochwehen, so heftig, wie er will. Gott wirkt. Ich senke den Blick und wende mich ab.

♀

Simon Petrus spricht zu mir: »Der Priester nahm deine Gabe an, Judith, er schlachtete die Taube und legte sie auf den Brandopferaltar. Ich beugte mich vor dem Gott des Lebens. Ich bezeugte still das kommende Gericht. Am Großen Tag, da wir auferstehen, wird der Herr dich dann erkennen als das Weib der Wildheit? Werde ich, da ich mich nicht bezähmen ließ vom Gesetz, vom Brand geschwärzt sein? Messias sprach: ›Achtet auf die Fülle der Zeit. Achtet nicht auf das Geplärr der Männer, die ihr Frommsein in den Höfen des Tempels ausstellen.‹«

Ich habe Judas zurückgelassen im Kreis der Steine. Noch lange gellten seine Schreie in meinen Ohren. Zum Tempel bin ich gegangen und habe ausgeharrt, bis Simon Petrus kam.

Simon Petrus, Jünger unseres Meisters, zerrt an meinem Ärmel, und er sagt wieder: »Der Priester hat dem Herrn dargeboten deine Taube, das Opfer brannte auf dem Altar, ich habe es gesehen.« Ich sage: »Ja, Heiliger.«

Die Schwellenhüter des Tempels, streng und unerbittlich, lassen den Blick über die versammelten Gläubigen schweifen. Ich rieche den Rauch, ich rieche das Blut der Opferstücke, ich zeige mich gehorsam. Petrus hat den Leibmantel über das Haupt gezogen, er stürmt voran, die Laute der Männer dringen nicht zu ihm durch. Die Händler der Münzen sitzen hinter den Tischen, sie mustern mich, die ich dem Heiligen schnellen Schrittes folge. Sie wissen es, der Hohepriester weiß es, sie halten es geheim: Das schwere Webtuch im Eingang des Heiligtums zerriss. Es klaffte der Spalt bei dem Schrei, den der Messias ausstieß.

Es sind die Tage, dass an dieser Gottesstätte das Altheilige besonders verehrt wird. Das Kerkertor ist gesprengt, wir können hinausgelangen in das neue Reich. Die meisten kauen am Brot des Elends, die wenigsten legen ab das Halseisen, legen ab das Leben als Fronknecht.

Ich sehe sie kommen, Jacobus, Bruder unseres Herrn. Andreas, Thomas und Matthäus, die Gottesschar der Endzeit. Das erste Mal seit die Schergen Messias ergriffen im Garten und die Getreuen sich zerstreuten. Sie haben geronnene Gesichter, sie sind erhaben über den niederen Groll. Die Nähe der Heiligen weckt in mir den Braus, ich will in Jubeltönen sprechen, ich bezähme mich. Sie wollen lesen in meinen Augen. Sie wollen wissen, ob mich Judas angesteckt hat, ob ich dem toten Hund gleiche. Simon Petrus sagt: »Wir wollen uns abseitsstellen, wo uns niemand belauscht.« Wir gehen in eiliger Hast. Die Anliegen meines Leibes kümmern mich nicht. Ich höre das Gurren der Opfertauben, mir klopft das Herz. Ich wage es und sage: »Hat man Messias an die Pfähle geschlagen?«

»Wir wissen es nicht«, sagt Jacobus, »die Römer und die Priester … und der, den ich verfluche, sie erzählen diese Geschichte.«

»Aber habt ihr es gesehen? Oder hält er sich versteckt?«

»Der Rabbi«, sagt Andreas und schweigt still nach einem Blick von Jacobus.

»Sie haben Lehrer Jesus nicht an den Pfahl gebunden«,

sage ich leise, »sie haben ihm nicht die Schultern am Querbalken ausgekugelt.«

»Weißt du es?«, ruft Jacobus erregt.

»Ja, Heiliger.«

Messias Jesus tropfte in den Himmel. Er wurde zum Regen aus Menschenfleisch. Er floss hinauf. Das, was wir Himmel nennen, ist die hohe Gegend. Nicht erreichbar für unsere Hände. Messias zerging zu Wasser, das Wasser blieb in seiner Gestalt und wogte himmelwärts. Ich sah ihn verschwinden. Bei dem Gott, der meine Seele festhält: Ich schwöre es. Gott nahm ihn bei lebendigem Leib auf. Es war ein anderer, den sie abführten. Den Geist des Herrn ergriffen sie nicht. Nicht die Seele, die uns erlöst. Soll ich, die Frau des Verräters, ihnen das enthüllen?

Fünf von den Zwölfen sind aus ihren Verstecken hergeströmt, weil ich Johannes darum bat. Sie erwarten eine große Nachricht, ich enttäusche sie nicht.

»Er hat den Tod nicht geschmeckt«, sage ich, »er weilt als Leib und Seele im Himmel.«

»Warum zerriss der Vorhang?«, sagt Thomas.

»Wegen des Lauts, kräftig und mächtig wie ein Schlag. Habt ihr es nicht vernommen?«

»Hieb des Himmels«, flüstert Jacobus.

»All das kann ich bezeugen, Heiliger.«

»Der, den ich verfluche, was tut er?«

»Auf dem steinernen Schlachttisch zerschnitten werden, das wünscht sich Judas«, sage ich.

Jacobus, Bruder des Herrn Jesus, erzählt: »Verunreinigt hat sich Judas, er wird künftig gezählt werden zu den sündigen Geschlechtern. Sein Heil und die Silberschekel fahren dahin. Es darf nicht in das Gotteshaus gebracht werden der

Hunde und der Huren Lohn. Keine flehende Bitte wird ihn erlösen. Der Hohepriester, dem Salböl übers Haupt gegossen wird: Glöckchen hängen an Schnurbändern am Saum seines Gewandes, bei jedem Schritt klingt er. Selbst dieser Geweihte Gottes hasst den schwarzen Jünger. Judas kann Bärenklau und Weihrauch räuchern. Er kann Brotkuchen und ein fettschwänziges Schaf opfern. Es wird ihm nichts helfen. Unfähig geworden ist der Verräter für die Gnade. Wirst du ihm gebären?«, sagt er.

»Er hält sich fern von mir, Heiliger. Viele Monate schon.«

»Der Stein soll den Saatfresser treffen«, ruft Simon Petrus, »sonst wirfst du umsonst.«

»Der Teufel fuhr in ihn«, sagt Jacobus, »hat er versucht, auch dich, Judith, zu betören?«

»Ich bin neu erfunden, Heiliger, er lockt mich nicht.«

»Bleib an Judas Seite. Es heißt in der Schrift: ›Ich rede von Deinen Zeugnissen vor Königen und schäme mich nicht.‹ Und also wirst du dich nicht schämen vor dem, der sich in die Todsünde verstrickt hat.«

Ich gebe ihm keine Widerworte. Wollte Gott, dass ein Gerechter Judas mit einem Walkschlegel den Kopf zertrümmert. Er war einer unter den Zwölfen, er eiferte für das Gesetz, er lobte die eiserne Zucht. Auf dem Mutterboden der Gebote wollte er stehen. Dann aber, da er verbrach, stampfte er die Erde fest, stellte Steine im Kreis. Seither kriecht und kriecht er. Dass sich die Männer demütigen, wegen ihrer Taten, dass sie sich verfluchen, weil sie taten, was sie taten: Daran bin ich gewöhnt. Mein Mann wird in seiner Hässlichkeit belassen. Die teuflische Rechtschaffenheit ist mir verhasst. Ich blicke mich um und sehe die Frommen zum Lobpreis eilen. Wissen sie um das neue Reich, um den Himmel, der sich herabsenkte? Von der Tauwolke des Hohen Vaters wurden wir erweckt. Es kommt mich schwer an, nicht in Aufruhr zu kommen.

Jacobus legt mir die Hand auf die Schulter, sein Bart knistert von der Hitze. Er sagt: »Du bist Gottes Magd.«

»Soll ich verschweigen, dass Messias hinauffuhr?«, sage ich.

»Ja, niemand soll es erfahren.«

»Weshalb, Heiliger?«

»Mein Bruder Jesus hat sich verhüllt. Wir werden es ihm gleichtun.«

»Habt ihr ihn gesehen?«

»Kein Wort«, sagt Jacobus, »wir hüten unsere Zunge.«

»Dass ein Tagesgestirn uns beleuchte«, flüstere ich.

»Sein Bittgebet«, sagt Andreas.

Ein Mann ruft: »Ich kenne euch!« Er ruft: »Ihr hängt dem Rabbi an, der Moses Gesetze aufhob!«

Petrus widerspricht: »Kein Jota am Gesetz wird getilgt!«

Ein anderer Frommer bebt vor Zorn, er möchte das Wort aus verruchtem Mund nicht gelten lassen.

Sehen sie es nicht? Messias ist der mächtige Anfang. Wir sind durch ihn verjüngt. Wir leuchten im Anbeginn. Die Freude unseres Glaubens kränkt die Männer. Sie stellen sich uns in den Weg. Ich bete: »Unser Vater im Himmel«, dann aber greift mir der wütende Mann an die Lippen, er schimpft mich Götze aus dunklem Holz, Hurentochter einer Hure. »Wehe euch«, schreit Petrus, »wehe euch, die ihr den Gesalbten abtrünnig nennt!« Ein Stoß eines anderen Mannes schleudert ihn zu Boden, er schnellt mit geballten Fäusten hoch, er schlägt nicht zurück. Wir fliehen vor den sausenden Erdbrocken. Wir sind für sie Aussatz, Schande und Fluch. Gern hätte ich auf die Schleuderpfanne den Stein gelegt, die Schleuder geschwungen und den falschen Frommen mit dem Stein auf die Stirn getroffen. Aber ich darf es nicht, Rabbi Jesus hat es verboten. Wir haben uns den Römern ergeben, der Todfeind hält das Land besetzt. Überwuchert ist die Schrift durch Hunderte Verbote. Sehen sie es nicht? Im schnellen Lauf auf der Flucht denke ich an den Hass der Männer, die uns vom Tempel vertrieben. Sie haben ihren Gottesdienst, sie haben ihre Weisheiten. Sie sprechen: »Du kannst nicht Ochs und Esel in ein Joch spannen.« Sie sprechen: »Prahle nicht, denn der Höchste schaut auf dich herunter.« Wie können sie, die sie ihre Tage immer gleich verleben, den Gesalbten verkennen? Sie haben ihn geprüft, am Tage wie in der Nacht. Der erweckte Prophet blieb nicht schattenhaft, er lebte unter ihnen. Er hinterließ Abdrücke wie ein Mensch. Verrenkt und umgedreht werden soll ihnen der Kopf, dass sie mit dem Rücken voranschreiten.

Der Messias aus Davids Geschlecht ist kein Traumgesicht. Er hat sich nicht in den Felsenklüften verborgen. In seiner Einsamkeit bin ich aufgehoben. Ich fliehe und bete still: »Unser Vater im Himmel. Dein ist der heilige Name. Richte auf Dein Reich. Dein ist die Herrschaft in den Himmeln und in unserer Welt. Reich uns das Brot, dass wir nicht hungern. Reinige uns von Sünden. Reinige jene, welche sich an uns versündigen. Lass uns vom Bösen nicht verlocken. Wir warten auf Dein Reich, das Du richtest auf mit Kraft und Herrlichkeit.«

Ich folge den wehenden Rockschößen der Jünger. Meine Fersen auf den dünnen Sandalensohlen reißen auf. Wir halten nicht inne, wir rasten nicht. Es geht einen Hang hinauf, dann bleiben wir stehen. Ich erkenne den Garten Gethsemane, das Feld der Ölkeltern. Aus den Verstecken treten heraus Thaddäus, Bartholomäus, Philippus und Johannes, Sohn des Zebedäus. Es sind die Heiligen, die aus der Hand des Messias Stücke vom gebrochenen Fladen empfingen. Sie blicken voller Argwohn auf die Stelle hinter meinen Schultern. Sie bleiben wachsam, auch nachdem Jacobus sie beruhigt. Wer den Erlöser verrät, scheut nicht den Verrat an seinen Getreuen. Ich sage: »Maran atha!« Sie rufen: »Unser Herr, komme!«

»Er hat dich nicht auf seine Seite gezogen«, sagt Johannes.

»Nein, Heiliger.«

»Ich habe gehört, dass Judas spricht: ›Der am Holz Gehenkte rächt sich an mir.‹«

»Er redet wirr«, sage ich. »Ich rächte mich gern, doch Rabbi Jesus hat uns den Rachewunsch ausgebrannt. Ich bin an sein Wort gebunden.«

»So wie wir uns binden«, sagt Jacobus.

Der Hohe Rat im Tempel hat beschlossen, dass unser Glaube trennend sei. Dass man uns, wenn wir nicht vom Fieberwahn genesen, als Tierheit und Festgenossen des Teufels betrachte. Jacobus ist die Ruh genommen. Er weiß und lehrt uns im Namen seines verschwundenen Bruders: »Satan tobt in unserem Land; die Frommen haben die Geräte der Anbetung. Sie verschicken in die abgelegene Gegend den Bock, und mit ihm alle Schuld des Volkes. Die Frommen beten, dass sie von den Wassern des Herrn angesprudelt werden. Wir haben die Geräte dem Gebrauch entzogen. Messias hat die Geräte zerbrochen. Die Blutbestreichung unserer Wände als Zeichen unserer Treue lehnen wir ab. Es gibt Männer, die Zauber wirken: Sie türmen Hügel zu Säulen und lassen sie in den Himmel wachsen.

Wir lehnen ab den Zauber und lehnen ab die Fehler der Vorfahren.«

Jacobus wiederholt die Worte seines Bruders: »Wir sind vom Teufel zu Gott gescheucht.« Ich schaue ihn und die anderen Jünger an. Ihre Kleider sind flatternde Fetzen. Du bist mir ein Meister der Verheerung, Rabbi Jesus. Taugen wir dir als eine Heerschar? Unauffindbar bist du, siehst du es nicht? Ein jeder von uns gleicht einer Lücke, die sich mit Leere füllt. Philippus und Thaddäus sind bleich, sie zittern. Petrus fragt sie nach der Kälte in ihren Leibern. Sie sprechen abwechselnd, sie sprechen: Sie träumen jede Nacht vom Kuss des Judas. Der eine unter den Zwölfen hat den Rabbi mit dem Freundeskuss verraten. In ihren Träumen sind sie es, die Messias küssen. Auf der Wange des Propheten öffnet sich eine Wunde aus zwei dünnen weißen Lippen, es ist ein fremder Mund, der knurrt. Dieser Mund im Fleische des Rabbi Jesus verkündet: »Auf dem Schoß der Götzen sollt ihr brennen!« Philippus, und auch Thaddäus, weichen vor diesen verfluchten Lippen, vor den Worten der Verdammung. Sie wollen nicht verlassen ihren Lehrer. Der redegewaltige Schlitz an seiner Wange erschreckt sie.

Petrus wendet sich mir zu, er sagt: »Deute den Traum, Judith. Wer will uns welches Zeichen geben?«

»Ich befehle mich unter den Schutz des Herrn«, sage ich leise.

»Gott schütze uns«, sagt Jacobus.

»Reine Seele Messias.«

»Ohne Schuld und ohne Makel«, sprechen Philippus und Thaddäus.

Ein leichter Wind lässt die Blätter an den Zweigen wispern. Dann ist es still.

»Es ist kein Friede geschaffen, solang das Böse aus Ritzen und Spalten quillt«, sage ich. »Aus dem Mund in eurem Traum troff das Böse.«

»Warum öffnet er sich im Fleisch unseres Rabbis?,« sagt Thomas.

»Durch die Kraft Gottes ist der Teufel Rabbi Jesus unterworfen«, sage ich, »er hasst seine Fesselung. Er hasst seine Verzweiflung. Er kann nicht anders, als zu verkehren. Welch mindere niedere Kunst! Ein gelöschter Name wird er sein am Jüngsten Tag. Er wird auf ewig in die Hölle fahren. Kann er reuig umkehren?«

»Kann das Judas?«, sagt Johannes.

»Niemals«, rufe ich, »nicht der Teufel, noch sein Köter.«

»Sind wir Verräter?«, sagt Thaddäus laut, »sind wir es, dass unser Kuss Messias übel verwundet?«

»Heiliger, ihr seid es nicht.«

»Ich fürchte mich vor dem Schlaf. Lieber wache ich die Nacht, als dass ich Lästerungen träume.«

»Jesus Retter hat euch erwählt, Heiliger. Seit jenem Tage schreit der Teufel und schreit und schreit. Es ist ihm nicht gegeben, Gottes Wort aufzuheben. Er ist unmächtig, euch zu verderben. Maran atha!«

Die Jünger sprechen das Gotteslob im rauen Klang. Es ist nicht leicht, auszuharren im Königtum der Römer. Unser Rabbi lehrte: »Ihr geht ein in das Himmelreich in der Spanne Zeit, in der man auf einem Fuß stehen kann.« Wir warten. Wir warten in dieser schamlosen Zeit. Der Herr: Sein Geist ist ein Wind. Rabbi Jesus: Er sprengt reines Wasser über uns. Die Tage: Sie werden drohend, sie nehmen alles aus mir heraus.

Grauen hat einen festen Platz hinter meinen Augen. Hat

Jacobus entdeckt, dass ich von Schrecken befallen werde? Er reicht mir einen kleinen Beutel Körner, er sagt: »Ich will nicht wissen, wer davon isst.«

Wir zerstreuen uns. Ein jeder geht in seine Richtung. Ich halte es aus, bis sich mir eine Richtung zeigt. Bis mir die Richtung leuchtet. Wir sind gebogen und gebeugt, verschmäht und verlassen. Weshalb hat Messias meinen verruchten Mann Judas zu den Zwölfen gezählt? Der einzige Fremde: Er stammt nicht aus Galiläa. Verflucht sei Kariot, die Stadt seiner Geburt. Verflucht sei der Tag, an dem er mich zum Weibe nahm. Was soll ich ihm mahlen Korn, was soll ich ihm backen Brot? Einen Trog voller Spelzen soll er fressen.

Ich laufe los, den Hang hinab. Lauter Hundsköpfe kommen mir entgegen auf freiem Feld, zwischen den Hütten, in den Gassen. Ich beuge das Haupt, dass sie mir nicht ansehen den Hass, der mich zerrüttet. Habe ich, die ich dem Tempel die Taube schenkte, einen Lohn verdient? Die Erbärmlichkeit bleibt erhalten. Ein drückendes Joch ist mir aufgelegt. Was belüge ich den Bruder des Herrn? Weiß er nicht, dass ich unter vielen Wespen lebe? Dass mich die Wespen stechen und stechen? Zu dem Propheten Jeremia sprach Gott aus dem blühenden Mandelbaum. Was heilt Er mich nicht von Bissen und Stichen? Ich reibe mir die Schläfen und bleibe endlich stehen vor meines Vaters Haus. Wer hat mich gelenkt und mich den Irrweg gehen lassen hierher?

Ich sehe am Türpfosten den schmalen Holzstab, der die Pergamentrolle enthält. Zier der Frömmigkeit, Zeichen der Verehrung. Ich will weichen in mein Leben voller Wespen, doch meine Mutter Tafat hat mich im Schatten entdeckt.

Sie winkt mich an die Seite der Hütte, die der wuchernde Dorn bedeckt. Wir sind geschützt vor den Blicken. Sie schützt sich vor den Gerüchten, denn ihr ist es verboten, Umgang zu haben mit ihrer Tochter, die das ewige Gesetz gebrochen hat. Der Geruch der Abtrünnigen darf nicht ins Haus einziehen.

Wir sitzen im Freien. Ich sehe: Es plagt sie der Schmerz zwischen Rückgrat und Rippen. Sie schaut auf die Worte auf meiner Hand.

»Bist du das in Wahrheit?«, sagt sie leise, »bist du JHWH gehörig?«

»Nur Ihm und keinem anderen«, sage ich und reiche ihr den Beutel, »die Hälfte des Korns ist für dich.«

»Ich darf es nicht annehmen.«

»Verrate es Vater nicht«, sage ich.

»Er wird schmecken das gottlose Korn im Brot.«

»Mutter, Johannes, der Bruder des Rabbi, hat es mir geschenkt.«

»Nenn diesen Mann nicht Rabbi«, ruft sie.

»Retter Jesus ist mir Wort geworden auf meinen Lippen.«

Sie betet: »So fasst nun dieses Wort zu Herzen und in eure Seele, und bindet es zum Zeichen auf eure Hand, dass es ein Denkmal für eure Augen sei. Und lehrt es eure Kinder, dass du davon redest, wenn du in deinem Hause sitzt, oder auf dem Wege gehst, wenn du dich niederlegst und wenn du aufstehst. Und schreibe es an die Pfosten deines Hauses und an dein Tor. Dass du und deine Kinder lange lebt auf dem Lande, das der Herr deinen Vätern geschworen hat, ihnen zu geben, solange die Tage von Himmel auf Erden währen.«

Sie betet Moses Gebote, das unaufhebbare Gesetz.

»Mutter«, flüstere ich. Ihr fehlen Zähne im Mund, ich sehe ihren feuchten Gaumen. Ich bin ihr ein Ärgernis. »Mutter«, sage ich und bereue den Weg, den ich lief, um herzukommen. Im beißenden Zwielicht sitzt sie, sie schmilzt, sie schwindet, sie verschwindet. Ich bin von der zahnlosen Frau mit beiden Händen verstoßen worden. Unter dem Tuch ist sie kahl, das Haar fiel ihr in Büscheln aus, nach der Nacht, in der sie die strengen Tempelgläubigen aus ihrer Kammer zerrten. Auf dem Trümmergrund stellten sie Mutter in die Mitte und griffen nach Steinen, um die Ehebrecherin für die Todsünde zu strafen. Das böse Gerücht der bösen Zungen. Sie wehrte sich nicht gegen Hieb und Stoß. Keiner warf den ersten Stein, weil Rabbi Jesus erschien und den Namen des Höchsten in die feuchte Erde schrieb.

Ich will meine Hand auf ihre Hand legen, auf dass sie die Angst vor der Berührung für immer vergesse. Da werde ich zur Seite geschleudert, meine Mutter wirft sich auf meinen Leib, und ich sehe Vater über uns aufragen. Er spuckt aus. Er schreit: »Zum Unflat der Heiden bist du geworden.« Er schreit: »Feuer brenne in deinen Lungen, dass du Sünde in Stücken spuckst!« Ich richte mich auf, ich helfe Mutter hochzukommen, sie will Vater Eliam besänftigen mit leiser Beschwörung, doch er ruft: »Das Weib ist der Götze der Welt! Wehe euch Weibern, die ihr erniedrigt seid!« Seine Weherufe locken die Männer aus den Hütten, sie lauschen einem Frommen, der sein Kind der Hölle flucht. Für dies Volk der Verheißung ist geschickt worden Messias. Er sprach zu ihnen auf dem Berg: »Keiner wird nur eines kurzen Stückes, aber des ganzen Weges geführt.« Sie vergaßen seine Worte. Vater Eliam, furchtgebietender Mann, Diener des Tempels und Diener der Priester – er ist ihnen ein gutes Schauspiel.

Ich helfe Mutter auf. Ich sage: »Genug. Genug der Flüche. Ich trat nicht ein in dein Haus. Was schlägst du mich?«

»Lügt sie, Weib?«

»Nein«, sagt Mutter, »deine Schwelle bleibt rein.«

»Hat sie dich vergiftet mit Lästerung?«

»Das Wort des Herrn ist mir ein Denkmal für meine Augen«, sagt Mutter.

»Vater, was sprichst du mit ihr, wenn du mich meinst?«

»In der Schrift«, ruft er, »in der Schrift steht: ›Den Zauberer sollst du nicht am Leben lassen!‹ Hängst du noch dem Magier an?«

»Gottes Name ist in sein Fleisch eingenäht«, sage ich.

»Judas fand zurück zum Gesetz. Judas, dein Mann, wird nicht gerichtet werden. Du aber hast gesalbt einem Wundertäter die Füße. Schwörst du ihm ab?«

»Es sank ihm das Leben, es holte ihn nicht der Tod.«

»Elia und Henoch«, schreit er, »sie sind nicht gestorben, sie wurden entrückt.«

»Vater, du hast es gesehen.«

Er leugnet es vor den Augen der Frommen, die näher getreten sind. Er hat es gesehen: Messias blies in einen Klumpen Lehm, und in die Gestalt fuhr ein der Geist, und der Klumpen ward belebt und stieg auf als Taube in den Himmel. Dies tat er mit der Erlaubnis des Herrn. Vater lügt vor den Augen der Männer, die mich auf ein bloßes Wort steinigen würden. Ich zurre fest den Beutel, ich zurre fest den Gürtel meines Kleides: Ich bin nicht verwildert und verwirrt.

»Mutter und mich nennst du Götzen der Welt?«, rufe ich. »Du hast gelästert. Bete, dass wir dir verzeihen.«

Ein zweites Mal stößt er mich in den Staub, ein zweites Mal erhebe ich mich. Ich sehe den Nachbarn Jischmael vor teuflischer Freude lächeln. Ich erinnere mich: Seiner Tochter hatte man Unehre angedichtet. Er brachte sie zu einem Rabbi, der sie auf dem Spundloch eines Weinfasses sitzen ließ. Der Rabbi sprach: »Bei der Frau, die ihr Häutchen verlor, riecht man den durchdringenden Weinduft. Guter Jischmael, sei unbesorgt, deine Tochter gereicht dir zur Ehre.« Überall erzählte der Nachbar diese Geschichte, und doch trat kein Heiratswilliger über seine Schwelle. Man nannte sie Fasssattel und verbrauchtes Mädchen. Hält sie Jischmael in seiner Hütte gefangen? Aus allen vier Enden der Welt möge herwehen ein kalter Zorn und ausglühen seine Brust.

Vater Eliam greift zu einer Geißel aus Stricken mit Knoten, ich weiche nach dem ersten Streich. Offengelegt und offenbart ist mir, dass Retter Jesus die Tochter gegen die Mutter, den Sohn gegen den Vater aufbringt. Ich wende mich ab. Ich werde Mutter nicht wiedersehen, nicht in diesem Leben.

♀

Ich sitze im Dunkeln, ich ahne sein Kommen, ich trete hinaus aus der Hütte. Und da ich meine Augen aufhebe, sehe ich: Er naht im Sturzregen, im zerrissenen Rock und im härenen Mantel, sein Leib nicht zerbrochen, die Weihe Gottes ist über seinem Haupt, die Äste der Krüppelbäume wiegen und wiegen sich, seine Beine nicht gebrochen, und da ich blicke zu ihm, der die Nacht zerreißt, breche ich in die Knie vor der Schwelle der Hütte, ich hebe meine Augen zu der Höhe Gottes und preise Ihn, dass Er den Menschensohn schickt. Judas bäumt sich auf im Torf seines Kreises, er kniet im Schlamm seines Ackers, nass ist der Himmel, nass ist der Boden, durchnässt sind wir, die nach dem Herrn rufen. Und ich sehe, da er vor mir steht: Man kann sein Haar nicht mehr in sieben Strähnen flechten, er hat es abgeschnitten. Ich sage: »Ich habe nicht Zwiebel und Bohne, nicht Salz und Honigseim. Sperlinge wollt ich dir braten, Rabbi, ein großes Mahl zurüsten dir.« Messias spricht: »Eine Strecke Landes bin ich gegangen. Ich brach Trauben eines Fremden, ich bin satt.« Er streckt die Hand aus, und ich sehe: Ein blutiger Riss im Daumennagel, kleine Wunden an den Fingern. Ich sage: »Hamelech Hamaschiach, du bist der gesalbte König, erhoben und erhöht sei der Name des Herrn.« Er hilft mir auf, ich reiche ihm die Schale Wasser, ich reiche ihm die Schale geröstete Körner, er trinkt und isst. Er spricht:

»Von wem habe ich den Atem? Von meinem Vater im Himmel habe ich den Atem.« Die karge Zeit, sie dauert nicht länger an, sie ist gebrochen, das Leiden hat kein Gewicht, der Lohn hat kein Gewicht, ich will wieder vor ihm sinken, doch es hebt an das Geschrei. Kam Rabbi Jesus, um aus Judas das Böse zu vertreiben? Ich höre Rabbi sprechen: »Er ist die Haut des Lammes, das ich bin. Sie wurde mir gerissen.« Er geht zum Kreis, ich folge ihm mit der leeren Wasserschale, mit der vollen Körnerschale. »Judas«, flüstert der Rabbi, und Judas blutet aus der Stirn, die Buchstaben bluten. »Judas«, spricht der Rabbi, und Judas reibt das Blut aus den Augen und streckt sich nach dem Saum seines Meisters.

»Rühr mich nicht an«, sagt Messias, »du hast das Salböl

Gottes auf dir abgewaschen. Du warst erwählt, und du hast dich ausgesondert.«

»Ich sündigte, Rabbi«, ruft Judas.

»Dies ist deine Richtstätte. Eingeschlossen bist du von Steinen.«

»Ich bezeuge: Du leitest die Vielen zum Gottesgeist. Ich bezeuge: Du bist der Neue, deine Hefe sind die Gesetze der Ältesten.«

»Du wachst im Sitzen, du schläfst im Stehen. Was träumst du? Wer bist du in jedem Traum?«

»Ich bin deiner unwürdig, Rabbi«, ruft mein Mann Judas.

»Du lässt einen Stab fallen, der nicht den Boden erreicht. Bist du in deinen Träumen dieser Stab?«

»Ja, Herr.«

»Wer ist der, aus dessen Hand du fällst, wenn du es nicht mehr bist?«

»Ich erkenne ihn schlecht.«

»Heuchler«, ruft Messias, »Satan ist es!«

»Ich bin der Geringste deiner Brüder, Rabbi«, schreit Judas. Das Blut der Buchstaben auf seiner Stirn tropft in den Lehmschlick. Er blickt besessen umher, er schreit: »Judith! Bezeuge es! Ich bin ein frommer Mann!« Ich verfluche ihn. Diesmal werde ich ihn nicht schützen.

»Ich barg dich in meinem Mantel«, sagt Rabbi Jesus laut, »du wirst nicht ausgelöst, weil du dich zum unreinen Tier machtest, das mit Messias Menschensohn stritt.«

Retter Jesus schreibt auf in die brausende Luft klirrende Silben, er spricht in einer Feuerzunge, in feuriger Helligkeit, das sind nicht die Machttaten, Zeichen und Wunder eines Magiers, dies ist keine Zungenrede, er spricht mit gedämpfter Stimme, als wäre zu dieser Stunde alles an ihm vergangen außer dem Mund. Und alles ist vergangen an Judas, außer dem Gesicht, außer dem Tier, das die Laute würgt, das die Worte erwürgt. Ich kann sie verstehen: den Messias und seinen Verräter. Regen, alles nass, alles durchnässt, die Körner in der Schale, meine Hände, die die Schalen halten, auf diesem kalten Acker steht der Gesalbte des Herrn wie ein kriegsmächtiger Mann, und auf Knien im Kreis bittet Judas, zur dunklen Gestalt geschwollen, um Gnade, um Tod, um Tilgung, doch Rabbi ruft: »Eher werden diese Steine erweckt, als dass du Heil erfährst. Vierzig Tage habe ich gelebt in der Wüste, Satan sprach zu mir: ›Bist du der, der du bist, so wandle diese Steine zu Brot.‹ Und ich sprach zu ihm: ›Ich bin gemacht durch den Vater im Himmel.‹ Warum, Judas, konnte er in dich fahren? Warum dich von innen belecken und bespeicheln? Warum, Judas, bist du vor Kummer schwarz? Weil er dich verlassen hat! Gewalt ist in dieses Land geschickt worden, und du hast Gewalt angenommen.«

»Nein«, schreit Judas, »ich bin noch brauchbar, benutze mich, Meister, als dein Schwert!«

Rabbi zieht sich von den Steinen zurück, und die Luft, von der Kraft geschwängert, weht um unsere Häupter. Von Flügeln überschattet bin ich, da Rabbi flüstert: »Nicht mein Wille geschieht.« Ich schaue auf die Steine des Kreises: Ein milchiger Tau hat die Schwärze getilgt. Judas, waidwund, die Hände überkreuzt, als wär er in Fesseln geschlagen, in großem Schrecken, schreit und schreit mit zerschlagenem Herz. Untüchtig ist er geworden. Einen Holzblock konnte er in kleine Splitter hacken, früher. Das, was er tat, brachte ihm keinen Gewinn.

Ich rücke ab von ihm. Ich sehe kupferfarbene Schründe

an seinen Fersen. Ich sehe einen Hunger nach gewaltigen Sünden in seinen Augen. Ich schneide mit harten Worten in sein Geschrei. Und da ich mich umdrehe nach Rabbi, erblicke ich an seiner Seite den Fremden, den Boten des Herrn, der mir erschien in der Lehmhütte. Ich frage ihn: »Wer bist du?« Er aber sagt: »Kein Götzenbild aus Erz und Eisen.«

Ich fürchte mich: Kommt Blut über jeden, dem er sich zeigt? Strömt er den Geruch Gottes aus? Er beugt sich und schöpft Wasser aus der Pfütze. Ist er ein Geist, der herüber- und hinüberwechselt? Das Böse hat hier einen guten Boden.

»Er schadet dir nicht«, flüstert Rabbi.

»Ist er ein Fluch im Lande?«, sage ich.

»Die Hölle überwältigt ihn nicht.«

»Wer ist er, Rabbi?«

»Sein Name lautet: Dem Herrn angeheiligt.«

»Schützt er dich?«

»Das tu ich«, spricht der Fremde.

»Wer bist du?«

»Die Wurzeln sind ihm abgeschlagen«, sagt Rabbi, »frage ihn nicht. An Judas Statt wirst du mir sein ein Begleiter. Es verzeiht ihm nicht mein Vater, und keine einzige reine Seele.«

Ich folge ihm, die Sträucher rauschen, aus den Büschen rauscht ein Geist, und in meinen Händen sind die tropfenden Schalen, den Fremden zur Rechten des Messias kümmert es nicht, dass Judas Flüche in den Himmel schreit. Dass mein Saum über Lehm, Dreck und kleine Kieselsteine scheuert. Wer ist er? Er sänftigt nicht. Er ist eine drohende Stille, ein Leib voller Stacheln. Hat er eine Seele? Lebt Gottes Hauch in ihm? Die Heiligen, die in die Zerstreuung gingen, kamen wieder nach Jerusalem. Messias verschlang die andere Welt, und er riss sich los, und er strahlt bei uns nach seiner Herbeikunft.

Und der Fremde, der verheimlichte Mann? Ein Wächter, eine Ungeburt, Krieger ohne Waffen. Ich frage: »Warst du bei den Toten, Rabbi?« Er bleibt stehen, der Fremde bückt sich und schöpft mit der Scherbe Wasser.

»Ich starb nicht«, sagt Messias, »ich sah sie aber, als ich lebte. Ich sah sie, als ich fort war. Ich sehe sie jetzt.«

»Was ist nach dem Tod?«

»Geschnürt vom Tuch. Geschwert von der Erde. Dem Leib entbunden. Du stirbst für deine Sünden. Du auferstehst trotz deiner Sünden.«

»Ich bin nicht tot für immer, Rabbi«, sage ich.

»Wer bin ich für dich?«, sagt er.

»Mein Retter.«

»Du wirst ragen ins Reich der Himmel. Komm.«

Und da ich ihm folge, und da ich geborgen bin im Mantel des Messias, erzählt er vom laut feilschenden Taubenhändler, dessen Tisch er im Tempelhof umwarf. Der Händler wurde milde nach dem ersten Schreck. Erst schrie er: »Der Gehängte ist verflucht.« Erst riss er seinen Brustschurz in Fetzen. Und Rabbi sprach zu ihm: »Hast du mich nicht auf dem Füllen der Eselin reiten sehen? Bin ich dir allein der Verdammte? Nur der Eine hat kein Anderes.« Vor einer Streifschar der Römer flohen sie in die Schatten. Und der Händler sagte: »Es ist mir dunkel, Herr, dass du vor mir stehst, ohne Wunden, ohne den Abdruck des Leichentuchs auf dem Gesicht.« Da sprach Rabbi: »Die Toten sind Fraß, ich aber bin lebendig, siehst du es denn nicht?« Im

Hause des Händlers aß Messias Brot, trank bitteren Wein. »›Gott welkt nicht, und dank Seiner Gnade bin ich frei von der Hülle.‹ Nach diesen seinen Worten sank der Händler nieder«, sagt Rabbi, »und auch seine Frau und seine Brüder sanken nieder.«

»Morgen«, sagt der Fremde, der neben uns hergeht, »morgen wird es für sie sein, als hätten sie im Rausch ein Trugbild gesehen.«

»Nein«, sagt Rabbi, »keine Grablege kann dem Toten helfen.«

»Sie sind wundersüchtig. Sie sind in Diesseitsstimmung.«

»Du höhnst wider die Geschöpfe«, ruft Rabbi, »du erkennst in ihnen Niedrigkeit.«

»Gott ist kein Lohnherr«, sagt der Fremde.

»Er hat uns umgestoßen, uns alle. Sind wir deshalb fluchwürdig? Antworte du mir, Judith.«

»Das sind wir nicht, Rabbi«, sage ich.

»Wünschst du dir den Lohn der Leiden?«

»Von dem Einen, dem ich gehörig bin«, sage ich.

»Gib dich ihr zu erkennen«, spricht Rabbi zum Fremden.

»Bis zum Tag der Tage befehde ich den Feind«, ruft der Fremde, »ich bin der Helfer im Kampf, ich bin der getreue Geist.«

»Fürchte ihn nicht, Judith«, sagt Rabbi Jesus, »er ist gekommen mit mir, um das böse Geschlecht zu entmachten.«

Der Feind: Er lässt Speerschäfte splittern. Er lässt den Bauern die Jäthacke weglegen, dass das Unkraut wuchere. Die Rinder mit eisernen Hufen, die übers Stroh laufen und die Körner in der Spreu lockern, sie brechen brüllend zu Boden, da er sich zeigt im Lärm der schabenden Klingen. Der Feind verspricht, dass der Knecht ausarten müsse, dass er größer sei als der Herr. Er schreckt den Frommen, der zum Gebet auf den Söller geht.

Messias wird weiden alle Völker mit eisernem Stab. Satan, der Vater aller Unreinheit, verführt mich nicht. Die altheimischen Männer verführen mich nicht. Rabbi Jesus, im Bann der Alten, kam dieser Welt abhanden.

Er ist die Bläue meines Himmels. Ich säumte seinen Weg, als er herritt auf einem Eselsfüllen mit niedriger Kruppe. Er hat die Macht, zu binden und zu lösen. Ich schaue auf seine nackten Füße, und ich schaue zurück auf die flachen Abdrücke. Menschensohn, Atem des lebendigen Gottes. Und da ich mich umdrehe, sehe ich Blut tropfen von seinen Fingerspitzen, und der Fremde, jäh mächtig geworden, jäh gewachsen zum bebenden Höhenrücken, stellt sich vor Rabbi Jesus, und in der Nähe vor uns steht ein ragender Fels aus Kopf und Schultern, aus Arm und Beinen, sein Anblick ist eine Verheerung, eine lästerliche Prahlerei, eine lodernde Sünde.

»Ich bin nicht überwunden«, spricht er, »ich bin für diese Tage gerüstet, die Steinbilder, heißt es, sind zu Staub zerfallen, als du, der Mann und Weib retten will, aus dieser Welt verschwandest, ich habe es nicht gesehen, ich empfand keine Freuden. Ich muss es wissen, Retter«, dröhnt er, »denn ich bin Kranz und Nabe und die Streben des Rads, das dies Leben ist, keine Freuden, das Königtum der Himmel, das da kommen soll, wer wartet schon darauf, wer möchte schon, dass Er, dem du dienst, Seine tausend Schleier zerreißt, keine Freuden, jetzt ist nicht die erfüllte Stunde, die Toten, die du hast auferweckt, die Blinden und die Blutflüssigen, die du hast geheilt, sie leben weiter in dieser meiner Welt, bist du der Dieb, der mir Besitz entringt, Mann und

Weib, die du erheben willst, Zeit und Stunde sind ihnen unbekannt, du wählst, und sie aber werden von mir des Weges geführt. Kehr um, Sohn der Maria, du bist dem Leben abgestorben.«

»Nein«, sagt Rabbi Jesus. Er schaut auf das Blut, das aus dem Riss im Daumennagel quillt. Er schaut auf das Blut, das ihm von den Fingern auf die Füße tropft. Auf einen Blick von ihm weicht der Fremde zur Seite. Messias flüstert: »Im Namen meines Vaters im Himmel.«

»Muss Er dir beistehen?«, höhnt der Feind. »Kräftigst du dich allein durch Seine Hilfe?«

»So ist es«, sagt Rabbi.

»Zwölf ungesäuerte Brotkuchen haben die Knechte deines Herrn im Tempel dargebracht. Sie nennen es Opfer. Sie winseln um Seine Gnade.«

»Wer bist du, dass du höhnst?«, sagt Rabbi.

»Die Brote wurden auf der flachen Pfanne gebacken. Ich schaute den Männern über die Schulter. Ich spuckte, und mein Gespei spritzte auf die Brotkuchen.«

»Lügner«, ruft Rabbi.

»Dann ging ich zu den Opferstöcken im Frauenhof. Ich sah die Gier in den Augen der Frommen glänzen. Auch an den Münzen klebt mein Speichel.«

»Nichts bist du, und nichts hast du getan«, sagt Rabbi Jesus laut, »ins Heiligtum trittst du nicht hinein, denn es ist dir verboten. Niedrigster, dein Name sei Niemals.«

»Lass mich«, schreit der Prahler.

»Niemals kommst du in die Nähe meines Vaters im Himmel«, ruft Rabbi Jesus, »niemals wirst du vergessen, dass du gediehen bist im gottgeweihten Stand. Niemals wirst du ein anderer, als du bist. Sein Reich komme.«

Der steingewordene Leib, näher bei uns, erzählt von den Wohltaten, die er jedem von uns erweisen würde, wenn wir Himmel, Gnade und die Opferwidder vergessen könnten, in unseren Gesichtern spiegele sich nicht Licht und aber der Fluch der Kraft, die Knechte den Höchsten nennen. Der Fremde wölbt die Schultern, er ballt und knotet sich, er ist zum Sprung bereit. Rabbi Retter, aufragend über alle Schlechtigkeit, von seinem eigenen Blut gezeichnet, vom Regen genässt, blickt den Feind an, sein Name sei Niemals, und der Feind, der Messias entmachten wollte, im wilden Widerstand gegen Gottes Welt, rückt einen Schritt zurück, er wird zum schwarzen Brandrauch, den kein Wind zerweht.

»Ich kenne dich in all deinen Gestalten«, sagt Rabbi, »ich kenne deinen Traum.«

»Schweig!«, ruft der Niedrigste.

»Du träumst, dass du dich hinter Gottes Rücken stiehlst. Dass dein Schatten fällt auf Gott. Kannst du Ihn sehen, meinen Vater im Himmel? Das kannst du nicht. Kannst du dich an Ihn erinnern? Das kannst du nicht. Was ist dein größter Schmerz?«

»Kein Wort mehr«, schreit der Feind.

»Vergessen wird man dich«, ruft Messias, »niemals wirst du ewig.«

»Judas ist nicht mein einziger Sohn in deiner Nähe«, brüllt der Feind, »der Zweite ist erwacht.«

Der Fremde springt, er springt ins Leere. Unkräftig geworden und zerstoben ist der schwarze Fels.

In der Kuhle, im Boden, auf dem er stand, sammelt sich eine Pfütze Sünde. Wer ist er, dass er glaubt, den Herrn beschatten zu können? Und wer ist sein zweiter Jünger in unserer Mitte? »Keiner von uns«, sagt Rabbi Jesus leise, »kein Römer, kein Heide, er wird nicht siegen. Die Zeit der Ernte ist angebrochen.«

Ich zweifele seine Worte nicht an. Ich kehr mich nicht an Satans Geheul. Die Furcht bricht mir fast die Brust: Was sinnt der zweite Verräter? Wird er uns, Messias kleines Volk, entzweien mit Neuheiten? Wird er Frommheit vortäuschen und doch nur Fremdheit stiften?

Ich frage: »Wie lange, Rabbi, bleibst du bei uns?« Er schweigt, er läuft uns voran. Und als ich ihn wieder fragen will, sagt er: »Zähl nicht die Tage, es steht fest die Frist.« Ich schweige, ich folge ihm, der uns von Feld und Hütten wegführt.

Hinter dem Ziegelschutt, den verschliffenen rostroten Scherben, die den Weg pflastern, sehe ich Messias Mutter Maria. Die Gnade leuchtet über ihr. Sie läuft dem Sohn entgegen, küsst seinen Scheitel, küsst seine Schläfen, küsst seine wunden Fingerkuppen. Maria, gesegnet, zieht ihn über die Schwelle, zieht ihn in Johannes' Haus, und wir steigen hinauf über brüchige Stufen, hinauf ins größte Gelass, und als Messias eintritt, erschallt ein Ruf, »Maran atha«, rufen die Frauen, es rufen die Getreuen Jesu, es rufen seine Schwestern Merab und Atara, es rufen die Jüngerinnen Asnath und Ara und Hadassa und Saron und Thola und Jochebed und Zeruja und Rahab und Hananja und Zohar und Hira. Wir rufen den Namen Gottes und den Namen Seines Künders, der nicht kennt Frau noch Mann, nicht kennt Magd und Knecht, und aber nur eine einzige Kraft. Er spricht: »Selig seid ihr, die man euch zwingt zu dienen, und ihr aber dient allein dem Herrn. Selig seid ihr, die man euch unheimlich heißt, ihr aber seid rein durch Gnade eures Fleisches. Selig seid ihr, die ihr den Fluch nicht ertragt, denn ihr seid von keiner bösen Kraft berührt. Selig seid ihr, denn ihr glaubt an die Seele der Heiligkeit. Selig seid ihr, denn ihr seid stark in der Erhebung und schön in der Stille. Selig seid ihr, die ihr Mehl von Kleie scheidet, denn ihr seid ohne Falsch.«

Maria hält die Hand ihres Sohnes. Sie löst sich von ihm, dann zieht sie eine große Schüssel über den Boden, und ich bin die erste Frau, deren Füße Messias mit kaltem Wasser salbt, zur Waschung setzt sich vor ihn jede Getreue und wird gezeichnet als Gottes Magd. Es ruft uns nicht die hungrige Hölle. Es schmerzt nicht, dass Vater mich in den Bann getan. Rabbi Jesus ist der Ölbaum, der die Wurzeln kappt und wandert über die Hänge, durch die Täler. Und wandert, ohne Laut und ohne Stille.

♀

Zum Hang hinauf geht Rabbi uns voran, wir sind eine Wolke der Zeuginnen, eine unbewehrte Schar. Der Fremde überragt uns um zwei Haupteslängen. Während der Fußwaschung stand er am Fensterloch und hielt Ausschau nach dem Feind. Ist er unüberwindlich? Ist sein Name gelöscht in dieser Welt, weil er, in Unheimlichkeit gewandet, nicht Schwert noch Lanze braucht? Ich stütze die alte knöcherne Jochebed, die durch die Büsche stolpert, die sich unter Ästen krümmt. Und als ich das Haupt emporhebe, sehe ich die Schandpfähle auf dem kahlen Schädelberg. Blut auf diesem Boden. Blut auf jedem Stein. Die Gehenkten schreien, ein tosender Wind. Ich höre den Schrei: »Seid mir gnädig und tötet mich!« Ich höre den

Schrei: »Adonai!« Es schreit ein Zerschlagener im zerschlissenen Schurz: »Mutter!« Es schreit ein zum Krüppel geschlagener Mann: »Nicht eine weitere Stunde, Herr!« Es weint still ein Zerschundener, dessen Mutter um den Tod dieses ihres Sohnes fleht. Erbarme dich ihrer, Allmächtiger. Es schreien die Balken, es schreit das leere Kreuz, an dem Messias steht, es schreien die gebrochenen Knochen und die sich zu Mündern geöffneten Wunden, Erbarmen, Herr, erlöse die heulenden Seelen, dieser Schmerz vernichtet. Maria, gesegnet, kniet neben der Mutter, Rabbis Schwestern Merab und Atara stimmen an das Gebet des Kummers in finsterer Nacht, und eine jede Zeugin findet ein Kreuz, ich finde den Gehenkten, der Gott anruft, ein gesplitterter Knochen ragt aus seiner Wade, sein Schrei erstirbt, da ich meine Hände lege auf die genagelten Füße, ich sage: »Der Herr soll dich empfangen, gleich«, und sein Herz bleibt stehen und er wird starr, ich spreche: »Deine Seele hat er empfangen, jetzt.« Es schreckt uns keine Finsternis, es ist bei uns Messias Menschensohn. Wir bringen den Segen des jähen Todes. Der Fremde blickt in Richtung der Schwärze, die kein Blick durchdringt. Der Niedrigste hat sein Werk durch römische Knechte getan, ich wende mich ab, ich bin JHWH gehörig. Kein Blut an den Balken des leeren Kreuzes.

Dies ist das Geheimnis, das ich hüte.

»Judith«, sagt Messias.

»Ja, Rabbi.«

»Bald kommt die Frist, da ich auffahre zu meinem Vater im Himmel.«

»Verlass uns nicht«, sage ich, »ohne dich sind wir ein loser Haufen.«

»Es ist beschlossen. Du wirst bei deiner Heimkehr den toten Judas finden.«

»Ist er gestorben?«

»Er stirbt jetzt«, sagt Rabbi Jesus.

»Was soll ich tun?«

»Ziehe ihn aus dem Kreis. Hab keine Angst, es wird dich kein Geist anfallen. Sie werden kommen, sein Leib ist ihr Besitz. Sie sollen nehmen Judas, und du sollst ihn freigeben.«

»Ich tu es, Rabbi, verlasse ich die Hütte, gebe ich auch das Feld frei?«

»Bleib«, sagt er, »und schau nach meiner Mutter.«

»Maria, gesegnet«, sage ich.

»Judas war der Erste, der Zweite wird sich bald zeigen. Folge ihm nicht.«

»Nein, Rabbi.«

»Du wirst alle Feinde unter die Füße Gottes legen. Bald, gedulde dich. Stürz dich nicht in die Gefahr, stürz nicht, wenn der Feind naht.«

Ich gelobe es dem Gesalbten. Rom schlägt die Heiligen aus unserer Mitte an die Balken.

Er mordet uns in Haufen. Besiegt uns Tag um Tag. Aber ich breche nicht. Ich schaue auf die Schalen in meinen Händen: Wein und Korn bis zum Rand. Den Saum seines Gewandes lässt sich Rabbi Jesus nicht küssen. Er geht von Kreuz zu Kreuz, er senkt das Haupt und betet still. Ich folge seinem Wort, trenne mich von den Zeuginnen, trenne mich vom Schädelhügel, ich gehe hinab den Weg und bezwinge mich, nicht Korn und Wein zu schütten, nicht die Schalen zu zerschlagen. In dieser Welt sehe ich Messias nicht wieder, er wird noch in dieser Stunde gehoben in die Höhe.

Keine tausend Schritte zähle ich bis zum Töpferacker. Auf die feuchte Erde setze ich mich an den Steinen. »Judas«, sage ich. Er liegt auf der Seite, halb zerbissen ist seine Zunge zwischen den Zähnen. Gewürgt zu Tode, still ist das Tier, das schwarze lange Haar deckt ihm das rechte Auge zu. »Judas«, sage ich. Die schwirrenden Fliegen scheuche ich von seinen nackten Knöcheln. Trockene Wunden sind ihm die Buchstaben auf der Stirn. Das Weib vom Feld hangab klappert mit den Schalen. Ich wiege mich auf den Fersen. Kommt der Totenvogel, tröste ich ihn mit Körnern. Kommt ein Heiliger, halte ich mit ihm Totenwache. Judas, einer der Zwölf, bewohnt vom Teufel für kurze Zeit, krumm und krank von Sünden. Ich schaue ihm ins Gesicht, ich wache Stunden ohne Schlaf und ohne Traum. Dann erhebe ich mich.

VON SIEGFRIED GETÄUSCHT

VON GUNTER DURCH LIST GEFREIT

MUTTER EINES SOHNES

ZAUBERMÄCHTIGE WALKÜRE

KRIEGERKÖNIGIN

429

KÖNIGREICH BURGUND

BRUNHILD

AUF ZURUF STEMMT der Kerkerknecht die Tür auf, die Krieger stoßen mit den stumpfen Enden der Speere ins dunkle Loch. Das Licht der Pechfackel erhellt die Schwelle. Ich stocke nicht beim ersten großen Schritt und auch nicht beim zweiten. Ich gehe hinein. Drei Mann wachen im Gang. Hier ist das Heim der Bosheit. Hier haust der Dämmerungsgeist. Ich sehe ihn: Er läuft sich in Schweiß. Ich bin das Hünenweib. Ich tilg die Furcht aus meinem Sinn. Die Schwärze bekommt einen Mund, der zischt: »Bist du es, Brunhild?« Der Kerkerknecht schwenkt das Schwert, ich befehle ihm zu weichen. Ich benötige seine Hilfe nicht. Die Schwärze spricht: »Sieh, wie ich dich anschau, Königin!« Er dreht mir den Rücken zu, beugt sich vor, er schaut mich durch die gespreizten Beine hindurch an, dann schreit er, dass es hallt im Verlies: »Ich hab lang gegähnt, da ist's mir reingekrochen, die Drud, jetzt ragt ihr Kopf mir aus dem trockenen Mund, die Drud hat eine böse Sauglust, Blut will sie lecken, komm, Königin, lass dich saugen …« Er springt mich an, er will mir aufhocken, ich schmettere ihn zu Boden. Sein wehliches Geschrei schreckt mich nicht. Er ist ein Riss im düsteren Grund. Er flucht: »Trocknen soll dein Schoß, dörren soll dein Kopf.« Er kennt die vielen Namen der Verwesung, ich lass ihn brüllen, bis er keine Luft mehr bekommt. Jetzt drischt er auf die Pfützen, ein langer Rüssel schlackert an seinem Nacken. Ich sehe: Giselher trägt ein Hemd mit drei Ärmeln, der dritte Ärmel ist ihm an den Rückenkragen genäht. Es hat sich kein hungerdürres Weib in seinem Maul versteckt. Ich schleudere den Weinschlauch auf seinen Kopf, er schnappt danach, kriecht an die Wand, trinkt und trinkt wie ein Kind. In der Schwärze, die ihn umhüllt, leuchtet sein Gesicht. Er schaut neugierig. Er will erraten, was mich herführt. Ich bin König Gunters Gemahlin, ich bin der Feind. Der dritte Ärmel liegt ihm auf dem Hals auf: Ist er ein dicker Strang, an dem er sich aufhängen will? Er würgt und speit, knurrt wie ein Hund. Dann spricht er klar: »Uns gebar dieselbe Frau. Sie bekam drei Söhne. Gunter, Gernot, Giselher, das bin ich, der Jüngste der drei. Vater fraß sich rund und fett. Vater erstickte am Kloß im Schlund. Drei Könige herrschten über Burgund. Wir waren auf der Hut vor Schaden. Dann kamst du. Die Windriesin. Islands Grimm. Mit dir kam der Tod. Du bist eine böse Luft. Du bist hundert böse Winde. Bei Vater wusste ich: Der Bissen steckt in der falschen Kehle, er verröchelt. Bei dir weiß ich: Sie ist die Brut der Wildnis. Hab acht, hab acht! Schau, wohin es mich verschlagen hat. Schau, wie ein König verreckt.«

Er schürft die Knie auf, er reibt die Faust hart gegen den Boden. Den leeren Schlauch zerbeißt er in Fetzen. Der Mann im Kerker ist kein Dämmerungsgeist. Der Mann ist ein kampfwilder Kerl. Die Burgunder sind sterbende Schatten. Der Burgunder Giselher, vom Blute seiner Brüder, wird verrotten. Er droht mit sausender Faust. Ich verhärte mein Herz. Keine Milde. »Ich war es nicht, der dich in Fesseln schlagen ließ«, sage ich.

»Keine Seuche ist stinkender als du«, ruft er.

»Dein Bruder sprach: ›Giselher ist zu den Hunnen abgegangen …‹«

»Welcher von den beiden?«

»Der Älteste«, sage ich, »Gunter hat mich belogen.«

»Er gab mir Nägelabschnitzel zum Fressen«, sagt er, »hast du das gewusst?«

»Ich traue es ihm zu.«

»Einen lebenden weißen Aal hat er dem Sohn in den Hals laufen lassen!«

»Thorolf?«, sage ich laut.

»Nicht deinem Bastard«, ruft er und lacht, »du warst nicht das erste Weib, das er schwängerte. Ganz Burgund wusste es und schwieg. Wer wusste es nicht? Die Walküre Brunhild. Dir hat das Haupt die Fledermaus im Flug gewässert.«

Über der Weiber Wahn höhnt Giselher, der den Nackenärmel zum Kopfputz richtet. Die Festigkeit ist ihm genommen. Sein Getöse halte ich aus. Ein Schauspiel will er mir geben, dass ich flüchte vor seinen gellen Schreien, hinaus aus dem feuchten tiefen Loch. Durch seines Bruders Lüge gilt er als Hunnenknecht. Ich bin ein durstiger Geist, der im Winde wogt. Ich frage: »Hat er den Aal in den Schlund des Sohnes gesteckt, ist das wahr?« Er brüllt: »Wahr ist es, ich stand in der Nähe, nah am übel schluckenden Sohn, der bekam den Aal zu fassen, zog ihn raus und schlug ihn gegen den Stein, halbtot war der Sohn. Und die spottenden Knechte, nah am König, nah am Sohn, sie schwiegen, sie sahen Usgild ab dieser Frist heiliger an als den Vater, dessen Anhang schmolz. Usgild, fünf Jahre alt, trugen die Krieger auf den Schultern.« Überlistung ist der Brauch der Burgunder. Täuscht er mich, benutzt er mich? Die Liebe ist getötet, sie verwest in meiner Brust. Er kann nicht auf Freisetzung hoffen, ich rühre nicht die Hand, ich löse nicht seine Fesseln. Er spricht hechelnd von Usgild, den Hagen erwürgte, zum höheren Wohl des Reichs. Hagen, der sich alle Tage am Schweinetrog scheuert. Hagen, den man rupfen müsste wie wildes Gestrüpp. Ich habe eine Mordswut in mir, ich schrei ihn nieder, ich schrei: »Zu Boden mit dir!« Und da er nicht gehorcht, dieser Wicht allen Drecks, greif ich ihn am Haarschopf und drücke ihn in seinen eigenen Harn, in die Pfütze, die er saufen soll, ich schleife ihn über alle Pfützen und allen Dreck. Dann lege ich ihn ab an der Wand. Er weint, wie alle knurrenden Kerle weinen am Ende. Ich sage: »Hörst du nicht auf, schlag ich dich. Ich schlag dich, bis dir das Auge ausrinnt!« Giselher schluchzt, er sagt vom Boden herauf: »Was hab ich dir getan, Weib?«

»Wird auch Thorolf sterben?«

»Dein Sohn ist schwach«, flüstert er, »Burgherr Gunter, das Tier, frisst die Brut, doch Thorolf frisst er nicht, ihn lässt er am Leben.«

»Weil er nicht zum König taugt?«, sage ich.

»Weil du Gunter zerfetzt«, sagt er, »dich sticht er nicht durch List und Trug … Das Reich zerfällt, im Land streifen die Wölfe. Sturmfest ist diese Feste nicht, sie wird bald eine Trümmerstätte sein.«

»Du redest irr«, rufe ich. Der Kerkerknecht und die Krieger, sie stehen im Gang, sie atmen leise, sie lauschen still. Auf meinen Hilfeschrei warten sie vergeblich.

»Ich riech den Kriegsbrand, Königin. Riechst du es nicht? Ich kann viel entbehren, kannst du es auch?«

»Irr geworden bist du, Giselher. Ich bin eisengerüstet, die Brünne trag ich nicht zur Zier. Von der Feste Isenstein stamm ich. Am Ende jeder Schlacht stand ich im Haufen der Feinde, die ich erschlug. Diese Burg steht auf schroffem Fels, die Mauern sind aus Bruchstein. Wer späht durch die

Schlitzscharten? Wer wacht und ist blind für die schwärmenden Rotten? Die Burgunder, Männer aus Teig.«

»Du liebst uns nicht«, raunt er und lacht, »es wäre dir gut, wenn du uns in der Halle der Schlachttoten türmtest. Du weißt um unsere Furcht. Die gespenstige Drud bläst durch Anhauch die Augen aus. Das ist unsere Furcht. Bist du die Drud, und sollen wir dich fürchten? Willst du mir in der Kehle stecken, dass ich verröchel wie mein Vater?«

Er reibt die Knöchel aneinander, tief gebückt und grollend. Das Dunkel des Kerkers ist nicht besternt, er wird den Himmel nimmer sehen. Er hungert nach steifer Grütze, nach Hirsebrei mit Speck. Dass seine Brust zerspringe, ich wünsch es sehr. Ich schütz mich vor den Gewalten, ich glaub an Stetigkeit. Ich glaub an meine Kraft. Einst war ich die Kampfjungfrau. Jetzt bin ich die kraftkühne Kriegerin, ich schnitt mir das Haar, dass jeder Mann mich erkenne. Die Drud, von der Giselher schwätzt: ein Fleck vor seinen Augen, eine Erfindung, eine kranke Lüsternheit. Schaute er in mich hinein, würde er sehen: Der Schaum brodelt siedend. Soll ich den dritten Ärmel fest schlingen um seinen Hals? Er wimmert, als ahnte er, wonach es mich verlangt. Er hat Durst nach gewässertem Wein. Auf Zuruf wirft der Kerkerwächter den Schlauch durch die offene Tür. Der Burgunder, einst ein König, einst der Geleitsmann seiner beiden Brüder, bricht heraus aus dem finsteren Winkel, saugt und schluckt, schluckt und seufzt. Eine winselnde Seele. Ich greife ihn, bevor er sich mir entwindet, ich bin nah an seinem zersprungenen Gesicht, nah an seinen zerschrammten Lippen, ich sage leise: »Ich bin die Drud, die dich heimsucht, wenn du dich verschwätzst. Die Drud, die dich zu Tode hetzt. Kein Wort, hörst du?! Kein Wort zu

Weib und Mann. Sonst schneid ich dir Zung und Lippen und röste sie mir zum Mahl.« Ich wende mich ab, da höre ich ihn hinter meinem Rücken kichern und dann schluchzen und dann raunen. Was spricht er? Er spricht: »Wer hat dich geschwächt? Bist du vom scharfen Blick getroffen? Nein. Die Blinden folgen keinem Weib mit Fackel. Leuchtest du dir den Weg, Königin? Ich hör die Horden, ich hör sie anbranden. Ich werd den Tod schon nicht versäumen. Doch du, Brunhild, mächtige Drud, willst du mit deiner Weiberfratze die Hunnen schrecken? Wir Burgunder stehen im Land wie Kälber auf dem Anger. Doch du, Islands Grimm, bist eine graue Sau. Ich seh dich im Fackelschein. Von dir kommt kein Heil. Du bist mir schlimmer als der Hunne und der Tod. Das ist für dich!« Er schleudert den Unrat seines Leibes nach mir, verfehlt mich aber um ein Weites.

Ein großer Schritt und ein zweiter, und ich trete in den Gang, den Kriegern gebiete ich, mich allein ziehen zu lassen. Ich gehe die Treppen hoch, ich gehe hinaus. Treibende Wolken, Sturm über der Zwingfeste, in die Stille der Krähen stößt der zerrende Wind. Zu den Nebeln zieht's mich, da ist kein Schimmern und kein Blitzen. Wenn ich die zerfetzten weißen Schleier seh, bin ich in meiner eignen Art. Feuer soll verlöschen, Erde soll bleichen, Burgund soll versinken. Jeder Lichtschein ist ein Stachel. Was der junge Schänder Siegfried verkehrte, dreht sich um mit Gewalt. Eisern bin ich, verschlossen ist mein Schoß. Wer berührt mich, wenn ich es keinem hohen Herrn gestatte? Die Magd glaubt: Wenn sie barfuß im Tau geht, zieht er die Unreinigkeit aus Herz und Schenkeln. Das wird mir nicht gelingen. Meine Säfte stocken. Ich gleich der Natter, im Rauchfang gedörrt, totes Vieh ohne Gift. Was ist mein Wunsch? Das wünsch ich Burgund: Auf dem Brandgiebel nistet der Storch, über den Ziegeln fliegt der Erdfink, an Firstbalken nagen die Ratten. Was der Schänder Siegfried zerriss, klumpt in mir als zweites dunkles Herz. In diesem Herz grollt die Drud. Die Hügel haben Nebelkappen. In die Nebel wünsch ich mich, dass mich endlich Kühlung anwehe. An Mut beim Kampfe fehlt's mir nicht. Was bekümmert mich? Was hefte ich meinen Blick an trudelnde welke Blätter in der Luft? Ich habe abgestreift die Minne zum Mann wie eine Hucke vom Rücken. Hat mich Giselher zermürbt mit giftigen Worten? Nichts lass ich in mich sickern. In allen Seelen Bitterkeit. Faulen sollen die Seelen der Burgunder. Ich zieh das Schwert, fahr mit der Handkuhle über die Schneide, ich ritz mich nicht. Dies ist nicht die Stunde der Verheerung. Der Wind hat Efeu von der Mauer losgerissen, die Blätter schwirren durch die Luft. Die Krieger auf dem Wehrgang blicken heimlich zu mir herüber. Sie halten Wacht, sie spähen übers Land. Sie fürchten meinen Zauber. Würmer kommen in Schmalz und Fett. Männer liegen in hitzigen Fiebern. Sie sprechen über meine Macht, sie zweifeln nicht: »Das Weib, das sich unser König zur Beute machte, erfleht Hochgewitter und bringt Schaden.« Sie sprechen: »Unbezwingbar hart ist die Windriesin. Sie schmäht Gold und Güte. Wir können das Herdfeuer schüren, wie wir wollen. Bald kommt der Tag, da dies Weib will, dass es verlöscht. Der Baum muss erst aus dem Samenkorn ersprießen, aus dessen Holz die Wiege geschnitzt wird, in der das Kind liegt, das altern muss, um im sechzigsten Lebensjahr die Isländerin zu erschlagen.« Sie glauben, dass sie leben in armen Stunden. Arm ist die Zeit geworden, weil die junge

Witwe Kriemhild wie ein blendend weißer Geist durch die Kammern streicht. Burgund, Felsenöde in Nebeln. Züchtigen müsste man die Burgunder mit der Geißel, dass sie dem Anspruch entsagen, Herrscher zu sein. Ich verspür den Drang, ein Wunsch brennt. In der Winterluft stehe ich und bin belebt, und doch drängt's mich, die Fratzen der Krieger zu häuten.

Ich steige hinab in den frostigen Saal. Hagen, schwarz gebüschelt die Arme, steht maulrümpfig an der Bahre. Er ist in allen Gebärden verstohlen, er gleicht einem kräuselnden Wassertümpel. Jetzt aber wacht er reglos an der Leiche. Da tritt er zur Seite, erstarrt, harrt aus, tritt wieder an die Bahre. Hagen versetzt König und Knecht in Schrecken, nur mich nicht, mich nicht. Ich kenne sein übles Spiel, kein Mann kann es ihm verbieten: Siegfried liegt auf dem Gesicht im geschnitzten Sarg; sein Mörder stellt sich an den Leichnam und ergötzt sich an dem Blut, das aus der Wunde am Rücken quillt. Die Blutprobe hat ihn vor zwei Tagen als Meuchler enthüllt. Er hat mit fester Stimme bekannt: »Ich stach einen Feind, wer will mich richten?« Ein Krieger sprang vor, versetzte ihm einen Streich, fiel nach Hagens Streich zu Boden. Ich sehe: Das rechte Ohrläppchen ist gespalten, es hängt ihm herunter wie ein Hahnenkamm.

Hagen sagt: »Zwei Männer. Einer tot, einer lebt. Du schaust mich. Du schaust ihn. Einer still, einer spricht.« Blutdunst über nassem schmatzendem Fleisch, die Wunde lebt im Leichnam.

»War das eine edle Tat, Königin?«, sagt Hagen.

»Plagt dich die Reue?«, sage ich.

»Ich tat's. Ich schütz dies Königtum. Tat ich falsch?«

»Seither mehren sich die Zeichen. Eine Kuh gibt blutige

Milch. Eine trächtige Kuh verkalbt. Eine Stute wirft ein weißes Fohlen. Die alte Heiligkeit ist verdorben.«

»Glaubst du daran?«, sagt er.

»In den Gehöften ringsum herrscht Ruh«, sage ich, »doch die Drud geht um.«

Er blickt mich mit verloschenen Augen zwingend an. Wenn er über die nächsten Schläge brütet, schielt er zur Seite, als wäre genau dort das meiste zu erschnappen. Was sinnt er? Die Krieger, über die er gebietet, schäumen an ihm hoch: Sie sehen das straffe Brustleder und die Glanzlichter an den Eisenplättchen, die klirren, wenn er Schritte tut. Ein Mordrecke, bleich und hart, taub für die Bitten, geräuchert in den Feuern, die er legte. Was sinnt er? Jeder Mann flieht die Schärfe seiner Axt. Er rührt sich, ich greif zum Waffengurt, da sagt er: »Eine Schande, dass er auf dem Gesicht liegt!« Er packt ihn an den Schultern und wälzt ihn grob auf den Rücken. Siegfried sind die Daumen und die großen Zehen zusammengebunden. Warum? Damit er nicht aufstehe als Wiedergänger. Wer tat das?

»Hast du ihn gebannt?«, sage ich.

»Der König war's«, sagt Hagen, »er wollte ihm auch Lippen und Lider zunähen. Da kam Kriemhild und herrschte ihn an.«

»Sie hat die Fäden nicht gelöst.«

»Ein Netz aus Fäden ist ihr Leben. Sie knüpft keine Knoten auf.«

»Fürchtet sie das Wiedersehen?«

»Unzerschneidbar geworden war Siegfrieds Haut«, sagt Hagen, »verwundbar blieb er in all seinen Tagen. Wer verriet mir die Stelle im Rücken? Sie war's. Ich machte den Held zum Leichnam, durch einen einzigen Stoß. Wer hasst mich? Wer schuldet mir Dank? Hast du eine Antwort, Königin?«

»Nein«, sage ich.

»Du dankst mir nicht. Du bist halb Hüne, halb Weib. Du haust in der Wildnis. Siegfried war uns fremd, du bist mir fremd. Ich stehle mich heimlich hierher. Weißt du, wieso?«

»Du liebst es, dass er blutet.«

»Als hätt ich die Lanze frisch versenkt«, sagt er, »als wär er frisch durchstochen.«

Der Geringste nennt sich gut, Hagen aber will allein als brauchbar gelten. Siegfried ist die Mannheit genommen, sein Fleisch schmatzt im Tod, mir genügt es nicht: Alle Finger und alle Zehen wollt ich ihm binden, mit Schlingen fest bannen, das Haupt abschlagen. Mein Kraftquell ist versiegt. Meine rächende Hand wird lahmen, wenn ich sie hebe zum Stoß. Junger Schänder Siegfried, zerschlagen in seinem Heldentum, hat mich geschwächt für den Rest der Tage. Das krumme Holz bog ich und brach es in vierzehn lange Späne, die in vierzehn Nächten alles Dunkel brannten. Das war meine Kraft, die er mir nahm, der Drachentöter. Hagen aber will nicht knirschen, er ist gefrorene Gewalt. Jetzt wälzt er den blutenden Leichnam auf den Bauch. Ich sage: »Hüte dich vor seinem Weib.«

»Kriemhild«, sagt er, »du und sie, zwei Königinnen in einer Burg. Die eine schweigt, die andere raunt, wem erlausch ich wohl ein Geheimnis?«

»Mir ist sie unterworfen«, rufe ich, »ich gebiete, ich verbiete.«

»Ein König herrscht über Burgund. Vergiss das nicht.«

»Der Burgunder Gunter, dem die hohe Krone den Scheitel presst.«

»Für diese Schnatterei könnt man dich übel strafen«, sagt er, »jeder Mann, der ihn gering geschätzt, hat sich vertan ... Du hast es erfahren?«

»Wovon sprichst du?«

»Von dem schwachen Kind, das ich erdrosselte. Mein König befahl's.«

»Wer hat es dir hinterbracht?«, rufe ich, »haben sich alle Knechte bei dir verdungen?«

»Ruhig, Königin, sonst rutscht dir der Kopfputz in die Stirn. Usgild war traumversunken, er geriet schlecht. Die alte Magd gab ihm Eidotter und vergorenen Wein, dass er zur Kraft komme. Er lebte von Krug- und Schüsselresten. Ein mageres Männchen, es wär eingegangen, ich habe es erlöst. Jetzt frage ich dich, Königin: Bin ich mit Wahn geschlagen?«

»Nein«, sage ich, »Giselher ist der Irre in eurer Sippe.«

»Er glaubt, dass ihn die Drud drückt«, sagt Hagen laut und lacht, »nachts schleich ich mich an seine Tür, ich flüstere: ›An der ersten Astgabel unter fauliger Borke sitz ich. Tags bin ich eine glühende Pflugschar, nachts ein Aasknochen. Ich bin die Mahr, die böse Schleiche. Bald hock ich auf deiner Brust. Bald beleck ich deine Lippen im Schlaf ...‹ Da heult er auf, und ich heule mit, und der Kerkermeister schämt sich wegen meiner derben Späße.«

»Hat's der König dir befohlen?«

»Es kümmert ihn nicht«, sagt er, »was plagt dich, Königin?«

»Ich bin verwundert, dass du sorglos lebst«, sage ich.

»Sollte ich jammern?«

»Kriemhild schweigt, ich trau der Stille nicht. Sie trägt den Steiß hoch. Weshalb? Sie hat mehr Gold und Gut als alle großen Stämme.«

»Der Nibelungenhort«, sagt Hagen hart, seine Augen glimmen.

»Kriemhild schwellt. Wo Gold redet, da gilt andre Rede nicht. Wird sie vergessen, wer Siegfried in den Rücken stach?«

»Mein König befahl's.«

»Wird sie ihrem Bruder Gunter je verzeihen?«, sage ich.

»Das wird sie nicht«, sagt Hagen und taucht den Finger in Siegfrieds Wunde.

Nicht Giselher, aber Hagen ist der Dämmerungsgeist. Wenn er geht, hör ich einen nassen Sack über den Boden schleifen. Mehr und mehr schwindet mir der scharfe Sinn, ich muss mich sammeln. Meine Ahnfrau sprach von der Sage: »Eine Riesin wird den Mond verschlingen, am Tag des Untergangs aller Reiche, und die Gewölbe werden brechen, es prunkt dann am Himmel keine helle Leuchte, und in der ewigen Nacht fällt schimmliger Himmelstau.« Burgunder und Hunnen, sie sehen nicht: In den Senken mehrt sich die Schwärze. Es werden Horden kommen und in die schwachen Flanken fallen. Ich ermahne mich: Ehre die Ahnfrau und kräftige dich an der Sage. Die Schrift ist mein Gedächtnis. Mein Fleisch ist unkräftig geworden. Meine Kraft kam vom Fleische her, und da ich unmächtig geworden, hängt mir das Fleisch an den Knochen. Ich ermahne mich: Ihre Macht ist nicht meine Fügung.

»Königin«, sagt Hagen nah bei mir, ich schnelle zur Seite. Wie schlich er sich heran, er hätte mir den Eisendorn in den Nacken stoßen können. Bespuckter Staub, Schweineherz, ich bleck die Zähne.

»Anfangs, in deinen ersten Tagen auf der Burg«, sagt er, »da glaubte ich: Es mehrt sich die Wildheit in dir.«

»Der Feind erstickt an seinem Fluch«, sage ich kalt.

»Es erscholl die Klage überall in Burgund: ›Wie kann es sein? Wie kann unser König dies Weib heimführen, dass es an seiner Seite herrsche?‹ Es bekamen die Knechte ein Grindmaul. Ich sprach: ›Ja, es ist wahr, es krachen die Halme und die Getreidebüschel, wenn die Isländerin darübergeht.‹ Ich sprach: ›Ja, es ist wahr, wenn sie redet, bullert und pratzelt es in ihrem Hals.‹«

»Ich bin die Rauschgewaltige«, rufe ich.

»Das bist du, Königin«, sagt er, »und die Knechte sind es nicht. Man müsste sie vor den Pflug spannen und die Furche pflügen. Ich verstricke mich nicht mit ihrem Fluch. Ich frage dich: Woran hast du Not?«

»Ich bin genügsam.«

»Bist du das?«

»Der Tote auf der Bahre … Er hat einen Schatz hinterlassen.«

»Der Nibelungenhort«, flüstert Hagen.

»Was erzählen deine heimlichen Späher?«, sage ich.

»Über Kriemhild?«

»Über die Königin der Nibelungen und der Niederlande«, sage ich laut.

»Ruhig, ruhig«, sagt er, »sie erzählen: ›In Gram, in glühende Trauer ist Kriemhild versunken und vertieft.‹ Sie erzählen: ›Sie schweigt. Die Mägde treibt sie wie Vieh durch Schnalzlaute an.‹«

»Sie steht hinter dir«, sage ich.

Hagen fährt herum, jäh hat er das Schwert gezückt und in Hieben die Luft zerschnitten. Er schimpft, er sprotzt, die Worte sprühen wie aus dem Flintstein geschlagene Funken. Sein Antlitz ist eine feurige Maske. Ich bin bereit, ich werd wehren seinen Sprung, ich werd wehren den Stich. Doch er senkt das Schwert, ich löse die Hand vom Gehenk.

»Tu das nie wieder, Königin«, sagt er drohend, »ich könnte mich vergessen. Der Mann, der vor unseren Augen blutet, dieser Mann prahlte: ›Ich bin durch alle Wasser gewatet, ich habe alle Berge bestiegen.‹ Sieh, was aus ihm geworden ist.«

»Denk an das Gold«, rufe ich und wende mich ab.

Die Ahnfrau sprach: Aus geschmolzenen Eistropfen sind wir geworden. Also leiden wir nicht an der Dünnheit des Blutes und der Falschheit der Art. Hagen, der mich behechelt wie ein Hund. Siegfried, ein Totengeist, ein Geist im Leichnam, der Recke, der sich mit dem Herzfett des erschlagenen Drachen einrieb. Ich habe Ruhe vor ihm. Ich habe keine Ruhe vor Kriemhild, die hofft: Der Baum, vom Sturm umgehauen, schlägt wieder aus der Wurzel aus. Die Drud ist beseelte Luft, behauchte Hoffnung. Ein Fluchspuk, der sich ringelt auf der Brust des Schläfers. Von allüberall droht Fäulnis, ich gebe acht. Ich gebe acht.

Im Burghof, im Pferdetritt hat sich Schlammwasser gesammelt. Ich kehr mich nicht daran, dass es aufspritzt bei jedem festen Schritt. Ich sehe: Ein Krieger legt dem müden Pferd warmen Mist unter die Hufe, damit es munter werde. Ich sehe: Das übermütige Kind peitscht mit dem Reisig, das es der Eiche brach. Mein Hass, mein Hass, er brennt einwärts, ich habe alte Knochen. Ich bin aus den Kräften der Winde gemacht, was kümmert mich das Gliederzittern? In meine Adern, in meine Sehnen, dringt Burgunds Zauber nicht. Ich lebe im Munde meines Volkes, in der Sage der Kampfjungfrauen, die meine Knechtschaft beweinen. Von jedem Mann, den ich im Kampf erschlug, aß ich ein halbrohes Stück. Ich aß das bisschen Weisheit eines jeden Mannes. Ich aß den Ballen der lahmen Hand. Ich schnitt und aß Lende und Ferse, die Haut spuckte ich aus. Jetzt gleiche ich dem Abend, dem Tod des Tages.

Ich strebe zu meinem Gelass. Ich greife zum Krug, die Magd will mir zur Hand gehen, ich scheuche sie aus der Kammer. Ich fülle die Schüssel, ich tauche das Gesicht hinein, ich öffne die Augen und atme aus im Wasser: Die Seele entweicht. Ich trinke einen Schluck: Ich trinke meine Seele.

♀

Vom Geschrei eines gequälten Mannes werd ich wach, ich eile zum Fensterloch, ziehe die Tierhaut beiseite, blicke hinunter auf den Hof. Der Kerkerwächter, Augen und Zähne ausgerissen, heult am Pfahl. Was hat er verbrochen? Da seh ich Kriemhild auf ihn stürmen, sie stößt ihm den Spieß ins Herz, sie umfasst ihn, bis er nicht mehr schlackert, sie ruft laut, dass es hallt: »Dies Schauspiel hat ein Ende.« Die Krieger beugen das Haupt, sie wagen keine Widerrede. Der starke Wind lässt das Tuch an ihrem Leib aufflattern. Alle Schleifen und Schärpen hat sie gezupft, sie trägt Gramschwarz. Sie verfällt in Starre, als sie mich in der Höhe erblickt. Dann zieht sie dem Wächter den Spieß aus der Brust und geht in mächtigen Schritten davon.

Die Großtat der wahren Königin wird in den kommenden Tagen zum Gerücht. Die Burgunder werden sie rühmen und loben als die kommende Mächtige.

Zum Buhlen tüchtig war sie, als Siegfried lebte: Der Brunstschleim der Stute troff und troff, sie empfing das Wasser, das vom Maul des Hengstes ablief. Das Feuer in mir, ich muss es löschen. Ich eile die steinerne Stiege herauf zur Königshalle, die Wächter werden bei meinem Anblick heftig. Ich sage leise: »Widersetzt ihr euch, reiße ich euch die Gedärme raus!« Ihre Augen beginnen zu triefen, weil sie nicht zu blinzeln wagen, dann geben sie den Weg frei, und ich stürze in den Herrschersaal.

Ich sehe den König auf dem Thron, meinen Gemahl: Er schält den Apfel an einem Stück, er zieht den Schalenwedel auseinander und staucht ihn, zieht und staucht, immer wieder. Thorolf starrt das Messer an. Gunter sagt: »Unser Sohn hat einen tückischen Geist. Noch fehlt's ihm an der nötigen Stärke, um mir das Messer zu entwinden. Auch wenn er mich um Haupteslänge überragt, ich brech ihm die Hand, wenn er das tut.«

»König«, sage ich, »du schnaufst Bilsenkrautrauch. Das nährt deinen Argwohn.«

»Du hast ihm als Kind den Gaumen mit Bratenfett aus dem Kessel eingeschmiert. Damit er hungrig bleibe und esse und wachse. Prächtig ist er geraten.«

»Er verschlang die besten Bissen.«

»Wenn die Riesin gebiert, kracht das Eis«, sagt er und lacht, »bald wird man Thorolf nur vom Wipfel der höchsten Eiche rufen können … Du kämmtest dein Haar mit dem Rossgerippe, einst in deiner Wildnis. Am Morgen nach der ersten Nacht hast du es geschnitten.«

»Nicht vor Thorolf«, sage ich laut und schau den Sohn an, den ich ihm gebar. Der König heißt ihn, sich die Ohren zu verschließen. Er geht in den entlegensten Winkel, dreht uns den Rücken zu und stopft seine Hemdzipfel hinein. Wird er zum Riesen auswachsen? Wird er dies Reich erben? Ich habe ihn der Brust entwöhnt, indem ich mir die Spitzen mit breiigem Schlamm einrieb, der ihn spucken und schreien ließ. Es bringt Thorolf Verderben, dass ihn der König in seiner Nähe bindet, ich muss ihn schützen.

»Du empfängst mich nicht. Warum?«, fragt der König.

»Die Liebeslust ist mir erloschen«, sage ich.

»Meine Liebe ist dir lästig?«

»Ich bin keines Mannes Schweif.«

»Du bist die Echse«, sagt er laut, »du wirfst die alte Haut ab … Ich sprach im Schlaf. Wie kann ich's wissen, da ich schlafe?«

»Welcher Magd lagst du bei?«, sage ich.

»Ich sprach so laut, dass der Krieger eintrat mit gerecktem Speer. Was glaubte er vorzufinden?«

»Seinen König, entzweigerissen?«

»Den fand er nicht«, sagt er und grinst. »Erst fragte ich: ›Wen willst du fällen?‹ Er sprach: ›Den Kerl, der grunzt.‹ Dann fragte ich: ›Was hat dich erschreckt?‹ Er sprach: ›Der Kerl sprotzte einen groben Fluch.‹ Ich fragte: ›Wer ist's, mit dem du redest?‹ Er sprach: ›Das bist du, mein König.‹ Ich entließ ihn und dachte nach. Das Grübeln wurde mir zur Marter, ich schritt zum ersten Mahl des Tages. Ich aß Leber. Der Ahne lehrt, sie sei der Seelensitz. Was fress ich also: Leber, Seele oder beides?«

»Beides«, sage ich.

»Und wenn der Hirsch boshaft war? Wenn Bosheit eindrang?«

»Du wirst nicht schlechter, als du bist. Ein König, beweibt mit einer betrogenen Riesin.«

»Sie nennen mich den Bändiger der Walküre.«

»Dir gefällt die Lüge«, sage ich kalt. »Belogen willst du sein, wenn's dir zum Vorteil reicht.«

Thorolf regt sich in seiner Ecke. Was schert ihn der Stolz des Herrschers, der sein Vater ist? Was schert ihn das getäuschte Hünenweib, das seine Mutter ist? Der fallende Schnee hat ihn geweckt, das verriet mir die alte Magd: In der Früh, ehe der Tag graute, stand er lang am Fensterloch und schaute auf weiße Flocken. Der Schnee ist geschmolzen, sein Frohsinn ist geschmolzen. Die Gerüchte tun ihm nicht gut. Er spitzt den Mund, um Fleisch und Brei kalt zu blasen. Ist er deshalb feige? Man könnte die Knechte in Stücke hacken. Und doch würde jedes Stück übel nachreden und verleumden.

Ich ruf ihn herbei, zieh ihm die Zipfel aus den Ohren, lege ihm die Hand auf die Schulter. Er erstarrt und bleibt aber an meiner Seite. Er flüstert: »Wer zog dem Kerkermeister die Zähne?«

Der König erzählt: »Der Geselle, den er das Handwerk lehrte. Er hätte dem jungen Kerl fast die Kehle durchgebissen.«

»Der Meister musste büßen?«, fragt Thorolf.

»Deine Mutter ließ er ein ins Loch des irren Giselher.« Er blickt mich böse an: »Was hattest du dort zu suchen?«

»Dein Bruder teilte mit dir den Thron«, sage ich.

»Hunnenknecht«, ruft er und spuckt aus.

»Sind wir das nicht alle?«

»Ich bin es nicht!«, schreit Thorolf. »Ich schmück mich nicht mit Riemen aus dem Fell der Hunde.«

»Sie häuten die Wölfe«, sage ich. Er schüttelt meine Hand von der Schulter, stellt sich an die Seite des Mannes, den er für seinen Vater hält. Hört er es nicht? Hört er nicht den Schall der Schläge? Sieht er nicht das schartige Geschirr auf der Tafel, die Armut, die Einzug hält in das Reich? Die

Trommel, die durch alle Lande schlägt, kündet von großen Haufen, die gegen uns reiten. Der König zählt Thorolf zum Jungvieh, er spielt mit ihm, und er spielt mit mir. Der König will den Streit nicht ruhen lassen, deshalb spricht er: »Sind Zopf und Brüste nicht hinderlich im Kampf?«

»Befrag die Männer, die sich auf Island mit mir im Wettstreit maßen«, sage ich, »scharre aus ihr Gebein und lausch den Worten, die sie wispern.«

»Und was werde ich hören?«

»Sie wispern: ›Das Weib kam über uns‹«, sage ich, »sie wispern: ›Es ist uns nicht gut bekommen, dass wir die Riesin verhöhnten.‹«

»Kampflustig ist deine Mutter immer schon gewesen«, ruft er zu Thorolf, »schätzt du ihren Mut beim Raufen?«

»Solang es den Hunnen trifft«, sagt Thorolf.

»Du atmest durch deine feuchte Scham, Walküre«, sagt der König, »du bist geschrumpft, weil ich dich besiegte. Die alte Vettel in der Küche, sie schlägt mit Messern auf die Pfanne, um die Drud zu vergraulen. Gesell dich zu ihr, denn ihr seid vom selben Schlag. Bist du derart mächtig, dass du die Windrichtung bestimmst? Kannst du dich gegen alle Krieger behaupten? Das kannst du nicht. Ich nahm dir die Kraft!«

»Nicht vor meinem Sohn!«, sage ich laut.

»Uns das Unsere, ihm das Seine … Willst du, Sohn, als Tauber gelten?«

»Nein, ich will es nicht«, sagt Thorolf.

»Du hörst es selbst, Walküre. Ich bin der König. Ich bin der Erste und der Letzte. Zweifelst du daran?«

»Du bist König«, sage ich gepresst.

»Woraus sind meine Schuhe gemacht, Thorolf?«

»Aus der Haut der Vorderläufe eines dreijährigen Ochsen, Vater.«

»Bin ich der König, Brunhild?«

»Das bist du.«

»Dann küss mir die Füße, die in Ochsenhaut stecken«, ruft er.

Ich erstarre. Wende ich ab den Fluch, wenn ich ihm die Huldigung verweigere? Ich bin der Geistergast, geraubt aus Island, geschändet in Burgund. Ihm das Seine, mir das Meine. Mein Sohn ist in seiner Hand. Reiß ich Gunter das Haupt vom Rumpf, wird der Sohn mutterlos verkümmern. Man wird ihn in Giselhers Loch werfen, auf dass der Irre ihn zerfresse. Im Schein der Fackeln sehe ich des Königs geschwollenes Gesicht. Er schwillt und schwillt auf seinem Thron aus Stein, der ihn frösteln lässt. Er kneift den Mund ein und streckt die Füße vor.

»Vater«, sagt Thorolf leise.

»Nicht jetzt!«, ruft Gunter.

»Sie ist die Königin, Vater.«

»Das wird sich zeigen.«

»Nur Knechte gehen zu Boden«, sagt Thorolf.

»Ich verlange ihr ab den Treueschwur«, schreit Gunter. »Um mich scharen sich die Krieger, das ist das Zeichen meiner Stärke. Auf diesen meinen Füßen steh ich mächtig auf der Erde. Bebe ich, bebt das Land! Herrschaft fällt nicht vom Himmel, ich habe sie nicht ungesucht gestöbert, ich nahm sie mir, ohne Gehilfen, mit Gewalt! Jeden Mann und jedes Weib beschuldige ich des Friedensbruchs, der die Würdigung verweigert …«

Ich flieh das Getöse, ich flieh den Burgunder auf dem Thron, der in Erregung gerät und mit den Beinen zappelt. Thorolf bleibt zurück, nah am Mann, der nicht von seinem Blute ist. In meiner Kammer spreche ich: »Worüber herrschst du denn, König? Über Abschabsel und Abschnitzel. Über die zahmen Ratten mit Schnurrbärten aus Frostperlen: Sie wühlen Gänge unter dem gestampften Boden. Bist du Herr über alle Heimlichkeiten? Wachst du über das Brutnest des Geiers aus Weinranken und Weidezweigen? Topf und Tiegel stürzen um, der Holzstoß fällt ein: Hast du es bewirkt? An den Decken hängen die säugenden Nachtvögel, sie hängen zusammengefaltet kopfüber herab. Jede Fledermaus ein verkohlter Zapfen, jede Fledermaus vertrauert ihre Wintertage. Bist du, König, ihr Atem im Schlaf? Bist du ihre Freude, da sie erwachen und Vieh und Mensch umflattern? Mich umflog ein Nachtvogel, er streifte meine Wange. Bist du der Windwirbel, der entstand? Hagen hat Siegfried gespeert, dass der Held nicht aufstehe und umgehe. Unter dem Findling wirst du ihn verscharren, dann bist du sicher vor seiner Wiederkehr. In den Nächten klafft dein Maul vor Angst. Die Sauferei, sie hilft nicht. Die beschworene Mannbarkeit, sie trügt. Du reißt aus dem Fleisch den besten Bissen. Man lässt es dich tun, weil du der König bist. Es hilft nichts: Du schreist. Du flehst herab das Heil: Du schreist. Kehricht aus den vier Winkeln der Herrscherhalle, darüber bist du König. Gefrorene Pfützen sind deine Augen. Du siehst nicht: Du schreist. Den Brauch alter Herkunft ehrst du. Doch das neue Reich kommt herauf. Das Reich kommt herauf. Bist du der Mann, der löst den Bann? Bist du es wirklich? Von der Fäulnis habe ich Wissen. Die Köpfe der Prinzen, die ich abriss mit einer Hand, faulten rasch und bleckten ihre Zähne. Kranker König mit Warzen zwischen den Zehen, auch du wirst faulen: Du schreist. Ich bin das hohe Weib, das sich mit Kinn und Kiefern der Krieger behängte. Hier, in der Burgunderburg, muss ich mich bücken vor den Schwellen. Und doch stoß ich mir den Kopf an. Saukerl, was willst du mich lehren? Eine lebenslange Raststatt ist die Feste. Sie ist mir eine Pein, eine Hitze der Haut. Hass ist kein Wort für den Brand in mir. Brand ist kein Wort dafür, ich bin gespickt mit Stacheln. Du Warzenübersäter, du balgst dich mit den Hunnen um Erdflecken, um Acker und Feldmarken. Steh ich beiseite und stehe still? Bin ich ein kniefälliges Weib? Zahmheit ziemt sich nicht: Das lernte ich auf Island. Sang und Spruch: Wild soll die Walküre singen und sprechen, das lernte ich. Wessen Brot eher schimmelt, dessen Leib eher bricht, das ist mein Brauch. Schimmelt nicht dein Brot, fault nicht dein Leib, König? Die Nachtvögel prasseln auf dein Haupt, wenn sie erwachen. Der Balken, der den Kessel trägt, er wird brechen, wenn die Feuer aus der Erde brechen. Du nimmst meinen Sohn als Geisel. Noch hat Thorolf keinen Weggesellen. Der Dämon schläft. Der Dämon hat spitz gefeilte Zähne. Er hat sich gekringelt in Thorolf zwischen nass schmatzenden Häuten: Ich hör ihn. Bald rührt er sich, bald reckt sich mein Sohn, nah bei dir, nah an deinem Thron. Wessen Zornesstimme ist der Donner? Grollt der Himmel, weil du schreist? Hast du, Warzenübersäter, mich in Dienst genommen? Bin ich nur ein Knäuel Haare, ein Steiß, eine Scham, durch die ich atme? Ich schütz mich vor deiner Unkraft. Spitze Widerhaken haben die Spieße deiner Krieger. Schwielige Hände haben deine Knechte, die die Fässer die Stiege herunterrollen. Sind sie alle dein Reich? Über die kurzleibigen Kerle gebietest du nicht. Nicht über die halben Männer, die über den Nibelungenhort wachen. Kriemhilds Todfeind Hagen wird den Schatz bergen. Ich schlaf den Schlaf der Fledermaus.

Ich werf mir den Balg des Wolfes über und schau hinab: Es säuseln die Blätter der Eiche auf dem Burghof. Von den Eichenblättern kratzt Hagen feuchte Galläpfel, er öffnet sie und findet Würmer. Er lässt sie fluchend fallen, sein Kopf ruckt hoch, er ruft: »Es wird uns übel treffen!« Ich weiche vom Fensterloch, höre ihn irre lachen. Kälte meiner Hände und meiner Brust. Atme ich tief aus, sehe ich meine Atemwolke.

Ich muss als tatfroh gelten. Ich reiß mich los von Hass und Brand, ich verlass meine Kammer und laufe zum Acker im Wald, den die Burgunder heilig heißen. Am Grab des Vaters Gundeful stehen die Söhne Gunter und Gernot, beschützt von zur Schlacht gerüsteten Kriegern. Sie recken die Speere bei meinem Anblick. Auf dem Knauf des Schwertes ruht meine Rechte: Vier Kerle zu schlitzen, trau ich mir zu, doch der fünfte Mann würd mich brechen. Auf Geheiß des Königs treten sie beiseite. Angebrannte Pflöcke stecken in der Erde, dünne Nebelfetzen verfangen sich an ihren Spitzen. Eine Fähe mit buschiger weißer Schwanzspitze huscht durchs Unterholz. Thorolf will ihr nachjagen, doch ich rufe ihn zurück auf die Lichtung.

»Du bist gekommen«, sagt Gunter.

»Wo ist Kriemhild?«, sage ich.

»Sie hat den Kerkermeister gespießt«, sagt Gernot und lacht auf, »jetzt schneidet sie ihm den Bauch auf und füllt Kieselsteine hinein.«

»Das ist nicht wahr.«

»Drei Brüder, eine Schwester«, sagt Gunter laut, »von vier

Kindern fehlen zwei. Giselher und Kriemhild, ein Irrer und ein Weib, sie sind herabgesunken. Was schert's mich, was sie treiben? Vielleicht kost das Weib den Irren, dass er gesunde. Vielleicht liegt dem Weib der Irre bei, dass es den Kummer vergesse.«

»Nicht vor Thorolf!«, schreie ich, »nicht vor deinem Königsvater!«

»Der eine klein, der andere tot, was kümmert es sie? Gernot, voran, voran!«

Gernot geht auf die Knie und fängt an zu graben. Bald fällt ihm Schweiß von den Haarzotteln, die Krumen und Brocken fliegen um seine Flanken. Es nützt nichts, dass der König ihn ermahnt. Gernot hat die Grabesfäulnis gerochen. Er liebt den Dunst und Duft der Toten, denn sie zeigen an, dass er gedeihen kann. Wo ist Hagen? Blickt er auf mich, hinterm Laub versteckt, durch die Augen der Fähe? Ich hör ein Geräusch, es klingt, als ob ein eiserner Reif vom Kübel abspringt. Gernot scharrt und scharrt, er liegt bäuchlings auf dem Grab, dann reißt er aus der Tiefe den Schädel des Vaters hoch. Ein Juchzer entfährt ihm, er küsst den zernutzten zernagten Kopf. Auf des Königs Geheiß legt er ihn auf den schroffen kleinen Stein neben dem verkohlten Pfahl. Thorolf schließt die Augen.

»Man schadet meinem Ruf«, sagt Gunter laut, »man macht mein Glück abwendig! Ich könnte auf die Verleumder herabharnen, doch ich bin kein schrankenloser Mann. Wer unter uns Königskindern Zwist stiftet, kommt um. Ich kam ins Gerede der Knechte, ich gebe nichts darauf. Meine Krieger aber sollen mich achten. Es kommt um das Gezücht, das lügt: ›Burgunds Herrscher Gunter ist nicht Gundefuls Sohn. Gernot, Giselher und Kriemhild hat er gezeugt. Gunter hat er entrissen einer säugenden Bäuerin …‹ Mit dem Gezücht streit ich nicht. Die rohen Herzen der Kerle, die mich erbosen, vertilg ich nicht. Ihre Gerüchte verstänkern mir die Luft, der Gestank verfliegt. Ich trete an den Beweis, dass ich vom Fleische meines Vaters bin. Rückt näher!«

Die Krieger scharen sich um ihren König. Gunter ritzt sich in die hohle Hand, verbeißt sich den Schmerz, das Blut tropft auf die Schädeldecke, der Knochen saugt es auf. Die Krieger knien nieder, von ihren Hochrufen aufgescheucht flieht das Getier im Wald. Ich knie nicht, ich erstarre nicht vor Schreck. Was glauben all diese Kerle? Ist der Fluch aufgehoben, und mehrt sich der Wohlstand? Sie werden sich vor Glück besaufen diese Nacht: heulende Hunde. Gunter, Hoheit auf lederharten Sohlen, Sohn des Schädels, der still und stumm auf dem Stein ruht, schaut zu Thorolf. Und ich erkenne in diesem lodernden Blick: Du bist meine Opfergabe. Ich erkenne: Dich lass ich nicht groß werden. Dich lass ich nicht reifen, bis du volle Manneskraft erlangst. Auch gezüchtigt und gezähmt erscheint dem König das Kind spitz und schneidend. Es grollt aus der Ferne. Gundefuls Söhne fürchten, dass der Blitz sie niederschmettert. Gernots Arm verschwindet im Loch, er legt den Totenschädel zum Gerippe, er füllt das Loch mit Brocken und Krumen, er klopft die Erde fest. Die Krieger greifen in den Rupfsack, holen die Schweinerippen heraus, stecken sie ins Feld. Brauch der Kerle, die auch heißes Bocksblut trinken, um sich stichfest zu machen.

Sie sind mir ein Ekel. Ich wende mich ab und laufe los. Je schneller ich laufe, desto schneller ballen sich die Wolken, ich laufe, bis mir die Brust zerspringt, und es geht nieder der Regen. Der König schreit mir nach, ich aber achte nur auf die prasselnden Geschosse: Das Wasser fällt in Stücken aus Eis. In meiner Wildheit bin ich lebendig. Nass ist mein Leib, ich glüh im Hagelschlag.

Die Küchenmägde haben Gebildebrote aus Teigresten gebacken und auf meine Schwelle gelegt: kleine dicke Kröten mit Menschenköpfen. Sie sollen, da ich sie esse, meinen Hunger schüren. Ich zertrete sie, trete ein und halte vor Schreck inne. Kriemhild steht neben meiner Bettstatt, sie staunt. Das Gestell aus dicken Brettern reicht von einer Wand zur anderen. Ich schaue sie an: Die Burgunder schnüren nach Hunnensitte den kleinen Mädchen den Kopf eng und straff. Sie hat einen langen Kopf. An ihren frohen Tagen ließ sie die Schürze wehen. Jetzt sagt sie leis Bannsprüche wider mich auf, als wär sie adlerhäuptig. Als könnt sie mich mit schwarzem Schnabel spleißen. Sie geht in Fetzen, in Rabenfedern, sie ist ein barfüßiges leeres Weib, ein Mädchen mit Brüsten, das sich zornig in die Höhe reckt. Wallender Hass ihr Kleid: Sie liegt und lebt in Fiebern, ein Geflüster ist um sie.

»Junge Witwe«, sage ich, »was dringst du ein in meine Kammer?«

»Du hast die Brote auf der Schwelle zerstampft«, sagt sie.

»Früher tat ich's mit Helden, die mir zum Lobe Liebeslieder sangen.«

»Sie sind tot, doch wir leben. Fühlst du den Frieden?«

»Nein«, sage ich, »ich will ihn nicht.«

»Ich träum von der Abschlachtung«, sagt sie, »jede Nacht.«

»Schwärzt du dich deshalb mit Ascheresten?«, sage ich.

»Es ist Gänseflaumasche. Ich zerreibe sie auf meiner Stirn, auf meinen Wangen, auf meinem Mund. Ich streiche sie auf meine Zähne. Kein Mann soll mir Schönheit ansehen.«

»Drei Tage sind vergangen seit Hagens Meuchelmord. Und du, Witwe, zeichnest dich für den Rest des Lebens? Dein Kummer wird vergehen.«

»Ich werde nicht voller Trauer verrunzeln«, sagt sie.

»Du willst dich rächen?«

»Schau mich an«, ruft sie, »was siehst du?«

Ich sehe: eine ungeschwänzte schmutzige Gämse. Ich sehe: eine Königin, vom Hals bis zu den Knöcheln vermummt. Sie trägt Siegfrieds Locke im Ziersack als Eingebinde und träumt und träumt von großen Schlachten. Ich sehe: Staub auf der Schleppe. Die Mägde wollen die Drud vertreiben mit Zauberei. Geben sie Kriemhild Trunk und Wurzel, dass sie sich erhebe zum Schlag? Ich sehe: Striemen an ihrem Hals, Spuren einer großen Männerhand.

»Wer hat dich gewürgt?«, sage ich.

»Hagen«, sagt sie. Ihre Augen glühen wie brennende Kohlen.

»Du bist hochgestellt und über ihn erhoben.«

»Er geht nach seiner angeborenen Grobheit. Man müsste ihn aus der Burg schleifen, aber wer wagt es schon? Der König, mein Bruder, dein Mann … er sucht Lust bei den Mägden. Rettung will ich, als ging's darum, Staub vom Rock zu schütteln. Bin ich nicht dumm?«

»Was hat ihn erzürnt?«, sage ich.

»Dass ich sprach: ›Licht wird aufleuchten. Der Tag wird anbrechen, dass dein Kopf aufgepfählt wird.‹ Da griff er mich an. Ich bereue es nicht. Und doch gab ich einem armen Kind drei weiße Almosen. Ein Ei, eine Handvoll Salz, eine Handvoll Mehl.«

Jetzt erkenne ich: Kriemhild ist gebrochen. Ich erkenne: Nicht länger sollte ich dies unsinnige Weib befeinden. Sie hat abgelegt die Zopfspange, sie trägt ihr goldenes Haar offen. Sie kann sich nicht schicken in ein Leben ohne den Drachentöter. Wer nahm mir die Kraft in der ersten Nacht? Ich schnürte Gunter, der es wagen wollte, in der Strickschlaufe hing er wie eine dicke Spinne am Faden. Da bat er den Freund Siegfried um Hilfe. Er war's, der mich gebändigt hat. Er war's, der mich geschändet hat. Ich kann es Kriemhild nicht verraten, ich stieße sie noch tiefer in die dunkle Welt, in der sie umgeht.

»Siegfried«, sagt sie leise, »er schmückte sich mit Bärenklauen, die er aus Tatzen des erschlagenen Tiers gezogen hat.«

»Ja, Königin«, sage ich.

»Er band die Klauen zur Kette, behauchte sie und rieb sie glänzend. Nicht einmal im Schlaf hat er sie abgelegt. In die Bettzipfel ließ er mir zum Schutz Eckzähne des Tieres einnähen. Glaubst du daran?«

»Nein, Königin«, sage ich.

»Ich auch nicht«, sagt sie, »er konnte mich glauben machen, dass von den Eichen Honig trieft.«

»Hüte dich vor Hagen, Kriemhild.«

»Er ist der Büttel meines Bruders.«

»Und ich bin eine mordende Riesin«, sage ich, »und du bist eine langschädelige Witwe.« Ich bin starr vor Zorn, ich rufe: »Was bin ich wirklich? Die Rauschgewaltige. Was sehe ich hinter der Maske aus Ruß und Asche? Die Herrscherin der Nibelungen. Ab dieser Stunde bin ich vor dir ohne Falsch: Du hütest den Hort. Ich habe Hagen vor dir gewarnt. Er wird dein Gold raffen.«

»Was kann ich schon richten?«

»Es ist nicht alles Bedrückung, Königin. Du bist jung in

den Sehnen, jung im Fleisch. Unsere Tollheit schimpft man Herzensbosheit. Wir gelten als bezwungen. Der König rupft den obersten Kanten des Brotes. Wir müssen warten. Wir nehmen es gläubig auf, wenn man uns ermahnt: ›Es ist beschlossen, dass das Weib dem Manne huldigt …‹«

Ich spreche zu ihr von kommenden Kämpfen, ich rüttele sie auf, dass sie endlich erwacht. Eine andere Kälte ist in ihr. Sie liebt den Schänder über den Tod hinaus, sie fällt und fällt, Torheit ist ihre Wurzel. Könnt ich sie doch dazu anstiften, dass sie an ihren Atem glaubt. Kriemhild aber umarmt ihren Schatten. Hohler Rücken, zerschlagener Steiß. Im toten Mann quillt die Wunde. In dieser toten Frau lebt allein das Bild des Mannes, den das Schwert und das Blut des Drachen mächtig machten. Ich wurde dem Nordvolk durch Trug entrissen, ich kehrte ein in diesem fremden Haus. Die Königssippe ist verflucht. Das schwere Wetter stößt und bricht sich an den Mauern. Kriemhild könnte sich in heftigere Winde verwandeln. Ich rufe ihr zu: »Der Sieg gelingt!« Sie steht starr neben der Bettstatt, sie greift ans Eingebinde. Dann stiehlt sie sich gebückt und blicklos aus der Kammer. Sie hat sich ergeben.

Ich eile zu Thorolf, ich möchte ihn sehen. Zerschunden ist mein Sohn vom langen Übungskampf mit Hagen, der seines Königs Weisung folgt: Härten soll sich die Brut. Die Haut an Dutzend Stellen gerissen. Die Brauen dick von Schlägen. Er lehnt sich in seiner Kammer an die Wand. Sieben Finger und ein Fuß, mehr wiegt er nicht. Er wiegt hundert Schmerzen. Ist es ihm erträglich? Gunter lässt sich als hoher Fürst verherrlichen. Die Gaben, die dürftigen Bringsel der Bauern, sind ihm nicht genug. Er läuft im Hinkschritt, weil er es für eine hoheitliche Gangart hält.

Es erfasst ihn tolle Lust, und er schäumt und hält strenge Zucht. Thorolf, den er als eigen Fleisch erkennt, soll sich vor Leibweh krümmen. Der König: Drei Finger reckte er, zwei Finger neigte er und schwor, dass er jeden hängt, der ihn des Treuebruchs beschuldigt. An den alten Baumstämmen, draußen vor dem Tor, schwingen am Strick vier Männer. Vieh sind wir in Gunters Augen. Vieh ist ihm mein Sohn. Thorolf hat meine Kraft, er steht. Bald wird er Schädel brechen mit der bloßen Hand. In der Öde Burgunds hat er keinen Platz.

Jetzt spricht Thorolf, er spricht mit heiserer Stimme von Siegfried auf der Bahre: »Die Leiche schwitzt, und es wachsen ihr Nägel.« Er legte die Hand auf den geröteten Nabel, und er sah, dass der fressende Tod nicht bei dem Toten wirkt. Der König kam hinzu, er sperrte Siegfried den Mund auf, schob ein Goldstück zwischen die Zähne. Und der Tote biss die Münze entzwei. Ist die Leiche entmachtet oder mächtig? Schwindet sie mit jedem Atem? Aber Siegfried atmet nicht, und sein Herz klopft nicht. Was ist an ihm verschwunden und was geblieben? Sein Rest genügt, sein Rest hat sich verwandelt … Ich lausche Thorolf. Ich spreche von dem Toten als von einer Vielgestalt, die ungesättigt ist, sie beißt und schwitzt. Die große Wunde schließt sich nicht. Und doch kann man Siegfried kein weiteres Mal töten. Ich sage: »Auf Island hörte ich Schreie aus der Halle der Schlachttoten. Ich war durchs Schlachtfeld geschritten, ich hatte die toten Helden in die Halle getragen und auf die Bahren gelegt. Ich stand draußen, da hörte ich die Helden schreien.«

»War's ein Gewimmer wegen der vielen Wunden?«, fragt Thorolf, »waren sie nicht wirklich tot?«

»Sie waren geschrieben ins Leben«, sage ich, »sie wurden gelöscht.«

»Und doch lagen sie nicht still. Warum?«

»Ich weiß es nicht.«

»Sind sie dem Gericht verfallen?«, sagt er, »müssen sie erst wimmernd verrotten?«

»Im Hinterland Islands ragen zwei Eisfirne in die Höhe«, sage ich, »wir nennen sie die Brüste des Nordens. Schaut man allzu lang das Schneeleuchten, wird man erblinden. Dort harren die erschlagenen Helden aus, um heulend auszuschwärmen.«

»Wann?«

»Wenn die Firne abgeschmolzen sind.«

»Das wird nicht geschehen«, sagt er.

»Dann gibt es einen Berg«, sage ich, »er sprüht Feuer, der Auswurf gerinnt zu schwarzer Schlacke. Das ist der Boden, auf dem wir gehen. Es heißt, die alten Helden hausen in den feurigen Höhlen des Berges.«

»Sie sind geschrieben in das Feuer?«

»Die Schlacke ist die Schrift aus Runen.«

»König Gunter … Er spricht schlecht über dich. Er sagt: ›Der Riesin ist die Milch in den Kopf geschossen, sie ist nicht recht bei Verstand.‹ Er hielt mir an der Tafel die Brustgabel des Hahns hin, wir zogen an den Schenkeln, und bevor er an dem einen Schenkel zog, sprach er: ›Auch dem Hünenweib müsste man die Schenkel auseinanderreißen.‹ Onkel Gernot und Hagen lachten. Ich lachte nicht.«

»Es ist nicht gut, dass sie Heimlichkeiten ausschwätzen vor dir«, sage ich, »ich bin deine Mutter.«

»Hagen sprach: ›Die Haut des Weibes ist ein Sack, gefüllt mit mannigfachen Listen. Unstet ist das Weib und schnell zernutzt. Es soll die Kammer kehren. Es soll sich behängen mit Baumbast und Mispeln von der Haselstaude und abergläubisch um Wunder winseln.‹ Ich fragte: ›Gilt das auch für eine Königin?‹ Sie lachten, ich blieb ernst.«

Der Schmerz schnürt Thorolf fast den Atem ab. Hat ihn die Unehrbietigkeit gegen mich aufgebracht? Ist er im Übungskampf rasend geworden? In Burgund spottet man über tiergleiche Demut und über heiligen Koller. Des Nutzens wegen duldet König Gunter mich und Kriemhild. Der Mann, den Thorolf für seinen Vater hält, hat den Mann, der sein Vater ist, verraten. Der eine wärmt den Thron, der andere wärmt die Bahre. In einer ungeheuren verworfenen Nacht geschah der Verrat. Die Drud, der Dämmerungsgeist: blauer Dunst, Giftigkeit der wüsten Kerle. Dies Land steht nicht auf, dies Land wird zertreten von fremden Haufen.

Mein Sohn steht. Ich erzähle ihm von den schwarzen Schnecken in Islands Wäldern: »In das Schneckengehäuse ritzen Kinder Zeichen, die Zeichen sind die langsam wandernde Schrift.« Ich erzähle: »Das Nest der Vögel ist aus abgeschnittenen Menschenhaaren gemacht. Es sind rabengleiche Vögel, die keckernd und kolkernd tief über Schlackenfelsen ziehen, und wenn sie schnirrend aus großer Höh stürzen, fallen Federn herab. Wir Walküren sammeln sie, und wir legen als Gegengabe ein Büschel unseres Haares auf die Erde. Schrift gegen Schrift.« Thorolf versteht: Das Bekannte können wir lesen wie geschriebene Zeichen.

»Du hast dich hier verschanzt«, sagt er, »wartest du, dass sich alles in Glück verwandelt?«

»Ich warte schon sehr lange«, sage ich.

»Hagen hat mich gezüchtigt.«

»Es war nicht gerecht.«

»›Fällt der Königssohn, fällt ihm die kleine Krone‹«, sagt er. »Bei jedem Hieb, den er mir versetzte, hat er diese Worte gerufen.«

»Er wartet und hofft«, sage ich, »er hofft, dass sich alles in Schmutzigkeit verwandle.«

»Trägst du Islands Krone, Mutter?«

»Wir tragen keinen goldenen Kopfputz … Ja, ich bin gekrönt.«

»Huldigt man dir?«

»Nein«, sage ich, »die Walküren zählten allein die abgehauenen Köpfe der Fürsten und lachten froh in den Wind, dass die rabengleichen Vögel vor Schreck quarrten …«

Thorolf wankt, ich muss mich beherrschen, dass ich ihm nicht zu Hilfe eile. Ich will Hagens Gesicht fressen. Ich will ihn vor mir hertreiben. Ich will ihm die Brust brechen und die Lungen quetschen.

Kein Koller. Kein Herzzittern. Ich fülle die Schüssel mit klarem Wasser, ich leite Thorolf an: »Tauche ein, öffne die Augen, trink einen Schluck, fang deine Seele, die im Wasser schäumt. Der Wirbel kehrt zurück.« Er richtet sich auf, das Wasser rinnt und tropft, es ist ihm wieder möglich, aufrecht zu stehen. Er wird sich später nicht schämen, dass ihm die kleine Krone fiel. Die Schrift ist sein Harnisch. Wird er es verstehen?

Ein Schatten streift mich, ich zieh jäh das Schwert und dreh mich um. Gernot schwankt in der Tür, er reißt die Hände vors Gesicht und lacht und lacht. »Schneide mich«, brüllt er, »morde jeden, der dir in den Lauf kommt. Wolltest du dein Kind ertränken? Kein Gran Güte ist in deinem Herzen. Gib dich mir hin, und ich vergesse, was ich sah. Schick das Kind aus der Kammer.«

»Er bleibt!«, rufe ich. »Und du verschwindest!«

»Königssohn«, sagt er, »die Riesin verrät dir nicht, dass sie mir gefallen will. Sie blickt mich an, als wollt sie mich verschlingen.«

»Gern verzehr ich deine Zunge«, sage ich.

»Schau ich durchs Astloch im Brett, denk ich an dich. Schau ich dem Hahn zu, wie er auf die Henne steigt, will ich auch mit dem Schnabellappen schlackern.«

»Du bist berauscht, scher dich zur Burgunderbrut.«

»Du hast ihn gut ausgebrütet, deinen Bastard!«, schreit er und zeigt auf Thorolf. »Ich spür in ihm die Lust. Ich brech dich auf, er will es erleben.«

Mein Hieb trifft ihn am Kinn, er sackt zu Boden und rührt sich nicht. Ich versetz ihm einen weiteren Schlag, dass er nicht so bald erwache. Es wird Zeit, ich streck die Hand, die Thorolf ergreift. In ihm ist keine Angst, er strafft sich voller Kraft. Ich führ ihn durch die Gänge und hinaus auf den Hof, wir stehen in Mistlachen, wir stehen im Wind, Thorolfs Mund und Augen sind wie ins Holz geschnitzt, ich gebiete nicht über den züngelnden Blitz, doch ich bin kräftig, ich kann nicht wirken, dass sich die Wipfel biegen, doch ich werde die Rache stillen, einen ungebleichten Garnfaden mit zehn Knoten versteckt Kriemhild im Schurz, dass sie wieder mächtig werde, Hagen stopft den Unterkiefer einer Eichkatz hinter das Brustleder, dass ihn kein Speer treffe, Gunter, ein Irrer unter Irren, will den Hunnen trotzen, doch die Wolken ziehen ihm nach, und der Blitz wird ihn erschlagen, die Stämme ziehen aus, die Stämme fallen ein, den Burgundern aber ist in mir ein Todfeind zugewachsen. Sie werden mich nicht schlingen, es naht der Tag der Zerschmetterung, Schänder Siegfried, auch nach deinem

Tod ist des Verreckens kein Ende, deine Wunde wird sich schließen, dein Sohn wird nicht wissen, wie ich einst ins lange Haar Federn flocht, um dir zu gefallen. Ich vergesse dich, ich vergesse Giselher im Kerker, ich vergesse Thron und Burg, Magd und Knecht, ich drücke die Hand in meiner Hand, ich sage: »Was jetzt geschieht, geschieht für dich, willst du die Augen schließen?« Er will es nicht, und ich erzähle, da wir beieinanderstehen: »Eine Magd ritzt in die Baumrinde eine Rune, auf mein Geheiß. Ein Krautweib sieht's und sagt's einer Bäuerin. Sie flüstert ins Ohr einer Jungfrau, die die Worte einer Jungfer verrät. Eine Heilige in der Grotte vernimmt's und gibt der Fürstin Bericht. Es eilt mein Ruf übers Land, springt von Stein zu Stein, von Zunge zu Mund, die Getreuen brechen auf, und sie gehen durch Eis und Sumpf, sie sind die verheerende Gewalt, die diese Burg bricht, es geschieht, und es geschieht für dich.«

Von den Wehrgängen fallen die abgehauenen Kriegerköpfe herab, die kopflosen Rümpfe stürzen hinterher, ein Schwarm fegt über den Hof, und ich sehe Himilthrud, Themarhilt, Mistila, Isanbirg, Thrudwin, die Kraftkühnen, die Einherstürmenden, und ich sehe Borbeth, sie spricht: »Wir sind gekommen, Königin.«

Thorolf versteht, er löst sich von mir, kein Wort, ich küsse seinen Scheitel, ich löse mich von ihm. In die Nebel geht Thorolf, inmitten der Frauenschar, die ihn beschützt, dass er nicht aufstiebt wie eine Handvoll Federn. Ich stehe in der Schmutzlache, bis Sohn und Kriegerinnen entschwinden. Ich stehe bei den Köpfen und Rümpfen. Die verschanzten Krieger strömen hinaus und umzingeln mich, ich rufe: »Zum König«, sie gehorchen, sie führen mich in den Thronsaal.

»Ich werd dich häuten, Hündin«, brüllt Gunter, »in Streifen fetzen werd ich dich! Bring ihn zurück.«

»Mir das Meine«, sage ich.

»Schleift sie in den Kerker, sofort!«

»Warte«, rufe ich, und die Männer um mich stocken. »Du sollst es wissen: Die Walküre Borbeth ...«

»Eine einäugige Sau ist sie«, zischt er, »ich lass sie von grindigen Knechten schänden.«

»Sie scharrte deines Vaters Schädel aus«, sage ich, »Gundeful liegt kopflos im Grab. Wenn du mich meuchelst, trägt Gundefuls Leiche deinen Kopf.«

Er erblasst. Da ist auch Hagen. Er drängt zur Tat, er hält die Lanze fest im Griff, ein Wort des Königs, und er schleudert sie mit Wucht. Doch Gunter drückt ihn roh zur Seite. Er befiehlt zwei Kriegern, zum Grab des Königsvaters zu eilen. Er weiß, dass ich nicht lüge. Der Totenschädel ist getränkt mit seinem Blut: heiliger Knochen. Was geschieht mit ihm, wenn die Walküren auf seines Vaters Kopf hauchen? Wird er verdreht? Sucht ihn dann die kopflose Leiche heim? Ich schlag die Nägel in meine Brünne ein, er erkennt: Ich bin die Wilde, ich bin es geblieben, ich trotz der Burgundersitte.

»Wann wird mein Vater wieder ganz?«, sagt er.

»Wenn ich das Zeichen gebe«, sage ich.

»Du wirst nicht länger an meiner Seite stehen, wenn ich throne. Die Würde ist dir genommen.«

»Ich schabe ihr das Gesicht vom Schädel«, flüstert Hagen.

»Das wirst du nicht«, schreit Gunter, »du schonst dies Weib. Du ehrst meinen Vater!«

»Ja, König.«

»Ich räche mich, Riesin, das schwöre ich bei der Lanze in Hagens Hand. Du wirst büßen. Bald.«

Er droht mir mit dem Tod. Es wird nicht geschehen. Die Hunnen strafen den aufbegehrenden Büttel: Das wird geschehen. Wie lange wird er atmen, bis er keuchend stirbt? Wie lange dauert es, bis Thorolf die Eisfirne sieht? Ich sehe: Er lernt, auf schwarzer Schlacke zu stehen. Borbeth schneidet ihm das Haar am Nacken und streut es aufs Feld.

WITWE UND MUTTER

HEILKUNDIGE FRAU

DER HEXEREI BEZICHTIGT

1540

WITTENBERG

PRISTA FRÜHBOTTIN

DIE JUNGE WISGARD ist in Rauch gehüllt. In der Schale unter dem geschürzten Zwillichrock brennt Kehricht. Es riecht nach Hunger, nach Menschenhaar, nach Eselhufspänen, die im Tiegel schmoren. Die Muhme lauert hinter der Stuhllehne, als wollte sie Wisgards dicken Mutterleib schützen. In Näpfen und Pfännchen brodeln Kuhgalle, Myrrhe und Harz: Das Mädchen wird beräuchert mit Dreck und Stubengemüll. Der stinkende Dampf ist eine Wand aus schwarzgrauen Kräuseln, ich durchstoße sie mit Wucht, ich stürme durch die Kammer und zertrete das Räucherwerk. Die Muhme, dies üble Weib, verstellt mir den Weg. Ich nenn sie irrsinnig, weil sie aus dem Huf Späne schneidet. Weil sie den Kehricht aus vier Winkeln zum Genist fegt. Weil sie einen Span von der Radspeiche zum Zerkauen Wisgard in den Mund schob. Weil sie das Mädchen zwang, einen härenen Brustgurt zu tragen. Ich reiß die Muhme aus ihrem Bann aus Sturheit und Wahn durch Geschrei und schallende Schläge. Der Rauch zieht ab durch die offene Tür.

Bauer Nidger steht auf der Schwelle, ich scheuch ihn fort. Er fürchtet, dass der Tod einzieht in sein Leben, ich versag ihm den Trost. Soll er doch bleich und dumm dastehen. Wisgard wird engbrüstig, sie atmet schwer. Ich stütz sie, ich helfe ihr hoch, ich zeige auf den Stuhl, den ich hinstelle: Der Sitz ist ein Halbkreis auf dicken kurzen Stelzen, die Lehne hohl wie ein Teigtrog. Sie setzt sich auf das Holz, ich setz mich vor ihr auf den Boden, ich sage: »Es steckt in dir gute Kraft.« Beim Geheul des Hundes versteift sie sich, ich rede ihr gut zu: »Der Rüde dreht die Schnauze hierhin und dorthin, er bellt dein Glück an, hörst du mich?«

Das Kind in ihr ist voll Unruh. Lind und glatt und schlüpfrig werde ich den Weg machen. Ich weise die Muhme an, Wisgard von hinten unter die Achseln zu fassen. Sie sträubt sich nicht, weil Nidger draußen jedes Wort und jeden Schrei erlauscht. Ich drück Wisgard sanft den Bauch über dem Nabel und den Hüften: Heftig kämpft das Kind im Mädchen, das zum ersten Mal gebiert. Für den rechten Abgang reib ich Entenschmalz hinein. Ein kräftiger Atem treibt die Frucht heraus. Ich ruf ihr zu, sie soll's heftig pressen. Da sie nicht gehorcht, reiz ich mit Nieswurz ihre Nase. Dann hock ich auf den Knien, greife mit öliger Hand, schlitz die Blase, dass sie reißt, der Schwall Blutwasser stürzt mir auf Knie und Bein. Ich spür die Hände und nicht den Kopf, ich drück dem Kind die Arme an die Seiten. Vor Wisgards Jammer zuckt die Muhme zusammen. Ich sage laut an, dass sie den festen Halt nicht lockern soll. Das Kind hat den Kopf unter sich und die Füß über sich, Wisgard presst und drückt und presst, ich salb mir schnell die Hände mit Schmalz und fass das Kind an den Achseln und zieh es ins Leben, in die staubige Welt, ich kapp die Schnur vier Finger vom Nabel, ich sehe das ragende Stück zwischen den Beinen. »Junge Mutter Wisgard«, rufe ich, »einen Sohn hast du geboren, er ist nicht verdreht und verkehrt.«

Ich habe sie von der Leibesfrucht gelöst, jäh vergisst sie allen Schmerz, sie schaut, wie ich ihren Sohn im lauen Wasser bade, das Kind ist still und schaut auf die Mutter.

Nidger steht im Schweiß am Fensterloch und starrt auf das zappelnde Kind, das ich in Tücher wickele. Die Muhme stößt sich an der Missfarbe seiner Augen, in die ich Nachtschattensaft träufele. Das Kind blinzelt und schreit aber nicht, es ist vor der Kälte behütet. Ich lege es in Wisgards Arme. Sie küsst den Sohn, sie küsst ihn auf Stirn und Wangen, er verkrallt sich an ihrer Haube. Was der Gebärmutter anhängt, löst sich und schlüpft aus Wisgards Schoß. Die Muhme greift blitzschnell zu, lässt die Nachgeburt in den Topf fallen und schiebt ihn unter die Schütte, auf der die Wöchnerin lagern wird. Ich könnte mich mit ihr streiten um dies Stück, das bei Verkauf gute Münze bringt. Störrisch ist das Weib, sie würde sich vor Mutter und Kind mit mir balgen. Ich sage zu Wisgard: »Nach drei Tagen fällt ihm der Nabel ab. Kratz ihn nicht weg vor der Zeit. Übersäug ihn nicht. Überfüll ihn nicht. Sei nicht heftig und zornig. Fluch nicht, das gibt böse Milch.«

Die Muhme spricht: »Das Kalb, das saugt, obwohl es nicht mehr soll, bekommt ums Maul einen Stachelkorb umgehängt. Die Kuh flieht vor dem Kalb. Das sah ich, und ich legte mir einen Distelkranz um die Warzen. Mein Sohn wollt mir immer an die Brust. Er tat sich an den Disteln weh und wollt dann nimmer saugen.«

Was will die Alte mir bedeuten? Ihr Kopf ist ein knorriges Scheit. Ihre Haare sehen aus, als hätte man aus dem Moos der Äste Garn gesponnen und an Scheitel und Schläfen gehaftet. Ich kenn die Muhme Franka als Fleisch, das aus vielen kleinen Sünden geknetet ist. Ihr ganzes Glück hat sie weggegeben. Sie kommt hoch zu Ehren, weil sie den Pfaffen folgt. Sie starrt mich an, sie will mir bedeuten: Du, Prista, stehst im kotigen Wasser. Dir, Prista, wächst die

Zunge als Dornstrauch aus dem Mund. Jauche vom Mistpfuhl würd ich gern in die stierenden Augen spritzen. Es ist heiß, meine raue Kehle schmerzt, ich gehe dem Streit aus dem Weg.

»Gegen die Angstbarkeit musst du warme Pflaster legen auf Wisgards Leib«, sage ich.

»Eine faule Magd«, flüstert sie.

»Du hast sie fast zu Tode geräuchert«, sage ich, »tu das nicht mit dem Kind.«

»Sie war zu faul zum Gebären. Sie hat geschrien, dass ihr das Becken platzt. Eiter rann ihr aus dem Schoß. Da hab ich ihr zum Wohle Kräuter gebrannt. Die Frucht wär von selbst aus ihr gerutscht, die Schnur hätte ich zerbissen. Du übst deine Kunst schlecht.«

»Die Mutter lebt, das Kind atmet«, sage ich.

»Es fehlt der Segen«, ruft sie.

»Wisgard wär fast im schwarzen Qualm erloschen. Ich rat dir davon ab, mich zu zwicken.«

»Die Sau hat geferkelt. Was nimmst du sie in Schutz?«

Ich versetz ihr eine derbe Maulschelle, dass sie torkelt und umfällt. Die Alte schnellt hoch und fährt mir grob in die Haare unter der Haube. Ich versteh mich mannigfacher Künste. Ich kann befreien die Schwangere von allen Wehen. Durch Ritz und Schnitt kann ich Beulen auslaufen lassen. Doch der Muhme könnte ich nicht die Blödigkeit aus dem Schädel klopfen.

Wisgard schreit aus vollem Hals, wir halten inne. Ihr Sohn hat sich erschrocken, ich hör seinen ersten Laut in dieser Welt. Sie wiegt ihn in den Armen, sie singt ihm leis ins Ohr: »Kiwit, kiwit. Witt, witt, witt, komm mit.« Das Kind lauscht mit großen Augen. Sie ahmt den lachenden

Ruf vom Steinkauz nach, der nachts im Laub sitzt. Kein stinkend Dampf, keine knisternden Kräuter, kein Gebell, nur leise Laute in diesem Haus. Das ist der Segen, den die Muhme nicht erkennt. Ihre Weiberhaube füllt sich mit weiteren kleinen Sünden.

Die Muhme flucht: »Es packt den Kerl im Dunkeln die Brunft, dann ist er der Hirsch und sie die Hinde.« Ich trete hinaus und blicke aber über die Schulter, sie soll mir nicht in den Rücken fallen.

Bauer Nidger steht am Feldrain im schweißnassen Hemd. Ich stelle den Gebärstuhl auf die trockene Erde: Das Blut werde ich auswaschen aus dem Holz, doch Flecken werden bleiben. Er sieht die Spritzer, es ist ihm anstößig, darüber zu sprechen. Der Hund trottet heran, schnüffelt am geknoteten Beutel zu seinen Füßen, Nidger tritt ihm nicht in die Flanke, er streichelt seinen Kopf.

»Hat sie wieder gesungen?«, sagt er.

»Hat sie«, sage ich.

»Soll sie mal nicht. Der Kauz ist ein Leichenhuhn.«

»Aus dir spricht die Muhme.«

»Sie spricht: Ich schütz euch, dass ihr nicht ins trübe Heidentum sinkt.«

»Sie frömmelt«, sage ich. »Du musst Wisgard vor ihr schützen. Und deinen Sohn.«

»Der kleine Heide«, sagt er.

»Wann wird er getauft?«

»Sobald es irgend geht. Ich dank dir für deine Müh. Für deine helfenden Hände. Fürs stille Gebet.«

Er reicht mir den Beutel: Fleisch, Brot und Eier sind mein Lohn. Sie stillen den Hunger der nächsten Tage. Ich habe nicht gebetet. Ich kann nicht einen der sieben Riegel des

Himmels öffnen. Sein junges Weib ist in gutem Stand, Wisgard hat sich geweitet, sie hat keinen Kielkropf zur Welt gebracht. Nidger sollte ihr danken, er aber trotzt der Helle, die uns blendet, und zupft sich am krausen Bart. Er denkt nach und rückt jäh heran und flüstert: »Der Evangelist Lukas schrieb: ›Eine Kraft ging vom Heiland aus und heilte alle.‹«

Was bricht wohl aus ihm heraus? Ich sprach kein Gebet, ich war der Schwangeren zugewandt, ich hab Gott nicht angerufen. Er wacht über uns, mal rückt er nah, mal rückt er ab. Wir werden dem Übel entraten, nicht durch die Prügelzucht der Pfaffen. Sie zischen: ›Im Reich Gottes tragen die Sünder Mühlsteine am Hals, der Stein fällt auf die Füße und zermalmt die Zehen.‹ Sie warnen: ›Das Buch der Endzeit ist aufgetan, die Steine schreien unter lautem Getön, die Baumwipfel wachsen in die Tiefe, die Wurzeln recken sich in die Höh, die Natur wird verkehrt in unserer Zeit, und wer's nicht sieht, ist verkommen!‹ Sie fluchen das Weib, das ihrem Manne nicht sieben Kinder gebärt. Je mehr Söhne, je näher zur Paradiespforte. Je freudiger die Empfängnis, je herzensfroher die Jungfrau Maria. Gift ist ins Volk gedrungen, das die Pfaffengebote befolgt. Die Äbte und Mönche beten uns tot. Von Nidger weiß ich, dass er an die baldige Erweckung glaubt. Die Sünder werden mit Schwären geschlagen, der Schlund wird ihnen abfaulen, mit Sicheln und Säbeln wird das Heer des Herrn einfallen. Er bewegt stumm die Lippen, er stockt, er wird fest und mutig. Nidger sagt: »Das Wetter schlug in den Stall, im letzten Mond, das Vieh war draußen, kein Schaden, ein Wunder.«

»Ein Glück«, sage ich.

»Ein Wunder. Was hat Gott mir zeigen wollen?«

»Du wurdest geschont.«

»Es brannte, ich harrte aus, bis alles niederbrannte. Unter der Asche glaste die Glut. Da war eine kleine Kluft. Ich schaute rein. Da ist mir die Seele vor Angst in die Haare gezogen.«

»Was hast du gesehen?«, sage ich.

»Erst nichts«, sagt er, »auch beim zweiten Blick nichts. Da war was, das sich nicht von der Stelle rührte. Es hat geschimmert wie ein Nagel von der Totentruhe. Ich war verlahmt und starrte … Siehst du die Blatter auf meiner Lippe?«

Ich seh die Fieberblase.

»Ja. Gefürchtet hab ich mich, dass ich fast zersprang, dort an der Kluft. Es stach mich der Schmerz am Mund. Da trieb hoch und höher ein fließendes Gesicht. Ohne Brauen, ohne Wimpern, das Kinn gekerbt. Kein Vieh, kein Mensch … Der Gottesmann in Wittenberg, er predigt: ›Bald kriechen Schaben und Schrecken aus den Klüften.‹«

»Das war keine Schabe, die du schautest«, sage ich laut.

»Nein, kein Geziefer«, sagt er, »ein böses Antlitz.«

»Hat es dir Worte eingegeben?«

»Gescheit bist du, Prista, Helferin«, ruft er. »Ich dachte, und es war nicht mein Gedanke, ich dachte: ›Ich muss mein Weib in der Mitte aufbrechen. Ich muss das Fleisch im Weib zerschneiden.‹«

»Das Kind ist unschuldig wie ein Bachkiesel. Hörst du, Nidger?«

»Ein kleiner Heide. Wenn's stirbt, brennt's in der Hölle.«

Der Bauer, steif wie ein Stock, gliederlahm, im Bann seines Traumbilds: Er wird irre. Auf dem kleinen Stück Land, das nicht ihm gehört; mit dem Vieh, das nicht er besitzt; mit dem Leib, den er dem Fürsten schuldet: Nidger versinkt in den heißen Staub. Sein Siechtum könnte er nicht wegschwemmen, auch wenn er in den Fluss stiege, in die Elbe, die nur wenig Wasser führt. Ich erzähle: »Gott über uns, heg nicht böse Gesinnung gegen Weib und Sohn, das ist eine Widerwärtigkeit, dämpf den Übermut, Gott über uns, blick auf, schnaufe auf, in der Hitze reift der Wahn, der Teufel dreht dir den Kragen, wenn du mordest, dein Herz spannt sich, und du sperrst dich, verbiet dir die Todsünde, sonst karrt man bald den toten Mann in die Grube, und es heißt: ›Nidger wird nicht vergeben bis in alle Ewigkeit.‹«

»Ich hab's gesehen«, flüstert er. »Das Gesicht, ein großer Handteller war's, eine Hand mit Augen war's. Es ist mir erschienen, das hat schon einen Grund.«

»Dämmerte der Abend?«, sage ich.

»Es graute der Morgen. Und in der Kluft glomm es auf. Ist es der Erdkriecher?«

»Nur verkohltes Holz.«

»Er ist es. Der Gottesmann predigt: ›Die linke Seite gehört dem Dunkel, die rechte Jesus Christ.‹ Also kommt der Kriecher von links und befleckt mich. Warum, Prista, Helferin?«

Ich hör hinter mir die Muhme sprechen: »Weil die Sünde aus dir quillt.« Ich fahr jäh herum und spieß mich fast an der Mistgabel auf, die sie drohend in den Händen hält. Dem Hund, der sie beschnüffelt, gibt sie einen Tritt, ich weiche an Nidgers Seite. Ich sehe die geschwollene Wange und den blutleeren Mund. Ich greife heimlich zur scharfen Scherbe unter dem Rock. Die Muhme verharrt im Abstand von vier Schritten, mit Schwung und Sprung könnt ich sie anfallen. In der Hütte ist es still. Hat Wisgard das Kind in den Schlaf gesungen? Hat die Muhme sie zu Tode gewürgt? Der

Alten fehlt die Kraft, doch die Wöchnerin ist geschwächt. Ich bück mich nach dem Knappsack, und da sie warnend zischt, lege ich den Sack sachte auf den Boden. Die Eier will ich nicht zerschlagen.

»Lass mich gehen«, sage ich.

»Er hat dich was gefragt«, sagt sie.

»Nidger ist ein guter Mann.«

»Wer ist nicht sündig? Bist du es?«, schreit sie. »Du trägst ein Kleid mit langem Schweif, den Rock raffst du empor in einer eitlen Gebärde. Mutter selig sprach zu mir, da war ich klein, sie sprach: ›Maria schreitet am Freitag durchs Fegefeuer, und die armen Seelen weinen ihr auf den Saum. Es braucht auch im Jenseits vieler Stunden, bis der Saum trocknet.‹«

»Lass mich, Muhme.«

»Ich sehe dich im lumpigen, geflickten Aufzug. Doch du schnürst dich auf, dass dir die Brüste quellen. Das ist mir aufgefallen, dass er dich schamlos anstarrt.«

»Du fluchst mir eine Lüge an«, zischt Nidger.

»Tu ich das?«, sagt die Muhme, »dann schwör's beim Heiland.«

»Der Herr Luther hat es uns verboten.«

»Was ist mit dir, Prista? Steht dir der Sinn nicht nach dem jungen Kerl?«

»Verderbt bist du, Muhme. Ich hab ihm den Sohn gesund geholt. Ich hab ihm die Frau getröstet. Schau hin: Bauer Nidger hat die Hose auf den Knien durchlöchert. Das kommt von der Arbeit und den Gebeten. Ich lob seine Frommheit. Ich mahne: ›Grübele nicht, das schadet deinem Seelenheil.‹ Das ist mein Rat.«

»Soll er nimmer beten?«

»Wer betet, ist vor Schaden gefeit«, sage ich und greife nach Sack und Stuhl. Der Lohn steht mir zu, das Brot, der Speck und die unzerschlagenen Eier stehen mir zu. Ich zehre nicht wie ein Dachs von meinem Fett.

Die Muhme schreit mir nach: »Der Pharao befahl den Hebammen, die Kinder der Hebräer zu schlachten!« Sie wünscht mir Übel an. Bin ich mit Schuld beladen? Muss man mir das geile Fleisch geißeln? Was sinnt dies irre Weib, dessen Augen wie Messerspitzen blitzen? Es steht über meinem Willen, was mit Mutter und Sohn geschieht. Sie fragten mich nicht nach einem Namen für das neugeborene Kind. Sie fürchten, dass es dem Tod entgegenwelkt, wenn ich ihn an ein Wort binde.

Ich gehe den langen Weg durchs Gehölz, die Flüche verklingen, in der heißen Luft hör ich die Bremsen schwirren, ich denke: Gott geht nicht verloren, was sollte ich ihn finden wollen? Ich sträub mich vor dem Gang zu den Herren, zu den Knechten. Ich denke: Lieber bin ich eine Närrin, die Mummereien treibt. Lieber bin ich die Abgeschiedene, von der man glaubt, dass sie in hohlen Weidenstämmen haust. Tief im Wald fang ich an zu schreien: »So weit der Schall reicht, so weit soll alles versinken.«

♀

Ich riech Sohn Dictus, bevor ich ihn sehe. Einen Spottkranz aus Stroh hat er aufgesetzt, er reckt sich und ruft: »Bin ich bekrönt, bin ich erhöht. Fürst, König, Kaiser, ich herrsch übers Land, alles ist meins!« In seiner Tollheit springt er im Kreis, die Strohkrone fällt ihm vor die Füße, er stampft sie in die Erde, drückt den Krug an die Brust, dass das Wasser überschwappt. Da kommt er zur Besinnung und setzt sich auf den Baumstrunk.

Ich spieß die Wurst aus dem Pfannenknecht, gieß Brühe darauf und lege die Kante Brot auf den Rand. Die Wurst ist beim Kochen geplatzt, Dictus schaut wie gebannt auf die dampfende Schüssel, und da kein Getier obenauf schwimmt, langt er zu. Es gab eine Zeit, in der er aus dem Essen Zeichen deuten mochte: Er stierte auf das am Feuer gesottene Fleisch, auf die Kerben in der Brotrinde, auf den angebrannten Kesselgrund, er zählte die schwarzen Klumpen und wollte Glück und Unheil deuten. Längst ist er davon genesen. Er isst mit gutem Hunger, und ich trinke mit großem Durst. Er lauscht meiner Geschichte der Geburt von Wisgards Sohn. Ich verschweige ihm nicht das zornige Gezeter der Muhme.

»Was hat ihr missfallen?«, sagt er nach dem letzten Biss.

»Dass ich über dem Mund des Kindes nicht das Kreuz gezeichnet habe.«

»War's Versäumnis oder Absicht?«

»Die Muhme ist in guter Tracht. Der Stoff verdeckt das böse Herz.«

»Du hast sie ärgern mögen?«, sagt Dictus.

»Das Kind war im Mutterleib von Gott geschützt«, sage ich.

»Später bekommt es eine gehörnte Stirn.«

»Glaub das nicht!«, rufe ich.

»Das glaubt das Volk.«

»Man müsste alle Wittenberger mit Eisen beschlagen.«

»Da liefe jeder in der Stadt im geduckten Trab«, sagt er und lacht auf.

Ich sehe ihn an, meinen Sohn, den Schindergesellen. Für

die Bürger gilt er als anrüchig, auch wenn sie seine Dienste brauchen. Er ist zuständig für Kot- und Mistausfuhr, für Grubenräumung, er fängt Ratten und schlägt herrenlose Hunde. Kein Diener, mag er noch so niedrig sein, setzt sich im Wirtshaus an seinen Tisch: Dictus übt den unehrlichen, schimpflichen Beruf. Nun hat er sich in eine Magd verschaut. Jede Nacht wirft er eine Handvoll Apfelkerne an ihre Tür. Doch sie kommt nicht aus dem Haus, sie scheut den Umgang mit einem Schinder. Sie glaubt: Dictus frisst den geräucherten Kern vom Aas. Sie glaubt: Dictus schläft in der Haut, die er dem toten Tier abzog. Er gibt nicht auf, er hofft auf ihre Liebe. Doch ich weiß: Eher nagelt er einen Stein in die Luft, als dass sie sich für ihn entflammt. Die unbetörte Magd hält fest am neuen Brauch: Jesus Christ vollstreckt die Strafe, die Gnade gilt allein den Erlösten. Der Papst ist fern, soll er ruhig noch weiter in die Ferne rücken. Die rasenden Frömmler der neuen Konfession sind angesteckt von Luthers Grimm, sie schwärmen aus und künden den besseren Irrzauber. Sie eifern gegen den Missstand. »Tatternde, verhutzelte, elende Kerle, der Eber soll sie rammen.«

Dictus starrt mich an, ich habe laut gesprochen. Lang ist's her, dass der Wind im Korn Wellen schlug: Die Saaten wogten, die Ähren nickten, es raschelte im Feld, als würden ruhelose Tote lispeln. Wir trocknen aus, und die Furcht lebt auf. Die Bürger achten darauf, dass die Unreinigkeit nicht haften bleibt.

»Pankraz wurd' heut vom Grauen befallen«, sagt Dictus.

»Hat er sein Spiegelbild gesehen?«, sage ich.

»Eine Rinderzunge, die er rösten wollte, hat sich in seiner Hand geschlängelt.«

»Vom Schwachbier, das er säuft, wird er toll im Kopf.«

»Er war nüchtern, Mutter.«

»Woher willst du das wissen?«

»Ich war dabei«, sagt er. »Wir haben uns halb totgeschuftet, das Vieh ließ sich schwer abhäuten. Da sprach uns der Meister kurze Pause zu. Rind, Sau, Schaf, alles verreckt und verdirbt in der Hitze. Jeder Schinder muss mit vier Händen greifen. Wie auch immer, ich verschnauf, Pankraz steht am Feuer, da geht ein Ruck durch ihn, die Zunge fällt in den Dreck, Pankraz tritt sie weg, und da seh ich sie wie ein Wurm sich krümmen. Mich hat's auch kurz geschaudert, weil die Zunge ...«

»Was denn?«

»Sie kroch zum Rindskopf, zu dem sie gehörte.«

»Unsinn ist das«, rufe ich.

»Der Cuntz kann's auch bezeugen«, sagt er, »den Karren hat er vollgeladen mit Aas für die Bauern, er kam zurück und blieb in der Nähe, weil er ja immer hofft, dass er einen Brocken schnappt, der sperrte das Maul auf, als das Wunder geschah.«

»Red mir keinen Unfug. Die Pfaffen üben bösen Einfluss. Sie springen euch auf den Nacken und flüstern: ›Schau, die Zunge ist belebt. Schau, das kopflose Rind schreibt mit dem Vorderhuf das Kreuz in sein Blut.‹«

»Der Rindskopf ruhte still«, sagt er kalt.

»Viele Propheten im Land, die grausige Tode unken«, flüstere ich. »Sie künden allüberall Fürstentod, Mäusefraß und Weltsturz.«

»Vor zwei Jahren schlug uns der Herr mit der Pestilenz«, schreit er, »hab ich's mir eingebildet?«

Hat uns Gott angegriffen mit der Strafe der Seuche? Es

sprachen die Mönche, bleich ums Maul, sie sprachen: ›Pest ist die Hand des Herrn, Exodus, Kapitel neun, Vers drei.‹ Das nahende Gottesgericht versetzte uns in Schrecken. Es hieß, dass die Säuberung der Sünder unabdingbar sei. Es hieß, dass die Versunkene Stadt, Neu Jerusalem, hiernach aus den Tiefen emporbricht. Nichts davon ist geschehen, wir leben im alten Dreck. Die zwei Bäche in der Stadt, Faulbach und Rischebach, sind vertrocknet. In den Flugschriften malen sie das Schreckbild: Der Antichrist erscheint im blanken Harnisch, wenn uns die Herren nicht strenger Buße unterstellen. Mein Sohn hat Angst, er kann sie nicht enthüllen. Die Magd bleibt kalt, die Apfelkerne verdorren, ihn aber plagt der heiße Schmerz. Ich muss ihn trösten, sonst findet er den Weg zur Mutter nicht.

Die Schüssel ist blank geleckt, ich schneid ihm einen dicken Kanten, den er in wenigen Bissen zerbeißt. Er könnte meinen ganzen Vorrat aufbrauchen und doch wäre er immer noch hungrig. Ich schweige, ich reiz ihn nicht, ich schweige. Er hat eine dunkle Ader, es steckt in ihm viel von seinem Vater.

»Ich will was wissen«, sagt er leise, »ich will wissen, ob du den Bann aufheben magst.«

»Wer ist durch Bann gebunden?«, sage ich.

»Hast du eine gute Macht?«

»Ich bete still um einen reinen Tag. Ich hökere aber nicht mit zauberischen Knollen und Knäufen.«

»Warum kommt dann der Bauer zu dir?«

»Damit ich helfe, dass die Bäuerin gebiert«, sage ich.

»Einmal, wann war das?«, sagt er. »Das war, als ich bei der Abdeckerei anfing, da hab ich's gesehen: Du hast die Nähnadel gebogen und die Spitze durchs Öhr gezogen.«

»Ja, das tat ich.«

»Hast du einen Geist vertrieben?«

»Die Eisenschlinge legte ich als Falle im Wald aus«, sage ich, »ich sah am nächsten Tag nach. Ich hab nichts gefangen. Geht's um die liebessture Magd?«

»Ich geb mir große Müh.«

»Nicht zu viel und nicht zu wenig.«

»Ist das ein Zauberspruch?«, fragt er.

»Es ist die Lebensregel«, sage ich. »Du wirbst heftig, und sie sperrt sich. Liebt sie einen anderen Kerl?«

»Ich glaube nicht.«

»Es wär gegen alle Sitte, wenn sie allzu offen begehrt. Was spricht der Gottesmann: ›In der Endzeit sind hoch und niedrig vertauscht.‹«

»Sie ist hoch, und ich bin niedrig?«

Ich sage nicht: Du gehörst zu den Niedrigsten im Land. Ich sage nicht: Die neuen Herren sprechen, dass sich nur ein Gottloser über seinen Stand erhebt. Ich sage nicht: Du bist geringer als ein Schaf voller Zecken.

Ich erzähle: »Wir wollen nicht als Verächter des Brauchs gelten. Sie wird dich ansehen als unmäßig und übel, und sie wird sich alle Befleckung abwaschen, da du sie mit Lärm und Tollheit in Verruf bringst. Du liegst nachts auf den Ellenbogen, du zählst deine Zehen und kommst auf achtzehn. Ich könnt dir einen Teller mit Spreu vorsetzen, und du würdest fleißig löffeln. Warum? Weil du glühst. Du stürmst heran, du wirst derb und deutlich. Die Unschuld verdirbt die Vernunft.«

»Ich zeig ihr, wie hübsch sie ist!«, ruft er.

»Eine Hand der Frau ist ein Spiegel, eine Hand ist der Kamm. Dich braucht sie nicht, um sich zu sehen.«

»Dann hoff ich vergeblich?«

Ich berühre ihn am Arm und sage: »Sie hat sich daran gewöhnt, dass sie mit dir spielt. Iss die Kerne, statt sie gegen die Tür prasseln zu lassen. Sorg dafür, dass sie dich vermisst.«

»Und wenn sie sich nicht sehnt?«, sagt er und streift meine Hand ab.

»Dann hilft auch kein Zauber«, sage ich.

Ich enthülle ihm nicht die wahre Wahrheit, die sich von der Wahrheit spaltet, an die man glaubt. Die Krähe schreit ›Krakra‹, sie bekrächzt die Henne am Boden und den Habicht in der Luft: ›Ich übertreffe den Pfau an Schönheit!‹ Soll man die Henne mit Ruß bestreichen? Soll man den Schnabel des Habichts lang ziehen? Was ist wahr? Das Krakra. Was ist wahr? Mein Sohn muss sich nicht in ihrer Hand spiegeln, dass sie erkennt: Dem Schinder, der mich begehrt, hängen Lumpen und Lappen vom Leib.

Dictus mahnt zum Aufbruch, ich trag Spieß und Schüssel in die Hütte, ich suche im Schein der Kienspanflamme den Boden ab: Jedes Loch und jede Ritze muss ich stopfen, dass ich keine Ratte locke. Die Tür steht schief in den Angeln, ich zieh sie zu und bind sie fest. Das morsche Holz bricht beim ersten Tritt, der Dieb wird nur Tand finden. Wir ziehen los, Dictus vorneweg, er geht im Schlendergang, dass ich Schritt halten kann. Es ist hell am Tag, wir brauchen keine Wegeleuchte, er muss nicht fürchten, dass sich das Nachtvolk aus den Baumspalten zwängt.

Die spitzen Steine beißen durch den Schnürschuh, die Bremsen riechen unseren Schweiß, schon bereu ich's, dass ich meine Einsiedelei verließ. Eine gefleckte Katze läuft uns nach, ich zähl fast die Rippen. Ich greif in den Sack, werfe einen harten Brocken hin. Wir queren das Gehölz und treten hinaus an den Fluss: Es ist ein Elend, er ist halb verdampft. Hinter der Schanze und den Wällen ragen die Türme der Kirche Sankt Marien, ich seh das Schloss des feisten Fürsten, der den Wittenberger Papst Luther beschirmt. Bin ich ruchlos, weil ich ihrer beider Gebot und Geheiß verachte? Sie fressen Drossel und Kapaune, Rind und Saukopf. Sie sind die fressende Obrigkeit. Wenn der Blick des Herrschers auf uns fällt, spricht er: ›Es ist recht, dass der Mist stinkt. Es ist unrecht, dass mir der Knecht in die Nase stinkt.‹ Die Sünde ist mein Messer, ich muss den Zorn besser verbergen. Dictus ermahnt mich am Tor, und ich streck mich lang und senk schamvoll den Blick. Dem Wächter ist mein Sohn bekannt, er winkt uns durch, doch er weicht zurück, er hat Angst, dass wir ihm böse Sporen anhauchen. Wir gehen durch die dunklen Gassen, am Beinhaus zweigt Dictus grußlos ab, es nagt an ihm der Zweifel. Ich schnüre an schiefen kleinen Häusern entlang, ich bin blind, und mich sieht kein Mann, ich spiel dies Spiel, bis mich ein narbiger Kerl an den Schultern packt. Ich rufe: »Bin die Mutter eines Schinders, berühr mich nicht, sonst fasst dich der Tod!«

Er lässt mich fluchend los. Nah am Judenviertel steht wie ein großer hohler Grenzstein die Hütte, in der versperrt Elfrun haust. Ich poche gegen das Holz, und ich flüstere so oft ihren Namen, bis sie mir öffnet. Durch Haareabsengen hat man sie gestraft, die Brandmale ziehen sich über ihren kahlen Schädel. Vier Kerzen brennen in der Stube, ich hock mich auf den Schemel, sie bläst eine Kerze aus: Der Docht rollt sich glimmend zur Rispel ein. Sie steckt die Hände hinter den Schurz und fragt: »Deute es mir, Prista, Helferin.«

Ich bin keine Geistseherin, ich kann nur heilen Grimm und Wehen. Untauglich geworden ist Elfrun, weil der Sittenscherge ihr die Schönheit nahm. Hat sie eine zweite Seele, dass sie trotz der Qualen lebt? Lichtpocken zeichnen die Kerzenflammen auf ihr Gesicht, sie ist verzerrt und verzogen, man hat sie mit allerlei Unnamen belegt, und doch starrt sie wie ein ungebändigtes Mädchen auf den Docht. Sie fragt: »Gut? Schlecht? Deute mir das Zeichen.«

»In welchem Zeichen wurden wir gesät?«, sage ich.

»Wir waren im Anfang Eva«, sagt sie.

»Und Eva bat um Gnade, weil Adam durch Sünde fiel.«

»Red leise«, flüstert sie, »in mancher Nacht horcht ein Wächter an der Tür.«

»Die Rispel ist Evas Zeichen.«

»Willst du mich trösten, Prista?«

»Schau hin«, sage ich, »kannst du's erkennen?«

»Das kann ich ... Jetzt hat's im Gebälk geknarrt!«

»Das tut's immer, wenn die Hitze weicht.«

»Mahnt Eva mich zur Buße?«, fragt sie.

»Keine Buße«, sage ich, »der Teufel hinkt, weil er sich bei dem Sturz aus den Himmeln einen lahmen Fuß zuzog. Er hinkt den Pfaffen hinterher. Dir folgt er nicht.«

Sie erzählt mit keuchendem Atem: Wenn sie sich aufs Bettstroh legt nachts, wenn die Kerzen nicht länger brennen, dann hört sie ein Geräusch, als würde es in den Ranken rascheln, dann hört sie die Klage des Viehs, die Kuh brüllt nach dem Kalb, das man ihr weggenommen, dann überkommt sie der Jammer, und sie muss sich das nasse Gesicht wischen.

Sie spricht: »Der Himmel ist uns verschlossen, wegen der Mordtaten, das Himmelreich ist uns nicht aufgetan, wegen des Kummers der Kuh und des Kalbs, das wir schlachten, wir sind Treuebrecher, wir sind Saudreck, man müsst uns das Maul stopfen mit Rossfeigen, dann ist Dreck bei Dreck, eine große Erregung geht durchs Land, die Kessel am Haken schaukeln hin und her, hin und her, die Gelege in den Nestern zerklopft, die Nester von den Ästen gestoßen, es kommen Maden ins Fleisch, wir müssen den Brei nicht salzen und schmalzen, das ist die vergebliche Arbeit, die wir tun, denn der Teufel knüpft die Schlingen, er zimmert die Schandkreuze, er steht im dunklen Winkel mit ausgespannten Armen, und alles geschieht von selbst. Das denk ich auf dem Stroh in den Nächten und starre meinen Kessel an, ob er wirklich schwingt. Er schwingt nicht, weil ich gerade hinschau, doch die Kuh bölkt, es bedrückt mich die Seele, und ich bin krank geworden, aus Brennnesseln hab ich mir den Sud bereitet, mit Beifuß hab ich mich gegürtet, das ist die vergebliche Arbeit, die ich tu …«

Elfrun duldet's nicht, dass man sie umarmt und berührt. Ich sitze und erdulde ihre Worte. In Wittenberg bestiegen die Kerle die Fenster, sie ratschten und schnarrten, sie bliesen sich die Backen rund vor Eifer, und nach der Liebesstunde blieb die Frau zurück wie eine wütend zerriebene Blüte. Die Pfaffen der neuen Konfession verdammten die Wollust, sie schrien: »Wer die Dirne schlägt, jagt zehn Teufel hinaus! Wer das Weiberfleisch züchtigt, tut recht und wohl! Unterm Weiberregiment steigen die Stühle auf die Bänke!« Elfrun im purpurroten Schnürleibchen wurde ergriffen und gesengt. Wie könnt ich sie trösten? Ich greif in den Sack und lege ihr vor die Füße: Dost und Dorant, Kreuzkraut, Raute, Dürrwurz und Mistel.

»Das ist gegen Sucht und Plagen«, sage ich.

»Wird's helfen?«

»Ja, Elfrun.«

»Du kennst die alte Mirka, die hat mir geraten: ›Wisch ab den Stirnschweiß mit Brot, und die schweren Träume vergehen.‹ Soll ich's tun?«

»Ihr Mann hat sich am Birnbaum erhängt, weißt du, warum? Weil sie ihm den Finger ins Genick stieß, immer dann, wenn er schlief und wehrlos war. Sie wollt ihm weismachen, dass in ihm ein Geist wohnt.«

»Sie ist verrückt?«, sagt sie und knetet die Hände hinterm Schurz.

»Das ist sie«, sage ich.

»Ich bin es nicht?«

Wir hecheln wegen der Hitze. Der Angstfrost setzt uns zu. Das Flussbett liegt blank, die Kinder baden in den Lachen. Brandwachen hat man aufgestellt: Ein Funke genügt, und die Stadt brennt wie Zunder. Der Gottesmann drischt auf uns mit heiligen Worten. Die Prediger der Stadt schimpfen uns Gesindel und Zerlumpte. Sind wir die Irren? Wir hungern und dursten. Wir reden von Schaden, sie reden von Schande. Wir werfen Fett ins Feuer, dass die Weihe den armen Seelen im Fegefeuer hilft. Sie drohen uns mit der Hölle … Hab ich's gedacht, oder hab ich laut gesprochen? Elfrun flüstert: »Ich wurde nicht in Hurerei gezeugt. Ich bin nicht zum Huren geneigt.«

»Wer etwas anderes glaubt, soll verrecken«, rufe ich. »Draußen packte mich ein hässlicher Stinkratz. Ist er hier eingedrungen? Wollt er dich schänden, Elfrun?«

»Das hat er«, sagt sie. »Gut? Schlecht? Deute es mir.«

»Er kam über dich?«

»Ich kratz und beiß. Ich bäum mich unter ihm, ich zuck

und bock, ich fahr ihm mit allen Fingern in die Fratze, da lässt er ab. Ihm steht die Schaumblase vorm Mund.«

»Hundskopf!«, sage ich laut.

»Sei leise«, flüstert sie, »leise wie ich. Wer hat mir das keusche Mägdetum genommen? Er war's nicht. Mein Mann schalt mich nie ein ungetreues Weib. Der kam um im Händel mit den Rottenräubern. Sie fielen mich an, leise war ich, leben wollt ich, sie würgten mich nicht, weil ich zur Leiche erstarrte, stumm und schweigsam, still und stiller, bis ich fast schlief, und noch immer schlaf ich. Kannst du's deuten?«

»Ich kenn dich lange, Elfrun, und ich kenn die Geschichte.«

»Gut? Schlecht?«

»Ich bin das Weib am heimlichen Ort«, sage ich, »das bist auch du. An manchem Tag fliegt die Schweinsblase, mit Harn gefüllt, durchs Fensterloch. Ich hör die Bauernjungen lachen. Ich könnt sie nicht verjagen, ich warte, bis sie sich verziehen. Dann wird mir die Hütte eine Öde. Das ist schlecht.«

»Und was ist gut?«

»Die Ruh vor dem Lärm der Kerle.«

Jäh wird die Tür aufgestoßen, jäh steht der Henker im Haus. Er zieht die schweißige Kappe vom Haupt, er schlägt sie am Knie ab, dass es stäubt, der Staub geht nieder wie hundert sterbende Mücken, und der Henker lacht und lacht, und er zieht die Feder an der gebogenen Krempe der Kappe lang. Er greift in den Wams, holt einen Klumpen hervor, er stellt ihn auf den Boden. Ich sehe: Die dicke Kerze gleicht einem dicken Klotz. Dann entflammt der Docht, die Schatten lecken über die Wände. Der Wolf fällt in die Herde, und doch hat sich die schreckhafte Elfrun all die Zeit nicht geregt. Dies ist Magnus Fischer, dies ist der

Mann, dem der Bürgerrat befahl, ihr das lange Haar zu sengen. Ein großer Kieferknorren, das ist der Henker. Über seinen Umhang aus Katzenpelz spotten die Männer hinter seinem Rücken. Wenn sein Beil klirrt, fällt ein Kopf: Er stopft das Alte, er klopft das Neue, er schabt jedes lebendige Fleisch. Elfrun aber gibt keinen Laut von sich, sie starrt ihn an. Er greift wieder in den Wams, er legt Rindsfüße und verrunzelte Äpfel neben die Kerze. Er spricht: »Die Füß' isst du am besten morgen, die Äpfel haben keinen Saft, aber der Wurm hat sich nicht eingefressen. Iss nicht mehr als zwei Schnitze, sonst grimmt dir der Bauch … Hast dich in mich verschaut, was, Prista? Bin schon stattlich, dass mich das Weibsvolk begehrt.«

Geschorft und geschuppt ist sein Gesicht. Er sieht aus, als würd er die Viehtränke mit Dornen auslegen und sich hineinlegen. Man glaubt, dass vom Galgenhügel ein Spukgewimmer herweht: Es sind die unerlösten Seelen, die Geister der Frauen und Männer, die er gerichtet hat. Man glaubt, dass es grollt, wenn er gen Himmel blickt. Die Muhme sprach: »Die Läuse, die er mästet, werden groß, sie werden dick, sie tragen den Henker hinweg und hinein in den Sumpf, in dem er ersäuft.«

»Magnus«, sage ich, »du kommst ungebeten.«

»Stimmt das?«, ruft er zu Elfrun. »Soll ich verschwinden?«

»Nein«, flüstert sie.

»Hörst du, Prista? Ich bin ihr willkommen, ich zwing sie nicht. Ich tu ihr keinen Harm an. Was war, das war, heut leben wir andere Tage. Elfrun hat noch einen Lebensrest im Leib. Schrieb ich das Gesetz? Ich bin der Knecht, der schlägt, wenn der Rat meine Faust braucht. Ich bat Elfrun um Verzeihung, und sie verzieh.«

»Hat sie das?«, sage ich kalt.

»Das tat ich«, sagt Elfrun, »ohne Zwang.«

»Schlag acht, das Tor ging zu«, sagt Magnus und lacht, »ich hab's knapp geschafft in die Stadt. Da lief ich gleich in die Schänke, ich nahm Platz an meinem Tisch. Es wurde schlagartig still, ich bin's gewohnt. Jedem Mann juckt bei meinem Anblick die Kehle. Ich brach vielen das Genick, schuldig waren die wenigsten. Gut, gut … Da ist ein Mann, der einen Eid ablegt, im Wirtshaus, er erhebt sich und schwört, dass er sich keusch halten will ein halbes Jahr. Ich sah, wie er die linke Hand heimlich in die Tasche steckt und den Hoden umfasst. Er wird unrein, also gilt der Schwur nichts.«

Magnus lacht und lacht, vom Lachen steht ihm das Wasser in den Augen. Mein Vater sprach: ›Die unter Tränen säen, werden mit Freude ernten. Unter Tränen streuten sie die Samen aus, Psalm hundertsechsundzwanzig.‹ Er sprach: ›Nur die Huren lachen von Herzen, das ist das Höllengelächter. Wenn ein Mann sich vom Lachen einer Frau anstecken lässt, weiß er, dass er scheckig wird und in Stücke geht.‹ Der Vater lehrte mich mit Fäusten: Das Weib presse die Lippen zum eisernen Mund, will es den Mann nicht zehnfach kränken. Lacht Elfrun im Schlaf? Ich lache allein in meiner Hütte, ich lache in den Kessel: Die dummen Kerle salben sich mit Marderfett, um vor Hacken und Hellebarden gefeit zu sein. Die Söhne der hohen Ritter, die bei dem fetten Luther studieren, rotzen verächtlich auf den Pöbel. Sie stochern mit dem Lustknochen in den hohlen Zähnen. Es soll gegen Zahnweh helfen. Was nützt ihr Latein, was nützen all die hohen Künste? Ich lache allein im Dunkeln auf dem Stroh.

Der Henker lacht mich an. Ein Gran ist weniger als ein Quäntchen, ist mehr als meine Liebe zu ihm. Ich lieb ihn nicht, er würd es gerne ändern. Ich sehe in ihm den Hund, der sich im Mondschein auf Aas wälzt. Wenn Jesus Christ ihm vergibt, ist Jesus Christ kein rechter Mann. Wenn Jesus Christ ihm die Lachtränen wischt, verliert Jesus Christ die Unschuld. Der Henker blickt mir in die Augen, er liest mich, denn er sagt: »Von den Kreuzen fallen die Querbalken.«

»Das liegt am Pfusch des Zimmermanns«, sage ich.

»Das Vieh verreckt«, ruft er, »und die Leute schwätzen.«

»Wer ist schon beschützt?«

»Ja. Mir wird bange vor dem finsteren Gewinsel.«

»Kommen Maden in mein Fleisch?«, flüstert Elfrun.

»Nicht, solang ich dich bewach«, ruft Magnus, »ich schlag die Kerle in die Flucht. Doch es werden ihrer mehr, die nach Opfern geifern. Ein großer Zank steht an. In der Schänke brüllt ein Mann: ›Die gebannte Hummel summt unterm Stein!‹ Ich frag: ›Welche Hummel lebt, wenn man sie mit dem Stein zerquetscht?‹ Er brüllt: ›Die Hexe haucht ihr Leben ein!‹ Ich wend mich ab und sauf mein Schwachbier. Ich denk: Ich bieg jede Klinge. Ich passe einem jeden die Schlaufe an. Was mach ich mit den Leuten, die auf die heilige Dornenkrone schwören? Die in Rausch und Wahn auf die Herren weisen? Einen hohen Bürger treff ich auf dem Marktflecken, der raunt: ›Luther brachte das alte Wort zu gutem Deutsch, und der Doktor warnt vor der giftigen Seuche, die umgeht im Land.‹«

»Schling ihm den Strick um den feisten Nacken!«, sage ich.

»Wem? Dem Hirten oder dem Schaf?«

»Man müsst sie beide hängen.«

»Leise, leise wie ich«, flüstert Elfrun.

»Habt ihr's gehört?«, sagt der Henker, »es ist ein Brief vom Himmel gefallen.«

»Hier in Wittenberg?«, sage ich.

»In der Grafschaft Mansfeld. Die Urkunde stammt vom Angesicht Gottes.«

»Den Lügnern soll die Zunge faulen.«

»Seltsam ist es schon«, sagt er und lacht auf. »Alle Welt kann jäh lesen. Als das Blatt Papier, versiegelt und verschlossen, den Knechten vor die Füße fiel, brachen sie es auf. Und sie lasen ohne Müh die Schrift. Es wurde ihnen mitgeteilt, dass die Gestirne für das Böse günstig stehen. Dass die Welt bald verdunkelt wird, weil der Sternenschein erlischt. Dass die Ackerfurchen von roten Würmern wimmeln werden. Dass die Luft tobt, weil sie beleidigt ist. Dass ein geschweiftes Gestirn, Gottes Feuerrute, über den Himmel zieht. Dass Türken und Tataren anbranden. Mehr hab ich nicht behalten.«

Elfrun hält einen Stein mit grünen Tupfen in Händen. Der Spuk, von dem der Henker erzählt, hat sie geängstigt, sie reibt den Stein, und dann reibt sie den Stein am Schurz. Magnus hüllt sich in den Katzenpelz, ihm ist unwohl, er will ruhen und er will stürmen, beides ist ihm unmöglich. Ich höre die Rinder brüllen, im Schlachthaus vor dem Tor, Elfrun hört es jede Nacht: Das Kalb ruft nach der Kuh, bevor die Messer niederfahren. Sie sagt leise: »Tu ihr nichts, und tu mir nichts.« Der Henker grunzt, er lechze nach einem wollüstigen Kuss, doch wer würd ihn schon ohne Ekel küssen wollen; bevor der neue Papst Luther sie vertrieb, hätten gar die Dirnen ihn verschmäht. Was sucht der Henker in diesem Haus? Was sucht ihn die Unruh heim zur späten

Nacht? Ich muss wachen, die Angst quält mich. Ich schrecke hoch, als er fragt: »Dem toten Kind, auf dem Pfad zum Paradies, lauern drei Juden auf. Glaubt ihr daran?«

»Pfaffenfabel«, sage ich heftig.

»Mir ist verboten, Umgang zu haben mit den Juden. Also stehle ich mich heimlich in ihr Viertel. Schön anzusehen ist Rebekka, die nicht vor mir weicht, wie es ihre Leute tun. Sie stand mit leerem Krug in der Gasse, und sie sprach: ›Ich kenne mein Gewicht, ich weiß, wie viel ich wiege.‹ Das hat mir gefallen.«

»Du stellst ihr nach?«

»Ich würd sie gern streicheln.«

»Bitte nicht«, flüstert Elfrun.

»Da könnt ich gleich der Ameise einen Faden durchs Maul ziehen. Mich will sie nicht, ich bin ihr zu hässlich. Auf meinem Weg zur Hölle könnt sie mir aber auflauern. Da hätte ich einen Trost, wenn mich der Teufel wendet auf dem Rost … Potzdonner, wer poltert da?«

Er horcht. Nun ist es still draußen. Er greift zum Schwert, er springt auf, dass die Flamme der großen Kerze flackert, blitzschnell reißt er die Tür auf und verschwindet in der Nacht, ich eil ihm nach. Ich sehe ihn mit einem narbigen Kerl ringen, er schlägt ihm die stumpfe Schwertseite gegen das Maul, der Kerl spuckt Zähne aus. Aus dem Dunkeln strecken sich zwei Arme und umschlingen den Henker am Hals, der Henker lässt sich auf den Rücken fallen. Er quetscht ihn fast zu Tode, und doch erhebt sich der Mann, die Kerle laufen in wilder Flucht davon. Magnus schnauft und klopft den Dreck vom Wams. An den Schrammen an seiner Stirn klebt Tiermist, doch die Balgerei hat ihm gutgetan, er schnauft und lacht, er lacht die Schläfer wach, die jetzt bestimmt voller Furcht auf dem Stroh liegen. Fast gerät er in Raserei, fast überkommt ihn die Lust zu metzeln. Doch dann besinnt er sich, es wär nicht klug, die Wächter herbeizulocken. Er tritt zurück ins Haus, ich folge ihm, sein Nacken ist nass vom Schweiß. Er setzt sich wieder vor die Kerze, legt den Katzenpelz auf die Achseln. Leise spricht er zu Elfrun: »Ich weiß, ich weiß.«

»Jede Nacht«, sagt sie.

»Sie brechen bei dir ein«, sagt er.

»Ich kratz und beiß.«

»Zwei Leichen mehr, darauf kommt's bei mir nicht an. Ich müsst es aber vor den Herren rechtfertigen. Sie lassen morden. Doch sie strafen den, der mordet. Soll ich's tun für dich?«

»Ich füg mich nicht«, sagt Elfrun, »niemals werd ich mich fügen.«

»Die narbige Sau hat eine zweite Sau geholt«, rufe ich, »sie wollten uns schänden.«

»Soll ich?«, sagt der Henker.

»Die Jüdin küsst dich nimmer, wenn sie durch deine Hand verrecken.«

Er sinnt über Elfruns Worte nach, als hätte sie ihm Weisheit eingegeben. Die tanzenden Schatten sind die Seelen der Kerzenflamme, und die Rispel ist ihre Herrin Eva. Kein Laut und keine Rufe draußen in den Gassen. Magnus senkt den Kopf, die Rechte ruht auf dem Schwertknauf: Spuk kann er nicht zerschneiden, jeden Eindringling wird er aber niederraufen. Er wacht über Elfruns ruhelose Hände unter dem Schurz.

♀

Wir laufen durchs Tor, der Wächter blickt mich böse an: Ich kam mit dem Schinder, ich gehe mit dem Henker und dem irrsinnigen Weib, das an den Brandwunden kratzt. Magnus hat's in der Früh beschlossen: Elfrun zieht zu seiner alten Mutter Margit. Die Kerle werden sie aufstöbern und üble Rache nehmen. Sie hat sich nicht gesträubt. Am anderen Ufer, im Gehölz, lacht sie sich in ihren Himmel hinein. Ich muss nicht führen, ich muss nicht trösten, der Jammer ist ihr vergangen. Sie trotzt der Hitze, die uns dörrt.

Nach einem halben Tag langen wir an: Vor der Hütte am kahlen Feld steht jung gestreckt die Mutter, an einer Seite ist sie eingesunken, sie steht mit Krug und Becher, den sie mit klarem Wasser füllt, dass der Henker vor Gier aufschmatzen muss. Doch sie reicht den Becher erst an mich, nach zwei Schlucken reiche ich ihn an Elfrun. Die Mutter füllt nach und noch einmal nach, wir trinken uns die Seele wach. Ich sehe: Statt eines Steins trägt sie den eingefassten Hirschzahn als Ring, die Grandel hat sie mit Öl eingerieben, dass sie glänze. Auf dem Weg sprach der Henker vom Leibschneiden seiner Mutter. Ich sehe das Geschwür am Bein. Ich bin Prista, Helferin. Ich mische Lehm und Essig, wickel den Brei ins Tuch, lege den Umschlag auf die eiternde Haut.

Mutter Margit erzählt die Geschichte, wie das Geziefer in die Welt kam: »Adam nahm die abgeworfene Schlangenhaut des Teufels mit auf die Erde. Er warf sie ins Feuer. Aus den weißen Schuppen entstanden die Läuse, aus den schwarzen die Flöhe. Im Paradies gab's keine Laus.«

Ich habe die Fabeln satt, ich frage sie, ob sie daran glaubt. Sie schüttelt den Kopf. Sie spricht von den morschen Brüdern der neuen Konfession, von ihren furchtbaren Gesängen, die sie schmettern wie Kriegerhymnen. Dabei rucken ihre Ochsenköpfe, und sie reiben an ihren geschwollenen Knöcheln, voller Freude, voller Seligkeit, als hätten sie den Teufel, den Lump der Welt, in die Flucht geschlagen.

Und dann gibt es die anderen Frauen und Männer, sie wissen, dass die Oberen lügen, die anderen sprechen: ›Gott plagt Wittenberg und die reformierten Lande. Er verdirbt und verschlingt uns für den Abfall von Rom.‹ Ich frage sie, ob sie daran glaubt. Sie schüttelt den Kopf und lächelt.

»Du bist altgläubig, Mutter Margit?«, sage ich.

»Was ist alt, und was ist neu?«, sagt sie. »Alles bleibt gleich. Ich zieh den Rosenkranz wie früher.«

»Heimlich«, ruft Magnus.

»Nicht vor aller Augen.«

»Und der Papst?«, sage ich.

»Er reicht mir nicht das Brot. Er thront hoch erhoben. Hat Jesus Christ auf dem goldenen Stuhl gesessen?«

»Auf dem Eselsfüllen saß er«, sagt Elfrun laut.

Jäh wird Mutter Margit still, sie zieht und zerrt an ihrer Haube, bis sie die Augen bedeckt. Sie ist blind, und keiner kann sie sehen, sie kennt dies Spiel, das auch ich spiele. Der Sohn ruft sie beim Namen, sie löst sich aus der Starre. Dann flüstert sie: »Ich bin gestorben, die Milch und das Brot und die Holzlöffel sind gestorben, mein Rock, mein Strumpf, die Perlen, die klacken, wenn ich am Kranz zieh, sind gestorben, ich sterbe ihnen nach, bald bindet ihr mich ans Brett.«

Ich scheuch die Bremsen vor ihrem Gesicht, ich führ sie, ich stütz sie, wie lang hat sie am Feld gewartet, wie lang stand sie in der Sonne, Magnus wirft das Schwert ab und stürzt auf die Knie, er scharrt und scharrt, bis er innehält und hineingreift, dann hält er die zwei Teile eines Kamms hoch. Er erzählt: Mit dem Kamm kämmte er das wirre Haar des Mannes, um ihm später auf dem Richtplatz mit einem einzigen Streich den Kopf abzuschlagen. Im Kamm steckt Kraft. Erst wollte er ihn im Tonkrug mit Pfropfen im Erdloch versenken, hinter der Hütte seiner Mutter. Er vergrub den Kamm aber heimlich unter der Schwelle, dass die Stücke den Schaden abwehren. Der Henker treibt Handel mit Hand, Hemd und Haar der Gehenkten. Er versilbert die Beutestücke. Jeder Kerl und jedes vierte Weib ist befleckt von Schlechtigkeit, sie wollen an Zauber glauben. Mutter Margit schimpft und mahnt: »Bald zerreißen die Leute das Maul über dich. Bald bist du schlachtreif.«

»Sie trauen sich nicht«, sagt Magnus.

»Einer spricht, der Nächste dichtet ein zweites, der Dritte hört's und trägt's weiter. Schon juckt's dir am Hals.«

»Satan tobt in unserem Land«, flüstert Elfrun.

»Beschwör nicht die schorfige Sau«, schreit Mutter Margit, »und dich, Magnus, würd ich mit Steinen vertreiben, wenn's mir besser ginge. Die Ratte riecht den Kamm und schlüpft mir über die Schwelle. Die Ameisen kriechen mir unter die Schütte. Nie wieder verscharrst du Zeug und Lumpen in meiner Nähe!«

»Nie wieder, ja«, raunt der Henker.

»Gottes Wort ist mir bekannt, es klärt und erhellt. Mehr will ich nicht wissen.«

Sie taumelt in die Hütte, ich hör die Perlen klacken. Elfrun folgt ihr und taucht ins Dunkel. Die Schwache wird der Schwachen beistehen. Braucht der Henker Beistand? Er ist mächtig bewegt vom starken Zorn, er steckt die beiden Stücke in den Wams. Seinen Sinn und Willen lese ich aus seinem Gesicht: Er möchte zerschmettern. Seine Mutter ist katholisch, für sie wimmelt der Himmel von Heiligen. Er könnte einen seligen Mann hoch droben anrufen, da er gescholten wurde wie ein Kind. Was gilt der Zauber gegen Schimpf? Was gilt der Zauber gegen Schimmel, Scharte, Rost und Wunde? Wie ein Schrei unter Wasser ist das Gebet. Der Henker träumt vom Kuss der Wollust, von der Jüdin Rebekka. Sie wird sich nicht seiner erbarmen. Sie wird ihn nicht heilen vom heißen Schmerz.

»Ich geh zurück«, sagt er.

»Sie darf dich nicht lieben.«

»Wer darf es nicht?«

»Die Jüdin, die dich fesselt«, sage ich.

»Hab mich nicht angeboten«, sagt er. »Hab sie nur geherzt.«

»Es war nur Tändelei?«

»Das war's nicht ... Sie schaut nicht stumpf und hart, wenn sie blickt. Sie schaut, und ich wank, als wär ich von Bolzen getroffen.«

»Der Vater wird sie nicht als marktreifes Mädchen losschlagen«, sage ich.

»Nie rühr ich ihre Ehre an«, ruft er.

»Die neuen Herren sind die alten Herren. Für sie ist jeder Jud ein Christusmörder. Wend dich ab von ihr, sonst kommt sie zu Schaden.«

»Das tu ich für sie«, sagt er leise.

Ich gehe durch das grelle Licht, das elend macht, es ist ein beständiger Brand. Hinter mir stampft Henker Magnus auf, als wär die Erde ein verfaulter Sarg. Liebt er oder leidet er an der Brunft? Die Prediger der alten und neuen Konfession prangern Adams Schwäche an: Der Mann soll sich besser entmannen, als dem Weibe zu verfallen. Ich kehr mich nicht darum, ich sorg mich um Dictus, in dessen Leib es tobt. Gebe Gott, dass er keinen Schaden nimmt. Die Wimpel hängen schwer herab in Wittenberg. Die Herren pusten und pusten, dass die Banner flattern, sie rüsten zum Krieg.

Ich gehe durch das kneifende Licht den Weg zur Hütte der Wöchnerin, ich will wissen, ob man Wisgard Ruhe gönnt. Aus der Ferne sehe ich eine Gestalt, die in der Hitze flimmert. Ist es die Muhme, will sie mich mit der Forke spießen? Ich stocke im Schritt und bleibe endlich stehen. Die Gestalt zerläuft und wird wieder fest, als sie fünf Schritte entfernt innehält. Bauer Nidger sagt: »Was suchst du uns auf?«

»Braucht ihr Hilfe?«, sage ich. »Sind Mutter und Kind gesund?«

»Bist du ein Kundschafter?«

»Wer soll mich geschickt haben?«

»Ich frag dich«, sagt er.

»Blutet Wisgard nach?«

»Ich schütz sie«, ruft er, »keiner nimmt sie mir.«

»Wer kann das wollen?«, sage ich kalt.

»Willst du's?«

»Nein, Nidger.«

»Dann bleibst du heil«, sagt er, »ich fürcht mich vor Libellen. Du weißt, wie sie heißen.«

»Luftnadeln«, sage ich.

»Im Flug schießt die Libelle hin und her. Die Muhme sprach: ›Sie näht die Schnäbel der Frauen zu, die zu viel schnattern.‹ Da hab ich gedacht: Warum läuft Prista mit offenem Mund herum?«

»Ich red nur, wenn ich muss.«

»Die Nadel, die in der Luft näht, müsst Prista finden, hab

ich gedacht. Aber die Nadel näht bei mir über dem Feld. Wer lenkt sie her?«

»Ich nicht«, sage ich.

»Die Muhme macht mir weis, ich hätt Himmels Huld verloren. Werd ich bös, weil ich immer noch denk: Prista, Helferin, hat nicht geholfen? Sie hat mir angehängt Verderben. Sie hat gemacht meine Hütte zum Totenort.«

»Ihr lebt«, rufe ich, »du dankst mir schlecht, Nidger!«

»Du bist das Erzluder, scher dich fort.«

Er lässt jäh die Hose fallen, kehrt mir den blanken Arsch zu, er naht gebückt rücklings, er treibt mich vor seinem Arsch her, er schreit und spuckt, er bebt in frommer Erregung, er brüllt und lärmt, und auch die Muhme ist herausgetreten, sie spornt ihn an mit gekrächztem Gotteslob, ich reiß das Bein hoch und gebe Nidger einen Tritt auf die Hinterbacke, er fliegt im Bogen auf die Erde, er frisst Staub.

»Nimmer hetz ich her«, sage ich zu ihm. »Nimmer heil ich dir den Hundebiss, du bist irr geworden, Nidger, man müsst dir heißes Wachs in den Nabel tropfen lassen, du stichst das Herz, das du liebst, du bist schlecht geworden«, schrei ich, und Nidger hebt den Kopf und hebt den Arsch, er schimpft mich ein Weib in Dirnentracht, und als ein Geschoss über meiner Haube saust, denk ich an eine Libelle, dann trifft mich ein Stein hart am Bauch, jetzt brüllen Nidger und die Muhme aus voller Kehle, ich dreh mich um, ich renn weg von ihrem Wahn.

Kein Stein bricht mich, kein Stein versehrt mich, ihr Gekreisch hallt noch nach, der Rocksaum zerreißt, ich schürz den Rock und laufe weiter, bis ich jäh gegen hartes Fleisch pralle, und vor meinem Fall zerren Hände an mir und stellen mich auf die Füße. Kriegsknechte mit Schwert und

Spieß. Was sie anrühren, zerspringt. Was sie tasten, zerstäubt. Ich frage: »Was wollt ihr von mir?« Sie straffen mir mit Faustschlägen Rücken und Schultern, der Rottenführer drängt heran, er spricht: »Bist du das Weib Prista? Du bist es.«

Sie schnüren mich auf sein Geheiß und führen mich ab, die Luft, das Wasser, mein Leib stehen still, nur die Knechte tropfen, vom Kinnband der Kappen tropft der Schweiß, mit Ketten umspannt ist mein Herz tief in der Brust, wenn sie reißt, reißt meine Welt, also atme ich leise, so leise, dass nur ich es hör, ich zähle meine Schritte, ich zähl die Herzschläge, ich gehe und gehe und gehe, ich gehe durchs Gehölz, ich gehe über die Brücke, ich gehe durchs Tor, ich gehe an der Mühle vorbei zum Zwinger. Sie schleifen mich die Stiege herunter in die Kammer, die hell erleuchtet ist, ich sehe den Richter und fünf hohe Bürger und Magnus Knecht, der sich als Henker spreizt. Mein Blick geht durch den Raum, ich will etwas sagen, aber da tritt der Richter vor, er spricht: »Das Gesetz hält die Bosheit im Zaume. Die Obrigkeit trägt das Schwert nicht umsonst. Sie ist Gottes Dienerin, eine Rächerin über den, der Böses tut. Das Gute ist in Jesus Christ. Erkennst du ihn als deinen Herrn?«

»Gott über mir«, sage ich, »wo ist Magnus?«

»Er entkommt uns nicht. Du wirst genannt als Weib, das mit Gaukelwerk und Teufelei Aufruhr stiftet. Du wirst angeklagt, Wetter und Hitze gemacht und Mensch, Vieh und Früchte verdorben zu haben. Du hast mit Worten, Werken und Gebärden Gott gelästert. Du hast vom Teufel Salben, Pulver, Gift empfangen. Du bist mit ihm in Gemeinschaft gekommen und in das Laster geraten. Begehrst du, Prista Frühbottin, durch ernstliche Reue deiner Sünden und Ausstellung wohlverdienter zeitlicher Strafe der ewigen Verdammnis zu entfliehen und die ewige Seligkeit zu erlangen?«

»Ich hasse den Zauberbrauch«, rufe ich.

»Es ist bezeugt«, sagt er, »dass du nach Weise der Heiden glaubst. Hier ist's verzeichnet, ich verlese: Bauer Nidger bezeugt: ›Das Weib Prista hat bei der Geburt meines Sohnes Weihrauchpfännchen umgeworfen. Meinen Leibriemen und mein Fußtuch hat es gesiedet und am Kreuzweg begraben.‹ Seine Muhme bezeugt: ›Das Weib Prista beging Frevel gegen den Himmel. Es hat eine Rippe aus krummem Haselholz vom Teufel in die Rippe gepfropft. Die Schwalben im Stall haben auf ihren Ruf das Euter der Kuh zerbissen. In Prista steckt heidnischer Ekel vor dem Heil. Sie kann böse Wetter machen durch Holzgötzen, in die Satans verkehrter Hauch fährt. Ich habe gesehen, dass sie Eier in kochendes Wasser schlug und aus dem geronnenen Eiweiß weissagte.‹«

»Sie lügt«, rufe ich.

»Der Hausschaffner des Bürgers Fallott bezeugt: ›Ich traf sie in der Nacht zur Geisterstunde, sie strich durch die Gassen, sie trug bei sich einen tropfenden Balg. Ich wollte sie zur Rede stellen. Da strich sie mir Speichel auf die Hand, die Haut riss auf, die Wunde pocht und schwärt noch immer.‹«

»Lügen«, schreie ich, »glaubt ihm nicht.«

»Das Weib Elfrun, das wir streng befragten, rief gellend immerzu die Worte: ›Leise, so leise wie ich.‹ Wir wissen durch Eid und Beweis, dass sie dadurch Zauber wirkt. Du hast sie im Zauberwerk unterwiesen. Du hast sie gelehrt, und durch dich kann sie in die Fingernägel sehen und die kommenden Tage lesen … Der Torwächter Matthes bezeugt, dass du, Weib, mit dem abtrünnigen Scharfrichter Magnus Fischer in der Früh übelsinnend aus der Stadt auszogst. In euren prallen Taschen steckten Leichenteile. Lügen auch sie?«

»Das alles ist nicht wahr«, flüstere ich.

»Hast du den Laib Brot ausgehöhlt, ein Wachslicht hineingestellt und es den Bach heruntertreiben lassen bis zur Mühle, dass der Müller ersticke? Hast du den Mörtel, den du von der Kirchenmauer abschlugst, besudelt? Hast du den Widdern Fackeln an die Hörner gebunden? Hast du den Rücken des Ebers mit Pech bestrichen, angezündet und auf die Köhler gehetzt? Man sah dich am Rand der Lichtung durch den Zweigenkranz harnen. Du hast in deinem Harn gerührt, so lange, bis weiße Mäuse ohne Schwanz heraussprangen. Du hast in deiner Hütte gesessen und deinen Kopf auf deinem Schoß gelaust. Bekennst du und bereust du?«

»Wo ist mein Sohn?«

»Er wurde gefunden«, sagt der Richter und weist auf die Marterwerkzeuge. Hammer, Zange, Nägel, Dornen und die Fingerquetsche. Der Henker facht das Feuer unterm Becken.

Sie scheren mir das Haar. Ich leg ab Rock und Unterkleid, sie streifen mir über den nackten Leib den weißen Kittel. Ich weiß nicht, wohin mit mir. Der Knecht sagt mir ins Ohr: »Du wirst brennen, Hexe. Erst geißeln wir dein verstocktes Gemüt.«

Sie binden meine Hände und meine Füße an den Stuhl, sie recken und strecken mich, Herr, sei mir Helle, wende mir Dein Antlitz zu, Herr, stärke meine Kraft. Ich schließe die Augen, ich bin blind, und sie sehen mich nicht.

WÄSCHERIN KÖCHIN JUNGE MAGD

DIE SICH VOM DICHTER NICHT

BANNEN LÄSST

1799

BACHARACH

AM RHEIN

LORE LAY

ES GEHT EIN MILDER WIND in der Nacht, und die Nacht gebiert den Fremden. Halb erhellt und halb verschwärzt steht er im Mondschein. Es ist die schlechte Stunde. Der Mond leuchtet die Zecher heim.

Ist er kränklich, dass er verharrt? Die Männer auf dem Heimweg, vom Schrecken ergriffen, rufen den Himmel an. Wer ist die zerzauste Gestalt? Ich weiß es, sie wissen es nicht. Er schaut hoch zum blanken Pferdeschädel auf dem Rathausgiebel. Was schwebt in der Luft, das ihn derart berührt? Mond, Sonne der Dummen. Der dumme Haufen drängt heran. Der Fremde aber, als wär er an fester Stelle gebunden, rückt nicht ab. Will er sich von Schafen beriechen lassen? Hannes, der lange Kerl, will ihn umfassen und fortwälzen, aber der Fremde rettet sich mit einem Sprung zur Seite. Jetzt ist es ihm genug, er reißt die Tasche hoch, quert in raschen Schritten den Markt.

Die Zecher johlen, sie haben ihn in die Flucht geschlagen. Ich muss ihn empfangen, der Hausherr hat's verfügt. Ich öffne die knarrende Tür, der Mann tritt ins Licht: Er hat Schnurrbartspitzen wie große Schneckenfühler. Bleich ist er, als wär ihm alles Blut aus dem Gesicht gezogen. Im kurzen schwarzen Rock sieht er aus wie ein Franzos. Der Luftzug verweht ihm die Haare auf der Stirn, die Fäden am Saum des Fracks werden ungestüm wie Kinderfinger. Er sagt: »Man müsste die Angeln schmieren.« Sein Blick ruht lange auf mir, ich lass ihn schauen. Was sieht er? Er sieht: Brusttuch über dem Ausschnitt, Schürze über dem Kleid. Schoßjäckchen ohne Knitter, weiße Haube. Er sagt: »Es schimmert dir Gold am Haupt.«

Ich schmück mich nicht mit Zieraten. Die Herren, ob jung, ob alt, strafen die Widerrede, darum schweig ich still. Er will wissen, ob ich das Küchenmädchen sei. Ich sage: »Ich bin die Magd. Ich bin keine Magd, die viel zerbricht.« Darüber muss er lachen. Der Hausherr hat mich ermahnt, einen Knicks zu machen. Ich hab's bewusst versäumt. Ich hebe die Laterne und leuchte ihm den Weg, er lässt mir den Vortritt. Er geht nach der Art der Franzosen, er führt sich auf wie ein Elegant. Ich steig die Treppen hoch, bei jedem Schritt knarrt das Holz.

Ich weise ihm seine Kammer zu, er blickt auf das Bild über dem Kopfende des Bettes, der Firnis ist in feinen schwarzen Strichen zerplatzt. Ich bin mir gewiss, dass er fragen wird, also sage ich: »Das Nonnenkloster Fürstental. Die Nonnen schnitten sich die Nasenspitzen ab, um vor den Feinden als unansehnlich zu gelten. Die Männer haben sie nicht geschändet.« Der Fremde schüttelt den Kopf, als hätte er Wasser in den Ohren. Glaubt er mir nicht?

Jäh lässt er die Tasche fallen, er will nicht ruhen, er bittet um ein Nachtmahl, er hat den ganzen Tag gehungert. Ich zünde die Laterne auf dem Tisch, zeige auf den versiegelten Brief, den der Hausherr für ihn hinterlassen hat. Er wird mich darin vorsichtig gelobt haben, das Lob verdiene ich mir Tag um Tag. Im Haushalt des Dienstherrn zeichne ich mich aus durch frommen Fleiß. Fast hätte ich laut gesprochen, ich eile die Treppen herunter, ich trete aus Gewohnheit auf das Astloch am Rand der vierten Stufe.

Die Männer schreien, von Wein im Blut ermuntert, ein grobes Bauernlied, es hallt über den Platz. Die Franzosen lassen sie gewähren: Wer singt, greift nicht zum Messer. Ich deck den Tisch, ich rück den Stuhl, ich stell die gerollte Serviette hochkant neben den Becher. Er soll nicht in seiner Stadt erzählen: Das war eine Misswirtschaft, in diesem Haus am Rhein, und die Magd war liederlich.

Kaum dass ich den letzten Handgriff getan, hör ich die knarrende Treppe. Er setzt sich hin, entfaltet die Serviette, legt sie auf die Schenkel, greift zu Messer und Gabel und erstarrt. Die Schnurrbartspitzen hängen herab, er hat sein Gesicht gewaschen.

»Was ist das?«, sagt er.

»Fleisch vom Rind«, sage ich.

»Und was liegt darunter? Bestimmt kein brauner flacher Teller.«

»Es sind fünf Tage alte Brotscheiben.«

»Nimmt man sie als harte Unterlage?«, sagt er. »Ist das hier Brauch?«

»Nicht in jedem Haus.«

»Das war ein rauer Empfang«, sagt er, »die Burschen haben mich beleidigt.«

»Sie foppen jeden, der im Wege steht«, sage ich.

»Ein hagerer Kerl schrie: ›Wollen wir doch die Fetzenpuppe beleben.‹ Ich verließ die Gesellschaft. Ich zog mich zurück. Du musst wissen, ich bedenke immer den Ausgang einer Sache. Und diese Sache wäre übel ausgeartet.«

»Der Herr sollte besser zulangen, sonst gerinnt die Tunke.«

Keiner ergötzt sich mit ihm, darüber ist er verstimmt. Ich hab seine Kammer hergerichtet, ich hab gekocht, ich hab am Fenster gewacht und in die blöde Nacht gestarrt. Es muss ihm genügen. Jetzt zerteilt er das Fleisch, er sieht darin eine schöne Übung. Mir wird übel, wenn ich Männern beim Essen zuschau, da kommt mir das Böse ins Blut. Also starre ich auf meine Hände auf den Knien. Der Fremde zerkaut ein hartknuspriges Stück, ich hör das Kieferknacken. Ich hör das Schlucken. Ich denke: Hat er knorpelige Knochen im Kopf? Er stellt sich vor, mit Fleisch in der Backe, mit fuchtelnder Hand, mit Fett am Bart: Wenzeslaus. Nicht Wendelmar, nicht Widukind. Sein Name bedeutet: der den Ruhm mehrt. Sein Gesicht wird zum Lichtfleck, weil er in großer Heftigkeit seine Stimme erhebt. Meine Hände. Rau und rissig. Beim Scheuern der Dielen hab ich mir Splitter in die Finger getrieben. Ich muss sie längs ritzen und die Splitter ziehen, bei Licht, bevor ich die Laternen lösche.

Letzten Dienstag zog ich den Dorn aus der Ferse. Ich darf nicht barfuß durchs Haus laufen. Ich tat's, weil mir die Arbeit den Schweiß auspresste, weil ich außer Atem sang, weil ich meine Seele ins Freie ließ.

Der Fremde redet, und ich bin in Gedanken versunken. Eine Eingebung rüttelt ihn durch, er redet und stößt Klicklaute aus, ich hefte den Blick auf seinen Rock, die Aufschläge sind breit zur Seite geklappt, sie glänzen pechschwarz, man könnte sich hineinträumen, seine Hände, mit einer Hand krumpelt er den linken Aufschlag, mit einer Hand schwenkt er das Messer, als würde er halbe Bögen in die Luft zeichnen. Was spricht er da? Er sagt: »Tausenderlei Drang, mir ist unmöglich, schläfrig zu werden, ich bin von alter Weise erlöst, die Bürger mögen im großen Behagen liegen, ich bin der heilige Niemand im Nirgendheim am Nirgendtag, ist's Drang, ist's Druck, ich könnt' mich zu Tode härmen, denn ich studier und studier, und stoße doch nicht auf den Grund, was ich sehe, ist halber Glanz, was ich entdeck, ist Schmutz und Dreck, könnt' sich doch die Welt weiten, so wie ich mich weite ...«

Vor der grässlichen Schwärmerei des Fremden hat mich der Herr gewarnt. Hält er uns für steife Leichen? Wo ist sein Kopf, wo sind seine Füße? Ich stelle mir vor, dass er einen Fuß auf dem Halse trägt, dass sich an der Ferse böse Lippen öffnen, dass eine Zunge herausschießt, um eine Mücke im Flug zu schnappen. Was sticht ihn, dass er in der Stube schäumt? Meine Hände. Sein Fuß als Haupt. Tanzende Mücke vor den Lippen. Er sagt: »Ist das eine Dreckschicht auf der Haut?« Oben Kopf, unten Füße, die Mücke fliegt hinweg.

»Was meint der Herr?«

»Der Staub auf deinem Gesicht.«

»Die Sonne hat mich gebräunt«, sage ich.

»Ich weiß nicht, woran ich bei dir bin, Feinsliebchen.«

»Niemandes Liebchen«, rufe ich, »nicht fein, nicht grob.«

»Was fährst du mich an?«, schreit er. »Die schöne Anrede ist euch wohl unbekannt.«

»Außer mir keiner da. Der Herr kann zu mir sprechen wie zu einer einzigen Frau.«

»Und wie heißt diese Frau?«, sagt er.

»Lore«, sage ich und bereue es: Jetzt kennt er den Namen, jetzt glaubt er, mich zu kennen. Ein Kerl, der das Zungenwetzen liebt, verliert seinen Schneid, wenn man ihm den Namen verweigert. Er streunt und schweift umher, die Fäden werden zu Würmern, die sich am Saum verbissen haben, sie wollen nicht abfallen, ich schau hinaus, ich schau auf den Hof um den Mond: glimmendes Weiß aus dem Traum des Blinden. Denn dem Blinden träumt, dass er sehend wird, und er fürchtet sehr den ersten Blick nach der immerwährenden Dunkelheit, im Traum schlägt er die Augen auf und sieht das, was ihm bislang nur ein Wort war: Mond.

Ich höre ihn mich bei meinem Namen rufen, er steht am Tisch, als wäre er einem fernen Gegner zugewandt. Ich frage: »Was ist der Herr wild bewegt? Was will der Herr?« Ich weiß es schon: Er will, dass ich ihm gespannt lausche. Ein Menschenbild aus Wachs, das ist er, wie soll ich ihm folgen wollen?

»Gibt es Gruben?«, sagt er. »Gibt es eingesunkene Grotten? Gibt es Luftlöcher im Gestein?«

»Hier bei uns?«

»Bist einfältig, Feinsliebchen.«

»Der Herr soll selber denken, bevor er spricht.«

»Wie war das?«

»Er nennt mich fein und lieb«, sage ich, »bin nicht das eine, bin nicht das andere.«

»Musst du nicht dienen?«, sagt er.

»Gut genug, dass ich bleiben durfte. Bin ich keinen Fitz wert?«

»Es wundert mich, dass der Kaufmann dich duldet«, ruft er, »du hast steinharte Zähne.«

»Woher will er das wissen?«

»Ein Mädchen, das sich schminkt, lernt: Bin ich unausstehlich, meiden mich die Burschen.«

»Hier bei uns?«, sage ich.

»In den Städten«, sagt er, »in Jena, der Stadt, in der ich lebe.«

»Ich füg mich erst dann, wenn Säugling und Schlange Kopf an Kopf schlafen.«

»Dann hoffe ich auf dies Wunder … Ich verlange eine Antwort.«

Wir sind die glücklichen Toten in seiner Welt, das glaubt er zu wissen. Nichts weiß er. Ich weiß mehr, als ihm lieb sein kann. Der feine Herr Wenzeslaus ist ein trostloser Pilger, bleich und selig. Er hat ein klappendes Maulwerk, es geht auf und zu, er mahlt die Worte, und an seinen Zähnen bleiben Lügen haften. Er zog her, weil er wünscht, dass ihn die Kraft von allen Seiten andringt, dass sie ihm in Wellen zufließt. Holzspäne, die sich in Gold verwandeln, das kommt nur in Märchen vor. Ich bin nicht das putzmuntere Weibswesen, das ihn anspornt. Ich will den Schleier von meinen Tagen nehmen. Ich schleiche in die verborgenen Grotten, in manchen Nächten, und ich verberge mich gut. Dort werd ich ihn nie und nimmer hinführen. Dort würde er laut schnaufen, dort würde ihn ein Schaudern überlaufen, denn er hörte Kindergeweine, das der Wind herbeiweht von stillen Wiesen. Es weint das Kind, das sprach: »Ich leg mich tot auf eure Zeit, kalt am Kopf und an den Schenkeln.« Ich aber bin die Blinde, die niemals träumt, in der Grotte tröste ich das Kind, ich spreche, und der Wind trägt's hin zu ihm, ich spreche: »Missfällt es dir, dass ich in deiner Nähe bin?« Ich kenne den Durchschlupf, im Stein, ich werd's ihm nicht verraten.

Hat er ein Leid, eine Freude, eine Wut in meinem Gesicht entdeckt? Er sitzt wie festgenagelt auf dem Stuhl. Hat er die Lügen von den Zähnen gelöst, hat er sie heruntergeschluckt? Meine Hände, ich sollte nichts fühlen, ich fühle nichts.

»Ich verzweifele am Umgang mit dir, Lore«, sagt er.

»Warum kommt der Herr zu uns?«, sage ich.

»In Jena habe ich dumpfe Tage verlebt. Es legte sich ein schwarzer Flor auf mein Gemüt. Ich kam mir vor, als würde man mich beschießen …«

»So wie Christus im Ölgarten stille stand, so sollen alle Geschütze stille stehen.«

»Was?«, sagt er und fährt auf.

»Ein Schutzspruch meiner Mutter selig«, sage ich.

Der Distelkopf am Faden pendelt sachte am Nagel des Stützbalkens. Die Schreie sind verhallt, die Zecher sind heimgetorkelt und schnarchen den Rausch aus. Ihm ist der Mut geschwunden, danach zu fragen: Ein heller Ton klingt auf, das macht der Wind, wenn er durch den Rauchfang pfeift. Regen geht nieder auf die Knospen, auf die versteckten Krähen, auf die Häuser. Die Dächer werden glänzen. Er leuchtet nicht, er kauert im dunklen Winkel, und da er die Stille nicht aushält, fragt er nach dem Pferdeschädel: »Ist es ein zaubermächtiger Kopf? Warum haben die Franzosen den Schädel nicht zerschlagen? Fürchteten sie den Aufstand der Leute?«

Ich sage: »Es ist bloß eine Giebelzier. Man schätzt sie teuer ein, man gibt sie nicht her, auch nicht für den höchsten Preis.« Er drängt wieder ans Licht der Laterne. Er will sich mir erklären: Er sei von Geist voll, er fühle wieder nach langer Zeit, dass er reines Herzblut habe.

»Ich lief und lief des Weges«, sagt er, »im Anfang war ich gefestigt, ich kam mir vor wie der wilde Mann mit einem Schurzfell um die Lenden, mit der Postkutsche hätte ich bis vors Haus fahren können, aber nein, aber nein, ich stieg aus und rief: ›Flink auf!‹ Die Zäume des Zwanges müssen reißen, und also ging ich los, stumpf stur geradeaus, und da kam mir in den Sinn, was ein Freund beim Abschied in

Jena sprach! ›Wir müssen die alten Sünden und aber nicht den alten Menschen überwinden!‹ Fast hätte ich mich auf meiner Wanderung vor jäher Freude auf die Erde geworfen. Ich lief lachend weiter, ich verirrte mich, ich fand einen Eselspfad, dann erklomm ich festen Schrittes eine Anhöhe, und da erschaute ich die Pracht, meine arme deutsche Seele war entfesselt, ich war erwacht aus dem Tempelschlaf, ich sah hinab auf den Strom, auf den Rhein, und in der Ferne schob sich mächtig und prächtig der Lurleyfels. Das Licht sank herab, der Geist ergriff mich, ein Geist, der nicht der meine war, ich sah den Schieferbrocken, die Strudel und Stromschnellen, und ich verstand, Feinsliebchen, ich verstand, Lore, was unsre Volkspropheten meinten, da sie mahnten: ›Seid zum Tode reif!‹ Ich verachte die Schäden meiner Zeit, ich verachte nicht die ewigen Lehren. Jetzt ist Heilszeit, willst du es bitte auch verstehen, dort auf der Hügelkuppe entrann ich dem Zorn, ich eilte mit Munterkeit umher, ein starker Wunsch brannte mich aus: Ich will ein Mund der Natur sein! Auch du, auch du sollst und kannst es erkennen. Hebe nur die Schleppe hoch und grübele über keine Sache!«

»Mir schleift kein langer Saum nach«, sage ich leise.

»Es ist ein Bild, das ich zeichne … Was denkst du?«

»Nichts.«

»Du bist nicht bewegt?«, sagt er.

»Gelehrtes Kribskrabs, was er da redet.«

»Ich red Deutsch mit dir, Feinsliebchen!«

»Der Herr ist ein Kind, das nicht lernt«, sage ich, »wie oft hab ich mir den Namen verbeten?«

»Der Spott wird dir noch vergehen«, ruft er, »das lass ich mir nicht gefallen, hörst du?«

»Jedes Wort.«

»Kalt bist du und von wenig Nutzen! Ich teile mich dir mit, ich reiß mir die Brust auf. Und du hockst da bucklig auf dem Schemel wie ein altes tumbes Weib …«

»Es liegt nicht alles deshalb herum, damit der Herr es ansehe«, sage ich, »damit er es ansehe wie Zeug ohne Sinn. Der Strom fließt, die Wolken ziehen, es wächst das Erz im Grund, das wird ewig weitergehen. Da kann der Herr auf Maul und Nase liegen und horchen, er macht sich nur den Rock dreckig.«

»Ist es so?«, schreit er. »Behüt mich Gott vor deiner Dumpfheit!«

Der Fremde macht Löcher in die Luft, er schwört auf die Eingebung. Durch Worte betört, durch Worte verschönt will ich nicht leben, den Funkenglanz feg ich mit dem Flederwisch hinweg aus dem Haus und aus meinem Traum. Ist in mir eine geheime Sünde, weil ich keinen Trost brauche? Der laute Jubel ist ihm vergangen, es pocht ihm eine Ader auf der Stirn. Meine Hände, meine Knie, das ist mir genug.

Er stürmt die Stiege hoch in seine Kammer, ich hör ihn mit der Faust gegen Wände hämmern. Ich verräum und verwisch seine Spuren, ich lösch das Licht, ich warte. Ich warte, bis es oben nicht mehr knarrt. Dann hüll ich mich ins feste Tuch ein, trete hinaus, schließ leise ab.

Es klirren die Schlüssel am Bund bei jedem Schritt. Dunkle Augen der Häuser. Wind und Fluss: Es pfeift, es rauscht. Hinter Gitterblenden sitzen müd die Mägde, ich seh sie nicht, ich seh sie. Zweige und Kiesel: Sie schaben aneinander. Mein Scheitel wird nass. Später werd ich das Tuch wie einen Geschirrlumpen auswringen. Mond über meinem Kopf: schrundige Scheibe. An schartigen Zaunstecken vorbei, den Pfad hinab. Unterm Türsturz der Fischerhütte mach ich halt, sie ruft aus der hintersten Ecke im kleinen Haus, sie ruft: »Bist du's, Lore?« Ich kratz mit fünf Nägeln am Holz, dass sie mich erkennt. Die Alte, von der die Leute sagen: Sie hat den Teufel im Leib. Die Alte steht in der Tür, sie mümmelt, es hängt ihr kein Borstenbüschel aus dem Mund. Ich leg ihr hin auf den Tisch die alten Brotscheiben, die sich mit Fleischtunke vollgesogen haben. Sie steckt die Löffelspitze ins Brot und teilt es in kleine Happen. Sie hat sich fest eingewickelt, denn sie friert immer, gleichgültig ob die Sonne scheint oder kalte Mondnacht ist. Sie isst zu Ende, sie schaut aufs glänzende Brett. Sie würde es blank lecken, wenn sie sich nicht vor mir genierte. Jetzt kratzt sie an ihrer halben Nase. Sie sagt: »Wie ist der gescheite Mann?«

»Ich vertrag mich schlecht mit ihm«, sage ich.

»Was hat er an dir auszusetzen?«

»Er schwätzt mir die Ruhe weg.«

»Mein Mann selig hat Ruß vom Ofenloch dem Branntwein beigemischt«, sagt sie, »er trank das Glas in einem Zug aus. Was wurde er heiter.«

»Half es?«, sage ich.

»Es hat ihn nicht umgebracht … Der Herr Riebeck hat den Gelehrten eingeladen.«

»Ich weiß, er ist Gast. Ich bin nicht säumig in meiner Arbeit.«

»Was fehlt ihm?«, sagt sie.

»Er hat mehr als genug. Er redet, als hätt er drei Zungen.«

»Musst du aushalten, Lore.«

»Der eifert gegen mich«, sage ich. »Kaum ist er da, kehrt Hader in der Stube ein … Du bist noch hungrig.«

»Ich schlaf mich satt«, sagt sie, »er ist also streng.«

»Springt von da nach dort wie eine Grille.«

»Und du springst nicht hinterher«, ruft sie und lacht.

Eine Frau hat fünfzig Stimmen, das hat mir die Alte erzählt. Sie hat mich beiseitegenommen, da war ich neu in Bacharach. Salz und Brotrinde hatte mir Mutter in den Rocksaum eingenäht, als ich in den Dienst ging. Erst traf ich die Herrschaft, dann traf ich die Witwe, am Marktstand, ich sah sie und erschrak. Sie sprach: »Keine Angst, Kind, es ist nur mein Gesicht. Ich frag dich: Wer ist aus Hundetränen entstanden? Das ist der Mann.« Keckernd wälzte sie sich davon, und ich floh in die Gasse, wo mich niemand sehen konnte, ich raffte den Rock und griff an den Saum. Salz und Brot, sie sollten mich davor schützen, dass mir ein zotteliges Weib einen Makel anwünschte. Dann aber vergaß ich meine Scheu, vergaß ich die Mahnung der Mutter, größer und größer wurde mir die Brust, freier und freier wurde ich. Die Alte spricht: »Die Leute reden ihm Bosheiten nach!«

»Vor zwei Stunden kam er an«, sage ich.

»Und doch recken sie die Hälse wie pfeifende Schlangen.« Die Alte lacht. »Die Leute glauben, der gescheite Mann ist ein Kundschafter der Franzosen.«

»Er mag sie nicht.«

»Wen?«, sagt sie. »Uns oder die?«

»Den Franzos«, sage ich.

»Er soll mal nicht Feindschaft stiften.«

»Er wallt nur schnell über.«

»Ich war draußen, mich lässt man in Ruh, ich bin keinem was schuldig. Ich hör das Gezische: ›Der gibt uns preis.‹ Ich hör: ›Wir klopfen ihm die neuen Nähte aus.‹«

»Das waren die späten Säufer«, sage ich, »den Hannes hab ich gesehen.«

»Der stirbt bald«, sagt sie.

»Wenn er weitersäuft, dauert's nicht lang.«

»Das verträgt er. Bald holt ihn der Fluss.«

Johanna ist alt und hungrig, sie hat die Kraft einer halben Frau. Gut ist es ihr ergangen mit ihrem Mann. An einem Morgen zerschellte der Kahn, und er wurde verschlungen. Bekam er die Strafe, weil er jeden neuen Wurf der Katze in den Sack steckte und ersäufte? Haben sich die Kätzchenseelen an seinem Ohr verbissen und schaurig gemaunzt, während er sank und sank? Auf den Grund kann man nicht schauen, trüb und steinschwarz schäumt der Rhein im Herbst. Haben ihm die Kätzchen ins Gesicht geatmet? Wollte er Verzeihung erflehen, hat er den Mund geöffnet und trank, bis die Lungen platzten? Er wurde nicht angeschwemmt. Ich denke: Die Katzen rollen sich ein unter seinen Rippen, er ist gebettet auf Kissen aus glänzendem Fell. Sie spielen mit ihm, sie gähnen, er aber ist hellwach. Er wird sich nie wieder regen, der Kummer frisst ihn. Alles Fleisch ist abgefallen, die Fische sind satt, das hat der Herrgott eingerichtet. Die Algen sind seine Haare, Stein und Sand sind sein Rücken. Er verlor die Gabe zu atmen. Er spürt den Lufthauch, bevor die kleinen geschweiften Seelen die Schnäuzchen gegen seine blanken Knochen drücken. Umflossen von Wasser. Ohne Gaumen, dass er es schmecken könnte. Der Schiffer, tot und hungrig, kann nicht mehr essen.

»Was sehnst du dir herbei?«, fragt die Alte.

»Nichts«, sage ich, »hab nichts erträumt.«

»Wie lang bleibt er?«

»Der Herr Riebeck sprach von sechs Tagen.«

»Ist er besessen?«, sagt sie. »Ist er verrückt?«

»Nein, er ist ungebärdig.«

»Willst du ihn herbringen?«

»Was? Niemals!«

»Und wenn er dich darum bittet?«

»Bist neugierig, Johanna«, sage ich, »der plagt sich mit anderen Sachen.«

»Der kann hier herumtollen, wie er will. Wenn er springt, springt er gegen die Decke. Wenn er jäh die Hände streckt, stößt er gegen die Wand.«

»Wenn er heftig wird, schlägst du ihm zwischen die Schultern«, sage ich und lache auf.

Sie nestelt am doppelten Kinnknoten, die Furcht vor den finsteren Stunden macht ihr zu schaffen. Die Kähne zerschellen und versinken, das ist unsere Geschichte. Weil Johanna sich erinnert, wird ihre Seele zermahlen. Gescheckt sind ihre Arme von den blauen Malen, die sie sich in die Haut eindrückt. Gott halte sie gesund.

Sie erzählt leise eine Fabel: »Der Fuchs fragt das Rotkehlchen: ›Was tust du, wenn der Wind von rechts kommt?‹ Rotkehlchen steckt seinen Kopf unter den linken Flügel. ›Wenn er von links weht?‹ Unter den rechten. ›Und weht's dich von vorne an?‹ Unter die Brust der kleine Kopf mit Schnabel. Da schluckt der Fuchs das Rotkehlchen mit allen Federn.«

♀

Der Herr Wenzeslaus hat sich den Bart von der Oberlippe geschabt. Die Schneckenfühler sind verschwunden, er kratzt sich die Mulde unter der Nase rot. Hat er im Rock geschlafen? Wünscht er, dass ich die Falten ausplätte? Er spricht von den galanten Damen in Frankreich vor der Revolution, sie hatten hohe und breite Frisuren, mit langen Kopfkratzern vertrieben sie die Läuse. Es erhob sich das Volk, es fiel das Haar, es fiel auch der Kopf in den Korb, weil das Fallbeil niedersauste. Die Fürsten in den deutschen Ländern juckte es am Hals, konnte man es ihnen verübeln? Es fragte sich hier bei uns jeder dienstbare Geist: »Was schuld ich Fürst und Pfaff? Ist der Franzos mit der blau-weiß-roten Kokarde am Dreispitz wirklich mein Feind?« Es besinnt sich der Knecht, er kommt zum Kern, er kommt auf den Einfall, dass er nicht beiseitestehen und still wüten will. Der Knecht schaut nach der Jagd auf die Herren hoch zu Ross. Er schaut auf die toten Hasen mit geschnürten Läufen, die er auf eine Stange zog. Wem will er zu Gefallen sein? Den Hasen? Sie sind gehetzt und geschossen. Dem Adel zu Pferde? Die Herren würden ihn allein für diese Frage auf den Saustachel ziehen. Und da treibt der Gedanke einen bösen Spross. Der Knecht denkt: Was wäre, wenn ich das Pferd unterm vornehmen Arsch wegfresse? Was wäre, wenn ich Wochen nach dem Fressen den Pferdeschädel und den Fürstenschädel an die Giebel hefte? Da käme ich auf meine Kosten, und Friede wär eingekehrt in Feld und Flur. Herr Wenzeslaus sagt: »Steht dir der Sinn nicht nach einer solchen Besserung?«

»Schmeckt die Zwiebelsuppe?«, sage ich.

»Sie schmeckt.«

»Man kann sie nachsalzen.«

»Ich möchte nicht über die Suppe reden. Antworte doch. Du magst nicht dienen, du magst dich bessern?«

»Wer mag das nicht?«, sage ich.

»Dein Geschlecht ist gefährlich!«, ruft er jäh und klopft mit dem Holzlöffel auf den Tisch. »Jeder Mann in Bacharach hat's erkannt: Jedes Weib ist heimlich mit dem Feind verbündet! Jeder Mann fürchtet, dass das eigene Weib vor den Fremden den Schoß aufdeckt.«

»Der Herr ist hier auch fremd«, sage ich.

»Gestern erst sprachst du vom Schutzspruch, den dich deine Mutter gelehrt hat. Jetzt hör gut zu: ›Schlange, du erster Sündenfall/Christus dir den Stachel nahm/Maria dir den Kopf zertrat/Dass du musst liegen wie ein Stab …‹«

»Der Herr ist katholisch?«

»Bin ich, und das nicht ohne Stolz«, sagt er. »Du lenkst ab, Lore. Gestern wälzte ich mich in der Stille hin und her, ich empfand eine große Qual. Ich atme am deutschen Rhein französische Luft, wie kann das sein?«

»Was heißt das?«, sage ich.

»Ich schwitzte in der Nacht und rang mit der Decke, als wär sie mein Feind, der mich überfällt. Ich will den Himmel an mich ketten, ist es wirklich Schwärmerei? Ein Hund des Todes heult mich an, hier am Fluss, es reichen nicht ein Dutzend Zwiebeln, um das Gift in mir aufzusaugen. Der Hund heult, und ich bin vergiftet. Ich lege die Hand auf die Herzstelle, ich fühl das kranke Glied. Es überkommt mich Sauflust, Lore, wenn ich sehe, wie wir uns den Feinden nutzbar machen wollen. Auch andernorts ist man gewitzt im Betrug, und ich weiß wohl, man soll nicht jede Rede hören. Doch das wenigste, was ich vernahm, genügt mir. Wir sind in Ketten gelegt. In Jena gehen die Bürger am Ruhetag aus, und ihr Sonntagsstaat gleicht einem Paradesarg. Und hier bei dir? Ich ahne die Täppischkeit der Bauern und Knechte und der wenigen hohen Männer. Es ist ein böses Licht in ihnen. Ist es auch in dir? Bist du in Wahrheit eine zahme Wölfin? Ich könnte ein langes Vierkantholz auf der Nase balancieren, vor dem Volk auf dem Marktplatz. Die Weiber würden nicht fragen: ›Was tust du da?‹ Sie würden denken: ›Hei, diese Kunst beklatsche ich!‹ Tu nicht so, als würden meine Worte dich verseuchen, Lore! Ich trage einen feinen Rock, doch tu ich nicht so, als wäre ich ein Rabe. Ich kann in diesem Nest Boden fassen, ich kenn die Bräuche, denn ich bin am Rhein geboren. Du bist kein Stubenmädchen bei einem Pfaffen. Bist klüger als eine Küchenmagd! Uns Brot, euch Tod, schreit das Gesinde. Das ist mir zu wenig. Man muss dem Herkommen gemäß leben! Die Erde bringt gute Frucht hervor. Die Weiber werden toll, die Männer werden grindig, das Gute verfällt. Die Luft bebt und ist belebt, ich spür das. Bist eine geschickte Weibsperson, du musst doch auch wollen, dass man herauskommt aus all dem Dreck! Volk ist gut, und Volk ist blöd. Zum Teufel mit den ranzigen Weisheiten! Der eine spricht: ›Am Mehlsack gibt's nur vier Zipfel.‹ Ja, und? Was habe ich gewonnen, wohin bin ich gelangt, wenn ich es weiß? Ein Franzose namens Blanchard flog vor vierzehn Jahren mit der Luftgondel über den Kanal. Siebzehnsiebenundachtzig hat er seine achtundzwanzigste Luftfahrt unternommen, es ging nach Nürnberg. Ja, und? Ist ein helles Licht in dir, nun da du es weißt? Das müsste es! Sie und wir, darum geht's, wir kommen nicht mit Zähnen auf die Welt, sie müssen wachsen, so wie wir wachsen, aber in Maßen, bitte in Maßen. Sie und wir, ich und die anderen, mein Platz und ihre Plätze. Darum reise ich, verlasse die Stätte, die ich lieb gewonnen, stürze dem neuen Land entgegen. Ich vernehme die neuesten Meldungen, den neuesten Zwist, die allerneueste Freundschaft, und ich entdecke: In der Neuheit ist mehr Lüge als in der alten Sage. Es dringt nicht ins Volk, dass man nicht gescheiter wird, wenn man den Kopf in den Nacken legt und die Gondel des Franzosen offenmäulig anstaunt. Man muss es besser machen. Männer meines Schlages sehen sich vor: Uns lockt es in andere Bezirke, wir stromern in Quellgebieten, wir lernen und ändern uns. Niemals aber schwören wir ab dem Geist! Man stinkt ohne Geist. Ich nähme an meiner Ehre Schaden, begnügte ich mich mit den bloßen Handgriffen meines Handwerks. Mich käme das Grauen an, streckte ich mich nicht in die Weite. Du, Lore, schweigst still. Hat man dir alle Feuchtigkeiten herausgezogen? Du, Lore, bist eine taube Rose. Eine Kelle Mondschein, das brauchst du! Ein Fass mit Dunst und Düften füll ich dir, dass du dich regst. Von Aufstand halt ich nichts, von Erregtheit halt ich viel. Du bist, genauso wie ich, ein Selberfeind, träumst doch auch du davon, dass man dich aufbricht. Dass man dich von dem Bann befreit. Dass der Bauer deine Asche sät. Dass du alle Arbeit ruhen lässt, dass du dies Haus verlässt. Ich war drüben, am anderen Ufer, ich war in Dörscheid, in Sankt Goarshausen, in Patersberg, ich traf auf junge Frauen, sie sprachen: ›Einen weißen Faden übers Wasser wollen wir spannen: Die Seelen, die noch nicht ins Totenreich eingegangen, queren den Rhein, und kommen zu euch, denn wir sind ihrer überdrüssig.‹ Lore, auch die rechtsrheinischen Mägde träumen und träumen, sie möchten den Tod und die Toten loswerden, sie schicken sie zu uns, sie zwirnen Fäden, sie drehen weißes Garn, und dann strömt das lärmende Luftvolk über diese neue Brücke, es folgt den Franzosen, dann ist Bacharach doppelt gepresst und doppelt verbraucht. Was geschieht, wenn man ihnen den Zugang versperrt, den Toten, den Dienern? Kann ich dich dazu verleiten, Wache zu halten auf dieser Seite? Oder magst du die Zwirnsfäden verbrennen?«

Er bildet sich das Garn ein: Er ist verrückt. Der Rhein ist ein Totenstrom, er birgt viele ersoffene Männer. Ich wünschte, sie holten den Gecken in diesem Haus. Er ist nicht zäh, es genügt ein kräftiger Griff nach dem Rock, in dem er steckt wie eine große wackelnde Puppe. Im Tonkrug, den ich mit dem Zinnteller bedeckte, fand ich heut Morgen eine tote Spinne. Muss ich besser fegen? Ich könnte Spinnen fangen und in seiner Kammer freisetzen. Es wäre nicht recht. Herr Riebeck hat mich gewarnt: »Lass dich nicht von ihm zu einer unbedachten Tat erregen.« Gerne stopfte ich einen Scheuerwisch in sein klappendes Maul. Er steht auf demselben Fleck, seit einer Viertelstunde, er belehrt das niedere Weib. Ich müsste seinen Eiter aus meinem Kleid auswaschen, seine gelben ausgeschwitzten Worte, mit denen er mich besprengt. Ich sitze auf dem Schemel neben dem Herd, ich denke mir ein heimliches Spiel aus: Ich habe einen Mann im Auge, den ich mir wegreibe, ich zerbreche den Mann in Stücke, ich reibe sie aus dem Auge.

Die Tür geht knarrend auf, bleich vor Schreck macht er einen großen Satz zur Treppe. Da steht Johanna, fest und dürr und wacker. Johanna im Schweiß, rissig ist der Stock, auf den sie sich stützt. Es muss der Hunger sein, der sie herführt. Ich rück ihr den Hocker hin, eile in die Küche, komme mit dem Holzbrett zurück, sie greift danach wie nach dem goldenen Stirnreif. Sie kaut still am Käse, an der Scheibe Wurst, am Brot. Dem Geck hat's die Sprache verschlagen, er starrt sie an, als wär sie ein Gerippe. Dann sagt er: »Willst du sie mir nicht vorstellen, Feinsliebchen?«

»Ich kenn dich Feinskerlchen«, sagt Johanna.

»Wie war das?«

»Vorm Fenster stand ich und hab gehorcht. Also frag ich dich: Was tust du so, als wärst du kein junger Rabe mit blutigem Schnabel?«

»Wer bist du?«, sagt er heftig.

»Die Nachbarin, das bin ich«, sagt sie, »die Frau des toten Schiffers, das bin ich auch. In dieser Stube bin ich die Älteste, ich geb dir einen Rat: Die Klinge ist ein Werkzeug wie jedes andere auch.«

»Ich trage keinen Säbel, Frau«, ruft er, »von Soldaten halt ich mich fern.«

»Und doch fließt dein Blut. Alles will recht gehandhabt sein.«

»Was sind das für Rätsel, Herrgott noch mal!«

»Sie meint den Bartscherer«, sage ich.

»Mit der Scherklinge schabst du, Feinskerlchen, an deiner Haut«, sagt Johanna, »es ist dein Gesicht, das du den Frauen vorzeigst. Wir sind nicht empfindlich, wir sind empfindsam. Das sprach eine Dame auf der Durchfahrt, ich hab's mir gemerkt. Was hätte die Dame bei deinem Anblick gedacht? Sie hätte gedacht: ›Er gibt sich Mühe, er schabt hier, er schabt da, er schneidet sich.‹«

»Genug jetzt«, ruft er, »ich habe verstanden. Was willst du?«

»Was ich wollte, das gab Lore mir.«

»Dann ist dein Besuch wohl beendet.«

»Ich sitze gut«, sagt sie, »Lore drängt mich nicht zum Aufbruch. Bist du ein Schreiber?«

Der Herr strafft sich, er spricht: Schreiben tut der Krämer, der Dichter dagegen dichte, in Versen oder in ganzen

Sätzen. Er rühre tief in den Eingeweiden der Natur, und dank seines Gespürs für den Rohstoff in den Tiefen berge er Metall und Mineral. Er veredele sie mit den Mitteln der verbotenen Kunst, der Dichter werde deshalb allüberall ausgescholten. Man müsste ihn aber loben, weil er das hohe Altertum mit dem heutigen Tag verbinde. Jäh hält er inne, er fragt: »Die Nase – war es ein Unfall?«

»Sie ist nicht von allein abgefallen«, sagt Johanna.

»Hat sie … hat sie jemand abgebissen?«

»Ich war ansehnlich, die Männer stellten mir nach. Da griff ich zum Messer und kappte die Spitze. Seither fehlt mir ein Stück Fleisch, und den Kerlen ist die Lust vergangen.«

»Mein Gott!«, ruft er aus.

»Im Gebet sind wir alle verschwistert«, sagt sie.

»Warst du eine Nonne?«

»Du bist sonderbar. Man müsste dir Eichenmispeln in warmer Milch geben.«

»Ich bin nicht krank«, sagt er laut, »du und Lore, ihr seht aus wie zwei taubstumme Schwestern. Ihr wollt mir eine Arznei verordnen? Ich bin nicht verblendet! Meine Freunde in Jena werden sich totlachen, wenn sie davon erfahren. Zwei Weibsbilder, geistig verarmt, verschliffen wie Rheinkiesel, wollten mich heilen.«

»Wovon willst du gesunden?«, sagt Johanna kalt.

»Hörst du nicht meine Rede?!«, schreit er.

»Es wird Zeit«, sage ich und stehe auf.

»Bist du schwächlich? Hast du es am Rücken? Ich glaube nicht. Du wirst Lore helfen.«

Sie streiten sich, bis er nachgibt: Er fürchtet den Wahnsinn der Alten. In den Korb aus Weidenruten hab ich

Tafeltücher, Barbiertücher, Aderlassbinden, Strümpfe und Oberärmel hineingetan, aber auch das Morgenhäubchen mit Plisseefalbel und Kragen mit Blenden. Er fasst den einen Henkel, ich fasse den anderen, wir verlassen das Haus, Johanna hinkt hinterher. Es macht ihn verdrossen, dass die Bürger starren: Einer der Ihren macht sich mit der Dienerschaft gemein, was eine Ungehörigkeit, was ein Ärgernis, der Kerl sollte den teuren Rock ablegen, flüstern sie, der Kerl ist ein maskierter Halunke, ein ehrloser Wicht, der all das mit Füßen tritt, was bei uns wert gehalten wird. Die Knechte und Gesellen, die Fischer, sie zischen: »Weiberknecht.« Sie rufen: »Schaut her, da geht das Weiblein, wie es sich stolz streckt! Wie es trotz der Last tänzelt!« Fast will er loslassen, fast will er auf die Spötter stürmen, doch er zöge den Kürzeren, die Knechte würden einen Kreis bilden und ihn in die Mitte stoßen, er bekäme Backpfeifen im Dutzend. Die Herren würden die Spazierstöcke heben und senken als Zeichen ihrer Billigung.

Er umgreift den Henkel fest, er trotzt dem anschwellenden Gelächter, wir steigen hinab zur Waschbank am Ufer. Die Mägde schlagen die Tücher auf flache Steine, sie klopfen mit Holzkeulen und Bleueln, sie reiben sie auf geruffelten Brettern, sie wringen sie aus. Die Mägde knien, die Röcke gerafft, die Haube hochgeschoben, von den losen Strähnen tropft der Schweiß. Wir gehen zwischen den zum Trocknen ausgelegten Laken. Ich mahne: Kein falscher Schritt! Sonst müsst er sich gegen eine aufgebrachte Frau behaupten. Kaum dass sie ihn sehen, hebt ein großer Lärm an: Ein Mann aus der großen Stadt geht einer Dienerin zur Hand. Ist es die neue Zeit? Wurde er vom Franzos gezwungen? Büßt er für eine Untat? Ist er ein Franzos, der über uns wacht? Ist er auf Brautschau? »Die Lore dient bei dem Herrn Riebeck, der ist krank, der ist zur Kur in der Stadt.« – »Hat er dem Fremden den Eid abgerungen, dass er hilft? Was schaut er auf meine Waden?« – »Nein, er schaut, wie du im Bottich rührst.« – »Im Kübel mit Ochsenrippen rudernd ist er hergekommen. Deshalb ist er bleich, er muss verschnaufen.« – »Er mag dich küssen, ich seh's ihm an.« – »Die Lippe hängt ihm runter, ich küss ihn nicht.« – »Das Herz der Schnecke ist eine Perle.« – »Wer sagt das?« – »Ich sag das, so hab ich's gelernt.« – »Ja, und?« – »Die zertretene Weinbergschnecke, siehst du sie nicht?« – »Himmel, die klebt an der Schuhspitze.« – »Das Herz ist nicht dran.« – »So ein Herz ist winzig, mit bloßem Auge nicht zu sehen.« – »Matsch hat er an der Sohle. Der weiß nicht, wo er hintritt. Der ist kein Franzos.« – »Steht er stramm, ist er erstarrt?« – »Der ist blind an einem Aug. Lahm an einem Fuß. Der blickt, als wollt er, dass wir in Stücke zerspringen.« – »Sind wir aus Glas?« – »Hat er Warzen?« – »Das sind Schattenflecken. Die Lippe glimmt im Licht. Essig und Dotter muss er mischen und trinken.« – »Kriegt er rote Wangen?« – »Der hat eine Speile im Mund, die zieht die Lippen lang, das macht ihn stumm. Er freut sich, als wär das sein Siegestag. Pack am andren Ende, dann schlagen wir die Decke aus.« – »Hilfst du dann mir?« – »Ja, steh nicht da wie eine verhexte Kuh.« – »Selber.« – »Schön spannen und jetzt mit Schwung.« – »Den muss der Regen reinigen.« – »Erst wenn die Wäsche getrocknet ist.« – »Er war ein Fass, man schlug ihm den Boden aus, da floss der Wein heraus, da wurd er schlank und schlanker, seither stelzt er als mageres Männlein daher.« – »Ist das ein Gedicht?« – »Hab ich grad erfunden. Er glotzt auf den Kittel mit Strampelsack.« – »Was denkt er?« – »Bin ich in seinem

Kopf?« – »Er denkt: Ich will mir auch so'n Leibchen schneidern lassen. Mit Knöpfen dran. Vom Hals bis zum Bein.« »Wasser aus der Rosstrappe muss er trinken.« – »Was das Pferd mit dem Huf eindrückt, ist schmutzig.« – »Männer müssen das.« – »Wer sagt das?« – »Der Hausknecht.« – »Das verträgt der Fremde nicht.« – »Was verträgt er denn?« – »Heil oder krank, mir einerlei.« – »Nicht zupfen, spannen, Mädchen.« – »Tu ich doch!« – »Fester, fester!«

Der gelehrte Herr wagt keinen weiteren Schritt zum Wasser. Ich ruf nach der mächtigen Anna, sie springt mir zur Seite, wuchtet den Korb hoch, dass ich ins Straucheln komme. Sie flüstert: »Ist der Gickelhahn dumpf? Der spricht nicht eine Silbe.« Ich schweig sie an. Es sorgt für Gerede, dass Magd und junger Herr unter einem Dach hausen. Ich reibe, ich klopfe, ich wringe, ich blick mich im Wasserspiegel an: ein schäumendes Bild, ein schwappendes Gesicht. Die leere Wiege hab ich zerhackt und verbrannt. Die Frau, die bei der Geburt der toten Frucht verstarb. Mutter und Kind liegen im Friedhof unter einem Kreuz. Herr Riebeck, der vor Gram verdorrte. Er lag im Bett und wollte nicht länger atmen. Weiß es der Fremde? Ich bück mich, übers Tuch am wallenden Fluss, von allen Flecken will ich es reinigen, ich bin die Waschfrau am Ufer, ich bitt um nichts, es reicht mir das Lob für meinen Fleiß. Kein Mann soll mir den Fleiß deuten. Meine Hände, knetende kleine Tiere.

Im Frühjahr im letzten Jahr warfen die Mägde ihre Schürzen ins große Sieb, sie schüttelten blind, dann öffneten sie die Augen: Die Magd, deren Schürze obenauf lag, trennt sich bald vom Haus. Es traf Inge, sie war überglücklich, sie hat ihre Liebe an den Sohn des Salmenfischers geheftet. Er lebt, die Liebe ist vergraben. Wenn Inge schnäbelnde Tauben sieht, spuckt sie aus. Die Aderlassbinde scheuer ich am Brett, die blassen Spritzer Blut wasch ich aus. Was bin ich wirr und was denk ich mir die Welt zurecht? Inge hat sich angewöhnt, bös zu fluchen, sie hat heftige Anfälle.

Frau Riebeck selig sagte mir zum Empfang: »Du hast dir einen guten Platz ausgesucht. Werd mir nur nicht traurig!« Gut Wurzeln fassen, das konnte ich, sie aber verging. Was denk ich mir Dunstschleier in den Kopf! Anna mag helfen, wir legen die Wäsche aus. Der Elegant sitzt weit entfernt auf dem Felsgesims, er hat sich abgekehrt. Johanna wird wohl durch die Gassen laufen, der Hunger treibt sie an. Ich wünschte, es gäbe einen anderen Pfad, mein Weg führt am Fremden vorbei. Er kritzelt auf dem Papier auf den Knien, er fragt: »Wohin?«

»Ich hol das Essen«, sage ich.

»Auch für mich?«

»Brot, Schmalz und hart gekochte Eier. Wird sich der Herr damit begnügen?«

»Gute Kost … Warte! Das alte Weib …«

»Johanna.«

»Ja, Johanna«, sagt er, »sie hat mir erzählt: Die alten Jungfern müssen nach dem Tod den Lurleyfelsen abwaschen. Die Junggesellen tragen das Wasser in Sieben.«

»Das glaubte früher das Volk«, sage ich.

»Sie werden niemals fertig.«

»Der Herr vergisst: Das Wasser schwappt im Sieb niemals über.«

»Sie hat viel erzählt«, sagt er, »hinter dem Felsen sei das Land mit Brettern vernagelt, dass man nicht über den Rand falle.«

»Das schreibt der Herr auf?«

»Schöne Sagen. Das Volk dichtet, und ich dichte nach. Aus diesem besonderen Grunde bin ich hier.«

»Um zu sammeln?«, sage ich.

»Um zu errätseln, was nicht fassbar ist«, sagt er, »du wirst jetzt fragen, was das heißt.«

»Nein, das werde ich nicht.«

Das Geflinker der Mägde, die ihn nicht beachten, hat ihn schlecht gestimmt. Meine Widerrede lässt ihn zornig schnauben. Ich grüne nicht, ich keime nicht wie eine Zwiebel durch bloße hohe Plauderei. Er soll auf seine Oberlippe Rahm streichen und sich im Schlaf von Hundewelpen benagen lassen. Er missdeutet mein Lächeln, er wedelt mit dem Papier, er ist entfesselt, er spricht, und weil er es nicht aushält, schnellt er hoch, er spricht: »In dünnen Platten bricht der Schiefer, von weißen Adern ist er durchzogen, und doch prangt der Steinbrocken wie das Haupt des Riesen an der Flussenge, ich schaff die Sage aus dem Stein, den Schiefer nennt man hier die Lay, und du heißt Lore, Feinsliebchen bist du nicht, Hartschälchen bist du, Lore auf dem Stein, das wirst du sein in meinem Bild, das Spülmädchen legt alle Kleider ab und erglänzt in neuer Hülle, das Weib wird verbessert, Tauglanz auf Lore, die ich als die Makellose zeichne, die grimmige Alte hat mich darauf gestoßen, all die Sagen, all die Lieder, ich prüf sie auf den tieferen Sinn, und da entdecke ich das Weib, das zur Begattung reizt, ein kalter Tod ist Lore auf dem Felsen, ein leibgewordener Fluch ist Lore, sie weint dem einen Mann viele Tränen nach, den sie vergrault hat, was wird heraufgespült, wenn das Wasser tobt, was gibt der lehmige Grund frei, der Fluss wird ausbrechen, die Wogen werden die Felsspitze lecken, und die Knochen der verlockten Männer splittern und brechen am

Stein, nein, nicht gut, das verwerf ich, ich schreibe lieber: ›Mir alles! Mir alles!‹ Das ist dein Ruf zu den Schiffern, die sich nach dir strecken, sie sind dir gleichgültig, denn du willst sie nur ihren Lieben und ihrem Leben abwendig machen, kein Mann könnte dich gnädig stimmen, die Totenhand ist kalt, doch Lore ist kälter, da möchte sich ein abgewiesener Mann mit Pfriemen zerstechen, da möchte ein anderer Jüngling in den Strom stürzen, sie träumen von einem einzigen Kuss ihr Leben lang, sei froh, Lore, dass ich dich verzaubere.«

»Der Herr presst mich in diese Lüge?«, sage ich.

»Ich erwarte, dass du es verstehst!«

»Ich bin dumm?«

»Du bist ungeistig«, sagt er. »Du kochst, du fegst, du wäschst, du dienst und du verstumpfst.«

»Und der Herr bläst mir Geist ein?«

»Sei froh darum!«, sagt er laut. »Kommst du nach deiner Mutter? Hat auch sie den Mann im Haus ausgezankt? Ist er ins Wirtshaus geflohen, um seine Ruhe zu haben?«

»Sie leben noch«, sage ich, »sie sind gut zueinander.«

»Dann bist du schlecht geraten und schlecht erzogen …«

»Ich hol das Essen.«

»Warte!«, ruft er. »Eins noch: Du wirst mir danken, Lore. Dafür, dass ich dich erhebe. Nur das besungene Weib wird unsterblich. Auf den Gesang kommt es an. Nicht auf dich, die du stirbst.«

Ich wende mich ab von diesem falschen Mann. Ich setze mich herab mit der Haube? Trag ich ein schmutziges Weiß? Meine Diensttracht beißt seine Augen. Er hebt mich in die Höhe durch die Lüge, in die er mich einspinnt, als wäre ich meiner Tage nicht gewiss. Als scheuerte ich die Dielen aus

Verzweiflung. Als rührte ich im heißen Wasser im kleinen Bottich auf dem Dreibein, weil meine Hände nach Arbeit schrien. Als wäre ich eine salzige Steinsäule, an der die Rinder lecken. Glaubt er, dass er in den schweren unverrückbaren Stein treten kann? Sein Geist soll hineinfahren in den brüchigen Felsen, er soll erstarren zur Steinstele von Manneslänge. Ich bekomme noch vor Zorn Knoten am Leib. Was soll das sein – der Geist? Das, was übrig bleibt, wenn sich der Lehm ablöst? Die Worte sind tanzende Mücken in seinem Mund. Hannes Herr hält einen Rappen, der scheut vor jedem, er schüttelt sich und scharrt, der lässt keinen Mann aufsitzen. Man müsste den Fremden auf den Sattel setzen und weglaufen. Der Herr, mit dem Schaum des Maulesels vor dem Mund, ist mir ein Dreck. Mir wird elend.

Im Haus sperr ich mich für eine Weile ein, ich warte, bis der Schwindel vergeht. Meine Hand am Griff des Messers, ich schneide hinein in das Brot, ich schneide Scheiben. Meine Hand führt das kleine Messer, ich streiche Schmalz auf, ich lege Scheibe auf Scheibe. Die Eier schlage ich ein ins Geschirrtuch, ein geflicktes Erbstück, das Tuch, das Frau Riebeck gern berührte, um sich an die Mutter zu erinnern.

Auf dem Rückweg stellt mich Hannes, als hätte ich ihn beschrien. Er will wissen, was der Kerl zu finden hofft. Ich sage: »Zeug wird er stöbern. Füllen wird er die Taschen mit Kieseln.«

Jetzt wird er wild, jetzt will er mir den Ärmel krumpeln, ich weiche zur Seite. Er erzählt, dass die Leute von meiner wundersamen Schwängerung raunten. Er habe sich zu meiner Ehrenrettung mit zwei Knechten geprügelt, meinethalben habe er anderthalb Zähne geopfert, ich müsse ihm sofort beteuern, dass es sich für ihn lohne, mir beizustehen. Ich bin niemandem versprochen, ich bin niemandes Liebchen. Hannes greift in den Mund, zieht den Zahnstummel mit einem Ruck heraus, wirft ihn mir vor die Füße, wünscht mir mit blutigen Lippen Glück für die baldige Hurenhochzeit.

Ich laufe zum Wasser, halte dem Fremden den Korb hin, er greift zwei Eier heraus.

»Das sind Blutspritzer auf deiner Brust«, sagt er.

»Das kommt vom heftigen Niesen«, sage ich.

»Bist du krank? Ist es ansteckend? Ess ich mir Keime in den Magen?«

»Nein.«

»Ein fruchtbarer Tag«, ruft er und klopft ein Ei ans Knie, »ein ganzes Papier habe ich vollgeschrieben, auf die Rückseite passt keine Zeile mehr. Hast du nachgedacht?«

»Gesegneten Hunger«, sage ich und eile zum Wasser.

♀

Die Zweige schlagen bei heftigem Wind aneinander. Ich hör die Treppen knarren. Ich hör ihn vor der Schwelle atmen. Pechpfannen sind draußen auf dem Markt aufgehängt, es fällt Licht in meine Kammer. Ich halte nicht den Atem an. Ich sitze auf der Bettkante, ohne Schuld und ohne Angst. Im flackernden Licht auf dem Boden sehe ich kein Zeichen. Die Mägde glauben: Jedes Wrack auf dem Grund des Rheins wendet sich, eine halbe Minute vor Mitternacht. Ich würde gerne glauben, dass die geschweiften Seelen in meiner kleinen Stube tollen. Er drückt die Klinke herunter.

»Weg von der Tür«, rufe ich.

»Ist sie mit zehn Schlössern versperrt?«, sagt er.

»Der Herr soll sich schlafen legen.«

»Ich finde keinen Schlaf. Schließ mir auf, Lore.«

»Das tu ich nicht.«

»Ein erster Kuss, ein großer Rausch«, ruft er, »sei nicht empört, ich will dich wecken.«

»Ich wähl den, der mich küsst«, sage ich, »auf Geschwätz geb ich nichts.«

»Ich stelle mir vor, wie du dein langes blondes Haar kämmst, Lore. Ist es so lang, dass es dir zum Steiß herunterhängt? Ließest du mich hinein, könnte ich mich umsehen. Ich könnte dich anschauen, ich könnte deinen heimlichen Wunsch erfüllen. Du schmorst in deiner Tugend. Dein Schoß ist bedeckt, die Schürze geht dir nicht leicht auf. Dem einfachen Gemüt gefällt die einfache Zier. Ich sage nicht, dass du dich in Liebeshändel verstricken sollst. Ich verspreche dir Gewalt, wenn es dich erregt. Ich würde die geflochtenen Zöpfe um den Arm wickeln. Dann würdest du dich losreißen, und deine Zöpfe hingen an meinem Arm wie tote Schlangen. Eigentlich empfinde ich einen Ekel vor abgefallenen Haaren. Aber deine Zöpfe will ich vom Handgelenk baumeln lassen. Vielleicht überwind ich mich und riech am Haar. Bestäubst du dein Haupt? Wirst du die Läuse nicht los? Soll ich mit bloßen Fingern deinen Kopf beharken? Wusstest du, dass die Ärmelpuffe in Mode kommt? Der Einfluss der Franzosen. Der Bausch, der Wulst, der aufgebauchte Stoff, das willst du doch wissen. Mit einem Sackband bindest du dir bestimmt den dicken Zopf. Du musst dich bessern, Lore! Runter mit der Lumpenhaube. Ein seidenes Halsband musst du tragen, das wäre ein Anfang. In deiner kleinen Welt schnappt man nach Speck und Würsten. Heimlich schreibt das Mädchen den Namen des begehrten Mannes auf die Nuss, um sie zu essen. Ich ahne, dass du mich begehrst, Lore, sperr mir auf, belohne meinen Fleiß. Ich könnte meinen: Die Zofe ist unter meinem Stand. Ich könnte über dich und deinen Geruch die Nase rümpfen. Was aber tu ich stattdessen? Ich wasch dich rein in meiner Sage. Voller kotiger Stoffe ist deine Welt. Der Kaufmann, mein guter Freund, was zahlt er für deine Hörigkeit? Willst du, dass ich dich bezahle? Wir können spurlos verschwinden. Dein Herr würde es verstehen, oft setzt sich das Gesinde ab. Die Liebe hebt alles auf. Auch du musst nach hohem Rang streben. Das alte krötenäugige Weib, sein Anblick vergällt mir die Laune, du magst in Wahrheit ihm nicht benachbart sein. Es ist geringer als das, was an Wegrändern blüht. Du willst bessere Nachbarn, du willst promenieren in besseren Kleidern. Ich verstehe wohl, Lore, du verbietest dir diese Gedanken, ich rede von dem verschütteten Gefühl. Noch bist du ein Weiblein, diese Welt beißt dir Wunden und drückt dich tot. Der Kaufmann hat die juckende Flechte am Bauch bekommen – weshalb? Weil er hier vergor! Wird er davon gesunden? Das hoff ich doch. Wie steht es um dich, Lore? Bist du deiner Schönheit überdrüssig und möchtest dein Spiegelbild verlieren? Ich schrieb es aufs Papier, diese schöne Zeile, ich kam der Wahrheit nahe. Ich lös dir die Knöpfe und Haften! Dann bist du befreit. Was ist schon dein Leben in Bacharach? Gefällt es dir, die Grieben aus der Wurst zu zuzeln? Das ist nicht deine Art. Ich verhelfe dir zu einer besseren Stellung, Lore, die Augen deiner Mutter werden leuchten, weil ihr Mädchen nicht länger Latrinen leert. Dein Vater, der schlug dich bestimmt, bis die Rute brach. Wenn er dich an meiner Seite sieht, wird er denken: ›Ich hab das Kind erzogen, das

Kind hat mir gehorcht.‹ Die heimischen Kerle sind dir zu Recht zuwider, was können sie schon bieten? Da legt dich ein Kerl unter sich, du wirst dick, das erste Kind, du wirst dünn, er hält es nicht aus, da wirst du wieder dick. Nach dem dritten Kind reichen dir die Brüste als zwei Schläuche bis zum Nabel. Mit mir hast du diese Sorgen nicht, hörst du, Lore?! Ich reib dich glänzend, aller Staub fällt ab. Die alte Lore sitzt in ihrer Kammer und zaudert. Die neue Lore öffnet mir die Tür und wird verwandelt … Los jetzt, langsam werde ich zornig!«

»Weg von der Tür«, sage ich.

»Ich trete sie ein.«

»Dann stech ich zu.«

»Womit?«, ruft er und lacht. »Mit der Haarnadel?«

»Das Brotmesser mit der gezackten Klinge«, sage ich, »das spitze Messer mit dem Perlmuttgriff. Ich hab sie am Wetzstein geschliffen. Ich stoß mit beiden Messern zu, das eine wehrt er ab, das zweite wird ihn schneiden.«

»Dummes Mädchen. Ich habe dich verschönt, dass du brauchbar wirst! Das ist dein Dank?«

Er schimpft mich eine unanschmiegsame Feldscheuche. Er schimpft mich einen Scharrvogel, der hier die Schindel lockert und dort den Dachziegel löst. Bin ich die Saatkrähe auf dem Kopf der Scheuche? Wie kann ich beides sein? Ich bin ihm das Gegenteil von gut und gescheit. Da mich sein Zetern bedrückt, hacke ich mit dem Messer ins Holz, immer wieder, immer wieder. Er poltert die Treppe hoch und schlägt die Tür seiner Kammer zu. Ich hör ihn die Kommode rücken, er hat Angst, er nimmt sich in Acht. Er weiß es nicht: Wir Mägde verschweigen unseren Kummer. Er weiß es nicht: Wir Mägde legen Schweineborsten auf heiße

Steine. Wir sehen, wie sie sich krümmen, wir lesen die Zeichen, wir deuten. Wir Mägde stecken in unseren Kammern die Messer in die Astlöcher der Dielenbretter. Kein Mann, der sich heimlich einschleicht, kann sich dem Bett nähern, ohne dass ihm die Sohlen bluten.

♀

Der arge Zank bleibt aus am nächsten Morgen. Er beugt sich über die dicke Suppe, er will mir bedeuten: Es ist nichts geschehen. Ich habe nicht an deiner Tür in hitziger Brunst gehechelt. Fern und verschieden. Fremd und geschieden. Er greift in die Brusttasche, legt mit spitzen Fingern ein langes blondes Haar neben die Schüssel, er sagt: »Ich habe es auf der Stufe gefunden. Ich hätte es als Talisman behalten können. Es gehört dir, du kannst es wiederhaben.«

Das Liebesgekose ist ihm nicht vergangen, er täuscht mich nicht mit der Nüchternheit. Er verkündet: Es treibt ihn mit Gewalt zu den Ruinen auf den Höhen. Blank geschmierte Schuhe trägt er, als ginge es auf ein Fest. Neun eiserne Sohlen müsste er sich beim Schmied aufschlagen lassen. Draußen wartet das schlottrige Mannsbild, der Tölpel, sein Schweiß schillert im Licht. Verrotzt und dürr steht er da, kleine rote Sicheln leuchten auf seiner Stirn: Er krallt sich fest im Schlaf. Mal schielt er, mal schaut er gut. Es heißt über ihn: Als kleines Kind wurde er im Schlaf von einer Otter umkringelt. Hat sich der Herr mit ihm angefreundet? Der Tölpel wird ihn führen: Jetzt streicht er Speichel auf den linken Daumen, legt ein Stück vom Grashalm auf den Nagel. Der Halm zeigt die richtige Richtung an, in die man gehen soll. Der Tölpel wird ihn lehren: »Quetsche Beeren, dass Saft und Kerne durch die Fingerfurchen quellen, dann lecke die Finger. Dein Hunger ist gestillt, und du hast eine saubere Hand.«

Der Herr aber beachtet ihn nicht. Ohne Dank und ohne Gruß stürmt er hinaus. Wird er die Wegemarken entdecken? Der Tölpel läuft im Zickzack hinterher. Er stößt mit tiefer Stimme Laute aus und trommelt auf den Mund. Wenzeslaus aus Jena. Mannskind aus Bacharach. Was will er sehen, wenn er zwischen den bemoosten Trümmern stapft? In den Mauerritzen sprießt das Kraut. Die Grotte, in der ich mich verstecke, wird er nicht entdecken. Das Kindergeweine, das der Wind herbeiweht, vernimmt er nicht. Was denk ich mich wieder mürbe? Seine Welt ist seltsam, ich bin nicht sonderbar.

Johanna hilft mir bei der leichten Arbeit. Wir lüften seine Kammer, wir schütteln die Kissen aus, wir ziehen die Bettdecke straff. Die Papiere auf dem Tisch lese ich nicht, er hat sie ausgestellt, er will mich prüfen. Sie fragt, ob er an meiner Schwelle geschnurrt hat. Sie lacht sich heiser, als ich von meinen hackenden Hieben spreche.

»Du hast ihm das Herz gebrochen«, sagt sie, »was wird er zu erzählen haben, wenn er heimkehrt in die Stadt.«

»Soll er doch«, sage ich.

»Den nackten Nabel mochte er dir zeigen, und du hast es nicht gewollt.«

»Gibt's schlimme Gerüchte?«

»Nicht über dich«, sagt sie, »die Kerle halten Reden. Für sie ist der Fremde ein französisch gelacktes Aas, er soll der finnigen fetten Sau aufhocken und im wilden Ritt das Schweifchen als Zügel gebrauchen. Sie schreien: ›Eil ins Gestell, Wenzeslaus.‹«

»Das Pack hasst alles Neue.«

»Die Frage ist, wessen Licht matter brennt.«

Ich denke darüber nach. Wenzeslaus flieht die Stadt, bemalt mit durstigen Worten seine Bögen. Die Worte wollen aus der Tränktonne saufen. Dann sind sie übersoffen und liegen in seinem Mund. Hannes peitscht, sobald er das Maul aufreißt. In die Spitze der Geißel hat er Haare vom Bullenschweif geflochten. Jedes Wort ist eine Peitschenschnur, jeder Fluch ist ein Zwick. Ich soll nicht bocken. Bei der ersten Begegnung sagte er zu mir: »Das faule Stutfohlen wird sich noch in ein windschnelles Pferdchen verwandeln.«

Ich werd mich sträuben. Lieber lass ich mich von ihnen verlästern. Lieber bind ich mir wie der Tölpel an Sommertagen einen Wisch Stroh um den Hals. Ich wünsch, dass sie mich nicht sehen.

Johanna sitzt nach der Arbeit am Herdfeuer, sie mümmelt an den Apfelkernen, die Hitze lullt sie ein, sie schläft, und ich schau ihr zu beim Schlafen. Dann wacht sie mit einem Ruck auf. Sie ist für Augenblicke traurig, dass nicht der tote Schiffer ihr gegenübersitzt. Ich gebe ihr zum Abschied Brot gegen den Hunger in der Nacht. Dann warte ich am Fenster. Das Messer mit dem Perlmuttgriff steckt mir im Ärmel. Das Kind im Grab der Mutter, das tot geborene Kind, friert es, weint es? Leise sing ich das Trostlied: »Hängt der Engel an der Wand, hat die Kerze in der Hand. Wenn die Kerze herunterbrennt, so hat die Sonn ein End.«

Dann stürzt der Fremde ins Haus, die verschlammten Schuhe hat er schief getreten. Er lässt den Hutzelstiel im Mund von einer Seite zur anderen wandern. Er erzählt von den langen Salmenschiffen mit drei hohen Balken und den Netzen an der Seite. Vom Salmenfang unter dem Lurleyfelsen. Von den Strudeln an den Felsenbänken. Im Wachhäuschen am anderen Ufer lebt ein Mann, der einen lauten Gesang anstimmt, damit es siebenfach hallt. Der Herr liest von seinem Papier ab: »›Die Nixen bestreichen sich mit Honig, wälzen sich im Sand, sie sind wie mit Semmelmehl eingebröselt, sie lauern den Männern auf, sie zerren sie tief hinab zwischen die Algen.‹ – Hier hast du es«, ruft er atemlos, »das ist der Beweis!«

»Wofür?«

»Dass es das böse Weib gegeben hat. Erst wollte ich hoch zur Wernerkapelle und zur Burg Staleck. Auf halbem Wege kehrte ich um. Ich gab einem Fischer Geld, mehr, als ihm zustand. Von ihm erfuhr ich: In früherer Zeit wurden hier achthundert Pfund Salinen im Jahr gefangen … Da, hier steht's, ich habe mir jedes Wort und jeden Satz aufgeschrieben. Wir zogen den Rhein hinauf, es war nicht ungefährlich. Ich dachte all die Zeit: Was wäre, wenn sich die Wasser teilen und den Grund freigeben?«

»Das ist nicht geschehen«, sage ich.

»Dich lockt es nirgendwohin. Du bist die Magd, die nicht wachsen mag.«

»Der Herr ist umhergeschweift«, sage ich.

»Was ein Widerhall am Felsen«, ruft er, »als würde der Stein mehrfach, mit schwächer werdender Stimme, das Wort, das man schreit, nachsprechen!«

»Kam der Tölpel mit?«

»Was? … Ach, der kleine Idiot. Er wollte mit mir spielen.«

»Was denn?«

»Er füllte Fingerhüte mit Sand und ließ sie mit sachtem Stoß umfallen.«

»Johanna hat sie ihm geschenkt«, sage ich.

»Man müsste ihn mit Ohrfeigen zur Vernunft bringen«, sagt er. »Nun gut, ich bin in Eile. Die Kutsche ist bestellt, ich verlasse noch heute dies öde Städtchen. Ich habe auch mit dir abgeschlossen. Von großer Gastlichkeit werde ich nicht schwärmen können, in dem Brief, den ich deinem Herrn schreibe. Du hast den Drang zu dienen. Das ist ein Gebrechen. Du bist entraten. Trotz deiner kältenden Wirkung bin ich heil geblieben …«

Der Herr ist umhergeirrt, er hat schwarze Schatten gesehen und Sprenkel aus Licht. Hat er die Erde aufgewühlt, hat er eine Quelle aufgestampft? Hat er eine Flasche des begehrten Feuerweins getrunken? Heimlich drückt er die krampfenden Waden. Er starrt auf den Distelkopf am Haken, der sich im leichten Wind bewegt. Die Dame Riebeck hat ihn aufgehängt, weil es die Stube schmückt. Ich weiß es, er weiß es nicht. Zwei abgerissene Knöpfe zeigt er mir, er schlüpft aus dem Rock, ich nähe sie an. Der Faden schlingelt, ich beiß ihn ab. Er steigt zur Kammer hoch, packt seine Siebensachen in die Tasche, er steigt herunter, er tritt heran. Das Messer gleitet in meine Hand, die blanke Klinge blendet ihn. Keinen Kuss wird er mir rauben. Die Lippen presse ich zu Stein. Er stürzt in die Nacht. Kein Mund, der mich spricht.

FABRIKANTENTOCHTER GENOSSIN

REVOLUTIONÄRIN IM KAMPF GEGEN

DIE BOURGEOISIE

1849

ELBERFELD

LISETTE BIELSTEIN

AUGUSTA STECKT IM AUFPUTZ der artigen Bourgeoise: spitze Schneppentaille, Ärmel mit Spitzenbesatz, an den Schultern eng und tief angesetzt. Ihr Haar fällt in Stocklocken herab, sie zittern bei jedem Herzschlag. Meine Schwester zerspringt. Vor Aufregung. Ich binde ihr die Bänder der Schutenhaube zum losen Knoten. Wir horchen an der Tür. Bürgermeister Ohlbeck bringt gerade einen Trinkspruch aus, er lobt das Gottesgnadentum des Preußen auf dem Thron, er brüllt dabei, als wollte er eine schäumende Menge bändigen. Der Major bellt: »Auf den König, der uns adelt!« Jetzt klirren die Likörgläser. Ich höre die Stühle ächzen, als sie sich auf die Polster fallen lassen. Ein kleiner Schuss davon in der Morgensuppe, und Vater ginge der Witz nicht aus. Er spricht beherrscht über das Verlöbnis seiner jüngsten Tochter, Augusta sei dem Major gewogen, doch sie wolle warten, es gebiete ihr die Räson. Wir lauschen weiter: Der Bürgermeister fragt, ob die Capricen des Fräuleins den Major nicht zu einem Husarenstück reizten. Der Major wiederum rächt sich für den kühnen Ton mit kühler Stimme: »Besonnen ist sie, und ich bin geduldig. Eile in diesen wirren Zeiten schadet nur.« Das Trünklein löst die Zunge, aber der Soldat bleibt preußisch nüchtern. Er hat gelernt, dass sich die kleinen Leute mit großem Maul wehren. Lärm und lästige Geräusche, mehr entdeckt er nicht in den Gossen. Sobald Friede herrscht, führt er

Augusta zum Altar. Die politischen Geschäfte sind ihm ein Gräuel. Darin gleicht er Vater, den es vor der Mode graust.

Das Hausmädchen Ilse steht warnend im Gang zwischen den Zimmerfluchten, sie prüft uns auf Artigkeit. Die Herren beraten sich, es sind Laute aus einem gähnenden Loch: Drei Bürger mahnen einander zur Selbstzucht. Fast bin ich versucht, Augusta den Kiepenhut vom Kopf zu reißen. Diese erröteten Wangen! Dieses vor Glück strahlende Gesicht! Ohlbeck erzählt, dass er die Nächte durchwache, seitdem er im Amt ist. Nun endlich ruft uns Vater herein, und wir treten in die Wohnstube.

Der Major sitzt kerzengerade im Fauteuil, er starrt auf die drei Schwäne, die die schwere Tischplatte stützen. Fürchtet er, dass sie zum Leben erwachen und mit den Flügeln schlagen? Die Stiefel drückt er gegen die Stuhlbeine mit Schneckenvoluten. Auf Vaters Räuspern springt er auf, zieht den Rock stramm und ruft schallend: »Seien Sie mir allerherzlichst gegrüßt, Fräulein Lisette!« Der Bürgermeister bemerkt, dass er leider zu alt sei; sonst würde er aus dem Stand die Schönheit der beiden Grazien besingen. Ich bin sehr erheitert über Vaters grimmiges Gesicht. Am liebsten würde er diese Charmeure hinausprügeln. Der eine, dick und eitel, bürgt mit seinem Amt fürs Bürgerwohl. Der andere, besäbelt und gewichst, ist der Sohn des Bankiers, der für günstigen Zins Wechsel verleiht. Bin ich bloß ein Schaubild für das verhutzelte Mannsstück, das sich den Bauch tätschelt, um die Verdauung anzuregen? Und Augusta die fleischgewordene Anmut?

Ohlstedt sagt: »Was hör ich da, Fräulein Augusta? Sie wollen sich aufsparen? Sie sind doch jung und schön genug.

Sie wollen noch reifen, ich verstehe wohl. Und Sie, Fräulein, wollen Sie nicht, dass man Ihnen einen Brautreif aufsetzte?«

»In die Ehe lasse ich mich nicht zwingen«, sage ich, »so ein Männlein zähm ich im Handumdrehen.«

»Welch moderne Anschauung! Ist dies ein Haushalt widerspenstiger Frauen?«

»Die Alten vertragen Herzhitze schlecht«, sage ich, »sie wärmen die Knochen am Ofen.«

»Werd mir nicht frech, Lisette«, sagt Vater, »wir wollen uns kurz setzen.«

»Ich komme, um der jungen Tochter des Hauses meine Aufwartung zu machen«, sagt der Major.

»Das bin ich«, sagt meine einfältige Schwester.

»Jawohl.«

Der Preuße umgreift die geschweiften Armlehnen und reckt sich im Lehnstuhl. Ein gedrillter Schwan. Man könnte ihm eine Marmorplatte auf den Kopf legen, sie würde nicht zittern. Ich spüre den brennenden Blick meines Vaters auf mir ruhen, und ich weiß, was er mir bedeuten will: *Schone den Sohn des Mannes, der unser Geld hütet, schone den Freund der Familie.* Was hörte ich den Major vorhin rufen? »Von Gott gesegnet ist unser Land. Gott kümmert sich um den Segen, wir kümmern uns um die Geschäfte. Worum kümmert sich das gemeine Volk?«

»Friedrich Wilhelm IV.«, sage ich.

»Seine Majestät, der König!«, ruft er.

»Ihr König war im August des letzten Jahres in Elberfeld, in der Villa des Bankiers von der Heydt. Die Bürgerwehr paradierte vor dem Haus. Da aber stimmten viele Männer Katzenmusik an. Sie lärmten mit Brummeisen, Klappern und schnarrenden Ratschen.«

»Halunken vom Politischen Club!«

»Sie riefen: ›Preußens Gloria in den Dreck!‹ Man hat sie vom Platz gejagt.«

»Törichte Subjekte«, brummt der Bürgermeister.

»Fordern nicht auch Sie die Herrschaft vernünftiger Gesetze?«, sage ich.

»Der Thron ist mir heilig. Wer gegen die königliche Gewalt aufreizt, soll am Galgen zappeln.«

»Sie setzen auf die Gunst des Pöbels, Fräulein?«, sagt der Major.

»Ist es hochverräterisch, für die Volksehre zu streiten?«

»Ein Fabrikant, ein Bankier, sie tragen zum Wohlstand bei. Sie sollte man um Rat fragen, denn sie sind verständig und gebildet. Ein Händler, ein Handwerker, sie machen Ordnung zum Gesetz ihrer Zunft. Bei uns Militärs folgt auf Befehl Gehorsam. Wen wollen Sie fragen, wie sich trefflich regieren lässt? Metzger, Gerber, Mistkarrenfahrer? Recht zu sprechen gebührt allein dem König.«

Wen würde ich fragen? Wer sind die Untertanen, die keiner Frage bedürfen? Es ist die Spinnerin. Es ist der Weber. Es sind Tagelöhner, Färber, Gürtler und Schwertfeger. Es ist der Nagelschmied ohne festen Wohnsitz. Es sind der Anstreichergeselle, Bierbrauer, Hutmacherlehrling, Bäcker, Maurer und Schieferdecker. Der Ackerknecht. Seiler, Sattler, Pflasterer, Kupferschläger. Der Preuße schwadroniert über den obersten Kerkermeister: »Die Natur befugt den König. Seine Untertanen haben Befugnisse kraft des Amtes und der Stellung, die er ihnen zuzugestehen geruht. Die Nationalversammlung, das sind Männer, die dem alleinigen Herrscher Grenzen setzen. Sie handeln wider die Natur. Der König schuldet uns nichts. Wir schulden ihm alles.«

Was ist er plötzlich gesprächig? Der Major träumt wohl von einem kühnen Griff, er will den Aufruhr mit Säbeln und Gewehren dämpfen. Ein gedrillter Leib, brauchbar zum Kampf, allzeit gewillt, scharf zuzufassen.

Ohlstedt wendet ein, dass es dem Volke nicht an der rechten Gesinnung fehle, es habe gehen gelernt, jetzt müsse es reden können. Der Preuße strafft sich, er stiert auf den mächtigen prallen Wanst des Bürgermeisters, der das leere Likörglas dreht und wendet. Vater wird nicht nach Ilse rufen. Er zählt die Minuten, bis sie endlich gehen, er platzt vor Ungeduld: Er muss rasch zum Betrieb, um die neuen Webmuster festzulegen.

Wir Elberfelder sind mit Sparsinn begabt, und wir sind nüchtern. Ein Bergtroll mit Federkleid kann vor unseren Augen auf Händen gehen, wir würden uns unbeeindruckt abwenden. Major Robert von Arrenberg ist eine bizarre Person. Sollte ich ihn auf den Grund seines Besuchs hinweisen? Ich sage: »Es freut mich, dass Sie so lebhaft debattieren. Würden Sie bitte das Wort auch an meine schweigsame Schwester richten?«

»Fräulein Augusta, verzeihen Sie mir!«, sagt der Major.

»Schön, dass Sie mich bemerken«, erwidert sie kalt.

»Ich bin untröstlich. Diese neue ... französisch inspirierte Verfassung bringt den Verdrossenen Heil. Das glauben, wenn ich recht verstehe, alle Anwesenden in diesem Raum. Was glauben Sie?«

»Der Herr König ...«

»Seine Majestät«, ruft der Major.

»Nun lassen Sie mich ausreden«, sagt Augusta laut. »Ihr Herr Monarch ist von guter Gestalt, die Frauen haben verzückt geschrien, als er aus dem Haus trat. In der Schule habe ich einen Vers gelernt: ›Hab Ohr und Auge stets gespannt, merk alles um dich her, so wachset dein Verstand.‹ Der König hält sich daran.«

»Ich kann Ihnen nicht folgen«, sagt der Major.

»Er mustert wachsam jeden Mann in seiner Nähe. Er fürchtet den kleinen Schreck und auch die großen Schrecken.«

»Ich sehe darin kein irgend erhebliches Übel, Fräulein Augusta.«

Meine Schwester fällt in Ohnmacht, sie sinkt mir geschickt entgegen, und ich fange sie auf. Will sie den Preußen mit einer Darbietung in Verlegenheit bringen? Ihr Leib ist vom steifen Mieder eng geschnürt. Vater stellt sich schützend vor uns, der Anstand bleibt gewahrt, ich löse zwei Ösen der Korsage und zwicke Augusta in den Rücken, ihr entfährt ein tiefer Seufzer. Dies Theater hat den dämmernden Bürgermeister ganz offenbar erquickt. Der Major steht mitten in der Stube und tötet mit wilden Blicken jeden unsichtbaren Feind. Vielleicht ringt er mit dem Drang, die hölzernen Schwäne zu köpfen. Ilse hält Augusta Riechsalz unter die Nase. Nach einem weiteren Seufzer schlägt meine Schwester die Augen auf. Sie fängt an zu kichern, sie kichert in die vorgehaltene Hand, der Major erstarrt zum Wachmann, der auf Posten steht. In der Uniform reckt er sich wie ein harter Mannskerl, seine Hofmanier geht beim ersten Schießbefehl zum Teufel. Ich könnte ihm einen noch so bösen Fluch ins Gesicht schleudern, er bliebe unerschütterlich. Hier im fremden Haus wird er Frieden halten, sonst fällt ein Schatten auf den König in Gottes Gnaden.

»Sie haben mich in Aufregung versetzt«, flüstert Augusta.

»Ich könnte es nicht wiedergutmachen, auch wenn ich es wollte«, ruft der Preuße.

»Das Fräulein ist jetzt bei Kräften«, kräht Ohlbeck, »ein Erfrischungslikör!«

»Lieber nicht. Sonst werd ich unanständig.«

»Augusta, das reicht!«, sagt Vater.

»Ich muss an die frische Luft. Lisette und ich gehen deinen Geldsack leeren.«

»Viel Tand aus Frankreich liegt in den Geschäften aus«, sagt der Major.

»Schöne Röcke zu blühenden Farben!«

»Sie trauen sich unbegleitet hinaus?«

»Was soll schon geschehen? Halunken scheuen das Tageslicht.«

»Der Pöbel lobt die Schande«, sagt Ohlbeck, »es wäre allzu leichtfertig, wenn Sie, liebes Fräulein, bei jedem Manne auf die Herzensgüte setzten.«

»Die bösen Kerle schlagen wir mit spitzen Schreien in die Flucht.«

Die artige Bourgeoise entzückt die Herren. Das Licht bricht sich am Schildpattkamm in Augustas Haar, Ohlbeck wagt einen Blick auf ihren blanken Hals und ihre blanken Schultern. Ich staune über seine Gier. Er neigt zu Stümperei, und um sie zu verdecken, gebraucht er stark übersteigerte Worte: »Hymne« oder »Verdammung«, »unsagbar schön« oder »unsäglich schlecht«. Wenn die Kanaille erbricht, duftet es nicht nach Rosen. Wenn er schmeichelt, tropfen ihm die Komplimente wie schwarzer Seim von den Lippen. Vater duldet seine Lüsternheit, er duldet auch jeden ungewaschenen Arbeiter, der sich durch anhaltenden Fleiß auszeichnet. Am Tag, da er das Dienstmädchen Ilse einstellte, sagte er: »Ein in Lastern versunkenes unverträgliches Weib ist mir zuwider. Du musst dich bewähren. Mein Gespür sagt mir, dass du mich nicht enttäuschen wirst.«

Ilse bestand die Prüfung, sie ist dem Hause treu. Wie steht es mit dem Bürgermeister? Er zieht uns nicht herab, er zieht uns nicht herauf, so erhält sich seine Macht. Und Augusta, die schöne Bourgeoise? Sie ist nach der milden Zerrüttung quicklebendig, sie neckt den Major bis zur Verdrossenheit. Ich bin ihrer Mädchenspiele müde. Ich bin der Unbeholfenheit des Preußen überdrüssig. Ich dränge zum Aufbruch.

Der Preuße will uns seine Begleitung aufzwingen, ich lehne ab, Augusta streift sanft seinen Ärmelaufschlag und haucht ein Wort. Kaum haben wir uns abgewandt, beschwert er sich bei den Herren: »Das Fräulein nahm nach französischer Sitte Abschied. Lebewohl klingt doch besser als Adieu.«

Wir eilen zur Posamenterie, die Bürger tragen den klappbaren Zylinderhut unter dem Arm. Die Kinder schießen sonst mit Steinen aus der Zwille die Hüte vom Kopf. Auf den Steigriemen unter dem Schuh mögen sie nicht verzichten. Er strafft den Pantolon und weist sie als vermögende Männer aus. Ein Revolutionär trägt eine grobe Hose, sie würde von Arrenberg gut stehen. Meine Schwester schmiegt sich an meine Seite und flüstert: »Sie folgt uns.«

»Natürlich tut sie das«, sage ich, »schau dich nicht um!«

»Vater traut uns nicht.«

»Du hängst an der alten Welt. Ich bin die knallrote Suffragette.«

»Ich täusche ihn«, sagt sie und bleibt stehen.

»Er hat kein Glück mit seinen Töchtern«, sage ich, »wir fallen auf, weiter!«

»Es ist falsch, oder?«

»Entscheide dich: vor oder zurück … Nicht so schnell, sonst schöpft sie Verdacht.«

»Die Ohnmacht war nicht gespielt«, sagt sie leise.

»Dann seufzt du, auch wenn's echt ist, viel zu dramatisch, Vater hat dir nicht geglaubt.«

Sie würde gerne widersprechen, doch wir betreten das Geschäft: Jacob Bröcker legt die Zeitung beiseite und schnellt hoch. Für Ilse, die auf der anderen Straßenseite lauert, muss es aussehen, als freute er sich über die Kundschaft. Sie weiß nicht, dass der Genosse Jacob Fransen, Litzen, Borten und Quasten auch in den Freiheitsfarben führt. Er bittet uns, Platz zu nehmen, dann zeigt er die neuen schönen Stücke aus Paris vor: Schweißtücher mit Spitzenbesatz, Handschuhe bestückt mit Rosenknospen aus gesteifter Seide. Augusta klatscht juchzend in die Hände, und als aber Jacob nach einem Blick nach draußen nickt, verschwinden wir schnell im Hinterzimmer.

Wie kann ein Revolutionär mit dem Rücken zur Tür stehen? Wie kann Anton vor dem mannshohen Spiegel posieren, ohne eine Pistole in der Hand? Er wirbelt herum, und da er mich erblickt, verzieht er das Galgengesicht. Den Kragen hat er über die blutrote Krawatte umgelegt und die Krempe des Filzhuts aufgeschlagen. Er hätte gerne Augusta hart geküsst und ihr die Lippen aufgebissen. In meiner Gegenwart, in der Gegenwart einer strengen Genossin, muss er sich zügeln. Er sagt: »Ist sie endlich weg? Euer Vater hat sie gut abgerichtet.«

»Ilse ist kein Kettenhund«, sage ich.

»Du nimmst sie in Schutz?«

»Für wen kämpfst du, Anton?«

»Sie ist ein Gast in eurem goldenen Haus«, ruft er, »sie prahlt mit dem Wohlstand ihres Herrn. Ich träum von der klassenlosen Welt. Wovon träumt sie?«

»Ilse schläft tief und fest«, sage ich, »ich missgönne ihr nicht ihren wohlverdienten Schlaf. Sie sprach über dich, sie sagte: ›Der Kerl ist ein rotbefrackter Wicht.‹«

»Sie ist eben dumm. Sie wird auch dumm sterben.«

»Bitte«, sagt Augusta, »seid friedlich ... Hast du dich nach mir gesehnt?«

»Ja, das habe ich. Wir hatten abgemacht, dass nur du und ich uns treffen.«

An dem Kerl sind mehr Schellen als beim Paradegaul, doch meine Schwester schmilzt dahin. Sie beschwört ihn, nicht an ihrer Liebe zu zweifeln. Ihr Gesäusel widert mich an. Nach der Bourgeoise hat sich der Wicht die Finger geleckt bis an den Ellenbogen. Auf die Frauen seiner Klasse schaut er herab, weil sie ihre Treue den Bürgern verkaufen. Wenn es auf die Barrikaden geht, wird er fehlen, er wird irgendeine Bürgerliche trösten müssen. Aus diesem Traum muss Augusta erwachen. Er umtänzelt das brave Mädchen, das nicht weiter denkt, als die Nase reicht. Das trotzig dem Bewerber widersteht. Das in seinem Bette liegt und bebt, wenn es den Namen dieses gelockten Rüpels säuselnd ausseufzt. Jetzt ruft er: »Wir scheuchen die Herren aus dem Land. Dann gilt ein Kuss doppelt so viel wie in unseren Tagen.« Ich lache auf: Der Bub spielt mit vorgestelltem Bein den roten Republikaner. Es ist der Engels, der ihm das alles eingibt. Die Phrasen verhetzen den Pöbel, und sie verhetzen Männer seines Schlages. Hungerleider schwätzen, als hätten sie den Doktorhut. Was sagt mein Vater? »Was du am Rocken hast, musst du abspinnen.« Der Rüpel steht noch am Anfang. Es ist verrückt, ich wache über die Unschuld meiner Schwester. Wir sind Geschwister, wir sind verbunden und verbündet. Ich kann nicht alles übersehen, doch ich weiß: Unsere Welt wird untergehen. Wird man Augusta zu Boden reißen? Will sie von einem Phantasten zerschunden werden? Macht erhält sich: Wer unten liegt, hat verloren, auch in künftiger Zeit. Ich verlasse mich auf meine Kraft. Diese ihre Liebe überdauert nicht eine Jahreszeit, dieses Lied ist schnell ausgesungen. Was sagt Vater? »Die Herrschaft ist die gute Frucht, der bösen Wurzel entwachsen.« Er würde Anton den Räuberhut vom Kopf rupfen, er würde ihm mit einer gut gesetzten Ohrfeige die Zähne lockern. Der Kerl redet und redet, dass man's mit keinem Schwamm auswischen kann. Kein Zweifel, er ist vernarrt in Augustas Busen. Kein Zweifel, er ist stürmisch und zieht Grimassen, weil er erkannt hat: Augusta, dem behüteten Kind, sind viele Dinge verborgen. Sie hat ihn nicht durchschaut. Er repariert die Webstühle meines Vaters, des Herrn Fabrikanten. Er enteignet den Enteigner, indem er die Tochter raubt: Sie geht in seinen Besitz über. Er fragt, als könnte er Gedanken lesen: »Was meinst du, Genossin?«

»Bist du das, mein Genosse?«, sage ich.

»Du zweifelst?«

»Die Kette klirrt dir bei jedem Schritt.«

»Ich bin frei«, sagt er laut, »was hasst du mich?«

»Ich mag Ideale, nicht die Idealisten«, sage ich.

»Was ist die Idee ohne den Mann?«

»Sprichst du, oder spricht Friedrich Engels?«

»Ein kluger Mann. Hat studiert. Ich lerne viel von ihm.

Du willst, so scheint es mir, eher bei den Preußen in die Lehre gehen.«

»Die Idee ohne den Mann ist eine Frau mit Tatendrang«, sage ich.

»Das verstehe ich nicht«, sagt er.

»Frag deinen Lehrmeister, vielleicht klärt er dich auf. Es trifft sich übrigens gut, dass wir uns in diesem Geschäft treffen. Es gibt hier Achselquasten aus geplättetem Golddraht zu kaufen. Genosse Jacob macht dir einen guten Preis. Tränke sie in Hasenblut, hefte sie an die Schultern. Bei den rohen Haufen wird dein Ansehen steigen.«

»Hörst du, wie sie mich verspottet?«, sagt er zu meiner Schwester.

»Missgönnst du mir mein Glück?«, sagt Augusta.

Wie gern würde ich antworten: Das große Entsetzen steht uns bevor, es wird geschossen werden. Der vermummte Friede ist bald dahin. Vielleicht schießen sie uns tot. Achte nicht auf die Worte, achte auf den Hass. Sie brüllen: »Mit Geschick und Gelenk löschen wir die herrschende Klasse aus.« Sie meinen: »Wir sind die Totengräber, wir werfen aber auch die Lebenden ins Grab.«

Es ist ein Fehler, dass Augusta von Arrenberg für einen dummen Landser hält. Im Feld wird er nicht fallen. Sein Vater krankt am Zitterleiden. Ehe man sich versieht, wird der Sohn vom Major zum Bankier befördert. Von dem alten von Arrenberg bekam Vater die Kredite für den Webereibetrieb. Augusta ist der Zins auf die Schulden. Noch spielt sie die künftige Soldatenbraut mit einem harten Los. Doch nur der einfache Soldat wird fürs Sterben bezahlt. Der Preuße ist im Grunde kein missratener Mann.

Ich verhandle mit dem Lump am Garderobenspiegel, der

sich über die Krempe streicht zum Zeichen, dass er seinen eigenen Willen hat. Ich verspreche, dass ich ihm das Herz herausreiße, wenn er meine Schwester wie eine Puppe gebraucht. Ich sage: »Du bist frei, redlich bist du nicht.« Er trällert Verse aus dem deutschen Revolutionsgedicht: »Freiheit, Recht und Licht erstarken in den Herzen, in den Marken. Schwarz-Rot-Gold ist deutsche Zier, Reichspanier.« Ich hole zum Schlag aus, doch Jacob teilt den Vorhang und bittet, zum Ende zu kommen. Die Ehefrau des Präsidenten der Königlichen Handelskammer hat über die Zofe ihren Besuch angekündigt. Zum Abschied drückt Anton Augusta einen Kuss auf den Mund: Er versiegelt ihre Lippen und drückt sie sanft aus dem Zimmer. Sie würdigt mich keines Blickes, die Bourgeoise rauscht davon, der Festtagshusar drückt den Hut in die Stirn und tritt durch die Hintertür ins Freie.

Nach einer kurzen Weile verlasse auch ich das Geschäft über den hinteren Ausgang, folge den Gassen, die aus dem vornehmen Viertel hinausführen. Rote Fetzenwimpel an Besenstielen. Aufwiegler, elende Rebellen, Kerle mit dickadrigen großen Händen, mit Schärpen und Backenbärten: Die unbemittelte Klasse flaniert. Die Bürgerwehr, die das Eigentum vor Pöbelexzessen schützen soll, hält sich zurück. Ein fremdes Volk von Lumpenflickern treibt durch die Stadt, ich kann es ihnen nicht verdenken. Man hat sie ermuntert, ihre Not auszuhalten, man sprach ihnen Mut zu: »Leidet gut und pittoresk, dann legen wir gnädig einen Silbergroschen in die Münzschale.« Was werden sie tun? Sie schätzen den Groschen gering, sie pfeifen auf den Gnadenhafer. Jede Arbeiterin und jeder Arbeiter erhält ein Büchlein mit den Artikeln der Fabrikordnung, auch ich habe sie eifrig studiert: »Nicht geduldet werden Ungehorsam, unsittliches Betragen, Bummelei, Plaudern und Singen. Bei einem Verstoß gegen die Bestimmung wird die Frau oder der Mann verwarnt. Bei der ersten Wiederholung wird eine Strafe von einem Silbergroschen fällig, bei der zweiten ein Bußgeld von fünf Groschen.« Die Frau sitzt den ganzen Tag im ohrenzerreißenden Lärm der Spinn- und Webmaschinen, sie darf nichts empfinden außer dem Dank für die Arbeit. Was rege ich mich auf über den Geist der Zeit, über die Kämpfer in blutroten Farben? Sie schwören, dass sie für die Sache ihr Leben in die Schanze schlagen wollen. Sind sie wirklich richtige Genossen? Sie zweifeln an meinem Willen zum Klassenverrat. Ich zweifle daran, dass sie mehr wollen als Schnaps, Einbruch und Hurerei.

♀

Zur Sitzung des Politischen Clubs im Lokal »Zur Wohlfahrt« hat man ausdrücklich auch Frauen eingeladen. Abends strömen die Herren in die Sozietäten, in die Zirkel, Vereine und Gesellschaften, sie paffen und schwätzen, bis der Rauch dick im Salon steht, sie schnappen mit feuchten Schnauzen nach Wein und Kalbsragout. Wer hat sich in diesem Saal versammelt? Arbeiter, die von Brot und Kartoffeln leben. Bürgerliche verwilderter Art: hier ein Mustache, dort eine Kinnfliege, in der Mehrzahl Banditenbärte. Jeder trägt seine Gesinnung zur Schau, die Männer sind mit roten oder dreifarbigen Abzeichen versehen. Die Gürtel, Schleifen und Halstücher stammen vom Genossen Jacob. Für die Versammlung bin ich eine Sensation, ich bin die einzige Frau, die dem Ruf gefolgt ist. Ein Harfenmädchen bietet ein Vorspiel dar, es zuckt zusammen, als die Kerle nach den ersten Klängen johlen und klatschen. Das Mädchen zupft tapfer an den Saiten, da aber keine Ruhe einkehrt, flieht es von der Bühne.

Anton lehnt an der Wand, er schwenkt den Hut und zwinkert mir zu, als hätte er eine Heldentat vollbracht. Wo steckt Engels? Ein Genosse fragt, ob ich lieber an einem der vorderen Tische Platz nehmen mag. Er will mich ausstellen, ich lehne ab, ich bitte um ein Glas Wasser. Es riecht streng nach ungewaschener Haut, nach ungewaschenem Haar, nach Lauch und Zwiebeln. Es wäre falsch, mein duftgetränktes Tuch aus dem Ärmel zu ziehen, man hielte es für eine Geste der Verachtung. Ich atme durch den Mund. Bin ich ein süßes Frätzchen, dass mich die Kerle begaffen? Eisenfresser mit Demokratenbart, Schneider und Schuster, die Schere und Bügeleisen mit dem Knüppel vertauscht haben: Sie glotzen. Ich senke nicht den Blick, ich bin in rauflustiger Laune, ich halte das Tuch unter die Nase. Ein Erzdemokrat speit einen Strahl durch die Zahnlücke: Er hasst mich, ich habe ihm gezeigt, dass er stinkt. In einem sozialistischen Deutschland müsste sich jede Arbeiterin Seifen leisten können. Die Männer würden sich trotzdem nicht waschen. Ein Laib Weißbrot wiegt sechzehn Lot und kostet einen Silbergroschen. Ein Weber verdient vier Taler in der Woche. Nur wenn er täglich ununterbrochen fünfzehn Stunden arbeitet, kann er knapp sein täglich Brot verdienen. Was sind seine nassen Achselhöhlen gegen den Gestank der Bourgeoisie? Ich lasse das Tuch im Ärmel verschwinden. Kein Groll gegen die Genossen.

Der Tribun geht an der Wand entlang, er schüttelt die gestreckten Hände, er duldet lächelnd die Klapse auf die

Schulter. Es ist nicht der Engels. Ein Bürger mit einem Fuchskneifgesicht, den der Überschwang nach vorne zur Bühne trägt. Bestimmt riecht er wie ein gestärktes Laken. Ein Roter aus Köln, Engels Lakai. Er fächelt sich mit dem Manuskript Luft zu, dann ruft er: »Kameraden, Genossen, ich bitte um eure Aufmerksamkeit!« Es dauert eine Weile, bis der Lärm verebbt, er wartet, er wartet und lächelt. Dann hält er die Papiere dicht an die Augen und liest:

»Am achtzehnten Mai achtzehnachtundvierzig trat die Nationalversammlung in der Kirche Sankt Paul der Reformierten Gemeinde zu Frankfurt am Main zusammen. Unter den achthundertdreißig Abgeordneten und Abgeordneten-Stellvertretern war nur ein einziger Bauer. Die Hohe Nationalversammlung hat in dem Vertragsentwurf entschieden, ich zitiere: ›Nebst den nicht selbstständigen Deutschen, also die Unmündigen und Verbrecher, gehen die Fabrikarbeiter, Handwerksgehilfen, Tagelöhner und Dienstboten ihres Wahlrechts verlustig.‹ Zitat Ende.«

»Die Frauen«, rufe ich.

»Was?«

»Du hast die Frauen vergessen, Genosse. Darf ich wählen?«

»Die Frau regiert im Haus«, sagt er.

»Unsinn!«

»Die Verfassung sieht ein aushäusiges Frauenregiment nicht vor. Mich kümmert's wenig, andere Fragen stehen vorn.«

»Haben wir alle langes Haar und kurzen Sinn?«

»Genossin Lisette«, sagt er, »jetzt erkenne ich dich, man hat mir viel von dir erzählt. Ich las eine Anzeige im Täglichen Blatt, den Ausriss habe ich mir aufgehoben. Wo habe ich ihn nur? … Da, ich bin sehr sorgfältig mit brauchbaren Dokumenten … Kameraden, Genossen, es handelt sich um einen öffentlichen Dank von einer Witwe mit sechs Kindern an einen Fabrikherrn, der Folgendes bestimmte: ›Statt wie bisher vierundzwanzig Stränge für einen Silbergroschen zu spulen, erhält sie denselben Lohn für achtzehn Stränge.‹ Die Witwe dankt für die christliche Hilfe. Wer ist wohl der gnädige Fabrikant? Kein anderer als der Vater der Genossin, die mich in revolutionärer Moral belehren möchte …«

Die Meute kennt kein Halten mehr, sie tobt im kleinen Saal. Die Harfenistin nutzt die Gelegenheit, um sich mit spitzen Ellenbogen hinauszurempeln. Wie hätte mich Vater wohl ob meines Zwischenrufs getadelt? Er hätte gesagt: »Der Würde der anwesenden Herren ist dein Verhalten nicht angemessen, entferne dich bitte.« Vater und Engels Lakai handeln ganz nach ihrem Klassengeiste. Es ist ein Unrecht, dass sie mir das Bürgerrecht entziehen. Sind meine Nerven überreizt? Ist das keine große Sache? Ein Aufruhr ist eine schöne Unordnung: Die Stühle steigen auf die Bänke. Der Niedrige wird erhöht, der Hochgestellte sinkt zu Boden. Der eitle Tribun hat sich an mir gerächt, weil ich ihn unterbrach. Die Kerle lassen ihn hochleben, ein dreifaches Hoch erschallt. Soll ich es dem Harfenmädchen gleichmachen und vor der ungebärdigen Menge kapitulieren? Ich bleibe sitzen, das Gesicht des Redners schwärzt sich im Zorn. Was hätte ihm gefallen? Dass ich zetere. Dass ich weiche. Der Tribun, die brüllenden Männer, Vater und der Bürgermeister, sie sind freiheitlich gesinnt. Solang sich Herr und Geschirr an das geltende Recht der Stunde halten, streiten sie um freie Zustände. Die kleinen Leute führen ihre große Schlacht. Die großen Leute machen ihre kleinen miesen Geschäfte. Solang ich den Kerlen aller Klassen Kränze flechte, bleibe ich das süße Frätzchen.

Der Tribun zerteilt die Luft mit der geballten Faust. Er sieht aus wie ein Bauer, der mit einer Hand den Dreschflegel schwingt. Er wartet und lächelt dabei. Endlich darf er wieder sprechen, er spricht über die guten frommen Christen der Stadt, die Brüder der Gottseligkeit: Der Pastor der lutherischen Kirche habe eine gepfefferte Predigt gehalten, aus Anlass der Ehejubelfeier des Königspaares, im November des letzten Jahres; er habe derart geschäumt und gedonnert, dass es keinen Zweifel gegeben hätte: Der Heilige Geist war über den Pastor ausgegossen. Die Roten brüllen vor Lachen, die Dreifarbigen sitzen wie versteinert auf den Stühlen.

»Kameraden, Genossen«, ruft er, »es gibt sie tatsächlich, es gibt nicht wenige Christen, die uns fragen: ›Wie könnt ihr euch erheben gegen den König?‹ Hat er nicht gesagt: ›Ich und mein Haus, wir dienen dem Herrn.‹ Sie fragen: ›Wie könnt ihr euch enthaupten? Ein Rumpf ohne Kopf ist ein toter Leib …‹ Und die Priester warnen die Schafe: ›Die Demokraten wollen den Königen stehlen ihre Ehrennamen, Vorrechte und Würden!‹ … recht haben sie! In unseren Kreisen wird man durch Verstandesgaben geadelt, Titel zählen nicht. Wenn sich die Prediger an der Kanzel uns entgegenstellen, so wird es ihnen ergehen, als wollten sie mit den Priesterröcken einen Sturm aufhalten. Sie fürchten uns. Diese Halleluja-Halunken wissen wohl, was sie an uns haben. Wir setzen dem gestrigen Spuk das Messer an die Kehle. Wir lassen uns nicht länger betäuben von ihren Märchen. Sie faseln von ihrem Einzug ins Paradies, wir sollen davon ausgeschlossen sein. Genossen, ich frage euch: Was ist mit unserer Elberfelder Hölle? Schnaps und Pietismus, das sind unsere Geißeln, damit werden wir gestraft! Ich reise in die deutschen Städte, ich sehe wackere Kampfgefährten, und ich spüre die Angst der Reaktion, dass die Gräuel aus der Erde wachsen. Wir sind nicht selbstgefällig wie unsere Feinde. Deshalb erlaubt mir einen Tadel. Ich traf einen Trinker, der sagte: ›Versauf ich die Schuh, behalt ich die Füß'.‹ Er will den Tag erleben, dass es Branntwein vom Himmel regnet. Die Pietisten, die Frömmler, sie zeigen auf ihn und sagen: ›Will dieser Säufer das kommende Reich errichten? Ein kleiner Windstoß, und er liegt im Schweinemist.‹ Genossen, der Untertan im Gehrock mit Zylinder hält sich für den Träger des politischen Bewusstseins. Die Revolution ist das Alphabet der Massen. Wenn der Bürger den Kopf in den Nacken legt, fällt ihm der Zylinder hinab. Wenn der Arbeiter säuft, gärt es in seinem Kopf, nicht aber in den Straßen! Was heißt Aufstand? Dass wir wieder auf die Füße kommen, heißt es! Ich kenne den Kummer des Webers. Er hockt fest auf dem Webstuhl in kleinen Höhlen, in großen Höllen. Er ist von Schulden überbürdet, er ist lungenkrank, er spuckt Blut. Er trinkt, damit er vergisst. In den Branntweinschenken versäuft der Tagelöhner seinen Tageslohn. Ist aber der Trunk im Mann, ist der Verstand in der Kanne. Hört zu, Genossen, es schmeckt euch nicht, dass ich mahne. Ihr sagt euch zu Recht: ›Hat er nicht gerade die Pfaffen angegriffen? Will er uns nun selbst zum moralischen Lebenswandel anleiten?‹ Nein, ich predige nicht: Trunkenheit ist Sünde. Ich stelle fest: Trunkenheit ist Schaden. Wir trinken uns zu Tode. Wir spucken uns die Seele aus dem Leib. Streit, Suff und Schlägerei, das ist keine Revolution …«

Je länger er schreit und fuchtelt, je stiller wird es im Saal. Es gibt unter den Zuhörern keinen einzigen Mann, der auf Schnaps, Bier oder Likör verzichten wollte. Die Herren Genossen verstehen nicht, dass sie dem Proletariat alle schmerzdämpfenden Mittel entreißen: Sitte, Derbheit und die Flasche. Lust, Gottvertrauen, das Gebet. Sie schenken ihm Worte ohne Wert für den Tag. Was hat der Tribun dem Volk zu sagen? »Wir nähen euch den Wind fest, der euch umweht; wir umborten den Reichsadler mit den Freiheitsfarben.« Die ledige Bürgertochter, die ich bin, schaut zu und denkt: Das ist kein heilbarer Irrsinn. Die Priester evangelisieren. Die roten Barone revolutionieren. Ich überlasse den Volksführer seinen schweigenden Kameraden.

♀

Augusta sitzt am Frisiertisch, ihre Hände ruhen auf der kühlen Marmorplatte. Sie fragt, ob meine bärbeißigen Brüder die Bierseidel geschwenkt und zum Schlag ausgeholt haben. Sie wundert sich, dass ich mit heiler Haut davongekommen bin. Ich kann ihr keine schaurige Geschichte erzählen, die für Entsetzensschreie taugte. Sie liebt die Barbarei in Gedanken. Ihr gefällt das laute Treiben. Ob Jahrmarkt oder das Schaulaufen von Menschenrotten – einerlei. Sie fragt: »Hat sich Anton bewährt?«

»Was meinst du damit?«, sage ich.

»Er sollte den Deputierten aus Köln mit Leib und Leben schützen.«

»Das hat er behauptet?« Ich lache auf.

»Ich glaube ihm!«, ruft sie trotzig.

»Der Kölner ist ein bloßer Funktionär, der Leichenberge

türmen will. Er verzeiht den Armen nicht, dass sie wenig geben auf das gute Betragen.«

»Und Anton, war er mutig?«

»Er hat sich recht tapfer am Bauch gekratzt ... Geht es dir ans Herz, dass ich nicht lügen mag? Ich könnte dir erzählen: ›Er lähmte das laute Gesindel mit einem einzigen strengen Blick. Er schnalzte, und die Klingen wurden stumpf. Er hat die Kraft von zwei Wellen, die aufeinanderprallen. Er ...‹«

»Hör auf, ihn schlechtzumachen!«, ruft sie. »Ich weiß, was ich an ihm habe. Er möchte mit mir fliehen, nach Amerika, nach England, das sind verlockende Länder!«

»Und? Wann reist du ab?«, sage ich.

»Du bist herzlos! Ich lasse mich auf keine Abenteuer ein. Ich sagte ihm: ›In der Fremde verlieren wir Rock und Hemd.‹ Er nannte Vater einen alten Raffer. Ich soll ihn verlassen, weil er mich an den meistbietenden Lumpen verkauft habe, an einen Feind der Arbeiterklasse. Marx, Engels, Anton, sie lehrten die feisten Herren das Fürchten.«

»Du hast freundlich gelauscht?«

»Ich bat ihn, die politischen Reden zu lassen. Ich bat ihn, mich nicht zu bedrängen.«

»Also bleibt er hier und stürzt die herrschende Klasse«, sage ich.

Sie haben sich gestritten, Augusta sehnt sich nach dem turtelnden gurrenden Kerl. Sie mustert mich heimlich im Spiegel. Mein Zornausbruch käme ihr sehr gelegen, ein Streit mit mir höbe den Streit mit ihrem Operettenroten auf. Ich enthalte mich der Rügen. Ich koste ihre Enttäuschung aus. Dann kann sie nicht an sich halten und kichert in den Schwenkspiegel, dass er beschlägt. Sie will mir ein Geheimnis verraten, doch zuvor soll ich auf die

Seele unserer Mutter selig schwören, dass ich es niemandem verrate.

Unsere Mutter ist mir heilig, ich schwöre bei meiner Seele, an die nicht zu glauben meine Gesinnung gebietet. Ich folge ihrer Bitte und schließe die Augen, ich dulde ihre Albernheiten, denn sie duldet meinen Ernst und meine Strenge. Ich höre Kleiderrascheln, ich höre die Korsettstangen über den Boden kratzen. Meine kindliche Schwester. Sogar Ilse würde ohne Mühen ihr Versteck finden, sie müsste nur die linke untere Tischlade aufziehen. Ich spüre ein Gewicht auf meinem Schoß und öffne die Augen: zwei Bücher, zerlesen, die Kanten des harten Umschlags angeschlagen, billige Ausgaben. Auf dem Schmutztitelblatt und der Titelseite stoße ich auf die Vignette des preußischen Ministers des Innern und der Polizey. Augusta hat sich zwei verderbliche Bücher verschafft, die auf Anordnung der Zensurbehörde aus dem Bestand der Leihbücherei herausgenommen wurden. Die Preußen säubern die Kataloge von schlechten Druckwerken. In einer Mitteilung, die ich vor Tagen las, heißt es: »Es ist geraten, den unteren Klassen die Lektüre von Volksschriften zu untersagen, die einen schädlichen Einfluss auf die Halbgebildeten ausüben. Zur Erweckung eines gesunden Volkssinnes werden gute Bücher in großer Anzahl gehalten.« Hat Augusta ihre späte Liebe für die Revolution entdeckt? Ich lese die Titel. Der Mann mit dem roten Ärmel, eine Geistergeschichte von Dr. J. F. Arnold. Die Mönche von San Martino auf der Keuschheitsprobe von Richard Roos. Ich sage: »Hast du sie gelesen?«

»Liest du ein Buch von der ersten bis zur letzten Seite?«, sagt sie.

»Natürlich.«

»Wie langweilig.«

»Du hast bloß in den Büchern geblättert.«

»Ja«, sagt sie. »Hier und da habe ich mich festgelesen.«

»Es sind wohl Abenteuergeschichten«, sage ich, »keine nützliche Bildung.«

»Robert würde die Bücher mit dem Säbel zu Schnipseln zerhacken.«

»Das Lesen ist eine weibische Untugend!«, rufe ich mit verstellter Stimme.

»Du kannst ihn gut nachmachen«, sagt sie und lacht. »Die Geistergeschichte ist voller schlüpfriger Stellen. Ich musste das Buch zuklappen, um zu Atem zu kommen. In der Anatomie kennt sich der Herr Arnold aus.«

»Er hat einen Doktortitel. Vielleicht ist er Arzt.«

»Die Mönche … Sie werden versucht, sie bestehen alle Prüfungen. Ich hätte das Buch aus der Hand gelegt, wenn da nicht die lüsternen Randvermerke gewesen wären. Ein furchtbar erregter Leser. Erst begnügt er sich mit Schmähungen. Er verspottet die Mönche als zitternde Greise. Gib mir mal das Buch her … Hier lautet die Stelle im Original: ›Das nackte Weib lockte mit zigeunerischer Tücke. Es tanzte um den keuchenden frommen Bruder, der den Himmel um Beistand anflehte.‹ Der Leser vermerkt: ›Das Weib, so es die Hüllen fallen lässt, muss nicht tückisch wirken. Allein der Anblick zweier Brüste, auf die selten die Sonne scheint, bringt jeden Mann um den Verstand. Mein Befund: Der Mönch ist schwachsinnig. Ein Schlag mit dem Handballen auf die Stirn vollbringt Wunder!‹ Ist er nicht lustig?«

»Er schreibt besser als dieser Richard Roos«, sage ich, »wahrscheinlich verfasst er selber Romane von zweifelhafter Güte.«

»Ein Konkurrent?«, sagt sie.

»Der Wettbewerb belebt den Markt, das lehren die Kapitalisten … Keine Angst, ich habe keine Lust auf eine Rede.«

»Eine andere Stelle: ›Bruder Heinrich war kurz davor, sein Gelübde zu brechen. Das Weib hob den Rock hoch und entblößte seine Wildnis, die dunkler war als der schwärzeste Mohr.‹ Der Leser schreibt: ›Hoho! Bruder Heinrich hockt nachts in seiner Zelle. Im letzten Absatz hat er die Kerzenflamme ausgeblasen. Dann aber erscheint das Weib, dessen Namen der Verfasser uns schuldig bleibt. Es kann wohl durch Wände gehen, denn der Bruder hat die Tür verriegelt und verschlossen. Was halte ich von der Umschreibung der Scham? Nichts! Wildnis? Herrgott noch mal, das ist doch allzu blöde!‹«

»Woher hast du diese Bücher?«

»Deine Genossen sind überall«, sagt sie, »sie lieben jedes Buch, das die Zensur auf die Liste setzt.«

Ich möchte entgegnen: »Manchmal zensieren uns die Sittenrichter zu unserem eigenen Schutz.« Ist das ein unhaltbarer Gedanke? Was geschieht, wenn sich ein Bourgeois frei entfalten darf? Er reißt der Frau das Kleid vom Leib. Er fordert Dank ein, sie soll es als Kompliment auffassen, wenn er sie mit dem Blick eines Tierforschers studiert. Ich will Augusta rütteln und rufen: »Anton, der Rote. Von Arrenberg, der Preuße. Sie schätzen deinen Wert ein, glaube nicht, dass sie dich wertschätzten.« Hüpfte meiner Schwester ein Floh auf die Hand, würde sie ihn streicheln wollen.

Vater läutet zu Tisch. Augusta schlägt die Bücher in das Tuch ein und legt sie in die Tischlade. Ich lockere ihre Korsage, damit Bauch und Rippen nicht auf ihren Magen drücken. Vater starrt auf die kleine Handglocke in seiner

Hand, Mutter hat sie ihm geschenkt, zwei Monate später war sie tot.

Wir schneiden schweigend das Fleisch auf den Tellern in kleine Häppchen, wir führen die Gabel zum Mund, wir sind geübt darin, beim Kauen und Schlucken keine Geräusche zu machen. Ich zähle die Soßenspritzer auf Vaters Mundtuch, an seinem Latz, ich komme auf vier Tupfe und sieben Tüpfel: Er ist wütend, er isst schnell. Bald schiebt er den blanken Teller zur Tischmitte, greift in die Tasche, faltet ein großes Papier auseinander. Auf dem Einblattdruck sieht man den preußischen König Friedrich Wilhelm IV. Er trägt Stulpenstiefel, er hält die Champagnerflasche in der einen Hand, mit der anderen Hand umgreift er das volle Glas. Ein tapsender, taumelnder, gestiefelter Kater. Vater sagt: »Das Schmähbild habe ich im Schaufenster einer Zuckerbäckerei entdeckt. Was empfindest du beim Anblick dieser Zeichnung, Lisette?«

»Eine Karikatur aufregenden Inhalts«, sage ich kühl.

»Die Majestät wird verlästert«, sagt er laut.

»Der König ist gut gezeichnet«, sagt Augusta.

»Man verletzt die Ehrerbietung gegen den Regenten«, ruft Vater, »die Presse hetzt und verspritzt das Geistesgift der Franzosen!«

»Wir sind hier bei uns«, sage ich.

»Was lehrt der Franzos? Er lehrt die schöne Gestalt, den Schein, die weibische Erscheinung. Früher trugen die Gecken hier spitze Schuhe. Das gab Hühneraugen. Dann zwängte die Frau sich nach der neuesten Kleidertracht ins Schnürleibchen. Das gab Auszehrung. Das verfluchte Eleganzdiktat! Zank der gezierten Weiber, das ist die Revolution, die die Gauner meinen.«

»Vater, du übertreibst«, sage ich.

»Tu ich das? Und du, rotes Frollein, gehst zu weit in deiner Schwärmerei«

»Ich verstehe nicht.«

»Wo der König sitzt, ist obenan«, sagt er, »ohne König verwildern wir. Dieser Unflat, den du Karikatur nennst, ist der Anfang vom Ende … Was ist, ins Deutsche übersetzt, eine Barrikade?«

»Eine Verrammlung«, sagt Augusta, »eine Verschanzung.«

»Schranke und Sperre!«, ruft Vater. »Sie versperrt den Brotschrank. Sie hindert den Verkehr. Wo kein Verkehr, da kein Markt und kein Handel. Verarmte und Verwaiste allüberall. Also loben die Gecken die Verwirrung. Ruhe muss herrschen!«

Vater ist zu Recht beunruhigt, er entdeckt in seinen Straßen und in seinen Fabrikhallen Wirrnis und Wirrwarr. Auf großen Anschlagzetteln an den Mauern steht in schreienden Farben: »Nur die Hoheit des Todes anerkennen wir! Wir können nur noch mit dem Eisen widerstehen. Es gilt, einen letzten entscheidenden Kampf zu fechten!« Prangende Parolen. Aufruf zur Gewalt. Meine Genossen verkündigen große Werke und glänzende Zeiten. Die Arbeiter aber lachen auf, wenn man von dem Recht auf die freie Meinung redet. Sie rufen: »Gebt uns die Fressfreiheit, der Rest ist uns wenig wert.« Die Führer der Meuten mahnen uns, dass wir uns um die Widersprüche nicht scheren sollen. Männer mit kleinen Händen ohne Schwielen. Der Tribun, der sich nach oben schwätzt, um Tod und Verrecken zu beschließen.

»Sei froh, dass du eine rote Tochter hast«, sage ich.

»Was redest du da?«

»Bald kracht es draußen. Die Bürger schlafen, ich schlafe nicht.«

»Du freust dich über die Zerrüttung?«

»Ich schütze uns vor gewöhnlichen Verbrechern«, sage ich, »ich achte nicht auf die Farben.«

»Mir liegt das Essen wie Schuhnägel im Magen«, ruft er, »ein schleuniger Frieden muss her, dass die Maschinen wieder laufen können. Ehrenmänner stimmen kein radikales Geschrei an. Mit diesen Kerlen hast du dich gemeingemacht.«

»Ich bin auf deiner Seite«, sage ich, »ob schwarz oder bunt, ein Kerl ist von jämmerlicher Natur. Das Gewehr in seinen Händen macht ihn zum Manne. Das Püppchen, das er kosen kann, macht ihn liebend.«

»Den Mannesmut hast du von deiner Mutter«, sagt Vater und lächelt.

Er versteht nichts. Die artige Augusta lebt von Missverständnissen. Sie glauben, dass ich die Seiten gewechselt habe. Meine Vorliebe fürs Genossentum ist nicht abgekühlt. Die lautesten Krakeeler in der roten Rotte geben die Tageslosungen aus. Die Vulgarität der Gossendemokraten ist mir zuwider: Der nächste starke Wind wird ihre Leidenschaft ausblasen. Es starb in ihnen die Vernunft. Nirgendwo in den Schriften stieß ich auf die Zeile: »Brennt anderer Leute Eigentum nieder.« Nirgendwo in den Schriften las ich: »Der Genosse führt die Genossin im Klassenkampf.« Ich sehe es kommen: Im verheißenen Paradies auf Erden kommen auf eine befreite Seele zehntausend geschundene Knechte. Wie könnte ich es Vater erklären, ohne dass er triumphiert? Jetzt zerreißt er das Blatt, die zwei Hälften des Königs fallen zu Boden. Ich sage: »Ich werde dir helfen, Vater.«

»Was wird es dich kosten?«, sagt Augusta.

»Das Gelump zahlt nicht, liebe Schwester.«

»Das meine ich doch nicht …«

»Ich weiß. Es hält die Meute keine Gewalt davon ab, dies Haus zu stürmen. Es heißt jetzt nicht Plünderung, aber Zwangsleihe.«

»Ein übler Bissen«, ruft Vater, »daran werd ich ersticken.«

»Es bleibt uns wenig Zeit. Leite Ilse an, rote Tücher aus den Fenstern zu hängen.«

»Niemals!«

»Doch, Vater«, sage ich, »genau das wirst du tun. Sonst stürzt das Dach auf unsere Köpfe. Und ich suche die Männer auf, die das Feuer schüren.«

»Die Wilden fallen über dich her«, sagt Augusta.

»Gute Genossen halten zu mir die Verbindung. Sie sind besonnen und mild im Temperament.«

Ich lüge sie an, Vater erkennt die Lüge. Es gibt keinen anderen Weg. Der Preußenkönig hat gesprochen: »Gegen Demokraten helfen Soldaten.« Das Haus des Bürgermeisters wurde demoliert, Ohlstedt kam mit dem Leben davon. Die Meute stürmte das Gefängnis. Im Arresthaus saßen viele Solinger, die im Vorjahr die Gussstahlfabrik zerstört hatten. Neunzig Gefangene wurden befreit, nicht alle haben sich ihren Befreiern angeschlossen. Ein bekannter Genosse tauchte unter, ich fand ihn bei der Magd, die ihn liebt und gesund pflegt. Vom Klassenkampf will er nichts mehr wissen, seinen Kampfgefährten hat er sich verschlossen, mir aber vertraute er. Was sagte er über Anton? Er sagte: »Man zog ihn aus der Gerbergrube, bürstete ihn zum fußlahmen Infanteristen. Sei vor ihm auf der Hut.«

Der Widerschein flackernder Phantome – das ist nicht

die Revolution. Was ist sie dann? Dass man erkennt: Es ist Unrecht, dass der Mensch aus Mangel und Hunger bettelt. Der respektable Bürger will es nicht einsehen. Vater lebt im Zeichen seiner Klasse, er ist wölfisch und mildtätig, und doch habe ich keine Wahl: Ich schütze ihn vor dem Fall.

♀

Ich bin die Tochter eines stolzen Bürgers, ich vergesse es nicht. Ich vergesse mich nicht, als ich mit der roten Kokarde durch die Straßen eile. Überall herströmende Straßenhelden, Gesindel ist auf Elberfeld zugezogen. Blödes Haupt, krummer Bart, böse Art, Landwehrmänner vorneweg, Halberwachsene, trübäugige Auswärtige, Volksbeglücker der untersten Pöbelklasse, alle auf die Schnelle rekrutiert. Rote Gardinen, an Stangen gebunden, flattern auf den Trümmersperren. Eine Barrikade an der Schönegasse, eine Sperre am Neumarkt. Umgeworfene Postkutschen und Karren, aus Fenstern ausgerissene Bleirahmen, Kästen und Kisten. Banditen aus den Wirtshäusern schuften mit Hacken und Schüppen, sie reißen das Pflaster auf, kippen Pfosten, sie werfen Steine in die Fässer, damit sie im Sturm nicht zerspringen. Hoch auf einer Barrikade liegt ein Flügel auf dem Rücken, der Stock mit den zwei Pedalen ausgestemmt, fast alle Tasten zerhackt. Ein tumbes Tier, das zahnlos grinst. Im Kampf ist das Musikinstrument ein bloßer Brocken in der Schanze. Ein Kerl singt das Schützenlied: »Frisch auf, zum frohen Waffenspiel, die Büchse von der Wand! Es sammeln sich der Menschen viel. Und lockend winkt das schöne Ziel, des Schützen sich'rer Hand! …

Wer ist das Ziel? Es ist der Herr Fabrikant, wir treffen ins Schwarze!«

Die Männer singen aus voller Kehle Freiheitslieder. Berührt es mich, bin ich ergriffen? Wenn die Preußen kommen, stecken die Fürstenfresser das Hasenpanier auf. Jetzt haben sie freie Hand, die Bürgerwehr hat sich neutral erklärt, sie schreitet nicht gegen Tätlichkeiten ein. Ich sehe Nachtwächter ängstlich an Alarmhorn, Signalpfeife und Seitengewehr nesteln. In Friedenszeiten prüfen sie, ob die Laternen in den festgesetzten Stunden brennen; ob die Polizeistunde in den Schänken eingehalten wird. Jetzt können sie die Verdächtigen nicht in die Wachstube abführen, Ruhe und Ordnung sind dahin, sie wachen über den ordnungsgemäßen Bau der Barrikaden.

Bin ich froh, dass die Herren und Hüter entmachtet sind? Ich stehe vor eisernen Treppengeländern, die man aufeinandergestapelt hat. Krieg gegen die Paläste, Krieg gegen Kamine und Klaviere, Krieg der Kommandanten, die brüllende Knechte befehligen. Bäcker unter Waffen machen sich flotte Tage. Ein schönes Wort das, die Revolution. Ich sehe: Volkshaufen zertrümmern Türen und Häuser mit Äxten, Schmiedehämmern und Hacken. Dies Lumpenfest macht dem Land an einem Tag mehr Schaden, als alle Fürsten und Beamte in drei Jahren dem Volke kosten. Wo steckt Engels?

Ich finde ihn an einem Haufen von brennenden Brettern und Bohnenstangen, er sitzt auf der Bordsteinkante und wärmt sich die Hände. Ein aufständischer Landwehrmann steht bei ihm, er spannt den Hahn, als er mich erblickt. Ich weise mich laut als Genossin aus und nenne meinen Namen. Nur auf Engels Zureden lässt er die Waffe sinken und hält sich in der Nähe bereit. Er traut mir nicht, und er hat recht. Das Volk ist auf den Straßen: Die Gebildeten haben den Faden gesponnen, die rohen Kerle wickeln ihn von der Spule. Es kommt ihm ungeheuerlich vor, dass sich eine Bürgerliche frei durch Elberfeld bewegt.

»Fräulein Lisette, was führt Sie zu mir?«, sagt Engels.

»Haben wir die Macht übernommen?«, sage ich und mustere ihn. Engels ist an der frischen Luft aufgeblüht. Dunkel schimmern seine Augen.

»Geben Sie mir die Antwort?«

»Eng gefasst und genau genommen sind wir weit davon entfernt.«

»Also sind wir einer Meinung«, sagt er.

»Die Sache ist nicht haltbar«, sage ich.

»Auch das ist richtig. Für den Bürger gibt es dünne Börsen und schlaffe Beutel. Das ist nicht einmal ein Etappensieg.«

»Wir haben geschworen, dass wir den Kampf mit Glut und Blut unterstützen. Ziehen wir uns aus den Gefechten zurück?«

»Wen meinen Sie mit wir?«, sagt er.

»Sie und ich, wir haben eines gemeinsam«, sage ich, »wir sind Fabrikantenkinder.«

»Nicht die Herkunft zählt«, ruft er wütend, »auf die revolutionäre Gesinnung kommt es an!«

Natürlich, wie konnte ich es vergessen? Alles wird Asche und Staub. Engels ficht es nicht an, dass die Brandspritzen zwischen den Trümmern feststecken. Alles brennt nieder, schwarze Flocken gehen nieder auf die Stadt. Gestünde ich meine Trauer ein, würde er mich anfahren: »Wir sind die Totengräber, wir löschen eine Klasse aus!«

Traurig bin ich über das Unrecht im Tode: Ein Sarg aus Tannenholz kostet sechs Taler, ein Sarg aus Eiche zwanzig Taler, ein Grabgewölbe fünfzig Taler. Kann sich ein Weber eine Gruft leisten? Traurig bin ich über die Trophäe auf dem Scheitel der Sperre. Freut sich der Weber über den zerschlagenen Flügel? Früher hätte ich mich wegen dieser Gefühle eine Kleinbürgerin gescholten. Früher ergriff ich Partei und hielt die Volkserhebung für unabdingbar. Früher, das war vor einigen wenigen Tagen. Ich sage: »Schonen Sie die Fabrik und das Haus meines Vaters.«

Er lacht auf, holt ein Dokument aus der Brusttasche, streicht es glatt und liest vor: »Punkt zwei der Bekanntmachung des Sicherheitsausschusses: ›Der Bürger Friedrich Engels von Barmen, zuletzt in Köln wohnhaft, wird unter voller Anerkennung seiner bisherigen in dieser Stadt bewiesenen Tätigkeit ersucht, das Weichbild der städtischen Gemeinde noch heute zu verlassen, da seine Anwesenheit zu Missverständnissen über den Charakter der Bewegung Anlass geben könnte.‹«

»Was werden Sie tun?«, sage ich.

»Ich packe meine Siebensachen. Sie kommen zu spät, Teuerste.«

»Sie könnten sich für meinen Vater verwenden. Er ist kein schlechter Mensch.«

»Man hat mich meines Amtes als Barrikadeninspekteur enthoben«, sagt er, »ich finde kein Gehör.«

»Alles umsonst«, sage ich leise.

»Ihr Stand und Ihr Herz weisen Sie als eine Bourgeoise aus.«

»Wie meinen Sie das?«

»Sie sind die Maus im Maul der Katze, die die Katze

mahnt, nicht zu fest zuzubeißen. Sie verweisen auf Ihre empfindlichen Gelenke. Dass Sie sich auf die Betörungskünste verstehen, bezweifele ich nicht. Sie empfinden das Proletariat als roh und degoutant. Sie glauben, es gehe bei dem Elberfelder Treiben zu wie in der Tuchhandlung: Alle Farben sind genehm. Ich würde über Sie lachen wollen, aber ich bin in trüber Stimmung. Wie nennt man Sie in Ihren Kreisen? Ein verschmitztes Naturell? Ich gehe von hier fort, ich kämpfe andernorts, ich bin nicht vom wankenden Geschlecht.«

»Sie sind verblendet, Herr Engels«, sage ich.

»Ich fechte geradeaus«, sagt er, »Sie sind es nicht gewohnt.«

»Sind Sie stolz auf Ihr Werk?!«, rufe ich. »Das sind Sie bestimmt. Das irre Heldengeschmeiß mag Sie nicht auf Schultern tragen. Also sind Sie verstimmt. Sie wollen die Macht, Sie wollen wie ein deutscher Robespierre wüten …«

Ein sinnloser Streit, ich halte inne. Die Innigkeit, mit der Engels die Sache in Elberfeld für beendet erklärt, widert mich an. Er fieberte, er wollte losschlagen, nun sitzt er zerschunden im Halbdunkel. Ich bin ihm eine Nichtigkeit. Im fernen Frankfurt, im ferneren Berlin wurde der Krieg beschlossen. Unerbittlich ist der Hass des Landwehrmanns, der das Gewehr fest in Händen hält. Ich bin ihm ein nichtiges Weib. Das macht der Klassenkrieg, und das macht der Neid. Engels und der Reservesoldat, der schäumende Geistesmensch und der Büttel: Sie würden mich in ihrem roten Reich verdammen, das in dieser Gemeinde zu errichten sie nicht imstande gewesen sind.

Das Weib, gesittet und nicht ohne Talent, darf assistieren. Schrecken brechen über uns herein, Engels aber erwacht aus der Starre, er schimpft laut auf die Rotfärber, das käufliche Lumpenpack. Sie hätten sich einen Schmiertopf über den Kopf gestülpt und auf Möbelstücke der Herren eine Fahne aufgepflanzt. Über das Maß dessen, was gut und gültig sei, gingen sie nicht hinaus. Was ein elendes Benehmen. Es reiche eben nicht, allein die Büste des Königs zu zertrümmern. Man müsse auch scharf laden, wenn die Reaktion mit mehr Mannschaft anrückte; bei einem Angriff regulärer Truppen sei Elberfeld keinen Tag zu halten.

Engels brüllt: »Die preußische Truppenmacht wird's richten, die Rheinländer verdienen es, dass man sie niederschießt, sie hoffen vergebens, dass man sie mit flachen Säbelhieben züchtigt, doch die Preußen stürmen mit gefälltem Bajonett, da trennt sich Fleisch vom Knochen, die Trottoir-Banditen sind geliefert, sie werden allen Anstand kotzen, bis die allerhöchsten Herrschaften zufrieden sind, was versteht schon der Schnapser von der Revolution, die Ordnung muss in allen Fugen krachen!«

Das tobende Kind spuckt in das Feuer. Es braucht keiner großen Geistesgaben, um zu sehen: Der Sieg der Preußen ist beschlossen. Und dann? Die Weberin kocht Rinde ab, sie trinkt das gewürzte Wasser, um den Hunger zu dämpfen. Der Bürger trägt den Zylinder, damit er höher erscheine als der gemeine Mensch. Engels versagt mir in meiner Not die Hilfe, die mein Vater braucht. Und das, obwohl er angesehen ist bei den wilden Rebellen, die sich um die Rufe nach Ruhe wenig scheren. Seine harte Haltung ist Verrat. Ich kehre heim.

Im Vorgarten eilt mir Ilse entgegen, sie schluchzt und stammelt, ich führe sie ins Haus, ich zwinge sie, ein Glas Wasser auszutrinken, ich schüttele sie, bis sie in verständlichen Worten spricht: Vater versucht, die Arbeiter in der Fabrik zur Vernunft zu bringen. Er hat befohlen, dass sie Augusta heimlich folgt. Ilse verlor ihre Spur im Gemenge. Ich weise sie an, auf dem Stuhl im Flur auszuharren und auf meine Rückkehr zu warten.

Ich ziehe los, die rote Kokarde schützt mich vor Übergriffen. Nach einem Blick auf mein Gesicht weichen die Kerle zur Seite. Sie schwenken Fahnen. Sie schwenken Büchsen und Musketen. Sie schwenken erbeutete Fächer und Sonnenschirme. Der Atem des Aufruhrs riecht nach Kohl und Bier. Ein letztes Fest, eine letzte Freude, die letzten Jauchzer. Hinter der Posthalterei strebe ich zum morschen Haus, das geheime Liebesnest, von dem ich weiß, weil nichts in der Familie mir verborgen bleiben darf. Ich rufe nach ihr, bis sie mir öffnet. Augusta im zerrissenen Rock, Augusta voller Blut. Keine Schwäche, keine Seufzer, kein Klageschrei. Sie sagt: »Es stammt nicht von mir. Es stammt von ihm.« Anton liegt auf dem Rücken, ein Messer steckt in seinem Hals. Ich trete näher, ich sehe: ein schlankes Stilett. Ist es ein Präsent des Majors? Nein, das würde er niemals wagen. Meine Schwester hütet ihre Geheimnisse gut, wenn sie es will.

»Ich habe ihm beim Sterben zugeschaut«, sagt Augusta.

»Es dauerte nicht lange«, sage ich.

»Er griff nach dem Dolch. Er zerschnitt sich die Hände … Er hat mich angefallen.«

»Ja, Augusta.«

»Er rief, er habe genug von den Küssen, er wolle mehr. Ich wollte nicht. Da wurde er hundsgemein. Er rief, dass ich … meinen Schoß für den Preußen bewahrte. Er stieß mich zu Boden, er warf sich auf mich, er biss mir in die Wange. Da habe ich zugestochen.«

»Du hast dich gewehrt«, sage ich, »ihn trifft die Schuld.«

»Ich komme ins Zuchthaus«, sagt sie.

»Nein, das wirst du nicht.«

In seinem Proviantsack finde ich eine halbvolle Flasche Branntwein, er hat sich für die Schändung Mut angetrunken. Ich zerschlage den Flaschenhals an der Wand, drücke die Kiefer der Leiche auseinander, gieße den Wein in den Toten. Ein Raufhändel unter besoffenen Genossen mit tödlichem Ausgang. Ich ziehe den Dolch aus der schmatzenden Kehle, wische ihn an seinem Brustlatz ab. Dann verlassen wir das Haus.

Im großen Bogen umgehen wir die Haufen, die streunenden Briganten lassen uns, die wir blutbesudelt sind, ziehen, sie fragen nicht nach dem Passierschein, den der Sicherheitsausschuss noch zu dieser Stunde ausstellt. Bei Augustas Anblick flucht Vater den Rebellen tausend Torturen an den Hals. Ich erzähle eine vage Geschichte von dem Stein in der Faust eines Freischärlers, der nach einem Feind warf und aber die Falsche traf. Vater hat sich geweigert, sein Haus als roten Hort auszuweisen. Ich kann es ihm nicht verübeln. Wir schmücken uns nicht mit falscher Zier, wir streifen ab die falsche Pracht, wir können Glück nicht aufhäufen. Ilse verbrennt Augustas Rock und Mieder im Hintergarten, meine Schwester steigt ins heiße Bad. Ein unziemliches Verhältnis hat sie gewaltsam beendet. Wird sie das ziemliche Verlöbnis mit dem Preußen auflösen?

Ich bin schlecht darin, Trost zu spenden. Ich sitze am Wannenrand und rede zu ihr, ich spreche von dem Tag meiner Verwandlung, ich sage: »Ich las vor Jahren in einem Lesebuch für Kinder, die gern verständiger und besser werden wollen, ich stieß auf das Lied eines Dienstboten, eine Strophe hat sich mir eingeprägt: ›Der Herrschaft Wohlergehen/Zu fördern, zu erhöhen,/Sey meines Herzens Lust./Vor schadenfroher Freude,/Vor Argwohn, Stolz und Neide/bewahre, Höchster, meine Brust …‹ Der Knecht wird zur wahren Tauglichkeit erzogen. Wer dient, wird gut. Wer ludert, sündigt. Ich habe plötzlich begriffen: Diese Welt, in der durch Wort und festen Handschlag alles geregelt wurde, zum Nachteil der untersten Klassen, zum Vorteil der herrschenden Macht, diese Welt ist verfinstert.«

»Und jetzt?«, sagt Augusta leise.

»Ich bin recht ernüchtert«, sage ich.

»Du glaubst nicht mehr daran?«

»Die erregten Kerle laufen zusammen. Das Gelump brüllt, säuft und kotzt. Von der Despotie der Idioten halt ich nichts … Das Unrecht kann man nicht weglügen, Augusta.«

»Ist es vorbei?«

»Bald«, sage ich, »die Preußen warten nur auf den Befehl. Ein Paar Salven auf die Barrikaden, und der Aufstand bricht zusammen. Dein Major wird mit den Truppen einziehen in die Stadt.«

»Mein Major?«, sagt sie. »Mein Herzbub war er nie.«

»Das stimmt«, sage ich und lache auf, »du liebst ihn nicht.«

»Was soll ich tun?«

»Vertrau dich unserem Vater an.«

»Er wird sich empören«, sagt sie.

»Ja, das wird er. Wir sind seine missratenen Töchter.«

»Gehorsam sind wir nicht«, sagt sie und kichert.

»Warte nicht zu lange«, sage ich, »es ist alles verworfen und zerrüttet. Bis vor kurzem stöhnten wir über die kleinen Erschwernisse. Nun sind wir viele Sorgen los.«

Ich überlasse sie ihren Gedanken, sie wird genesen, sie wird vergessen. Ist es wirklich vorbei? Ich zweifle nicht am Sieg der Preußen. Die Sieger halten Gericht, sie stoßen auf meinen Namen: Das rote Frollein hat mit den Rebellen sympathisiert. Was wird der lüsterne Ohlbeck verlangen, dass er sich für mich verwendete? Was wird es uns kosten, wenn ich nicht meinen freien Stand mit meinem Leib erkaufe?

Später sitzen wir bei spärlichem Licht in der Wohnstube. Auf Vaters ausdrücklichen Wunsch muss Ilse uns Gesellschaft leisten. Die unvertraute Nähe zu den Herrschaften grenzt für sie an Zudringlichkeit. Sie hält das feine Likörglas in beiden Händen, noch wagt sie keinen ersten Schluck. »Bitte«, denke ich, »bitte trink.« Es gibt beschämendere Siege. Es gibt ein stolzes Verdämmern: Das ist eine Möglichkeit, das Unwichtige zu übergehen. Sie hebt das Glas, sie nippt am Likör.

TRÜMMERFRAU

IM KELLER

IM ZERBOMBTEN KIEL

MAI 1945

HILDRUN TILLMANNS

DER EINBEINIGE STEHT neben dem Strohsack, ich stoße ihm die Krücke weg, er fällt zur Seite. Ich springe hoch, dass mir fast die Knöpfe vom Mantel abspringen, er rollt sich zur anderen Seite. »Du hast geschlafen wie ein goldenes Kind«, schreit er, »du hast bös geträumt.« – »Schlag ihn nicht«, ruft Walentina in der dunklen Ecke, »er wollte dich nur wecken.«

Der Traum ist das Gespei meiner geschlossenen Augen, es geht sie nichts an, was die Augen mir spucken in meinen schlafenden Kopf. Ich ziehe ihn hoch, den Mann ohne Bein, ich richte ihn auf. Jetzt greint er mit Schmutz an der Backe. Das Bein blieb beim Russen, das Bein vermisst er wie einen kleinen Sohn, es ist für immer abgerissen, ein rührseliger Restrumpf ist er geworden ohne Bein. Die Krücke hebt die Schulter an. Schief steht er da im Soldatenmantel. Ein Viertel Kerl, der sich grämt, weil ihm das Vaterland ein Viertel Fleisch schuldet.

Ich habe ihm gestern die Schere gezeigt. Ich habe ihm gesagt: »Ich schlaf mit einem offenen Auge. Wenn du mich packst, stech ich zu.«

Er hat gesagt: »Ist unten kaputt. Alles.«

Er lügt, ich rieche seine Gier. Es liegt uns im Blut, gierig zu sein. Er würde sich so einige Schnitzel vom Bein schneiden, wenn der Russe es ihm zurückgäbe. Er winselt: »Ich bin doch ein gelungener Mensch.«

Tiefste Nacht, was heult er, was bin ich ihm schuldig, was glotzt er, wenn ich schlafe, was verstellt er mir den Weg. Ich will ihn aus der Haut schälen, ich will ihm die Ohren abreißen und in den Knorpel beißen, was bin ich wütend, ich schlage den Mantelkragen hoch, ich gehe in das Kellerloch nebenan, ich kauere über dem Kübel und seiche. Die Träume sind meins. Der Mantel mit den verschlissenen Schößen ist meins.

Die anderen, mit denen ich das Kellerloch teile, gehören mir nicht, ich gehöre ihnen nicht, sie sollen mich in Ruhe seichen lassen.

Walentina spricht mit dem Kriegskrüppel, während sie auf der Brennhexe Suppe kocht. Suppe aus Brennnesseln, Löwenzahn und Spitzwegerich. Ich wisch mich ab, ich wisch mir die Hände an der kalten Wand ab. Dann sitzen wir im Kreis, jeder hält einen dampfenden Napf im Schoß, keiner wagt es, den Löffel einzutauchen in das heiße Wasser, denn es geschieht schnell, dass der Löffel über den Boden kratzt. Eine Scheibe Russenbrot aus Roggenschrot, Strohmehl und gehäckseltem Laub. Wie wir es lieben. Wie ich es liebe. Langsam. Kleine Stücke vom Brot rupfen. Auf die Zunge legen. Nicht kauen. Der Bissen Brot zergeht zu Brei. Schlucken. Ein Schluck Suppe. Langsam.

Der Krüppel glotzt in die Suppe, er hat das Augentriefen, er blinzelt, er führt den Löffel zum Mund, er schluckt und pustet. Drei Tiere im Kreis. Draußen geht der Donner los, der Putz löst sich, der Mörtel löst sich. Ein Volltreffer und wir sind Futter für die Ratten. Es reicht ein einziger guter Schlag, und wir sind zerfetzt. Ich schlucke den Brei. Walentina leckt über die schmale Rinde und beißt hinein. Wir hören die Schläge, der Traum verblasst, ich löffele die Wassersuppe, alles, was zählt, ist mein Napf, sind meine Zähne. Brot zerkaut, Wiesenkraut geschluckt. In meinem Magen ist es für eine Minute warm. Die Stunden Kälte folgen. Wer brennt oben im Feuer des Feindes? Wir sitzen und lassen sie brennen. Die, die wir kennen. Die, die in anderen Vierteln hausen. Am Hafen, am Stadtrand, am Rathaus, am Alten Markt: Wer brennt und wer ist nicht verbrannt? Leere Näpfe, Löffel in der Hand. Es wird alles zerfetzt, die harten Heere sind zerfetzt, wir sind bald dran. Der Krüppel, den Walentina Kamerad Konrad nennt, weil sie ihn für einen weniger schlechten Soldaten hält, der Krüppel rührt sich, halb hungrig, halb gierig, bald wird er anfangen zu grienen, er reibt über den Stumpf, und bestimmt wundert er sich wieder, dass der dicke Narbenwulst nicht blutet, das Bein, das Bein, das er vermisst, ist beim Russen, und vielleicht kommt morgen der Russe und spricht: »Bitte schön, du bekommst es zurück, du hängst an deinem Fleisch, da können wir es doch nicht einfach so behalten.«

Er reibt, er flucht, er sagt: »Der Führer ist tot.« Kann er's nicht verwinden? Trauert er? Seine Lungen pfeifen wie wimmernde Mädchen.

Es schwimmen Quallen durch meine Träume, denn meine Träume sind voll mit Meereswasser, und wenn ich aufwache, und wenn ich über dem Seichkübel knie, ist alles weg, ich ertrage es. Ich ertrage es, dass ich eine Menschenratte bin. Ich werde den Volltreffer ertragen. Der Krüppel soll still sein, er schweigt nicht, er wartet nicht auf den mildtätigen Russen mit dem fauligen Bein, er sagt: »Der Führer ...«

»Ich weiß«, sage ich.

»Dann ist ja bald Schluss.«

»Man wirft ihn zum alten Geschirr«, sage ich.

»Das geht schnell«, sagt er, »auch bei mir.«

»Tot bist du uns keine Hilfe«, sagt Walentina.

»Wer redet mit dir? Du bist Russin. Freust du dich, dass wir kopflos sind?«

»Ich freu mich«, sage ich, »die Schläfe oder den Hinterkopf hat er sich ausgeschossen, und da heißt es: ›Der Führer ist gefallen.‹ Ein Hund fällt, wenn man ihm das Bein abschießt, dann fällt er um, aber was hat den Hitler umfallen lassen, das war doch die Kugel, er hat abgedrückt, kein anderer war's.«

»Er hat gesehen, es ist zwecklos«, sagt der Krüppel, »er hat kommen sehen, dass man ihn vorführt wie die größte Beute auf der Welt, und das wollte er uns ersparen.«

»Feiger Hund«, rufe ich.

»Wer? Ich oder der Führer?«

»Ihr beide. Ihr alle.«

»Ich nicht«, flüstert Walentina und zuckt von dem Donnerschlag zusammen.

Sie ist nicht schuld, sie ist es nie gewesen, und wenn die Flieger Bomben abwerfen, dass wir zu Hunderten verrecken in unseren Löchern, dann freut sie sich nicht über die Toten in Haufen, die Toten in Stapeln, sie wünscht nur das Ende der Schweinerei. Ich tröste nicht, und keiner soll mich trösten. Der tote Hitler ist nur ein weiterer Hund in der Grube.

Krüppel Konrad spuckt aus, als hätte er meine Gedanken gelesen, ich spucke auf seine Spucke. Wir sind Melasse. Wir sind Maische, wir sind Schlempe, erst waren wir Hitlerdeutsche, jetzt sind wir Deutsche, der Einbeinige erträgt das Alleinsein nicht, Bein abgerissen, Führer abgerissen, was soll noch kommen, es kommt noch viel. Es wird nicht geschehen, dass der Kamerad gesundet. Wenn er die Bombentage und Bombennächte überlebt, bindet man ihm eine Prothese an, und er kann seine Tapferkeitsmedaille an einen Eisenbügel der Prothese anbinden, dass sie gegen das Ersatzbein schlage. Deutschland über alles, und wir begraben unser Deutschland und die Knochen der Soldaten unbesiegt. Wir Menschenratten fressen Kalk und Mörtel, bis uns der Magen platzt, und tot sind wir unbezwungen.

Ich sehe den Aufdruck auf der Wehrmachtswolldecke, die sich um sein Bein knäuelt: Fußende. Es ist ein toller Witz. Gefrostet ist unsere Tollkühnheit, wir sind geviertelte, geachtelte Helden. Traurige Siegerrasse. Ich muss aufhören zu spinnen. Schläge der Briten, Schläge der Amis. Die führerlose Rasse zerkocht in den Löchern. Ich habe kein Holz, um den Backstein am Feuer zu erhitzen. Fress ich Stein, brechen mir die Zähne ab. Ich muss aufhören zu hungern. Walentina, bleich und zerkratzt, tröstet den Krüppel: Bald gibt's Wurst in daumendicken Scheiben. Bald kann Konrad rohe Eier ausschlürfen. Bald muss er nicht fürchten, dass ihm ein sausender Granatsplitter den Schädel aufklappt.

»Woher willst du das wissen?«, schreit er, »bist du ein Hellseher?«

»Ist das alles ein Anfang oder ein Ende?«, fragt sie.

»Der Feind haut uns zu Klump. Red nicht geziert daher, Mensch! Mich hängt man, dich lässt man laufen, da springst du einem Offizier auf den Schoß und kannst dich selig fressen!«

»Halt's Maul«, rufe ich.

»Was redet die von Wurst … Ich wüsst schon, wie ich satt werde.«

»Will ich nicht wissen.«

»Schneid dir eine lange Scheibe vom Schenkel ab, Walentina. Das wär eine fromme Tat.«

»Du bist ein Schwein«, sage ich.

»Sie ist eine Maruschka. Russin. Wurst oder Christus, mehr kennt die nicht. Und wenn die still ist, summt sie immer dasselbe traurige Lied. Ich werd verrückt. Alles nur Worte. Sie hat Fett an den Hüften. Gestern, da warst du weg, hab ich zu ihr gesagt: ›Wade oder Schenkel, zwei kleine Muskeln, ich schneid sie dir gerne ab, ich brat sie auf der Brennhexe, ein Muskel für dich, ein Muskel für mich, das wär ein Fest …‹«

Ich lag heimlich auf der Lauer, ich habe im Dunkeln gelauscht. Er schlug ihr den Handel vor: »Heute von dir, Walentina, morgen vom Mädchen. Wir werden satt.«

Sie wurde allein mit ihm fertig. Sie hat gedroht, seine Krücke zu verfeuern. Er beschimpfte sie als Untermensch und verzog sich in seine Ecke. Wir könnten ihn im Schlaf anfallen, ich könnte ihm den Kehlkopf eindrücken. Sein heiles Bein, das er belastet, hat viele kräftige Muskeln. Doch Walentina küsst lieber ihr kleines Holzkreuz und blickt hoch zum Himmel. Von oben kommt der Tod, von oben herab fällt uns kein Brot vor die Füße.

Der maulende Kamerad kratzt sich im Schritt, fester und fester, er will fressen, die Läuse fressen ihn, sie fressen auch mich, deshalb habe ich mich kahl rasiert und die Büschel Haare wie eine kleine Leiche im verheerten Garten begraben. Ich sehe dem Krüppel zu, wie er eine Laus nach der anderen zwischen den Fingern zerknackt, sein Blut zwischen seinen Fingerkuppen, die Feinde mehren sich und laben sich an seinem nutzlosen Soldatenkörper, und was ist mit mir, bin ich von Nutzen? Früher, als es schön war, konnte ich mir merken: Abends sitzen die Amseln und morgens die Zaunkönige auf der Tannenspitze, jetzt bestaune ich mein Blut zwischen den Fingerspitzen. Löschen muss ich mein Gedächtnis, erinnern darf ich mich nicht, wie ich als Schülerin mit dem eisernen Kantel gerade Striche zog, und wenn das Kantel auf dem schweißnassen Papier verrutschte, verriss mir der Strich zum flatternden Tau, und schon begann ich vor mich hin zu träumen, bis mich die Kopfnuss des Lehrers herausriss.

Jetzt reißt mich die Wucht der Einschläge heraus. »Ich bin hineingerissen in die bösen Tage«, flüstere ich. »Ich bin ins Wanzenloch gepresst worden, und am liebsten würde ich mich ergeben, mit dem Kübel voller Seich, mit den Knitten in den Falten meines Kleids, und endlich endlich wäre ich befreit von den Läusen …«

»Hör auf«, ruft der Krüppel, »das ist lästerlich. Mädchen, du hast was am Kopf. Du schwätzt vor dich hin, dass mir bange wird.«

»Sie hat bloß laut gedacht«, sagt Walentina.

»Vorhin hat sie mich fast umgebracht. Ich hab doch nicht so lang gelebt, damit ich kurz vor Schluss erstochen werde.«

»Ist gut«, sage ich leise, »wenn, dann kommen wir alle um.«

»Beschrei es nicht«, ruft der Krüppel und kratzt sich unter der Hose, »was geb ich jetzt für eine Kartoffel, eine halbe täte es auch.«

»Von wenigem kriegst du mehr Hunger.«

»Nur ein bisschen«, schreit er, »gebt mir was. Ich kenn euch, ihr habt das Brot irgendwo versteckt. Sobald ich einnicke, schleicht ihr euch in den Garten. Dann fresst und fresst ihr, bis ihr kotzen müsst.«

»Es gibt nichts«, sagt Walentina.

»Ihr bescheißt mich, das ist schon mal sicher.«

»Kamerad Konrad …«

»Ich heiß nicht Konrad, und dein Kamerad bin ich auch nicht. Ich war in deinem Land, Maruschka, ich hab dein Land erobert mit den anderen, da haben wir gefressen, da gab's Wurst ohne Christus. Und eure Männer sind abgehauen ins Hinterland, haben alles aufgegeben. Feige war das, wir haben die Russkis gejagt, feige war das, dass sie sich dort verschanzt haben, wo wir nicht hinkamen. Und eines Nachts stürzen die Russkis vom Rand der Welt auf mich und die anderen. Vorbei war's mit den Festessen … Verdammt noch mal, hört das Gebumse niemals auf!«

Der Kerl windet sich am Boden, er wühlt sich in den Dreck, er würde alles verschlingen, wenn es ihn nicht davor grauste, Spinnweben, Fliegen, unsere Nägel, doch der Obergefreite Karl, der nicht Konrad heißt, leidet am Hungerkoller, er will Schinken aus unseren Schenkeln schneiden, der Russe hat ihm den Schneid abgekauft. Er droht und heult, doch wir sind mächtiger als das Viertel Ding im Schmutz, wir können ihm den Rest geben, wenn er es darauf anlegt. Schwein.

Es stehen die vier Außenwände und drei Innenwände des Hauses, und die Dachsparren sind verkohlt, nichts ist übrig geblieben von dem Haus, in dem ich mein ganzes Leben verbracht habe, nicht einmal ein Schornsteinstumpf. Ich nehme es hin, ich spreche nicht von Schmach und Schande, das Haus ist kaputt. Schwein.

Wir haben ihn aufgenommen, Walentina hat ihn aufgenommen, ich rührte mich nicht von der Stelle, sie aber lief hinaus und brachte ihn in den Keller. Da stand er, der Bettler mit Mütze und Mantel, er hielt die Hand auf, und auf die Hand habe ich gespuckt, damit er versteht, dass mein Herz eine kalte Schlacke ist, er ist kein Vogeljunges im Nest, er soll nicht den Schnabel aufsperren und schreien, ich füttere keinen Kerl. Und doch habe ich mit Kreide Striche gezeichnet und ihm sein Quartier zugewiesen, ich habe ihm gesagt: »Wenn du einer von uns an die Wäsche gehst, bist du tot …« Ich bewache meine Lumpen und meine Fetzen und meinen Napf, über mir eine dünne Decke, ich warte auf die Bombe, ich bete heimlich, dass ich am Leben bleibe, ich wäre gern im schwarzen Rauch, in dem ich mich verbergen würde. Das Feuer frisst, es ist ein einziges Maul. Ich hätte gern die armdicke Wurst, ich würde sie um die Achsel hängen und bei jedem zehnten Schritt reinbeißen.

Der Krüppel schreit mich an, ich rede vor mich hin und mache ihm Angst. Ich lege mich wieder auf den Strohsack, ich zähle die Schläge, jeder Schlag ein Treffer, jeder Treffer ein Dutzend Tote, Kiel wird zum Totenhaus. Die Feinde sind die Meister der Verheerung, doch wer hat sie gerufen, wer hat das Feindesland zum Lebensraum erklärt, das waren Schweine vom Schlage des Schweins, das noch immer zum Gruß Heil Hitler brüllt, und ich brülle immer zurück: »Tot ist der Hitler.«

Nach dem nächsten Schlag sitze ich aufrecht auf dem Stroh, Walentina hockt auf ihrem Stroh und kratzt in Gedanken an dem blauen Aufnäher ›Ost‹ am linken Ärmel, Dienstfrau, Ostfrau, verschleppte Russin, fremdvölkische Magd in deutschen Kleidern, roter Schatten Stalins, den sie hasst, sie kratzt, und weil es mich an die Läuse erinnert, die sich an mir festsaugen, weise ich sie barsch zurecht. Sie ist es gewohnt, denn wir Deutschen sind so: Auch wenn wir verrecken, fordern wir Achtung, von allen in der Nähe, von allen in der Ferne, von den Schaben, den Erdkäfern, den Aaswürmern. »Hitler hat uns versaut, ich bin auch eine Sau.«

»Hildrun«, sagt sie, »was sprichst du da?«

»Der Krüppel hat recht«, sage ich, »ich werd verrückt.«

»Es dauert nicht lang.«

»Und dann?«

»Dann gnade uns Gott«, sagt sie.

»Kommen die Russen? Kommt dein Volk über uns?«

»Ich fürchte, ja.«

»Heil Stalin!«, rufe ich laut.

»Bolschewistenbrut!«, brüllt der Kamerad aus seiner Ecke.

»Wer zerbombt uns?«, sage ich. »Die Briten und die Amis. Die geben uns nicht her. Musst keine Angst haben, Walentina. Irgendwann ist's vorbei, wir kriechen aus den Löchern, heulen in die Schnäuztücher, putzen uns die Nasen, knoten die Tücher und stecken sie in die Tasche.«

»Dein Vater war ein guter Mann.«

»Was?«

»Er hat sich nie vor der Dienerschaft geschnäuzt«, sagt sie.

»Lass das«, sage ich kalt.

»Ja«, sagt sie, »ich lasse das lieber.«

»Sie treffen uns kein zweites Mal. Einmal ausgebombt genügt.«

»Wir haben nichts mehr, oder?«

»Nicht eine einzige Kartoffelschale«, sage ich, »nicht ein Flaum und nicht ein Flausch.«

Ich erstarre, ich drücke mich gegen die bebende kalte Wand, ich zwicke mich ins Fleisch. Das sind die Worte meiner Schwester, nicht ihren Namen aufsagen, nicht ihren Namen erinnern, Frieda Frieda Frieda. Einmal stand ich vor tropfenden Laken an der Hängeleine und zählte die Tropfen, es war ein großes Rätsel für mich, Laken, Wasser, Tropfen, und weil ich nichts verstand, erfand ich die Geschichte von den Männlein, die gefangen waren in den Tropfen, sie klammerten sich an die Rückseiten der Laken und sprangen in die Tropfen, ich erzählte es Frieda, sie kniff mir in die Wange und fragte: »Loch an Loch und hält doch, was ist das?« Wieder ein Rätsel, das nichts mit meinem Rätsel zu tun hatte. »Eine Kette«, rief sie und stob davon. Die meisten Männer, die sie umwarben, hörten sie irgendwann flüstern: »Nicht ein Flaum und nicht ein Flausch.« Was meinte sie damit, sie wusste es selber nicht.

Sie ist das Weiblein in meinem Kopf, zum Teufel mit Walentina, sie hat es geweckt. Sie hat Vater geweckt, der schlief als Seelenhäufchen hinter meinen verlausten Falten. Das Feuer heult in der Nacht, ich höre es prasseln, Krüppel Konrad brüllt sich heiser, drei fiepende Menschenratten, das sind wir, das wache Weiblein ruft: »Es wird nimmer geben so viel wie ein Gramm Wunder nach all dem Tod.« Ich krieche unter den Strohsack, grabe tiefer und tiefer. Und ich warte. Keine Schläge, still ist es nicht. Sie sagt: »Die sind abgezogen.« Sie sitzt schief auf dem Stuhl mit der Sprossenlehne, doch die Sprossen haben wir verfeuert, und auch die Beine, sie sitzt auf der Holzplatte, die wir heute zerhacken werden, der Krüppel hat sich ausgeschrien und sitzt bei ihr, ich setze mich zu ihnen, wir sind heil geblieben.

»Dreckszeug«, sage ich.

»Heut ist der dritte Mai«, sagt Walentina.

»Hast du Geburtstag, Maruschka?«, sagt der Krüppel laut.

»Es ist wichtig zu wissen, welchen Tag wir haben.«

»Du redest Russki-Mist. Ich merk mir keine Tage. Ihr seid zwei blöde Weiber. Hätt ich was zu entscheiden, würd ich euch ins Lager schicken.«

»Heut Nacht«, sage ich zu Walentina, »heut Nacht schneid ich ihm die Lippen ab, wir rösten sie an und essen sie halb roh.«

»Du bist krank, Mädel«, sagt der Krüppel, »ich wusste es auf den ersten Blick.«

»Hildrun«, flüstert Walentina.

»Kein Flaum und kein Flausch«, sage ich, »ich muss raus.«

»Morgen bist du zu schwach. Morgen reicht der Lebensrest nicht mehr«, sagt sie.

»Dreh dem Kerl nicht den Rücken zu«, sage ich, »der ist zu allem fähig.«

Ich stehe auf, ich achte darauf, dass ich ihn berühre, am Stummel, er weicht zurück und verstummt, es ist leicht zu sterben, das hat er in seiner ersten Stunde im Keller verraten, er meinte die anderen, die Feinde auf der anderen Seite, hier bei uns in der Heimat ist er aufgeschmissen, ich bin die Volksgenossin, die ihn glühend hasst, die ihn füttert, weil der Untermensch Walentina ihn für einen Menschen hält. Sie müsste ihm den Kopf abschneiden. Sie erträgt ihn. Ich darf nicht spinnen. Ich reibe mir Schmier ins Gesicht und wickele mir Lumpen um die Brust und wickele einen Lumpenbündel unter den Rock. Ich schlüpfe in die Arbeitsbotten meines Vaters, ich stoße mit den Zehen gegen die steifen Lappen, die ich in die Schuhe gestopft habe.

Raus aus dem Loch, mit dem schweren Sack über der

Schulter, es geht ins zerschossene Gelände. Aus den Nebeltonnen steigt der Qualm, Kiel wird eingenebelt, alles umsonst, Lachen voller Seich und Gülle auf den Straßen, ich sehe die nicht verbrannten Frauen und Männer, sie strömen aus den Bunkern heim, Kinder führen sie an der Hand, Kinder zerren sie vorwärts wie Blindenhunde, Häftlinge in gestreiften Jacken gehen mit Axt und Einrisshaken in die schwelenden Trümmer, die Wachmänner halten die Gewehre im Anschlag, sie mustern mich, sie halten mich an, und ich gebe an meinen Namen. »Was ist in dem Sack?« Ich greife hinein und zeige ihnen die Lockenschere mit Spirituskocher. »Mein Vater ist ein lieber Mensch«, sage ich, »der beschenkt mich, heut ist der dritte Mai, heut ist mein Geburtstag.«

Ich will weiter lügen, doch sie bellen, dass ich abhauen soll: »Los, sofort, scher dich weg und glotz nicht die Kerle an.« Ich zieh weiter, ich habe nicht geglotzt, ich habe den Mann angestarrt, der beim Hacken innehielt und mich ansah, sein schorfiger Schädel, mein verlauster Schädel, ich schleiche an entwipfelten zersplitterten Bäumen entlang, hätte ich nur einen Handwagen, käme ich schneller voran, doch die Sprossen und die Stuhlbeine sind Asche, und der Wagen ist Asche, das dumme Schwein in Uniform hätte mal selber in den Sack greifen müssen, was hätte er nicht alles entdeckt, der Scherge wäre hochrot geworden vor Zorn, doch ich habe nicht geplündert, die Waren im Sack gehören mir, und ich sehe an einer anderen brennenden Ruine andere Männer in gestreifter Jacke, sie tragen Holzschuhe, damit sie sich nicht auf leisen Sohlen davonschleichen können, ein Zerlumpter geht nach einem Kolbenstoß zu Boden. Hat er getändelt, hat er den Befehl überhört, jetzt liegt er auf seiner Spitzhacke, und nach zwei Stößen ins Genick liegt er still.

»Staub, Nebel, Trümmersplitt.« Ich singe das Kinderlied, das mir Walentina beigebracht hat, ich singe das Russki-Lied mit deutschen Worten. Ich trage einen Sack voller Steine, die Steine gehen mir nicht aus, sooft ich auch werfe, ich darf nicht spinnen, ich muss den Sack tragen, ich will in Seitenwege, dunkle Gassen, kleine Pfade biegen, überall Schutt und Qualm und Brocken und zerfetzte Balken, die Gestreiften tragen verkohlte Leichen aus einem Haus ohne Dach und Stockwerke, sie legen sie ab zur Ansicht: Mann Mann Mann, Frau Frau, Kind und Kind und Kind, acht verschwärzte Tote, auch sie haben ausgeharrt unter der Erde, dann traf sie der Schlag. Wir sind erbärmlich in der Niederlage, wir sind verkrümmt im Tod, Heil Brand, Sieg Tod, verdammt sollen wir sein, ich husche und höre, dass meine Knochen aneinanderschaben, ich höre es nicht, es ist ein Krispeln, ein Krapsen in meinem Kopf, ich wate durch Seich und Gülle, ich spucke und spucke auf meine Spucke, Dreckszeug liegt steht verharrt auf meinem Weg, und ein Kerl will mir den Sack von der Schulter reißen, ich kratze ihm die Lider blutig, ich beiße ihm in die Wange, ich springe davon, sein Geschrei geht mich nichts an, meine Läuse gehen ihn nichts an. Menschenratte, Menschenfrau, das bin ich. Kein Schwein. Und der Vater in meinem Kopf ist erwacht, er will sprechen; er hat so lange im Grab in meinem Schädel gelegen, er spricht: »Gebrauch tut mehr als Meisterlehr.« Was er uns nicht alles beigebracht hat, alles sinnlos, das lodernde Feuer ist eine Fratze und lacht mich aus, ich bin gewesen weiches Mädchen der strammsten Rasse, ich bin die gute Tochter im heilen Haus gewesen, es gab sogar Pistazienplätzchen zum Kaffee, undeutsche Kuchen, von Undeutschen gebacken, war das eine Lust, hineinzubeißen, aber immer die Hand darunterhalten, um die Krümel aufzufangen. Und die Rosinen, die Frieda naschte, Sittiche nannte uns Vater und mahnte: »Es grimmt euch der Magen, wenn ihr zu viel davon esst«, und wir aßen immer zu viel, fröhlich Gemüt, gesundes Geblüt, stinkende Sinnsprüche, wo sind sie hin, viele Hände heben leicht eine Last, stinkende Worte, sie schwimmen zu meinen Füßen in dem Schmutzwasser. Nicht spinnen, weiter. Dort, wo die kleine Treppe stand, ist ein Trichter, ich laufe zurück, ich laufe in eine Horde von Versprengten und halte fest mein Ränzel, die ausgebombten Frauen Frauen Frauen und viele Kinder, staubbedeckt und verletzt, stumm und taub, sie stolpern aus den Häusern aus heißer Asche, und ein bezopftes Mädchen hält mich für ein böses Gespenst und beginnt zu schluchzen, ich verschwinde zwischen den Trümmern. Dort ist es. Dort muss ich hin. Ich bin da.

Im Hinterhof ist die Laterne zerschlagen, das war nicht der Feind. Ein Kerl taucht plötzlich aus dem Dunkeln auf, und bevor er mich packt, flüstere ich: »Gustav kennt mich. Sag ihm, Hildrun hat was mitgebracht.« Ich muss ihm den Sack aushändigen, ich warte, bis er zurückkehrt und mich einlässt, wir gehen durch den kurzen Flur, er klopft an die Tür, die der Italiener sofort aufreißt, bei meinem Anblick verzieht er angewidert das Gesicht, ich bin die Frau aus Schmier, Lumpen und Asche, und er ist an lachende geschminkte Nutten gewöhnt, die ihn für Butter und Seidenstrümpfe mit Naht bedienen. Gustav hat meine Tauschwaren auf dem großen Schreibtisch ausgelegt. Lockenschere, elektromagnetische Haarbürste, Füllfederhalter, Vielfarbenstift, Tintenlöscher, Bernsteinbrosche, zwei Bücher, ein Stahlhelm mit Henkel, den man als Kohlenschütte benutzen kann.

»Die Bücher«, sagt er.

»Von einem Juden geschrieben«, sage ich, »verboten.«

»Was steht drin?«

»Reise an den Rhein.«

»Mist von gestern«, ruft der Italiener und lacht.

»Hast du sie gelesen?«, sagt Gustav.

»Ja. Ich spuck darauf.«

»Weil er ein Jid ist?«

»Ist mir egal, was er ist. Gefühle, nichts als Gefühle. Ganz blöd. Es gibt Männer, die lieben es. Du wirst sie loswerden.«

»Wer will schon lesen?«, sagt er laut, »da haben wir all die Jahre ein einziges Buch gelesen. Und sieh, wo wir stehen.«

»Den Führer fressen die Würmer«, sage ich.

Sie lachen, als hätte ich einen Witz gemacht, Gustav schlägt mit der flachen Hand auf den Tisch, dass der Soldatenhelm über den Rand rollt und auf seinen Schoß fällt, erschrocken ist er, bleich wird er, er fegt den Helm auf den Boden, glaubt er an ein Zeichen, glaubt er, dass ihm Hitlers Kopf zwischen die Beine fiel, um ihn zu beißen.

Ich lächele, und der Schmier auf meinen Zähnen ekelt sie an, ich blicke wieder in ernste Ganovenfressen. Verborgen vor den Schergen haben sie das, was sie haben und was sie sind, so haben sie gelebt bis jetzt. Was ändert sich für sie unter den neuen Herren?

»Nichts«, sagt Gustav. Ich habe wieder laut gedacht.

»Herrscht bei uns bald der Russe?«, sage ich.

»Wer weiß das schon? … Was soll ich mit dem Krempel?«

»Die Sachen sind wertvoll.«

»Blech von gestern«, ruft er, »vernutztes Zeug.«

»Und die Brosche?«

»Steck ich meiner alten Tante an.«

»Sie wird es lieben«, sage ich.

»Sie ist tot und begraben, Hildrun. Ich habe es dir erzählt, bei deinem letzten Besuch. Aber du merkst dir ja nichts. Du hast hier nichts zu suchen. Das ist kein Heim, und ich bin nicht von der Wohlfahrt. …«

»Ich kaufe die Brosche«, sagt der Italiener.

»Kein Geld«, sage ich, »Kartoffeln.«

Glückskönig Gustav schimpft mit dem Mann, der ihm ins Wort fiel, der Mann hört ihm schweigend zu, er wirkt nicht beleidigt, ich bin keine richtige Frau, er muss nicht beschämt sein, dass er das Gesicht verliert, er muss mir nur Kartoffeln geben, die ich in dünne Scheiben schneiden würde, es reichte für zwei volle Tage. Ich summe, ich singe, und Gustav tadelt mich, der Italiener stürmt hinaus, bin ich entlassen, soll ich das Zeug meines Vaters und das Zeug meiner Schwester wieder einpacken, und ich frage: »Ist Roswitha da?«

»Du hast mit ihr nichts zu schaffen!«, schreit er.

»Sie freut sich, wenn sie mich sieht.«

»Falsch. Du machst ihr Angst.«

»Das stimmt nicht«, sage ich.

»Troll dich, Mädchen«, sagt er, »du bist zu nichts gut. Andere Frauen hungern auch. Aber sie waschen und kämmen sich trotzdem. Dann ziehen sie ein schönes Kleid an und bitten mich um Arbeit. Sie arbeiten zwei Stunden und bekommen ein gutes Essen. Ich weise sie nicht ab.«

»Ich bin nicht so.«

»Nein, du bettelst lieber. Also, für das Alteisen bekommst

du nichts. Der Itaker gibt dir was für die Brosche. Das war's. Wenn du dich hier noch mal blicken lässt, übergeb ich dich den Bullen. Du weißt, was dir dann blüht. Hau ab.«

Ich würde ihm meinen nackten Nacken zeigen, als Zeichen, dass ich mich unterwerfe, dass ich die Macht des Glückskönigs anerkenne, im Tausch gegen zwei Kohlstrünke, gegen die Erlaubnis, Roswitha, die Polin, zu sehen, aber es würde nichts nützen, wenn er das letzte Häkchen setzt, dringt man nicht mehr zu ihm durch. Ich lege das Hab und Gut in den Sack, den Helm lass ich ihm, ich laufe zurück in den dunklen Flur, und da steht der Italiener mit guten Sachen in Händen, ich öffne mein Ränzel, es fallen die Stücke hinein, und er sagt, die Brosche wird er ihr schenken, und kein Geschenk ist umsonst, sie muss ihn küssen, bis ihm die Lippen brennen, mich aber küsste er nicht mal für hundert Mark. Ich sage Ja und Amen, ich sage kein falsches Wort, eine Frau im kurzen Rock mit nackten Beinen voller Sommersprossen gefällt den Männern, sie gefällt ihm und bestimmt auch den beiden Kerlen, die den Fußboden spänen, die Tür zur Kneipe steht offen, und ich sehe die Ostarbeiter fleißig tun, obwohl sie immer wieder hastig über die Schulter schauen, das ist der prüfende Rückblick, wir kennen ihn alle, die Deutschen, die Fremdvölkischen, die Kinder: Einer läuft, einer verfolgt. Einer ist dem andern Feind, und der Feind hört mit.

»Sie hat vier Augen und vierzig Nägel«, sagt der Italiener.

»Wer?«

»Roswitha.«

»Verstehe ich nicht.«

»Sie ist schwanger.«

»Wer war das?«, sage ich laut.

»Nicht so heftig. In diesem Lokal gehen viele Männer ein und aus.«

»War das Gustav?«

»Er hat sein Liebchen, ich hab mein Liebchen«, sagt er, »ich raub ihr den Kuss, schwanger oder nicht. Du hast den Boss gehört. Komm nicht wieder, sonst tut er dir weh.«

Ich kratze mich, er schnellt angewidert zurück, ich bin ihm ein Ungeheuer, ich bin ihm eine Bitterkeit, sie sollen meine Tüchtigkeit nicht anzweifeln, trotz der Läuse, die mein Blut trinken.

Ich trete hinaus in Schutt und Krieg, ich gehe in die Feuer, Sack am Rücken, ich zwinge mich, bei jedem Schritt festen Halt zu finden und zu denken über Gustav, den schmierigen Betrüger, den Mörder, der sich mit allen Herren gut stellt, der Frauen beschädigt, der mich beschädigt hat. Der mir das Mädchensein nahm, weil ich mich in ihn verguckt hatte. Weil man mir Schwester und Vater genommen hatte. Und dann stieß er mich aus dem Weg, er zerwühlte mich, er machte mich zu seiner Unterlage, er schlug mir auf den Mund wegen der bösen Worte. Was hat er gesagt, als er rittlings auf meinem Bauch saß und zur zweiten harten Ohrfeige ausholte? Er hat gesagt: »Du bist jetzt ein Luder, du bist jetzt reif für die anderen.« Schwein. Mörder. Mit Hühnerdraht drosselt er die Kerle tot, sie verschwinden, und er setzt sich an den großen Schreibtisch und empfängt die Bettler, die Bittsteller, Kreisleiter Jabs herzt ihn, keiner kann dem Mörder was, keiner wagt ihn anzugreifen, denn Kreisleiter Wilhelm Jabs hält Gustav für einen harten Arier, der den Schwachen die Zimperlichkeit austreibt, lebenswert ist der Gustav, und wer Butter oder Zucker will, muss tun, was er verlangt, auch wenn er danach speien muss.

Ich bin ihm nichts schuldig. Den Mantel am Leib habe ich aus Wolldecken genäht, meins. Meins sind die Stücke, die ich getauscht habe gegen die Brosche. Meine Arbeit ist es, durchs zerhauene Gelände zu stromern, bis ich zerzaust heimkehre, dorthin, wo ich begann, und wo es ein böses Ende mit mir nahm, der Keller ist mein Platz.

Am Hydranten trinke ich Wasser und spüle mir den Mund aus, das Ränzel zwischen den Beinen, die Hungerleider spähen zum vollen Sack, sie haben ihre Magerkeit, ich habe die meine, ich kratze mich und kratze mich, obwohl es nicht juckt, und sie gehen alle auf Abstand, die Flüchtlinge machen bei uns halt, auf Karren und Handwagen haben sie zerbeulte Zinkwannen und geschnürte Matratzen verstaut, der älteste Sohn wacht über den Besitz, während die anderen sich zum Wasserschöpfen in die Schlange stellen. Wovor sind sie geflohen? Vor der Roten Armee. Wen schnappt sich der Russe zuerst, die Mädchen die Frauen? Er legt sie mit Gewalt als Unterlage hin. Was haben unsere Soldaten getan, als sie dort einfielen?

Sie jagen mich wegen meiner Frage fort. Ich könnte Geschichten erzählen von der verschleppten Walentina, von der geraubten Roswitha und wie man sie und ihre Schwestern als zerwühlte blutige Betten hinterließ. Schwein und Schweine im Feindesland. Wir haben sie gerufen, sie kommen. Vom Schlag des vertriebenen Kerls blutet mir das Zahnfleisch, ich bin aber nicht mehr durstig, ich kann spucken, ohne zu denken: Du vergeudest deine Spucke. Ich kann mir über den kahlen Kopf streichen, ohne dass ich mich an den Stoppeln ritze. Überall die Gestreiften, die Wächter treiben sie an, doch die gehöhlten Männer ahnen wissen wittern, dass wir ein besiegter Haufen sind, noch werden die Aufsässigen niedergetreten, noch verschallt jeder Todeslaut, aber wir verlöschen, weil es der Hund in der Grube bestimmt hat. Es schneit Rußflocken, es schneit Asche. Bitter schmeckt die Flocke auf der Zunge.

Ich schleiche mich zwischen Balken und Trümmerplatten in den Keller, Walentina stürzt aus dem Versteck, die Schere hält sie wie ein Messer in der Faust, sie stockt mitten im Angriff. Wen hat sie erwartet, sind Plünderer eingefallen? Ich blicke mich um, ich gehe in den Nebenraum, ich sehe: Kamerad Krüppel liegt mit eingeschlagenem Schädel kalt und steif auf dem Boden. Geschlagener Soldat. Wirt der Läuse. Zwei graue Winkel am Ärmel, zwei Winkel hat er verdient im Krieg. Obergefreiter Karl, kaputt, geborsten, unbrauchbar. Er steht nicht mehr auf für den Führer. Ein Maul weniger zu füttern, freue ich mich, es ist mir gleichgültig, und Walentina sagt: »Ich habe ihn nicht getötet.«

»Nicht wichtig«, sage ich.

»Hinten im Garten ging jemand heimlich herum. Er … er regte sich darüber auf, er fing an zu brüllen, und dann humpelte er hinaus, um den Jäger zu jagen, das hat er mir noch zugerufen, und als er draußen war, hörte ich ein furchtbares Geräusch, ich hörte ihn fallen, und jemand lief weg. Ich habe ihn in den Keller geschleift.«

»Ein übles Loch hat er im Kopf.«

»An Christus hat er nicht geglaubt«, sagt sie, »jetzt ist seine Seele im Himmel.«

»Sein Maul war seine Seele«, sage ich, »sein Magen war seine Seele. Der fault, und das war's.«

»Er war kein verdorbener Mann.«

»Ein Schwein weniger auf der Welt. Hat er dich angefasst?«

»Was redest du da?«

»Wollte er, dass du ihn … du weißt schon.«

»Du glaubst mir nicht?«, sagt sie. »Ich kann niemanden töten.«

»Das kann jeder«, sage ich, »dem Kerl trauere ich nicht nach. Die Krücke können wir verfeuern. Der hat bestimmt irgendwas vor uns versteckt. Hast du nachgeschaut?«

»Ich fleddere keine Leiche«, schreit sie, »du verstehst es nicht! Ich war's nicht, und wenn ich es nicht war, war's ein anderer. Und wenn es ein anderer war, läuft er frei herum und kommt wieder.«

Sie ist aufgebracht über meinen Unglauben, soll ich sie tröstend umarmen, dann kröchen ihre Läuse in meine Falten, und meine Läuse würden sie heimsuchen, rührselige Russin, die flennend ihre Unschuld beteuert, sie würde in meiner Achtung steigen, wenn sie gestünde, dass sie den Krüppel erschlagen hat, Russin mit wirrem Blick, Russin mit seinem Blut am Mantel, sie war damals verliebt in meinen Vater, die Liebe kroch ihr an den Augen heraus, sie war eine aufgeplatzte Puppe, und Stroh quoll ihr aus den Nähten, puppige Matruschka, Sklavin der Arier, ich könnte sie mit einem wuchtigen Schlag mit der Stange erschlagen, ich rieche meine Mordlust und gehe schnell in die Hocke und durchsuche die Taschen. Steinharte Brotkrume. Uhr mit zerschrammtem Glas ohne Armband. Münzen ohne Wert. Schnürsenkel, neu. Prallvoller Tabakbeutel, Blättchen, gute Beute.

»Das ist nicht richtig«, sagt Walentina.

»Er braucht es nicht mehr«, sage ich.

»Hast du keine Angst?«

»Vor der Leiche?«

»Vor dem Mörder«, sagt sie.

»Mach kein Theater«, sage ich.

»Habe ich dich je angelogen, Hildrun?«

»Dreckszeug«, rufe ich, »gut, ich glaube dir. Das ist schlecht. Hättest du es getan, wäre das unser beider Geheimnis. Jetzt läuft der Mörder herum und prahlt vielleicht damit. Das lockt die Ratten her.«

»Sie sind überall«, sagt sie.

Ich schnelle aus der Hocke hoch und treibe sie mit harten Stößen gegen die Schulter in den kahlen dunklen Raum, in dem die Strohsäcke liegen, es muss ein Ende haben mit ihrem Jammer, mit ihren Gebeten, mit ihrem Himmelskönig, den sie in der Not anbettelt, sie muss endlich endlich das Ende und unsere Niederlage sehen, Reich kaputt, Leben kaputt, wir sind zwei Hunde, die sich um das Fleisch des Krüppels balgen, Rettung kaputt, das ist der Rachekrieg der wilden Völker, die uns zerfleischen werden, sie muss doch endlich verstehen, was die Trümmer und der Ziegelsplitt bedeuten, und doch winselt sie gottergeben, dass es mir in den Ohren gellt, sie versucht, mich zu umarmen, sie versucht, mich in der Umschlingung festzusetzen, wir tanzen, wir torkeln, wir rucken eng umschlungen von einer Wand zur anderen, eine schiebt, eine drückt, ein Ende muss sie sich wünschen. Wir haben Klobrillen und Schamwände aus Holz verfeuert, wir haben in alles Weiche gebissen, wir haben uns berühren lassen von Männern, jetzt ist genug. »Bete nicht mehr«, brülle ich, »sonst fresse ich deine Zunge, es wird mir schlecht, wenn ich dein blödes Sündergesicht sehe«, wir schieben uns keuchend durch den Keller, ich bin die Hündin, die die Hündin anbellt. Dann: Großer Krach. Dann: Die ganze Stadt geht hoch. Dann: Höllengetöse.

Wir fallen um. Wir bleiben liegen, gelähmt vor Angst. Es dröhnt von überallher. Der Boden bebt. Der Feind schießt uns in Stücke. Jetzt werden alle Mauern fallen, wir sterben gleich.

Walentina betet, ihre Kiefer mahlen. Ich krieche weg von ihr. Ich will sie im Tod nicht anschauen. Ich krieche zum Sack, greife blind hinein, wühle und taste, rupfe grob, stecke es in den Mund: Brot. Ich sterbe satt, mein Magen soll nicht knurren. Ich rupfe und rupfe: eine Handvoll Brot. Ich krieche zurück und stopfe ihr den Mund. Nicht beten. Sie sprengen uns in die Hölle. Sie kaut, ich schiebe ihr ein zweites Stück zwischen die Zähne. Ich kaue, taub vom Lärm, ich schlucke Staub. Mein Magen ist ein fressendes Tier. Ihr Magen ist Christus. Hunderte Schläge, der Himmel zerfällt. Die Stadt wird zermahlen. Wir werden kalt und steif daliegen wie der Krüppel. Noch können wir essen. Wir essen den Laib Brot, Bissen für Bissen, Schlag auf Schlag, der Hunger vergeht nach und nach, wir essen lebend. Wann krachen die Mauern über uns zusammen? Ich denke nicht mehr daran. Ich bin satt. Walentina fragt: »Hat es aufgehört?« – »Es hat aufgehört«, sage ich, »jetzt kommen die Soldaten und stechen uns tot«, also warten wir mit geschlossenen Augen, der Schuss soll uns überraschen, ich will nicht nach dem Russen spähen, der mir das Bajonett in den Bauch rammt, Brot in meinem Magen, die Seele grollt nicht.

Wir liegen lange. Wir hören keinen Siegesruf in einer fremden Sprache. Sie richtet sich auf, klopft Staub und Rattenmist vom Mantel, sie geht hinaus. Was sollte ich sie vor den Russen warnen, sie ist eine von ihnen. Und doch ist sie es nicht. Gestern hat sie gesagt: »Ich kehre nicht zurück. Sie würden mich hängen wegen Hochverrats.« Hat sie mich allein gelassen? Ich stehe auf, ich horche auf schwere Schritte, auf geflüsterte Befehle, auf Männerstimmen. Nichts. Walentina ruft mich leise in den Garten, sie ruft: »Es ist vorbei«, was meint sie damit? Ich lausche der Stille, die keine Stille ist, aus der Ferne weht der Wind Stadtgeräusche, keine Möwen, keine Krähen, keine Singvögel, sie sind verstummt, ist das ein Hinterhalt, wir laufen geduckt in den Keller. Ich greife das Zeug aus dem Sack.

»Sieben Kartoffeln«, sage ich, »und drei Rippen Schokolade.«

»Gustav?«, sagt sie.

»Der Italiener.«

»Er heißt Salvatore.«

»Ist mir egal. Er hat die Bernsteinbrosche behalten.«

»Kein gutes Geschäft für uns«, sagt sie, »wir müssen hier raus.«

»Wir bleiben«, sage ich laut, »fang nicht wieder an, zu wimmern.«

»Ich lass mich nicht gefangen nehmen. Sie stecken mich in den Viehwaggon. Wegen Zusammenarbeit mit dem Feind richten sie mich hin.«

»Hier, iss«, sage ich und reiche ihr eine Kante Schokolade, »aber nicht so gierig.«

Vater schalt mich oft, weil ich Nichtigkeiten breit auswalzte. Weil ich mich an schöne Worte hielt, statt an Zahlen. Was ist nichtig? Die Gefühle der Russin. Sie hat Angst, doch der Russe lässt auf sich warten, wir müssen uns eher vor den anderen Menschenratten in Acht nehmen. Ich habe geplündert, der Krüppel ist nichtig. Ich kauere im Schmutz, ist heut der dritte vierte fünfte Mai, ich komme durcheinander, das ist nicht gut, und nicht gut ist mein Kellerkoller, wir essen drei Kartoffeln, wir warten, bis es dunkel wird, wir schleifen den toten Krüppel in den Garten, ich fange an, die Erde aufzuhacken, Walentina löst mich ab, die Blasen an den Händen reißen auf und bluten, tiefer und tiefer hinunter, doch das Grab ist nicht lang genug, wir hacken, wir schwitzen Blut, wir bluten Schweiß, dann schiebe ich im Sitzen mit den Füßen die Leiche bis an den Rand, bis sie über die Kante rollt. Wir schütten den Obergefreiten zu. Wir essen den Rest der Schokolade. Arier verreckt, Arier begraben, Schutt und Splitter auf die aufgewühlte Erde, kein Gebet, kein Christus, wir hören Schüsse, die Soldaten warnen vor den anfliegenden Bombern, die Luftschutzsirenen sind längst zerstört, die Soldaten schießen in die Luft, ich greife zur Spitzhacke, ich greife nach Walentinas Hand, und wir laufen zurück ins Loch. Schläge. Die Hölle donnert. Die Hölle zerbirst. Eine Höhle ist mein Magen, spitzer Schmerz schneidet hinein. Ich weine still und mit abgewandtem Gesicht. Nichtig. Nichts und niemand kommt zur Rettung. Ich liege, Walentina liegt, sie presst sich auf dem Strohlager an meinen Rücken. Sind noch Kartoffeln übrig? Ich weiß es nicht mehr. Frieda erwacht in meinem Kopf. Dumme Schwester. Sie hängte an den Wäscheschrank ein Paradetuch vor, sie hatte es mit einem Sinnspruch bestickt: Geblüht im Sommerwinde, gebleicht auf grüner Au. Liegt still es nun im Spinde, als Stolz der deutschen Frau. Vater erwacht in meinem Kopf. Er sagt: »Geistvoll müsst ihr sein, der Geist verlangt ernstes Sinnen!« Dreckszeug. Sie glaubten daran, bis man sie abholte. Schläge. Walentina küsst meinen nackten Hinterkopf, hör auf, hör auf, ich stoße sie weg, Vater Schwester sind erwacht, zwei kleine Würmer in meinem Schädel, hört auf. Hunderte Schläge. Kiel ist ein einziger Schrei. Stille. Schlaft, dass ich schlafen kann. Vater Schwester sind verstummt. Schlaf.

♀

Ich laufe herum und frage, ich frage und erfahre: Wir haben unsere Munition verschossen, damit sie nicht in die Hände des Feindes falle. Wir haben unsere Schiffe versenkt. Alle dachten, das sind die Endbomben, und sie eilten in die Bunker. Die Lager und Speicher sind freigegeben. Noch einmal fielen Bomben vom Himmel, aber nur eine Hand voll, dann war Schluss. Die Festung Kiel war gefallen. Die Briten haben die Stadt besetzt, Gott sei Dank, nicht die Russen.

Vor den Speichern reißt die Plündermeute mich mit, das Amt ist fast leer geräumt, wir balgen uns um die Reste, ich schlage, ich kratze, ich weiche den Hieben aus, nach zwei Griffen in den kleinen Haufen halte ich einen linken Damenschuh und einen rechten Arbeitsstiefel in der Hand, ich stopfe sie hinter die Lumpen an meiner Hüfte, ein Kerl hält mich für einen Kerl und haut mir auf den Rücken, Schmerz im Magen, Schmerz in der Schulter, ich fliehe, rasend vor Zorn. Das Rathaus ist völlig zerbombt, nur der Turm steht, die Dächer hatte man mit Tarnnetzen und Tannenzweigen bedeckt, es half nichts, ich kann mich erinnern an den Deutschen Volkssturm, das letzte Aufgebot marschierte auf, waffenfähige Männer zwischen sechzehn und sechzig, Kroppzeug, Fleisch für den Führer, alle kaputt, es half nichts. Ein Mann neben mir gafft mich an, er sagt: »Du bist ein Mädchen«, er fragt: »Kommst du aus dem Zuchthaus«, und als ich sage, dass ich die Läuse habe, rückt er von mir ab. Trümmer. Trichter. Deutsche Kräfte für den Sieg, vorbei. Schwarze Funken stieben auf. Fauchendes Feuer frisst. Plätschernde schmatzende Jauche um meine Füße. Ich habe den Rotz, ich schniefe. Ich sehe: Wracks im Wasser. Ein vergrämter Mann im langen stinkenden Landsermantel, Rest vom Volkssturm, singt das Horst-Wessel-Lied, er singt es für unsere neuen Herren: »Die Straße frei, den britischen Bataillonen. Die Straße frei, dem perfiden Albion.« Er wird weggedrängt, die Briten schauen böse drein, es kann bös enden. Überall Kampfkameraden, die die große Fleischernte des Führers überlebt haben.

Ich bin Augen voller Not. Ich bin im Kleid aus harter Haut. Ruinen, ausgebrannte Laster, Männer zappeln mit geflickten Knochen, sie fressen das bisschen Kartoffel in der Wassersuppe aus dem Kochgeschirr, es klappern die leeren Näpfe. Ich bin das kahle Mädchen, nirgendwo. Ich bin halb warm und halb kalt, ich höre die Geschichten: viele Tote in der letzten Angriffsnacht. Viele Leichen in den kaputt geschossenen Häusern, man muss sie rausholen, man muss sie begraben, sonst drohen Seuchen und Rattenplagen. Ich denke: Gut, Kamerad Konrad ist ein Toter von vielen. Ich denke: Denk nicht schäbig, all die Frauen, all die Kinder, für immer weg. In mir brennt der Hunger. Ich trinke Regenwasser aus einem Kübel. Die Stadt ist eine Ödnis. Jemand schreit: »Schweinefett!« Wir laufen hin, der Kerl ist verrückt, er frisst dreckige Erde und brüllt und brüllt. Wir Deutschen sind kein Volk mehr, wir sind weich und ohne Blut, jetzt sind wir in der Mitte tot, nur der Kopf glüht. Die Briten sind straff im Sieg und antworten nicht, wenn wir flehen: »Die tägliche Fettration passt auf eine halbe Fingerkuppe, wo gibt's mehr? Wo sind die vollen Kessel?« Sie sind auf der Hut, sie fragen sich: »Diese Deutschen haben den Zusammenbruch überlebt, da kann was nicht stimmen.« Sie werfen halbgerauchte Zigaretten auf den Boden, die Meute stürzt sich darauf. Wir sind die sterbenden Feinde, sie sind die ernsten Sieger. Ich mache vor ihnen nicht den Rücken krumm, ich habe den vollen Tabakbeutel und die Blättchen in der Tasche. Ich sehe alte Frauen und Männer in die Stümpfe von Alleebäumen hacken. Stubben-Roden. Walentina kümmert sich um Brennholz. Ich kümmere mich um Essen. Kommoden, Schränke, Matratzen, vor den Häusern. Der Hausrat wird bewacht vom Vater und von den Söhnen. Der Sohn streckt bei meinem Anblick den Eisenspieß in meine Richtung, was will er, ich fresse nicht die Rosshaarfüllung des Sessels, ich fresse nicht sein Fleisch, was lässt er den Spieß sausen, was knüppelt er die Luft. Ich hebe die Hände hoch, als wollte ich mich ergeben, er versteht: Ich bin kahl und deutsch und verlaust und besiegt, ich stuckere in den Trümmern nach Fraß. Er scheucht mich weg. Der Vater will mich schlagen, ich fliehe, schreiend vor Zorn. Ich laufe zwischen Kriegskrüppeln, Ausgebombten, tobenden Irren, zwischen herumschweifenden Kindern ohne Mütter, Männern mit Hut und Aktentasche und Schmiss im Gesicht, bleiche Narben, Wundwülste, weggeschossene Lippen, Landser taumeln im Hinterland, und ich weiche ihnen aus, ich spucke auf ihre Spucke. In der Herzog-Friedrich-Straße am Bahnhof entdecke ich die Schieber und Schleichhändler, sie zischen böse, als ich mich nähere, ich bin nicht die, für die sie mich halten: Ich zeige eine Selbstgedrehte vor, ich darf bleiben. Ein Geschiebe, ein Gedränge, nicht auf einem Fleck verharren, sonst lockt man die Briten an. Eine Frau flüstert: »Milchpulver, Steckrüben.« Ein Mann flüstert: »Frisches Brot.« Ein anderer spricht im Vorbeigehen: »Räucherfisch.« Ich sage leise: »Passive, zehn Stück.« Ich habe mehr Selbstgedrehte, ich will ihre Gier nicht wecken, ich will nicht verschlungen werden. Wir laufen auf und ab, wir flüstern, ich tausche zwanzig Zigaretten gegen Brot und Fisch, der nicht stinkt. Ein Pfiff, eine Warnung, wir stieben in alle Winde, ich laufe mit guter Beute unter meinen Lumpen, ich knurre Hungerleider aus dem Weg.

Walentina starrt durch die durchgebohrte Kupfermünze, sie lacht, was gibt es da zu lachen, sie hat die Münze bei ihrem Streifzug gefunden. Sie hat Reisig gesammelt im Gehölz, wir zünden ihn an. Sie kocht aus Kopf und Gräten, aus Räucherfischabfällen eine heiße Suppe. Wir essen. Wir schlingen. Wir bekommen tausend Muskeln. Die Schreie aus den schwelenden Trümmern kümmern uns nicht. Die Leiche im Garten riecht mir nicht mehr in die Nase. Walentina erzählt: Morgen wird sie in die Esmarckstraße gehen, dort gibt es Bonzenvillen, sie wird die Treppengeländer abbrechen, sie wird auf Tisch oder Schrank steigen und die Deckenschalung runterreißen, das gute trockene Holz nährt das Feuer. Wir verdauen. Sie brütet, sie wagt es nicht, sie wagt es doch, sie fragt: »Roswitha?«

»Nicht auffindbar«, sage ich, »sie verstecken sie.«

»Oder sie versteckt sich.«

»Damals hat sie es auch gemacht. Dann musste ich sie suchen.«

»Sie verschwand«, sagt Walentina, »wir fanden sie fast immer im Keller.«

»Genau hier«, sage ich.

»Sie blieb am Leben, das ist die Hauptsache.«

»Nein, ist es nicht«, rufe ich, »erst schändet sie ein Schwein, da stecken sie sie in die Bordellbaracke, dort schänden sie die Freier jeden Tag. Sie kriegt so viel zu essen, dass sie nicht wegstirbt, dann wär sie nicht mehr von Nutzen.«

»Ich bete für sie«, sagt Walentina.

Ihr Christus, ihr Himmel, ihr Gewinsel, schon wieder, ich reiße die Sohle des Arbeitsstiefels ab und binde sie mit dickem Garn an die löchrige abgelaufene Sohle meines rechten Schuhs, sie schaut mir dabei zu, was gilt ein Russki-Gebet, wenn man die unzähligen Schändungen nicht erwähnt, ein Arier hat Roswitha angesprungen, draußen in der Nacht, sie kannte ihn, wir kannten ihn, nachdem er sie durchstach, hat er ihr einen Ring geschenkt, eine glatt gefeilte Mutter aus Nirosta, nicht rostendem Stahl, er hat ihr gesagt, sie solle nicht heulen wegen des Bluts zwischen den Beinen, sie solle sich freuen über die Liebesgabe, und da brach ich hervor aus den Sträuchern und sprang das Schwein an, er schlug mich nieder. Nach zwei Wochen wurde sie in die Baracke verbracht, und die Fremdvölkischen machten sie zur Unterlage, Vater wurde gemahnt, Ruhe zu geben. Welcher Himmel, welcher Christus. Ich darf nicht spinnen, also denke ich: Mit der neuen Sohle werde ich durch die Stadt gehen, als schritte ich durch fremde Felder, ich werde mit einem Fuß fest auftreten können. Ich frage: »Du willst wirklich bleiben?«

»Ich kann nicht heimkehren«, sagt Walentina leise.

»Du hasst die Kommunisten.«

»Sie hassen mich. Auch hier fällt Mondlicht auf meine Hände.«

»Was redest du da?«

»Nicht wichtig«, sagt sie leise.

»Verlieb dich in einen Briten«, sage ich, »am besten in einen Offizier.«

»Ich habe nichts davon.«

»Wieso nicht? Er nimmt dich mit in seine Heimat. Dort gibt's nicht so viel Bruch wie bei uns.«

»Heute hat mich ein Soldat angesprochen. Er war sehr höflich.«

»Das sind die Kerle am Anfang immer«, sage ich laut.

»Er sprach Deutsch mit starkem Akzent«, sagt sie, »ich habe ihn kaum verstanden. Er bot mir eine Zigarette an. Ich lehnte ab. Ich weiß, das war ein Fehler. Wir hätten sie eintauschen können.«

»Für eine Zigarette bekommst du nicht einmal ein Ei«, sage ich.

»Ich schüttelte also den Kopf«, sagt sie, »da versuchte er es mit Kaugummi. Ich will nicht wiederkäuen wie eine Kuh. Eine Frau sollte nur an einem Bissen kauen. Er nannte mich daraufhin eine Dame. Das hat mir gefallen. In all der Zeit hier hat mir das noch keiner gesagt.«

»Ein Kompliment. Ein Trick.«

»Eine List, um mich zu küssen?«

»Sie haben den Krieg gewonnen«, sage ich, »jetzt möchten sie mit den Frauen feiern.«

Ein Brand der Vergeltung, haben wir es nicht verdient, nicht die Kinder, nicht die Alten, doch wir haben die Bomber gerufen, was war das für eine große Erregung und ein Lärm, deutsch zu sein, und dann die deutsche Totenstille, wenn die Sieger im Marschschritt an uns vorbeiziehen, tote Nerven, keine Heilung möglich, sie müssten durch viele Krusten schneiden, und durch die Läuse, bis sie auf verdorrte Organe stoßen, auf ein gedämpft schlagendes Herz.

Walentina hält die Briten für tapfere Männer. Fremdes Volk. Fremde Laute. Werden sie mit uns am gemeinsamen Herd Fischköpfe essen? Ich erinnere mich an Hitlers Tagesbefehl an die Soldaten der deutschen Ostfront standzuhalten, denn sonst würden die Frauen und Mädchen zu Kasernenhuren erniedrigt. Schwein. Führers Schergen, eine Gefolgschaft aus Schweinskerlen, sie zwangen Roswitha in der Baracke zur Hurerei, Blutschutz, reine Rasse, Heldentod und in Löchern abseits von der Stadt, in Wanzenbuden, auf Strohlagern fremdvölkisches Fleisch, Unterlagen für Viecher, Endschlacht der Arier, Volkshygiene, grunzende wühlende Landser. Für wen will sich Walentina wertvoll machen? Ich darf nicht spinnen.

Ich schrecke hoch, ich richte mich auf, sie liegt im Strohbett wie eine Lumpenpuppe. Keine Schläge, keine Sirenen und keine Schüsse. Es ist kurz vor dem Morgengrauen, ich zerkaue meine Lippen, ich bleibe wach, bis das Dunkel verfault. Sperrstunde verstrichen. Ein Pfund Fleisch kostet achtzehn Zigaretten, ich habe nur noch vier Selbstgedrehte im Beutel. »Ich muss raus, ich muss aufs Land, in den Knicks Hagebutten pflücken, Äcker abstoppeln, Ähren auflesen.« Ich habe wieder laut gedacht. Walentina ist wach, sie will Kohle klauen aus den Waggons am Hafen, der Bahndamm ist Sperrgebiet, es wird streng bewacht. Kein Bissen, kein Krümel, keine einzige Kartoffelscheibe. Mein Magen ist ein schreiendes Kind. Hände klamm, Füße lahm, raus aus dem Keller, hinaus ins vergraute Licht, die Fenster in den halbzerschossenen Häusern sind mit Pappe vernagelt, die Menschenratten schützen sich, Schmutz, Staub und Kälte, Kinderbilder im Ruß der Fassaden, wasserköpfige Steckensoldaten feuern auf Fratzenbriten, Propaganda der Pimpfe, ich spucke darauf, und ein Mann nennt mich Luder, ich spucke ihm auf die Mütze. Gewimmel unter dem Stahlgerüst des Bahnhofs, die Kuppel ist zerbombt. Männer Frauen Kinder stehen im Licht und kratzen und kratzen sich, Frieda in meinem Kopf singt: »Hat keine Flügel, fliegt doch; hat keinen Schnabel, beißt doch – was ist das, das ist ein Funke.« Kriegskaputte Krüppel hinken humpeln, was gäben ihre Krücken für Brennholz, ihre Mäntel würde ich tauschen gegen Fett und Schmalz und zweifingerdicke Brotscheibe, es gibt hier nichts zu erbetteln und nichts zu greifen, weg vom Gewimmel, weg von fremden Läusen, ich höre noch eine Frau rufen, dass sie grünen Kaffee in der Pfanne rösten wird. Ist sie vom Nervenfieber befallen? Sie soll doch schweigen, dass man sie nicht beraubt. Kein Bombenalarm, kein Krieg. Hunger. Ich träume beim Gehen, ich gehe träumend: Stünde das Haus noch, könnte ich tauschen und tauschen, Uhr und Silberbesteck gegen Kohlrabi, Lederschuhe gegen eingeweckte Pflaumen, einen Anzug gegen eine Flasche gepanschten Wein, ich müsste nicht auf abgeernteten Feldern Kartoffeln nachstoppeln. Ich würde Grieß aufkochen, ich würde den Grieß aufs Brot streichen und Salz daraufstreuen und essen und essen. Ich würde mich überfressen.

Polen mit Knüppeln, Polen in gestreiften Jacken, verdreckt, bleich, Steckenmenschen, sie haben mich unbemerkt umzingelt, ich will ausbrechen, doch sie packen mich an den Mantelachseln, und als mir die Lumpen vom Kopf fallen, starren sie mich an, Mädel mit schorfigem Schädel, das bin ich. Läusenest, das bin ich, schänden sie mich, soll ich ihnen liegen als Unterlage, doch sie nehmen mich mit, sie haben noch andere Deutsche gefangen, die Polen, mager, hechelnd, im Schweiß, sie spucken nicht und sie schlagen nicht, der Pole, der mich festhält, sagt immer wieder: »Du wirst sehen!«, und der andere Pole an meiner Seite sagt: »Sie wird sehen.« Ich sehe: Sie tragen keine Schuhe, Lappen an ihren Füßen, Hände zerschunden, schlecht verheilte Wunden an den Wangen, zu Tode erschöpft sind sie, in großer Müdigkeit taumeln sie, und ich flüstere: »Für den Führer hab ich nie gebetet«, ich sage leise: »Roggenähren will ich sammeln nach der Ernte, lasst mich doch bitte«, sie lassen mich nicht. Die Aufnäher am Ärmel haben sie geschnitten, ein Zug der Arbeiter ohne Zeichen, wir ziehen an den britischen Soldaten vorbei in den Eingang des Lagers Nordmark, wir werden geführt an den großen dunklen Gruben vorbei, die obere Erde ist abgekratzt, wir gehen den Weg zwischen den Bunkern, und ich trete ein in die Krankenbaracke, ein Gestank nach totem Fleisch, nach Wundbrand, nach giftigem Pestblut, der Pole zerrt mich hoch, er sagt: »Hier haben sie Antoni erstochen, der litt an rasselnder Lunge, und Edward und Petro haben sie erwürgt, hier war's, Grigorij und Nikolaj haben sie die Kehle durchgeschnitten, und auf langen Balken mussten wir sie raustragen, Grigorij blutete mir in den Nacken, komm mit, Deutsche!, hier war's.« Ich gehe, ich laufe, ich stolpere, er führt mich zum Betonbunker, er stößt mich hinein, er schreit: »Achtundvierzig Einzelzellen, siehst du es, sieh hin, das Wasser steht bis zu den Waden hoch, ich ersoff fast beim Schlafen, Jakow mussten wir auf langem Brett raustragen und Fjodor, den armen kleinen Kerl, der in der Kiesgrube zusammenbrach, Sturmbannführer Post, der Teufel, widerlicher Schlachtmeister, am See hat er Michail erschossen, und er kam aufs Brett.« Ich schlottere, ich gehe, ich knicke ein, er führt mich hinaus, er führt mich zu den Gräbern, deutsche Frauen deutsche Männer scharren auf Knien, ich falle auf die Knie und fange an zu scharren mit bloßen Händen, der Pole ruft: »Beim Appell haben sie einen von uns aus der Reihe geholt und weggebracht, und wir hörten den Schuss. Grabt!«, ich grabe die erste Leiche frei, dieser Arm, dieser Ellenbogen, diese schiefe Fratze, diese Lücken im Gebiss, Schweine, das ist der Sieg, für den ihr gebrüllt habt, das ist die Zucht, von der ihr geträumt habt. Oben Holz, unten Holz, vorne Holz, hinten Holz, was ist das, das ist ein Sarg, er hat keinen Sarg, Schweine, und ich umarme den toten Steckenmann und wiege und wiege ihn, deutsche Erde fällt ihm aus dem Mund, ich wiege und wiege ihn, bis der Pole ihn mir wegnimmt, und dann hilft er mir auf und starrt mich an, auch die anderen Steckenmänner starren, der Pole sagt: »Hier, wisch dein Gesicht ab«, ich will es nicht, ich will pechschwarz bleiben, ich hab deutsche Leichenerde unter den Nägeln, sie geben mir Wasser, das ich trinke, sie geben mir Brotrinde, die ich esse, bin durstig nicht mehr, bin hungrig nicht mehr. Nicht mehr. »Das ist unser Heim«, sagt der Pole, und die anderen Polen, die Ostarbeiter, die Steckenmänner mit den Knüppeln schauen Frauen Männern zu, wie sie die zerstochenen erwürgten erschossenen Toten ausgraben, ihre Freunde ihre Kameraden, ich erinnere mich an die Kolonne der Gestreiften in der Stadt, es war im Jahr, in dem die Luftangriffe begannen, den Fremden war es verboten, auf dem Bürgersteig zu gehen, ein Wachmann mit Hund passte auf, sie zogen durch die Straßen zu den Trümmern, zu den Haufen aus Stein und Splitt, man schimpfte sie russische Schweine, wer ist ein Schwein, wer ist verdammt.

Sie wollen allein sein, ich soll verschwinden, ich wickele

mir den Lappen um den Kopf und verlasse das Lager. Nach Leiche rieche ich an der Brust. Die Stadt ist mir verschwunden, ich treibe. Ich kann nicht in den Himmel greifen. Ich bin in Fetzen zerschlissen, ich reib mir den Nabel. Kein Lied, das mir einfällt. Durch das Gewimmel, durch den Schutt, durch die geschrienen Bitten. Eine Stunde irre ich ohne Ziel. Dann heim ins Loch.

Walentina blutet am Kopf, sie lässt die Stange sinken, als sie mich sieht, wer sitzt gefesselt am Boden, sie ist es, ich erkenne sie, woher kommt sie, und was tut sie hier, ich drücke mich gegen die Wand, und Walentina zeigt auf die stille Frau und sagt: »Sie hat mich überfallen, im Halbschlaf. Hätte ich mich nicht schnell weggewälzt, hätte sie mich voll getroffen.«

»Hildrun«, sagt die Frau leise, sie lächelt.

»Halt's Maul«, rufe ich.

»Schad ist's um die schönen Haare. Du siehst aus wie ein alter Hund.«

»Sie hat Kamerad Konrad erschlagen«, sagt Walentina.

»Ich hab mich vertan«, sagt die Frau, »bei dir hätt ich mich auch vertan. Aber du lebst ja noch.«

»Mich willst du töten?«, sage ich.

»Musst dich pflegen. Die Feinde suchen nach deutschen Nutten. Das fällt dir nicht schwer, Hildrun, das hast du doch im Blut.«

»Verräter!«, schreie ich.

»Mein Volk verrat ich nicht«, sagt sie, »ich bin gut im Dienst.«

Sie diente uns als Haushälterin, und fragte Vater oder ein Besuch, ob es ihr wohlergehe, sprach sie diese Worte, bin gut im Dienst. Was hieß das? Steh in Diensten, zweifelt nicht an meiner Gutheit. Was hieß das? Im Dienen bin ich gut? All das hat sie gemeint damals, als sie Gehilfin war und Wirtschafterin, blühend glühend in Vaters Nähe, in ihrem Eifer unerbittlich. Ich sehe die aufgeplatzten Lippen, Walentina hat sich gewehrt, sie hat sie mehr als einmal geschlagen, hat ihr die Stange entwunden, hat sie mit dem Gürtel des toten Krüppels gebunden, ich gehe um sie herum. Schwein. Sie lacht. Was hat sie gesprochen, nach der Anzeige beim Ortsgruppenleiter, nachdem man Vater und Frieda wegbrachte, weil sie Führer und Hoheitsträger beleidigt hatten, was hat sie gesprochen? Sie sprach: »Wer unseren Glauben an den Sieg erschüttert, muss sterben.« Sie will mich töten, weil sie Angst hat, dass ich sie anzeige, bei den neuen Herren. Ich gehe um sie herum, sie lacht.

Ich nehme den Stein. Vater erwacht. Nach dem fünften Schlag auf ihren Kopf erwacht auch Frieda.

GASTARBEITERIN

IN

WEST-

BERLIN

1965

LEYLA

DIE JUNGE DEUTSCHE zeigt sich am Fenster. Es ist die Zeit, zu der sie sich für mich, für meinen Sohn und für das Kind aus der Nachbarschaft in eine Taubstumme verwandelt. Ich und das Kind sind das stehende Publikum im Garten, dicht bei ihr. Meinen Sohn wiege ich in den Armen. Die Deutsche schaltet die Tischlampe an, hält einen Handspiegel über den Kopf. Wir sehen ihre hochgesteckten Haare, wir staunen. Sie spreizt die Finger ihrer linken Hand, sie zeigt den Daumen: Das ist der verliebte Junge. Sie zeigt den Zeigefinger: Das ist das schöne schlanke Mädchen. Ich bitte um eine Liebesszene, ich sage im gebrochenen Deutsch: »Bitte bisschen etwas Liebe.« Die Deutsche drückt den Daumen leicht gegen die Fingerkuppe: Das Mädchen errötet, weil es geküsst wurde. Die Deutsche legt kurz den Handspiegel weg, sticht sich mit der Stecknadel, streicht das Blut über die Kuppen. Sie lehrt uns die Scham, sie lehrt uns die Errötung der Liebenden. Das Kind aus dem Nachbarhaus macht große Augen, es ist verwundert, dass sich die Frau verletzt, um uns zu unterhalten. Im Handspiegel über ihrem Kopf sehe ich die gespiegelte beschämte Hand, ich sehe das schlanke Mädchen und den kleinwüchsigen Jungen, die Finger sind Schauspieler. Könnte ich besser in der fremden Sprache sprechen, würde ich dem Kind neben mir ins Ohr flüstern: »Ich bin als kleines Mädchen unter den Diwan gekrochen, ich habe Kalk von der Wand abgekratzt und gegessen.« Ich würde flüstern: »Früher, in meinem alten Leben, in einem anderen Land, war Flieder meine Lieblingsfarbe. Das ist eine Farbe wie ein Banner.« Hier, in meinem neuen Leben, mag ich gerne im Herbst oder im Spätsommer leben.

Das Kind läuft weg, ich schaue auf: Die ältere strenge Schwester steht in der Zimmertür, die Deutsche steckt die Finger in den Mund und leckt das Blut ab. Sie lässt den Spiegel unter der Strickjacke verschwinden. Ihre Schwester stellt sich neben sie, dann mustert sie mich und meinen Sohn.

Ist es angemessen, dass ich mich entschuldige? Wofür sollte ich mich schämen? Die Deutsche heißt Annabeth, sie hat begabte Hände, an jedem Spätnachmittag am Sonntag macht sie Fenstertheater. Ich betrete ein fremdes Grundstück, und am Ende der Darbietung klatsche ich vor Freude in die Hände. Einmal hätte ich meinen Sohn fast fallen gelassen. Ich bin eine Fremdarbeiterin – will die Schwester Annabeth vor der falschen Gesellschaft schützen? Wir sind uns auf der Straße schon oft begegnet. Ich kenne einige Geheimnisse. Die junge Deutsche ist eine wundersame Frau: Sie trommelt auf ihrer Unterlippe, um die Spatzen und Tauben und die Krähen anzulocken. Sie erschrickt, wenn der Schatten eines tieffliegenden Sperlings über ihr Gesicht streift. Sind es Geheimnisse, die sie mit keiner anderen teilen möchte? Sie sagt: »Was tun Sie hier vor unserem Fenster?«

»Ich schaue«, sage ich.

»Ergötzen Sie sich an Annabeths Verwirrtheit?«

»Bitte bisschen einfaches Deutsch.«

»Ist Annabeth verrückt, was glauben Sie?«, sagt sie.

»Wie heißt das Wort für gehen und fast fallen?«

»Mit dem Fuß umknicken?«

»Nein«, sage ich.

»Stolpern?«

»Ja, das ist das richtige Wort. Fräulein Annabeth stolpert und fällt in ihren Kopf.«

»Das Fräulein«, sagt sie, »sachlicher Artikel.«

»Das Fräulein fällt in seinen Kopf«, sage ich, »nein falsch, es fiel in seinen Kopf. Sie ist die Frau, die hinausschaut.«

»Sie hat viele Löcher im Daumen. Was würden Sie tun, wenn Annabeth ihre kleine Schwester wäre?«

»Tee machen«, sage ich, »schützen vor Männern.«

»Sie haben einen Mann?«, sagt sie.

»Er hat eine Frau«, sage ich, »und das bin ich.«

Sie lacht auf, und Annabeth erwacht zum Leben, sie zeigt das Gesicht des schwärmerischen Jungen, sie zeigt den Daumen voller roter Punkte. Der Nachbarsjunge ist weggelaufen, und Annabeth wird bewacht, ich habe keinen Menschen, in dessen Ohr ich wispern könnte. Ich könnte wispern: »Der Nebel ist das Weiß der Schwermut, und das Dunkel ist das Schwarz der bösen Träume.« Die junge Deutsche, die das Fenster öffnet, um uns zum Schauspiel einzuladen, sie leidet: Ihr ist der Geist in Splitter zersprungen. Das Fräulein würde gerne fliehen. Ich kenne die Worte nicht, die es froh stimmten. Welcher Frau gefällt schon der sachliche Artikel? Die Schwester spricht: »Es regt sie auf, wenn Sie mit Ihrem Sohn herkommen. Verstehen Sie doch, dass dieser Spaß Annabeths Gesundheit angreift.«

»Sie ist nicht sehr ungesund«, sage ich.

»Das heißt krank. Sie haben mich also verstanden?«

»Garten betreten verboten.«

»Willkommen im Garten«, sagt sie, »nicht willkommen am Fenster.«

»Für mich gut«, sage ich.

»Der Kleine hat drollige Augen. Ein stiller Junge.«

»Drollig?«

»Lustige Augen. Groß und dunkel.«

»Zwei Sprachen, ein Kopf«, sage ich, »Worte zweimal viel.«

»Doppelt so viele Worte«, sagt sie, »dem Strebsamen ist nichts zu schwer.«

Sie muss sich nicht mit mir abplagen, und doch unterhält sie sich mit mir. Ich bin eine Fremdarbeiterin, ich darf keine Beziehungen zu Deutschen anknüpfen. Es ist mir jede regelwidrige Heimlichkeit untersagt. Die strenge Schwester kümmert es wenig. Sie bringt mir bei, dass mein Sohn im richtigen Alter sei, um der Mutter jedes zungenbrecherische Wort zu erlauschen. Annabeth weicht in das Dunkel ihres Zimmers. In der Stille, die sie jäh umfängt, ist jeder Gast ein dröhnender Laut. Ich winke ihr zu, mein Sohn greift nach meiner Hand, wie nach einem Sperlingsflügel. Das Fenster wird geschlossen. Trotz des Verbots und der Mahnung werde ich mich am nächsten Sonntag zum Fingertheater einfinden. Annabeth bleicht mir den Kummer und bläut mir den Himmel.

Ich kehre zurück zum alten deutschen Steinhaus, auf das in den Kriegen keine einzige Bombe fiel. Mein Sohn bestaunt meinen Daumen mit dem lackierten Nagel, und während ich die Stufen zum zweiten Stock steige, erkläre ich ihm die Farbe: »Rot ist eine Augenweide.«

Rot ist eine Verlockung. Rot ist eine Fessel für den, der den Blick schweifen lässt und dann aber gebunden wird.

Rot steht nicht jeder Frau. Männer dürfen kein Rot tragen, sonst sehen sie aus wie schlecht gekleidete Prinzen aus dem Morgenland. Das Rot fesselt meinen Sohn, ich küsse seine Augen, der Bann ist gebrochen.

Ich schließe leise mit dem Zweitschlüssel auf. Frau Kocelek, die Leiterin der Wohngemeinschaft, hat ein feines Gehör, sie hinkt aus ihrem Zimmer heraus, ich achte darauf, nicht auf ihren Klumpfuß im derben Schnürstiefel zu starren.

»Dein Kind hat mich mit seinem Geschrei in der Nacht wach gehalten«, sagt sie, »was fehlt ihm?«

»Er hat alles, was er braucht«, sage ich.

»Was quengelt er dann?«

»Ich kenne das Wort nicht.«

»Quengeln. Weinen.«

»Er möchte spielen«, sage ich, »keiner da, der spielt. Dann kracht er.«

»Er macht Krach.«

»Ich entschuldige mich.«

»Wir waren alle mal Kinder«, sagt sie, »das ist bei mir schon lange her. Er ist nicht krank?«

»Nur Krach, Frau Kocelek, sonst Gesundheit.«

»Ich muss es sonst melden, das weißt du. Wir wollen keinen Ärger. Weder mit den Nachbarn noch mit der Firma. Wo warst du?«

»Frische Luft«, sage ich.

Ich lüge sie nicht an, ich verrate ihr aber nicht die ganze Wahrheit. Frau Kocelek nennt Annabeth eine verschrobene Person, sie verachtet die Überspanntheit der schönen jungen Deutschen. Sie ist eine Ordnungshelferin, und wir sind acht Fremde: Kämen wir als eine Meute der freisinnigen

Frauen in Verruf, würde sie ihre Arbeit verlieren. Stimmt das wirklich? Wir haben es ihr geglaubt, als sie es uns am Tage unseres Einzugs erklärte. Wir stellten uns in einer Reihe auf wie eine Ehrengarde. Sie sprach in einfachen Worten, ich übersetzte nach bestem Wissen. Eine Feierlichkeit im zweiten Stockwerk eines Steinhauses. Wir wollen uns Frau Kocelek dienstbar machen. Wir wollen aber auch Miederstrümpfe tragen. Sie muss nicht fürchten, dass wir uns über die Umgangsformen hinwegsetzen. Ich bin neugierig. Wenn aber sich zwei Hunde auf der Straße paaren, wende ich den Blick ab.

Wir unterhalten uns, ich frage gelegentlich nach. Sie möchte wissen, ob mein Mann immer noch das Vertrauen der Firmenleitung genießt. Ich berichte, dass der Meister meinen Mann lobt, weil er als Sprachmittler Streit schlichtet. Zwei Arbeiter wollten sich prügeln, mein Mann ging dazwischen.

»Worum ging es?«

Ich sage: »Um Ehre. Der eine achtet auf strenge Sitten. Er hat den anderen ermahnt, bei der Schwester die Zügel anzuziehen. Er behauptet, dass sie es wagt, ohne Büstenhalter aus dem Haus zu gehen.«

»Was geht es ihn an?«, sagt Frau Kocelek laut.

»Nichts. Deshalb … Frau Kocelek!«

»Was ist los?«

»Ich habe drei Sätze ohne Fehler gesprochen. Ein Wunder!«

»Schön«, sagt sie, »du machst Fortschritte. Wie ging es weiter? Gab es nur Kniffe und Püffe? Oder floss richtiges Blut?«

»Blut floss«, sage ich.

Kniffe, Püffe, ich werde im Wörterbuch nachschlagen müssen. Da sie darauf besteht, erzähle ich die Geschichte zu Ende. Der in seiner Ehre verletzte Arbeiter griff dem Verleumder an die Haare. Sie balgten sich schreiend und schnaufend auf dem Boden. Mein Mann sprach auf sie ein, und als nichts half, setzte er sich auf ihre Köpfe. Die Männer waren derart verblüfft, dass sie sofort voneinander ließen.

Sie machten ihm Vorwürfe: Sie wären keine Hocker, auf die man sich niederließ. Der Meister klopfte jedem Mann auf den Rücken und versprach, den Vorfall nicht zu melden. Der sittenstrenge Kerl wartet auf die nächste Gelegenheit, um den sittenlosen Mann bloßzustellen. Er ist Junggeselle, und Junggesellen sind Wölfe, denen das Fell an den Rippen klebt. Frau Kocelek hinkt leise schimpfend in ihr Zimmer. Ich glaube zu wissen, was sie denkt: Was haben wir nur für Kroppzeug ins Land geholt! Ich denke: Wie furchtbar, dass wir ungeborgen sind. Wie furchtbar, dass wir ungeborgen herkamen.

Die Frauen sitzen am Esstisch in der Aufenthaltsstube. Sie haben auf mich gewartet, sie haben die Metalleisenwickler abgenommen, sie sind bereit. Meine Mutter nimmt mir meinen Sohn ab, er fängt sofort an, stumm ihre Finger zu zählen. Meine Schwestern Yasmin und Selda sind in ein Gespräch vertieft. Oya und Nuray lauschen und runzeln die Stirn. Selda bittet mich um einen Schiedsspruch, sie ist sichtlich wütend, die Frauen halten sie für ein leichtgläubiges Lämmchen und zweifeln oft ihre Geschichten an. Sie sagt: »Dirigenten leben lange. Weil sie ihre Arme häufig und heftig bewegen. Das pumpt das Blut ins Herz. Und das Blut strömt mühelos in die entlegensten Gebiete des Körpers.«

»Woher hast du das?«, sage ich.

»Von einer Deutschen, die es in der Zeitung gelesen hat.«

»Was nützt uns das Wissen?«, sage ich.

»Sie fordert uns auf, mit den Armen zu schlackern«, sagt Yasmin, »sie will eine Morgengymnastik einführen.« »Wir bewegen uns nicht«, ruft Selda, »wir stehen früh auf, stopfen uns hastig das Brötchen in den Mund, steigen in den Firmenbus, reißen unsere Schicht ab, steigen wieder in den Bus, der uns zurückfährt. Dann sind wir derart zerschlagen, dass wir uns kaum auf den Beinen halten können. Wir fallen ins Bett. Es ist sogar eine Qual, das Abendessen zuzubereiten. Am Wochenende erholen wir uns von der schweren Arbeit.«

»Dann sollen wir auch noch turnen«, sagt Oya, »ohne mich.«

»Das ist Armsport«, sagt Selda, »ich frage euch: Was macht uns allen Kummer?«

»Der Rücken?«

»Nein, das Gewicht! Wir nehmen zu. Sind wir gefräßig? Wir essen kaum mehr, als wir müssen. Schaut euch die deutschen Damen an. Sie sehen aus wie Filmstars.«

»Das ist das Erbgut«, sagt Nuray.

»Ich sehe sie nicht schlackernd laufen«, sagt Yasmin.

»Ihr versteht es nicht. Ihr hängt noch am alten Brauch.«

Es wird schlagartig still. Wir sind aufgebrochen, und wir sind ausgebrochen. Die Männer sind der Schmutz ihrer Schenkel, sie sind vernarrt in die Lust, die sie sich verschaffen. Wir sind geflohen vor der Heimat der beischlafsüchtigen Kerle. Sie haben uns gelehrt: Alle Schlechtigkeit kommt von zwei Organen, vom Mund und von dem, was man zwischen den Beinen hat. Sie nannten uns von Geburt an zankhaft und verdorben. Sie sagten: »Ein Weib ist dem Mann das Reittier zum Grab.« Sie sagten: »Schöne Weiber und zerschnittene Kleider bleiben gerne hängen.« Wir hasteten in ihrem Land mit gesenktem Blick durch die staubigen Ziegenpfade der Dörfer. In der Nacht schlugen sie unser Fleisch, brachen uns die Knochen. In der Nacht hechelten sie vor Gier, sie schnitten sich in unsere Mütter hinein und schimpften sie vor uns Huren und brünstige Hündinnen. Das ist der alte Brauch.

Selda ist in ihrem Eifer zu weit gegangen, sie entschuldigt sich, wir atmen auf, wir lauschen nicht mehr unserem eigenen Herzschlag, wir tauchen auf.

»Ich bleibe dabei«, sagt Oya, »ich bin nicht überzeugt. Wie sieht es überhaupt aus? Sechs Fremde dirigieren im Garten die Eichelhäher und Eichhörnchen in den Bäumen.«

»Wir fächeln ihnen einen kleinen Wind zu«, ruft Selda, »sie werden es lieben … Fangen wir an!«

Meine wundersame Schwester Selda: Sie flammt auf, sie verlischt. Immer dann, wenn sie die allabendliche Verzweiflung ankommt, stürzt sie sich ans offene Fenster und spricht leise die neuen fremden Worte auf, die sie gelernt hat. Die Akkordarbeit zermürbt sie, in ihrer wenigen freien Zeit möchte sie ihren Geist und ihren Körper ertüchtigen. Frau Kocelek hat uns erklärt, was man hierzulande am meisten schätzt, es ist der Wille zur Ertüchtigung. Den Frauen fehlt die rechte Lust zum Armsport, sie bleiben sitzen. Yasmin legt den Kamm mit den dünnen Zinken auf den Tisch. Freitag, nach der Schicht, hat jede Frau baden dürfen. Wir haben mit Lockenwicklern im nassen Haar neben dem großen Ofen gesessen. Wir banden uns in den zwei Nächten vor dem Schlafengehen ein dünnes Tuch um den Kopf. Nuray schlief sogar mit dem Kopf über der Bettkante, ihr Gesicht war heute Morgen wegen des Blutstaus geschwollen. Ich bin die Meisterin der phantastischen Frisur, ich bin die Schminkmeisterin. Ich stelle mich hinter Selda, ziehe eine Strähne hoch, ruschele die Haare mit dem Kamm herunter. Nach einer Viertelstunde habe ich eine Haube aufgebauscht, über die Knäuel und Kräusel kämme ich eine dünne Lage aus. Die Haarspitzen streiche ich zu einer Außenwelle. Selda hat kleine Ohren, sie muss sie nicht verbergen. Sie wird heute darauf verzichten, mit den Armen zu fuchteln, denn sonst fiele ihr kleiner Haarturm ein.

Ich gehe um den Tisch herum, und als ich Yasmin versehentlich am Nacken berühre, vereist sie augenblicklich. Ich muss achtgeben, dass es zu keiner weiteren Berührung kommt. Nuray schaut mir auf die Hände, auf den zitternden Kamm in meiner linken Hand, auf meine steife rechte Hand: Ich zupfe mit spitzen Fingern. Sie ist eine kluge Frau, sie wird sich ihre Gedanken machen. Das Blut bindet, bis zu meiner Hochzeit gehorchte ich meiner ältesten Schwester, die strafte und vergab, wie es ihr gefiel. Sie gebietet nicht länger über mich, doch auch im fremden Land, im fremden Berlin, behandelt sie mich wie die entlaufene Tochter des Hauses. Ich aber gebe nichts auf Blutsbande. Ich will nach der Mode der deutschen Bürgerfrauen gehen: Sie schreiten aus, als gehörten ihnen ganze Fürstentümer. Sie kürzen ihre Röcke, sie straffen ihre Blusen, sie laufen auf Stöckeln und zeigen ihre Fesseln. Ich bin in Gedanken, deshalb muss Oya ihre Frage wiederholen: »Hast du die Widerwärtigkeit gesehen?«

»Was meinst du damit?«

»Jemand hat zotige Worte in die Gartenmauer gekratzt.«

»Flüsterworte der Vereinigung«, ruft Nuray, »stell dich nicht so an, Mädchen.«

»Es ist gegen den Anstand«, sagt Oya.

»Soll ich mir die Augen verbinden? Soll ich eine blinde Kuh sein, wenn ich das Haus verlasse?«

»Wer war das wohl?«

»Ein Junge, der sich nicht traut«, ruft Selda, »er steht werktags jeden Morgen hinter dem dicken Vorhang und sieht uns heraustreten. Meine Mutter ist eine ältere Dame. Leyla schiebt am Wochenende den Kinderwagen durch die Straßen. Bleiben also vier junge Frauen, die für ihn infrage kommen.«

»Was redest du da?«, zischt Yasmin.

»Ich stelle ihn mir als einen schüchternen blonden Mann vor. Für ihn sind wir Tataren aus der Wüste. Er überlegt: ›Wie kann ich sie auf mich aufmerksam machen? Ein Brief? Nein, ich verriete mich durch meine hässliche Handschrift. Ein Telegramm? Nein, ich jagte ihnen Angst ein. Ein Bote? Nein, das ist altmodisch, sie würden mich auslachen.‹«

»Das ist Unsinn«, ruft Oya, »hast du überhaupt gelesen, was auf der Mauer steht?«

Die Frauen streiten sich, während ich Nurays Haare zum hohen Bausch kämme. Selda nimmt den Unbekannten in Schutz, auch wenn sie bei einer ersten Begegnung mit ihm schimpfen würde. Der Mann, jung und maßlos, wäre ganz sicher kein Rüpel, wie es ihr Yasmin und Oya weismachen wollten. Er hörte auf seinen Herzschlag, es hinge ihm keine eingefettete Tolle in die Stirn, aber es verstimmte sie leicht, dass er filterlose Zigaretten rauchte. Wenn er ausatmete, verschwände sein Gesicht hinter einem Rauchschleier. Romantiker seien halbe Verbrecher, und solange sie es nicht übertrieben, würde man schon mit ihnen auskommen. Yasmin kneift die Lippen zum blassen Schlitz, dann braust sie auf: Der Kerl sei, um es auf gut Deutsch zu sagen, ein säuisches Schwein. Sie straft mich mit einem harten Blick, weil ich kichern muss. Ein säuisches Schwein, eine schweinische Sau, ich muss es mir merken. Der treffende Fluch zur rechten Zeit ist gutes Deutschsein: Das muss ich mir merken. Yasmin fährt mit ihrer Wutrede fort, sie spricht von dem einzigen Mal, dass sie einen Kellerklub besucht habe, verstört von der donnernden Musik und den Flegeln im Saal wäre sie nach einer halben Stunde rausgewankt. Den Unbekannten halte sie für ein Bürgerkind im Rausch, von der Sorte der Kellerkerle, die eine kleine Liebe auf Zeit suchten. Die handschriftliche Anzeige auf der Mauer sei ein Verstoß gegen alle Regeln und Gesetze. Eine Frau, die sich vom Bösen weit entfernen wolle, müsse ihre Goldreifen abstreifen, den Mann an ihrer Seite zur Nebenbuhlerin schicken, ein unmöbliertes Zimmer beziehen und alle Spiegel verhängen. Die nutzlosen Ziergebilde, von denen wir umgeben seien, würden uns die Lust einpflanzen, hemmungslos zu verwildern.

Mein Sohn möchte in den Untersetzer aus Palmblatt beißen. Meine Mutter nimmt den Jungen und küsst ihn laut auf die Wange. Die Frauen vergessen den liebestollen Jungen. Es wird nicht nötig sein, Frau Kocelek zu melden, dass wir belauert werden.

Ich bürste Oyas Haare zur phantastischen Frisur. Sie ist von uns allen die entrückteste Fremde. Sie erblickt fast überall eine Unanständigkeit, dann ruft sie voller Angst, dass man weggehen solle, sonst regne es Steine auf unsere

Häupter. Sie lässt sich frisieren, sie zieht Röcke an, die die Knie nicht bedecken, weil sie nicht als rückständig gelten will. Eigentlich müsste sie sich mit meiner strengen Schwester Yasmin gut verstehen.

Vor einigen Tagen hat sie mir gestanden, dass sie vor Angst schwitze: Sie teilt das Zimmer mit meiner Mutter und Yasmin. Immer wenn sie im Bett liege, glaube sie, von Fledermäusen umflattert zu werden. Einmal habe sie sich aufgerichtet und Yasmins strafenden Blick bemerkt. Jetzt möchte sie mit uns eine wichtige Angelegenheit besprechen. Sie zeigt auf das Kreuz an der Wand und sagt: »Frau Kocelek ist eine gläubige Christin, auch wenn sie sonntags nicht zum Gottesdienst geht. Gestern zog sie mich vor das Kreuz und prüfte mein Verhalten. Ich war nicht entsetzt, ich bedeckte nicht meine Augen, das kam ihr sonderbar vor.«

»Hat sie dich getadelt?«, sagt Selda.

»Sie sprach einen langen Satz. Vater, Sohn, Heiliger Geist.«

»Ihr Glaubensbekenntnis«, sage ich.

»Das habe ich verstanden. Sie schaute mir auf die Lippen. Ich schwieg.«

»Sie hat erwartet, dass du den Satz nachbetest«, ruft Selda, »hast du es getan?«

»Sei nicht albern, natürlich nicht. Sie glaubt auf ihre Weise, ich glaube auf meine Weise. Das ist nicht unschicklich.«

»In ihren Augen sind wir Heiden. Röstfleisch der Hölle.«

»Übertreib es nicht«, mahnt Yasmin.

»Frau Emine, was schlägst du vor? Wie soll ich Frau Kocelek begegnen? An dem Kreuz hängt kein halbnackter Mann, es ist nur blankes Holz. Es ist mir unmöglich, christlich zu glauben. Das scheint sie zu verärgern. Ich habe sie angelächelt, sie starrte mich grimmig an.«

»Wir lassen der Frau Ordnungshelferin ihr Kreuz«, sagt Mutter leise, »du willst nicht übertreten. Damit ist alles geklärt … Ich habe euch etwas mitgebracht.«

Sie legt einen weißen Plastikkringel auf den Tisch. Ist das ein Spielzeug? Mein Sohn greift danach und beginnt es zu benagen. Ich nehme ihm den Ring aus der Hand. Ist er mit Sand gefüllt? Er rasselt leicht, wenn man ihn schüttelt. Ich frage Mutter nach der Gebrauchsanweisung. Sie lacht. »Das ist doch kein batteriebetriebener Wecker.«

»Was ist es?«, ruft Selda.

»Das große Geheimnis der deutschen Frauen«, sagt Mutter, »die Hochhausfrisuren ruinieren eure Haare. Ihr müsst euch die Zotteln auskämmen. Jeden Morgen findet ihr eine halbe Handvoll auf dem Kissen. Dieser Kringel hier wird auf den Kopf gelegt wie ein Nest. Das Nest müsst ihr mit Strähnen umwickeln, die Strähnen müsst ihr mit Haarnadeln festmachen, am besten abends, bevor ihr schlafen geht. Und bevor ihr zur Arbeit aufbrecht, bürstet ihr euch so lange zurecht, bis der Kringel nicht durchschimmert.«

»Ist das wahr?«, flüstert Yasmin. »Ist das deine Erfindung?«

Mutter erklärt: Sie hat die deutschen Damen scharf ins Auge gefasst. Sie kann sie nicht auf der Straße fragen, sie darf sie nicht in Verlegenheit bringen. Außerdem kann sie sich in der neuen Sprache nicht verständlich machen. Bei einem Spaziergang, vom Steinhaus zur Kirche und wieder zurück, ist sie einer jungen Frau hinterhergelaufen. Ihr Hinterkopf hat sich bei jedem Schritt bewegt. Mutter dachte erst an eine lose weiße Spange, dann aber sah sie genauer hin. Sie dachte nach, sie löste das Rätsel. Um den Effekt der

Turmfrisur zu erzielen, bedient sich die deutsche Frau der Behelfsmittel.

Über ihren letzten Satz muss ich lächeln. Mutter und Frau Kocelek sind einander näher, als sie es zeigen. Beide Frauen haben Kriege und Blutbäder überlebt. Wir sind verblüfft, wir starren sie an. Sie lehrt uns das neue Berlin.

Ich erinnere mich an unsere erste Zeit. Wir können uns Färbemittel nicht leisten, deshalb färbten wir unsere Haare mit Henna. Ich kochte Zwiebelschalen auf, gab etwas Olivenöl bei und strich die Paste auf die Strähnen. Dann band ich mir die Haare mit einem Tuch, stülpte eine Plastiktüte darüber und legte mich schlafen. Nach dem Frühstück löste ich die dicken Klumpen und wusch mir die Haare. Manchmal misslang mir die Färbung, und ich leuchtete wie ein rotbraun geflecktes Kälbchen. Es gab Montage, an denen wir fremden Frauen mit knisterndem rotem Schopf im Firmenbus saßen. Der Busfahrer schaute uns misstrauisch an, er glaubte an eine sonderbare Sitte der Verhüllung. Mein Mann hat vergeblich versucht, das Missverständnis zu klären. Mutter brachte uns davon ab, sie entdeckte Färbemittel, die wir uns leisten konnten.

Im Anfang steht fast immer die falsche Deutung. Im Anfang waren wir gottselige Jungfern, wir glaubten an den magischen Fleiß, an die magische Wertarbeit, an die Magie der summenden knackenden Elektrogeräte. Am Fließband drückte ich kleine Formelemente in die ausgestanzten kleinen Mulden der großen Metallplatte. Ich war eine Arbeiterin mit Plastikhaube auf der Turmfrisur. Ich war ein Mädchen mit einem Sohn, den ich in meiner Muttersprache ansprach. Es brauchte nur weniger Monate, um zu erkennen: Das, was sie mir aus dem Bauch rissen, hat Haut und Haare. Das, was mir Belastung und Rückenschmerz war, hat einen eigenen Mund. Manchmal bin ich entmutigt und selten in einer Freude, die mich den Geruch der Windeln oder die Strenge der Ordnungshelferin vergessen macht. Weshalb willigte ich in die Ehe ein? Mein Mann ist ein guter Mann: Er trinkt nicht, er spielt nicht, er arbeitet hart. Dafür wird er von den Meistern gelobt. Oft geschieht es, dass wir nebeneinandersitzen und schweigend brüten. Bestimmt fragt auch er sich, ob er sein Leben durch die Heirat ruiniert hat. Mit etwas Glück werden wir nicht untergehen. Mit etwas Glück wird in meinen Sohn der deutsche Geist hineinwehen. Arbeit bringt Freiheit – ich beiße mir auf die Zunge. Ich wurde von Frau Kocelek schwer gerügt, als ich es aussprach. Sie sagte: »Ich dulde keine dummen Scherze!« Ich verstand sie nicht, ich wollte sie gar nicht zum Lachen bringen. Liegt es an der anregenden Witterung, dass wir alle gelegentlich zur Schroffheit neigen? Ich will in der Nachahmung nicht zu weit gehen, sonst verliere ich jeden Halt. Das Kreuz an der Wand, der Plastikkringel auf dem Tisch, die bastversockelte ungeöffnete Weinflasche im Schrank, die Feinstrumpfhose: viele kleine Neuheiten. Schon wieder komme ich ins Träumen, das ist falsch, ich träume nicht, ich ordne meine Seele. Wer wird es als Erste wagen, die Flasche zu öffnen? Wir lernten: Wer sich am fremden Eigentum vergreift, wer seinen Nachbarn bestiehlt, ist eine schweinische Sau. Das ist falsch, das haben wir nicht gelernt, das Schwein als Fluchwort ist auch eine Neuheit. Wir kommen durcheinander, ich hoffe, dass wir uns nicht auflösen. Ich werde mich später vor dem kleinen Spiegel im Zimmer frisieren.

Ich höre, wie sich der Schlüssel im Schloss dreht. Ich

gehe in den Flur, um meinen Mann zu empfangen. Er hält sich mühsam auf den Beinen. Schweißermeister Höckl hat ihn gescheucht. Von ihm stammt der Satz: »Unter deutscher Anleitung ist der Fremde zu Höchstleistungen fähig.« Mein Mann Metin gibt ihm recht, auch wenn er in den ersten Wochen in der Feuerverzinkerei schwer geprüft wurde. Er muss Gitterkästen verschweißen, er hat sich gut eingearbeitet, die Brandwunden an seinen Händen sind verheilt. Wir lernen: Man ist ein Lenker der Technik oder ein Opfer der Technik. Er reibt sich erst im Bad mit Kölnisch Wasser den Hals, den Nacken sauber, dann grüßt er die Frauen, ohne ihnen in die Augen zu sehen. Seinen Sohn trägt er im Kreis durch das Zimmer, das Kind will ihm in den Kopf beißen, er lässt es lachend geschehen. Er will sich mit mir unter vier Augen besprechen. Droht uns eine polizeiliche Maßnahme? Haben wir uns durch Fehlverhalten strafbar gemacht? Haben sich die Nachbarn beschwert, weil Selda beim Auskämmen ihrer Haarzotteln laut singt? Ich folge ihm in unser Zimmer, wir dürfen Frau Kocelek mit den kehligen Lauten unserer Sprache nicht belästigen, wir sitzen beieinander und flüstern.

»Ich habe dir von Kamuran erzählt«, sagt er leise, »ein Hilfsarbeiter. Er ist ungeschickt, aber er zeigt guten Willen, das wird schon.«

»Der baumlange Mann mit der Glatze«, sage ich.

»Er sieht nicht gut aus. Letzte Woche bittet er mich um Hilfe. Ich soll mich für ihn einsetzen, ich soll vermitteln. Eine Frau, deutsch und schön, hat ihn in der Eckkneipe angeblickt. Er schaute zurück, sie wandte den Blick nicht ab. Kamuran glaubte, dass sie sich nach ihm verzehrt. Er sprach: ›Ich kann mich mit ihr nicht unterhalten. Das Anstarren wird auf die Dauer langweilig. Ich bin mir sicher, sie möchte, dass es zum Äußersten kommt. Hilf mir und sei mein Übersetzer.‹«

»Du hast eingewilligt.«

»Das habe ich«, sagt er, »wir treffen uns also zu dritt in der Wirtschaft. Das Gespräch verläuft stockend. Immer, wenn ich seine Worte übersetze, glotzt mich Kamuran an, als wollte er mich küssen.«

»Was ist mit ihr?«, sage ich kalt.

»Sie hat sich für die Verabredung hübsch gemacht«, sagt er.

»Das ist dir also aufgefallen?«

»Um mich geht es nicht. Kamuran ist der Sohn eines Baumwollpflückers. Wie will er dieser deutschen Frau gerecht werden? Sie ist eine Bürgerliche.«

»Hast du die Sache zum Abschluss gebracht?«

»Ich bin ein Sprachmittler, aber kein Kuppler«, sagt er und lacht auf, »ich sitze also zwischen den beiden, ich fühle ein wachsendes Missbehagen, und ich fange an, eine Geschichte zu spinnen.«

»Was heißt das?«, sage ich.

»Ich übersetze falsch. Ich erzähle der Frau: ›Mein Arbeitskollege ist ein ehrlicher Mann. Er möchte Sie wissen lassen, dass es ihn besonders erregte, wenn Sie ihm den Glatzkopf beleckten.‹«

»Nein!«, rufe ich und schlage mir die Hand auf den Mund.

»Leise, sonst mahnt uns Frau Kocelek ab. Also, ich erzähle Kamuran: ›Die Dame findet dich ekelerregend hässlich. Du erinnerst sie an eine Holzstange, mit der man in der Jauchegrube stochert. Am liebsten würde sie dich im

Völkerkundemuseum ausstellen. Bist du damit einverstanden?‹«

Ich halte mir den Mund zu, um nicht zu lachen. Metin spricht von dem Unmut der Deutschen und der Verdrossenheit seines Kollegen, der sich immer wieder den Schweiß von der Stirn wischen musste. Er hatte sich das alles ganz anders vorgestellt. Sein gelbes Hemd mit dem zugeknöpften Haifischkragen klebte ihm nass am Körper. Die Dame stand wütend auf, bezahlte und ging ohne das Angebot eines Wiedersehens. Der Sohn des Baumwollpflückers muss weiter auf die wahre Liebe warten. Er hat Metin verraten, dass er von heimlichen Treffen mit einer Millionärin träumt, die ihm nach dem fünften Mal verfällt.

»Kamuran ließ es erst einmal dabei bewenden«, sagt er leise, »doch heute verrät er mir, dass er fast wahnsinnig wird, weil er, nun ja, immerzu an Frauen denken muss. Er möchte heiraten. Wir haben einen Lastwagen mit Gitterkästen beladen, wir stiegen hinten ein, ich wollte mit offenen Augen schlafen, das habe ich mir vom Schweißermeister abgeschaut, doch Kamuran schwätzte und schwätzte. Wir sind in einem Vorort ausgestiegen und haben die Kästen entladen. Plötzlich hält er inne und sagt: ›Gott straft mich dafür, dass ich Schusterkarbonade gegessen habe.‹ Wir fuhren zurück, er lief sofort ins Personalbüro und kündigte die Arbeit. Morgen fliegt er in die Heimat. Übermorgen ist er wieder in seinem Dorf. Nächste Woche will er sich mit seiner Kusine verloben.«

»Blutschande«, sage ich laut.

»Nicht in seiner Sippe.«

»Er hat in der Stadt nichts zu suchen.«

»Das gilt für die meisten von uns«, sagt er.

»Für die meisten von euch Männern«, sage ich.

Er schweigt mich an. Fürchtet er, dass ich ihm verloren gehe? Ich bin der Türken überdrüssig, die ihre Schnurrbartzwirbel mit Wachs glänzend machen. Die auf die nackten Knie der Frauen starren und vor Geilheit hecheln. Die ihren Schwestern einschärfen, dass sich eine anständige Frau vom Nachtleben fernhalte. Bauern ohne Schläue, Arbeiter mit Gebetskette, Geschundene mit der kranken Lust, Jungfrauen zu schänden. Können sich Viehtreiber und Schafshirten, Lastenträger und Korbflechter ändern? Sie sprechen: »Früher haben wir den Herrn angefleht um einen unkrautfreien Boden. Heute laufen wir in italienischen Schuhen auf deutschen Bürgersteigen.« Ich wende mich angewidert von ihnen ab. Fürchtet mein Mann, dass ich in Berlin allzu freisinnig werde? Fürchte ich, dass ich mir bald die Milde verbiete?

Ich höre Selda im Wohnzimmer lachen, sie lacht auch die Vorarbeiter und die Meister an, sie aber drehen sich weg: Sie riecht nach Knoblauchwurst, mit der sie sich morgens stärkt, um den ganzen Tag durchzuhalten. Was hält meinen Mann aufrecht? Er streicht den Lottoschein auf dem Beistelltisch glatt. Ich habe die Zahlen ordentlich auf einem Blatt Papier aufgeschrieben, ich falte ihn auseinander, ich lese laut vor: »21, 6, 43, 3, 12, 4 Zusatzzahl 42.« Ich überreiche ihm den Zettel, ich warte, er schüttelt den Kopf, ich verlasse das Zimmer.

♀

Die Böden sind gefegt, der kleine Dreck, der nur den Boden des Eisenkübels bedeckte, ist in die Tonne geleert. Ich lese die Postkarten. Mein jüngerer Bruder Tolga schreibt: »Ich lebe nicht in einer mondänen Hauptstadt. Und doch krempeln die Halbstarken die Hosenbeine um und kleben mit Spucke einen dicken Haarkringel auf die Stirn. Das ist der letzte Schrei. Ich trage die Anzüge und Hemden unseres Vaters selig. Die breiten Krawatten könnte ich aber als Bruchbinden benutzen. Beim ersten Schneefall in Berlin musst du dir die Nase am Fenster platt drücken. Zähle die Flocken, und zähle die Blätter, die der Wind von den Ästen reißt. Grüß mir meinen Schwager. Grüß mir meinen Neffen, von dem ich weiß, dass er missmutig mit dem Kopf wackelt, wenn er Tisch und Teller nicht zernagen kann. (Bleib da, wo du bist. Heimweh ist Feigheit vor dem Freund.)«

Mein älterer Bruder Djengis schreibt: »Ich habe die Zeilen meines Bruders überflogen, weil er mich darum bat. Er leidet an der Rechtschreibschwäche. Die Korrekturen stammen von mir. Am liebsten hätte ich die beiden Sätze in Klammern durchgestrichen. Was fällt ihm ein?! Die Fremde blendet mit neuen Attraktionen. Niemals darfst du vergessen, welcher Erde du entkeimt bist. Es heißt, dass unsere Mutter in Berlin aufblüht. Erinnere sie an die Menschen, die hinter der Schandmauer in Knechtschaft leben. Ich gleite in trübe Stimmung, wenn der Restbestand unserer Familie verfällt. Begebe dich in die Obhut unserer großen Schwester Yasmin. Sie weiß, dass es verschiedene Himmel sind, die sich über die Städte spannen. Wir führen ein bescheidenes Leben, wir verfügen über begrenzte Mittel.«

Kein Gruß an Selda. Nach dem Tod des Mannes meiner Mutter sah sich mein großer Bruder in der Pflicht, ihn ersetzen zu müssen. Er wollte uns, seine vier Geschwister, einstimmen auf die harten Gebote der Anständigkeit. Selda weigerte sich, einen knöchellangen Tugendkittel zu tragen, es gab einen argen Streit, ich schlug mich natürlich auf die Seite meiner Schwester. Djengis ist ein polternder Antikommunist. Bei seinem Kurzbesuch brach er sofort zur Mauer auf, um sie vor den Augen der Touristen anzuspucken. Ein Polizist drohte mit seiner sofortigen Verhaftung, wenn er nicht aufhörte, Steine auf die andere Seite zu werfen. Seine Vaterländerei ist peinlich. Er bekommt beim Anblick des knatternden Halbmondbanners feuchte Augen.

Meine Schulfreundin Yüksel schreibt: »Von den deutschen Männern heißt es, dass sie gut aussehen. Nicht wenige von uns werden sich mit ihnen vermischen. Dann gibt es bald nicht mehr blauäugige Kinder. Die deutsche Rasse stirbt aus. Wer sagt das? Ein Frühheimkehrer, dem die Arbeit in der Montagehalle nicht gefallen hat. Er verbreitet in unserer Straße seine Theorien. Er gibt sich als großer Kenner aus. Dabei ist er derart faul und lahm, dass ihm der Hintern bald auf die Fersen fallen wird. Er will dem Bürgermeister der Stadt, in der er kein ganzes Jahr gelebt hat, Vorschläge unterbreitet haben. Vorschläge zur Hebung der Arbeitsmoral. Vorschläge, wie man auch gemütskranke Bummelanten aufrichtet. Man soll sie dazu zwingen, jeden Morgen die Nationalhymne abzusingen. Sobald ich den Kerl sehe, wechsele ich die Straßenseite. Ich bin eine unverheiratete Frau, ich will mich nicht unterwerfen. Bin ich dir gegenüber taktlos? Du wirst es richtig deuten. Einem Kind kneife ich gerne in die Wange. Doch sobald es anfängt zu kreischen, nehme ich Reißaus. Ich bin nicht für das Muttersein bestimmt. Ich würde mein Kind sofort zur Adoption freigeben. Meine zweiundachtzigjährige Mutter nennt mich eine herzlose Hexe …

Heute ist ein neuer Tag, ich greife zur dritten Postkarte, ich hätte dir einen Brief schicken sollen. Ich bin sehr aufgebracht. Schon wieder musste ich in der Zeitung lesen, dass eine junge Frau, die den Bewerber abwies, zerschlitzt und zerhackt wurde. Das ist die orientalische Despotie, von der es in den Geschichtsbüchern heißt, die junge Republik habe mit ihr gebrochen. Sollen sie an ihren Lügen ersticken! Jede Woche werden ein halbes Dutzend Frauen ermordet, weshalb? Sie werden wie auf dem Viehmarkt an Greise und Paschas verschachert. Sie laufen weg, sie werden eingefangen, sie büßen mit ihrem Leben. Verzeih, Leyla, ich kann dir leider keine guten Nachrichten berichten. Ich habe einen Zettel an der Wohnungstür angebracht: Bewerbung zwecklos, Hochzeit ausgeschlossen. Es gab einen Aufstand im Haus, alle (vierte Postkarte) Nachbarn legten mir nahe, schleunig auszuziehen. Meine Mutter zerriss den Zettel in Fetzen. Sie suchte die empörten Hausfrauen auf, die die Hausverwaltung gegen mich aufwiegeln. Sie hat sich für meine Ruchlosigkeit entschuldigt. Ist das zu fassen? Es hat ein Gutes: Ich muss mich nicht mit Idioten unterhalten. Dem Heimkehrer habe ich in seinem eigenen Interesse geraten, von weiteren Belästigungen abzusehen. Ich verwies auf Brüder, die gern mit Messern werfen. Ich bin ein Einzelkind. Eine Notlüge ist eine lässliche Sünde. Sei geherzt.«

Es klingelt an der Tür. Matilda erscheint pünktlich zum Vorstellungsgespräch. Frau Kocelek hinkt zum großen Tisch im Wohnzimmer, sie blickt zum Holzkreuz, spricht leise eine Lobpreisung, deutet auf den freien Stuhl. Ich halte mich bereit: Falls die Unterhaltung stockt, werde ich eingreifen. Matilda erzählt: Sie kommt aus einem feuchten kalten Gebiet mit vielen Hügeln, die die Kleinstädter Berge nennen, weil sie als Bergbewohner mehr gelten als Ackerknechte. Sie bleiben abergläubische Tölpel. Sie glauben, dass der Mist der Drossel die Mistel zeuge. Sie klopfen mit dem Holzlöffel, mit dem sie den dünnen Haferschleim gegessen haben, dreimal auf den Tisch. Ich räuspere mich, sie bricht ab. Die Herkunft ist nicht wichtig in unserem deutschen Leben.

Matilda soll unserer Ordnungshelferin erklären, weshalb sie vom Frauenwohnheim in die Wohngemeinschaft wechseln möchte. Sie erinnert sich an meine Weisung und sagt: »Ich habe nichts verbrochen. Ich wurde auch nicht gezwungen auszuziehen. Ich wäre vielleicht bald zur Helferin der Heimleiterin aufgestiegen.«

»Ist das wahr?«, sagt Frau Kocelek.

»Ja, es stimmt. Ich habe immer darauf geachtet, dass nichts abhandenkommt.«

»Du benutzt gute deutsche Worte. Daran habe ich nichts auszusetzen.«

»Danke«, sagt Matilda.

»Bist du streitsüchtig?«

»Ich wehre mich, wenn man mich beleidigt.«

»Was treibt dich zu uns? Bleibe bei der Wahrheit. Wenn ich dich bei der kleinsten Lüge erwische, setze ich dich sofort vor die Tür.«

»Ich bin eine Armenierin«, sagt Matilda.

»Eine Christin?«

»Man hat mich getauft.«

»Gut, weiter.«

»Die Frauen, mit denen ich das Zimmer teile, haben ein reines Herz. Sie sind aber sehr schlicht. Sie reden von ihren

Wunschträumen. Eine vollautomatische Waschmaschine. Ein Radio. Ein Fernseher. Sie lieben Apparate, ich habe nichts dagegen einzuwenden. Sie sind abergläubisch. Soll ich Ihnen ein Beispiel geben?«

»Ich bitte darum«, sagt Frau Kocelek.

»Im letzten Monat bekam ich Hautausschlag. Pusteln am Handrücken. Ich verband mir die Hände. Die Frauen tuschelten. Eine Frau aus dem zweiten Trakt des Heims trug mir das Gerücht zu. Sie sprach: ›Sie glauben, dass du dich nachts in eine dunkelgraue Ratte verwandelst, um den Fluch in die Häuser zu tragen. Jemand hat dir eine Matte aus glühenden Kohlestücken in den Weg gelegt, und du hast dir die Pfoten verbrannt.‹ Da wurde mir klar, dass ich mir eine andere Bleibe suchen muss.«

Frau Kocelek schaut sie an. Ich zweifele daran, dass sie mit ihrem Blick bis zur nackten Seele vordringt, wie sie es uns weismachen will.

Matilda ist eine eigenwillige Frau. Sie zupft sich nicht die Augenbrauen zu dünnen Sicheln. Sie legt wenig Wert auf eine weibliche Erscheinung. Sie spricht ein sagenhaftes Deutsch, man verzeiht ihr den leichten Akzent. Die deutschen Frauen halten sie für eine Spätaussiedlerin aus dem Osten. Sie berichtigt sie nicht, weil es ihr zermürbende Gespräche erspart. Die Patriarchen in ihrer Geburtsstadt haben sie verflucht. Sie verließ die alte Erde, sie verfiel in keine Schreckstarre, sie bat nicht um Schonung. Die gute Zeit begann, weil sie es beschloss. Wird sie bei uns unfröhlich, weil sie Regeln befolgen muss? Sie gibt keinen Laut von sich, ich warte auf eine Anweisung.

»Ich habe Folgendes beschlossen«, sagt Frau Kocelek, »für eine Probezeit von vier Wochen ziehst du hier ein. Wir halten unsere Stube sauber. Männerbesuch ist strikt verboten. Hast du eine Liebschaft?«

»Nein«, sagt Matilda, »ich mal mir nicht die Wangen an, damit mir Trottel und Trampel schmeicheln.«

»Und wenn gerade das einem Mann gefällt und er dir verfällt – was tust du dann?«

»Dann gebe ich ihm einen Rat.«

»Da bin ich aber gespannt«, sagt Frau Kocelek.

»Im Bordell bekommt er genau die Liebe, die er sich wünscht.«

Es ist aus mit ihr, sie hat es verdorben. Ich erhebe mich, um sie zur Tür zu geleiten. Aus meinem Zimmer dringt kein Laut, ich habe meinen Sohn in den Schlaf gewiegt, meine Mutter strickt und wacht am Bett.

Ich warte auf Frau Koceleks harte hässliche Worte, die auf Matilda prasseln werden. Sie spricht: »Wir wohnen zusammen, wir sind keine Gastgeber und keine zweifelhafte Gesellschaft. Die Miete beträgt dreißig Mark, fünf Mark kommen in die Kaffeedose. Es wird sich erweisen, dass du zu uns passt. Oder irre ich mich?«

»Ich werde nicht unangenehm auffallen«, sagt Matilda.

»Und du, Leyla, steh nicht da wie ein geschlagenes Kutschpferd. Du begleitest sie zum Wohnheim, du machst den Umzug amtlich. Heute Abend stellst du unsere neue Mitbewohnerin vor. Tändelt nicht, Mädchen.«

Wir brechen sofort auf, ich bin in Gedanken und folge Matilda schweigend. Wir träumen davon, dass Goldreifen an unseren Handgelenken klacken. Wir schürfen uns im Eifer die Knie und Knöchel auf. Wir wollen wie junge deutsche Frauen mit einem Schwingenkorb aus Kiefernwurzeln einkaufen gehen. Wir essen in der Arbeitspause

Streichkäsestullen, hastig und ohne Lust. Die Armenierin ist keine Fremde, weil sie nicht danach strebt, ihre neuen Meister gnädig zu stimmen. Der Übergangsmantel mit Klappentaschen steht ihr gut. Bestimmt trägt sie beim Kochen statt eines Hauskittels eine Cocktailschürze. Sie wird Yasmin vor den Kopf stoßen und Selda begeistern.

Ich spreche mit der Heimleiterin, sie ruft bei Frau Kocelek an und lässt sich den Umzug bestätigen. Bis zum Ende der Woche muss Matilda ihren wenigen Besitz herausschaffen. Sie hat sich den Tag freigenommen, sie kann damit beginnen, ihren Koffer zu packen und ihre Zimmerecke zu putzen. Sie hat darauf keine Lust. Sie lädt mich in ein Imbisslokal in der Querstraße ein. Noch nie habe ich auf der Terrasse eines Kaffeehauses gesessen. Noch nie habe ich mich in Berlin von einer Servierdame bedienen lassen. Manchmal sitze ich allein auf dem Sofa und löffele Schattenmorellen aus dem Glas. Das ist mein kleines Glück. Jetzt sitze ich unter einem Sonnenschirm an einem schmiedeeisernen Tisch. In der Tülle des Zuckerstreuers steckt eine eingerollte Papierserviette. Zwei Wespen sind hineingekrochen, sie klopfen am Glas und brummen böse. Wenn ich sie befreie, werde ich gestochen. Sie hat von ihrem Hautausschlag an ihren Händen gesprochen. Wenn sie gestochen wird, stirbt sie vielleicht am Schock. Ich starre auf die gefangenen Wespen, ich höre die Kellnerin kommen und gehen, ich bin betäubt.

»Ich habe für uns Pfannkuchen bestellt«, sagt sie, »oder willst du falsche Schnecken probieren?«

»Wie bitte?«

»Das sind Würfel vom Rinderfilet. Sie schmecken gut.«

»Lieber nicht«, sage ich.

»Du arbeitest nicht mehr in der Fabrik?«

»Ich muss mich um meinen Sohn kümmern.«

»Ich löte ein Metallschild an das Transistorradio«, sagt sie, »dann rückt schon das nächste Radio auf dem Fließband heran. Ich werde fast verrückt, aber ich halte durch.«

»Die Wespen«, sage ich.

»Lass sie sterben … Ich arbeite im Akkord, verdiene zweihundertzwanzig Mark im Monat. Wie soll man sich da verbessern? Es gibt da andere Möglichkeiten.«

»Für uns nicht«, sage ich.

»Siehst du die beiden Frauen? Am Tisch am Bürgersteig. Sie fallen auf. In anderen Lokalen würden sie nicht bedient werden.«

»Sie tragen schöne Kleider.«

»Es sind Huren«, sagt sie, »sie locken die Freier. Sie lassen sich nicht von windigen Luden wie die Wespen fangen. Ich bin mir nicht sicher, ob ihre Heiterkeit anhält.«

Wie meint sie das? Sie erzählt mir von den Aufschneidern in Anzügen, die die Huren von der Potsdamer Straße in den Dienst nehmen. Das hart verdiente Geld geben die Frauen für Zimmermiete, Kosmetik und teures Essen auf Terrassen aus. Ich verscheuche eine heranschwirrende Wespe, ich beobachte die heiteren Huren. Sie sind schamlos schön. Die Brünette zieht sich die Lippen nach und kneift sie an einem Taschentuch, das sie vor den Mund gespannt hat. Das Tuch legt sie achtlos neben den Zuckerstreuer. Ich starre auf den verschmierten Kussabdruck. Muss ich mich schämen, weil ich von Huren lerne? Wir Fremden haben unseren Nutzen. Ich halte das Haus in Ordnung. Diese auffälligen Frauen sind eine kleine Sammlung von Seltsamkeiten. Die Schwarzhaarige bestellt Schaumwein, sie möchte glücklicher werden, ich bewundere sie für ihr Geschick: Sie führt das schlanke Kelchglas zum Mund, sie verschüttet keinen Tropfen. Im Land, dem ich entstamme, nennt man Huren »Geschöpfe der Niederungen«. In Berlin duldet man sie in Lokalen, man bewirft sie nicht mit spitzen Steinen. Ich fürchte sie ein kleines bisschen. Für eine kurze Weile nur würde ich bei ihnen sitzen wollen. Sie würden mich sehr schnell zum Lachen bringen.

Matilda sagt: »Was muss ich besonders beachten in meinem neuen Zuhause?«

»Ich zeige dir die knarrenden Dielen«, sage ich, »wir achten darauf, nicht daraufzutreten. Stütz dich nicht auf Fenstersimse. Sie sehen aus wie von Schnäbeln zerbissen. Die Soldaten haben im Krieg darauf geschossen. Es wohnt ein richtiger Professor im Haus. Erster Stock, Hofseite. Er hat den bestimmten Blick.«

»Was heißt das?«

»Du wirst ihn spüren, wenn du die Treppen bohnerst.«

»Wird er zudringlich?«, sagt sie kalt.

»Einmal spürte Selda eine Hand an ihrer Kehrseite«, sage ich, »sie wirbelte herum, da legte er beide Hände aneinander und grüßte in der Art der Inder. Er tat so, als wäre nichts geschehen. Es blieb bei diesem einen Mal.«

»Er soll sich vorsehen.«

Ich spreche von den Eigenarten der Frauen in der Wohnung. Ihre künftige Zimmergenossin Nuray räuspert sich an regnerischen Tagen, sie glaubt, dass sich ein Haar um ihre Mandeln geschlungen habe, sie redet von diesem Haar, das in ihre Zwiebelknollen im Rachen schneide. Einmal hat sie versucht, mit der Pinzette die Haarschlinge zu zupfen, sie brach ab, weil sie würgen musste. Andere Leute haben ein nervöses Muskelzucken, Nuray hat diese Schrulle. Selda ist schnell zu begeistern. Man darf an ihren seltsamen Ansichten keinen Anstoß nehmen. Sie liest in den Magazinen, sie versteht vielleicht jedes vierte Wort, den Rest reimt sie sich zusammen. Sie versalzt jede Suppe und jeden Eintopf. Es steht fast immer eine Freiwillige neben ihr am Herd und wacht wie ein Kettenhund.

Yasmin ist eine harte Arbeiterin. Sie will ihren Meister nicht enttäuschen. Deshalb meldet sie sich auch bei schwerem Schnupfen nicht krank. Sie braucht für ihre Morgentoilette eine halbe Stunde, deshalb steht sie noch vor Frau Kocelek auf. Sie warnt vor zu viel Modernität, dabei ist sie fasziniert von falschen Wimpern. Manchmal übt sie auf dem Sofa das damenhafte Sitzen und das damenhafte Beine-Übereinanderschlagen. Sie hat bislang jeden Bewerber in die Flucht geschlagen. Es verlieben sich ausnahmslos Glücksritter in Yasmin, sie wollen mit ihr stürmische Liebesszenen aus Filmen nachspielen, sie droht mit einer Anzeige bei der Polizei. Oya ist abergläubisch. Wenn ein Fenster zuschlägt, lässt sie eine Stunde tatenlos verstreichen, natürlich nicht an Werktagen. Es geschieht nicht selten, dass sie plötzlich ihre Hauspantinen auszieht und einen Pantoffel an den anderen schlägt. Fragt man sie nach dem Grund dieser Anwandlung, sagt sie: »Eine Feindin verwünscht mich in diesem Augenblick. Jetzt schlage ich meine Feindin.«

»Und wie ist es mit dir, Leyla?«, fragt sie und mustert mich.

»Ich bin eine Mutter«, sage ich, »ich kann mir eine Flucht aus dieser Welt nicht leisten.«

»Wer weiß, was morgen wird?«, sagt sie leise.

»Was heißt das?«

»Es hat gerade mal begonnen. Das Alte zerfällt, ich freue mich darüber. Da, wo ich herkomme, sprechen die Frauen vom kleinen Wasserfall der Frau. Vom Blutsturz. Ihre erste Monatsregel ist ihre zweite Schande. Die erste ist ihre Geburt als Mädchen. Hier liegen die Binden in jedem großen Kaufladen aus.«

»Ich spucke die Scham, die sie uns beibringen, in das Gesicht der Kerle.«

Sie bezahlt, wir verlassen die heiteren Huren und die Wespen in den Zuckerstreuern, wir gehen an Hecken entlang, sind es Mauern aus Blatt und Zweig, sind es Werkarbeiten von Männern mit einem Sinn für Raumlehre, Spätsommer, Frühherbst, es ist mir gleich, es wird mir noch gelingen, kleine Steine mit Leichtigkeit zu wälzen, ich werde es noch schaffen, nicht müde zu werden bei dem Versuch, einen Gedanken zu Ende zu denken. Matildas Worte klingen nach.

Ich war noch niemals im Kaufhaus des Westens. Ich habe nicht den Zoo besucht, ich bin nicht ein Stück der Mauer abgeschritten. Was habe ich Matilda gesagt? Ich bin eine Mutter. Ich nahm das Kind an als eine Menschenpuppe. Es wurde zu meinem Sohn, als es lernte, mich anzuschauen. In den vielen Tagen davor, beim Säugen und beim Wickeln, verschwamm ich vor seinen Augen. Es schielte und es weinte vor Angst, weil sein neues Gehäuse kippte und stürzte. Mein Sohn ist mir nicht länger ein schweres Gewicht. Nicht länger ein sprechendes Bündel. Er hätte auch mit einer Missbildung zur Welt kommen können. Er kann später sonderbar werden wie Annabeth, die junge Frau der Fingerzeige. Liebende ohne Augen sind glücklich.

Wir bleiben vor einem Säuglingsbedarfsladen stehen. Kinderwagen, Wagendecken, Ausfuhrgarnituren. Jäckchen, Mütze und Überziehhose, in festen Maschen gehäkelt. Nach einem Blick auf die Preisschilder ziehen wir weiter.

Yasmin schließt uns auf, sie bittet uns herein, als wären wir Angestellte der Firma, die zu einem angekündigten Kontrollbesuch erscheinen. Auf dem Tisch stehen große Servierteller mit Käsestrudel und Holzschalen mit Nüssen und Rosinen. Matilda nimmt am Kopfende Platz. Sie probiert ein Stück Strudel, danach trinkt sie ein Glas Wasser in einem Zug leer. Selda wurde beim Essenzubereiten nicht bewacht. Keine der Frauen wundert sich über Matildas Namen. Wir kommen aus demselben Land. Wir fragen nicht, ob man auch ihre Großeltern auf den Langen Todesmarsch geschickt habe. Wo ist Oya? Sie wird noch kommen, sie genießt ihren freien Tag, morgen wird sie wieder am Fließband sitzen. Meine Mutter lächelt meinen Sohn auf meinem Schoß an, der eine Schale umgeworfen hat. Sie spricht von Annabeth im Garten, das Mehl stäubte auf, als sie sachte auf ihre Knie schlug.

Am Nachmittag ihrer Unsinnigkeit ist sie ihr zufällig begegnet, sie hat sich mit der jungen Frau in einer verständlichen Sprache unterhalten, sie benutzte das Fingeralphabet und die Fingerworte. Annabeths Schwester zog sie diesmal nicht ins Haus, sie war verblüfft über das angeregte Gespräch. Meine Mutter hat Folgendes erfahren: Sieht Annabeth einen Ring, erkennt sie eine kleine schmale Schelle, durch die sie mehr Fäden ziehen kann als durch ein Nadelöhr. Sieht sie eine Tüte Mehl, sieht sie nicht abgepacktes gemahlenes Getreide; sie erblickt eine

Möglichkeit, den Wundschorf an ihren Knien zu bedecken. Dieses schöne Mädchen darf man weder bewundern noch bemitleiden. Es kann nur unter Aufsicht einer liebenden Person leben.

»Ihre ältere Schwester ist streng«, sagt Selda, »sie hat mich weggescheucht.«

»Weil du sie wie ein Kind behandelt hast«, sagt Mutter, »der Käsestrudel ist ungenießbar.«

»Ich esse ihn gern.«

»Du bist die Einzige, der er schmeckt.«

»Ich habe Matilda alles erklärt«, sage ich, »Frau Kocelek hat entschieden, dass sie zu uns passt. Ich bin ganz ihrer Meinung. Gibt es Einwände? Gibt es Fragen?«

Sie können kaum die Augen offen halten, sie sind müde, sie haben Schmerzen, Nuray hält sich an der Tischkante fest. Die Haare sind eingesunken, die verkletteten Bäusche hängen ihr in den Nacken. Die Frauen kauen an den Nüssen und Rosinen und lächeln die neue Fremde an. Ich will Matilda willkommen heißen, da klingelt das Telefon, und wir schrecken zusammen. Ich greife zum Hörer, drücke die Hörmuschel ans Ohr, ich wehre meinen Sohn ab, der beißen und nagen will. Die Leiterin des Siemenswohnheims möchte in einer dringenden Angelegenheit mit Frau Kocelek sprechen. Sofort. Ich muss nicht nach ihr rufen, sie ist hinkend hergelaufen, ein Anruf um diese Stunde verheißt nichts Gutes. Sie lauscht, sie bedankt sich, sie legt auf. Sie spricht: »Das war Frau Endler. Man hat Oya etwas Schlimmes angetan. Ihr Sohn fährt sie zu uns. Ihr nehmt sie unten in Empfang und führt sie hoch. Kein Laut im Treppenhaus.« Yasmin und Selda schlüpfen in ihre Mäntel und Straßenschuhe, sie stehlen sich davon wie Diebe. Mutter steht auf, sie bittet Matilda um Hilfe, sie suchen im Zimmer frische Unterwäsche und ein frisches Kleid aus.

Ich setze Teewasser auf. Mein Mann hat Spätschicht, wir bleiben ungestört. Dann hören wir ein leises Klopfen. Oya, geschunden. Oya im Blut. Oya mit Bisswunden, gekrümmt. Meine Schwestern wagen nicht, sie zu berühren, sie setzt sich auf das Sofa, sie möchte nicht allein sein. Mutter legt ihr die Bettdecke auf die Schultern. Keine spricht, keine berührt sie. Noch nicht. Ich stelle den Becher vor ihr auf den Beistelltisch. Sie flüstert: »Selma hat mich verkauft. An einen Mann.« Ich kenne sie, wir kennen sie alle. Wir fragen nicht, sie will den Schmutz abkratzen, sie redet weiter: Nach Arbeitsschluss machen sich Oya und das Weib auf den Heimweg. Das Weib sagt: »Ich will bei Suleyman vorbeischauen, nur kurz, er kommt aus derselben Stadt wie ich, es dauert keine zehn Minuten, er hat richtige Cola, keine billige Brause, die trinkst du doch auch gerne!« Oya möchte lieber gleich nach Hause, sie lässt sich aber umstimmen. Sie denkt, dass ein Glas kalte Cola sie erfrischen wird. Er bittet sie herein, die gefüllten Gläser stehen auf dem Tisch, er möchte, dass sie als Ehrengast auf dem gemütlichsten Platz sitzt. Es kommt ihr alles seltsam vor. Sie trinkt, sie ist durstig, sie trinkt aus. Dann. Dann wacht sie auf. Nackt. Schmerzen. Allein. Zerrissen. Sie erbricht sich. Sie kleidet sich an. Sie taumelt aus dem Zimmer. Sie geht und geht, sie steht vor dem Wohnheim. Frau Endlers Sohn entdeckt sie an der Gartenmauer. Der Kerl hat sie betäubt. Der Kerl hat ein böses Pulver in die Cola gemischt. Schlafmittel. Sie hat nichts geschmeckt. Sie hätte doch einen anderen Geschmack schmecken müssen. Lag Staub auf ihrer Zunge? Sie war unachtsam, daran lag es. Sie hat sich gehen lassen, daran lag es, sie hat …

»Nein«, ruft Frau Kocelek, »es lag an dem Schwein.«
»Die Cola tat mir gut«, sagt Oya leise.
»Soll ich dir kalte Limonade machen?«, sagt Selda.
»Nein, ich will nichts. Keine Polizei bitte. Sie schickt mich zurück.«
»Gut, versprochen«, sagt Frau Kocelek.
»Das verfluchte Weib«, schreit Oya.
»Nicht daran denken.«
»Die Cola«, ruft Oya.

Mutter küsst sie auf die Schläfe, sie fasst sie an der Hand, sie hilft ihr auf, sie schließt sich mit Oya im Bad ein. Sie kennt die Verletzung der Frauen in einem Krieg, sie wird ihr helfen können. Man muss das Weib, das sie verkauft hat, in einen Sack mit einer Schlange und einem wilden Hund stecken. Die Schlange beißt den Hund, und der Hund beißt der Schlange den Kopf ab, das Weib bleibt am Leben. Zwei Vipern und ein Wolfshund im Sack, dann wird es zerfleischt und zerbissen. Wir stehen, wir starren auf das eingedrückte Sofapolster, wir dürfen uns nicht hinsetzen. Die Blutergüsse an Oyas Hals. Er hat sie durchgerissen. Cola trinken ist keine Schande. Die Blutrisse in Oyas Gesicht. Ich würde ihr das volle Glas Schattenmorellen schenken. Ich würde ihr meine Strickjacke ausleihen, für vier Wochenenden, dass sie vor den deutschen Frauen bestehe. Sie wird nichts annehmen. Ich ziehe die Schublade auf. Ich sehe, wie Hände in den Besteckkasten greifen. Nuray. Yasmin. Selda. Matilda. Die Tür schnappt leise ins Schloss. Sie ziehen los.

Es kehrt keine Ruhe ein. Ich muss bleiben, meines Kindes wegen. Frau Kocelek sitzt reglos auf dem Stuhl, den sie neben den Ofen gerückt hat. Es plagt sie immer die Angst vor dem Tag, an dem die Vorräte aufgebraucht sind.

Die Angst vor dem Feuereifer der falschen Freunde, die sie durch ein Gerücht zum Auszug aus der beheizten Wohnung zwingen könnten. Sie fragt, wann sie wiederkehren. Ich sage: »Wenn die Arbeit getan ist.«

»Ich verstehe … die Nachbarn. Vielleicht haben sie alles mitbekommen. Vielleicht auch nicht. Sie können euch nicht auseinanderhalten.«

»Wegen den schwarzen Haaren«, sage ich.

»Wegen der schwarzen Haare. Lebt Oyas Mutter noch?«

»Sie lebt.«

»An dem heutigen Abend hat sich Folgendes zugetragen: Oya erhielt die Nachricht, dass sich der Gesundheitszustand ihrer Mutter verschlechtert hat.«

»Zustand?«, sage ich.

»Die Mutter ist schwer erkrankt. Oya erlitt einen Nervenzusammenbruch. Die Frauen brachten sie an die frische Luft. Sie brauchte Trost.«

»Es ist nicht Oya, die wir wimmern hören.«

»Du hast es verstanden«, sagt sie.

»Danke, Frau Kocelek.«

»Wofür? Der Kleine ist still. Er schaut mich an. Er hat große Augen.«

»Er ist neugierig«, sage ich.

»Ich habe den zernagten Plastikring gesehen.«

»Er ist nicht mehr zu gebrauchen. Er knaupelt an allem, was er in die Hände kriegt.«

»Woher hast du dieses neue Wort?«, sagt sie.

»Knaupeln«, sage ich, »von Annabeths Schwester.«

»Sie hat sich ein einziges Mal über euch beschwert.«

»Wir sind nicht laut.«

»All die vielen leeren Konservendosen in der Tonne.

Wenn die Müllabfuhr kommt, scheppern die Dosen, und es hallt in der Straße.«

»Selda glaubt, dass wir uns falsch ernähren«, sage ich.

»Das macht das Wohlleben. Sie übertreibt.«

»Haben wir nicht zugenommen?«

»Wir wollen nicht hungern«, sagt sie, »das will man doch auch nicht in deiner Heimat.«

»Annabeths Schwester beschwert sich nicht mehr?«, sage ich.

»Sie hat sich damit abgefunden.«

»Womit?«

»Dass eine Arbeiterin nicht viel Geld und Zeit hat.«

Wir sprechen, mein Kind ist still, das Kreuz hängt an der Wand, Annabeth übt bestimmt für das morgige Fenstertheater, wenn Selda lange genug übt, wird sie hohe Damenschuhe tragen können, ohne dass der Stöckel abbricht, ich werde bald in der Fabrik anfangen zu arbeiten, ich werde lernen, in der Kantine das Muldentablett gerade unter die volle Kelle zu halten, wir gewöhnen uns schon alle ein, noch kommt es uns vor, als schauten wir durch eine Fensterscheibe, die mit Eisblumen bedeckt ist, wir werden bald nicht mehr mit hohen Haarlaternen zur Arbeit erscheinen, Frau Kocelek spricht von ihrer Gewissheit, dass Matilda eine gute Wahl sei, und ich bete heimlich: »Gott, lass es gelingen, dass sie ihm das Stück Ehre abschneiden. Führe ihre Hand bei seiner zweiten Beschneidung.«

FEMINISTIN

DIE ZUR WAFFE GREIFT

IN NEW YORK

JUNI 1968

VALERIE SOLANAS

IM PARK TREFFE ICH auf den Greis mit Watte in den Ohren. Die Watte hat sich mit Ausfluss vollgesogen. Er starrt auf die dicken Adern am Handrücken. Er soll froh sein, dass das künstliche Gebiss passgenau auf dem Zahnfleisch sitzt. Es ist normal, dass ihn der Schmerz auf die Parkbank festnagelt. Es gelingt ihm nicht, den Altersbuckel durchzudrücken. Er ist nicht normal. Er ist ein Mann, und wie JEDER MANN IST er EIN STINKENDER SCHLACHTABFALL. Ich biete ihm meine Dienste an: 1 Stunde Unterhaltung für 6 Dollar. Er versteht: Ich bin bereit für seine Lebensbeichte, wenn er es will. Er kann seine Zeit verplaudern, ich höre zu. Es macht ihn glücklich, dass ich bei ihm bleibe. Der Alte sagt nicht: »Wo? Hier?« Er sagt nicht: »Du bist ein Schatz, mein Herz quillt über.« Er steckt die Hand in die Hosentasche. Ich schaue weg, ich schaue hin, er zeigt mir die geknüllten Eindollarscheine in der geöffneten Faust. Drei Dollar. Eine Klofrau sammelt in einer Viertelstunde mehr Geld ein. Die Dummen entdecken in meinen Augen krepierte Pupillen. Was entdeckt er? Der Alte wendet den Blick ab. Ich betrachte ihn: Er trägt ein kurzärmeliges kariertes Hemd. Hirschhornknöpfe. Ein Knopf hat sich aus der Öse gelöst. Großer Schweißfleck an der Brust. DER MANN HAT DIE FEIGHEIT ERFUNDEN. Für wenig Geld gibt es wenig Spaß, er ist damit einverstanden.

Ist eine Klofrau barmherzig? Sie muss die Pfützen der

Männer von den Fliesen wischen. Sie muss gekringelte Schamhaare aus den Tüllen der Urinbecken zupfen. Ich frage den Alten: »Hätte diese Frau, die man nicht gerecht bezahlt, nicht das Recht, DAS MAUL DER MÄNNER zu STOPFEN, wäre das nicht ein kleiner schöner Sieg?« Er nickt, er grinst, er nickt, er flüstert ohne Lüsternheit: »Ist der Handel noch so klein, bringt er ein paar Dollar ein.« Meinetwegen soll er reimen, wenn das seine Laune hebt. Ich bin einverstanden: zwanzig Minuten.

Ich bin die Frau der hundert Krisen, ich mute ihm keine Krise zu, er ist zu dumm dafür. Zu dumm wofür? Ich erkläre es ihm: »Die Worte sind nicht nahrhaft, sie reißen auf; wenn man den Hain der Beseelung verlässt, lernt man ein zweites Mal lesen und schreiben.« Über das altertümliche Wort Hain freut er sich, er hat nichts verstanden. Er sagt: »Helfen Sie mir auf die Sprünge.« HILF KEINEM MANN, ER WIRD SICH BITTER RÄCHEN. Ich erkläre: »New York ist Old York, Smalltalk der tadellosen Kojoten, überall wird geschwätzt, eine sechszöllige Klinge würde helfen, es würde helfen, in die Waden der Kerle zu stechen, die Sehnen an den Fersen zu durchtrennen, Löcher zu schnitzen, aber das wollen Sie nicht hören, meine bestialische Geschichte schreckt Sie, ich bin Ihnen unheimlich …«

Tatsächlich drückt er seinen Buckel gegen die Lehne. Rieche ich seine Angst? Ich rieche nur sein altes Hemd und seine alte Hose, ich rieche Mottenkugeln, ich rieche die Parkblumen voller Hundepisse, die die Hippies zu Kränzen flechten, ich rieche den albernen Frühabendhimmel, ich rieche die Kniekehlen der tobenden Kinder. Ich rieche nichts. Er fragt: »Beseelung, was meinen Sie damit?« Reichen zehn Minuten für eine kleine Einführung? Ich weiß nicht. Hier: »Unwiderlegt heißt nicht belegt. Unwidersprochen heißt nicht bestätigt. Überall hört man Müllmusik und Maulmüll. Unerträglich.« Hier: »DER MANN IST EINE VERDERBNIS. DER MANN IST FÜNF KILO HUND. Er belügt mich, ich glaube ihm kein Wort, er lügt weiter, er will mir weismachen, dass er mich in seinem Lustwäldchen beseelt. Seine Hässlichkeit will ich ihm ins Gesicht erbrechen. Schreckt Sie meine Horrorstory, bin ich Ihnen unausstehlich?«

Ein junger Wind erfrischt mich, der Greis hat mich bezahlt, es ist sein gutes Recht zu schweigen. Ein Kunde. Der Kunde gähnt hinter vorgehaltener Hand. Er hat nichts verstanden. Fünf Minuten. Er spricht: »Ich weiß, die Zeit ist fast abgelaufen. Ich mache es kurz. Mein Hund ist tot. Die Nachbarin, sie ist seit erst einem Monat verwitwet, sie hat mich ermahnt. ›Der Hund soll vor dem Herrchen sterben, das ist der Lauf der Welt.‹ Das waren die Worte der Witwe. Ich fühlte mich nicht getröstet. Ich habe nämlich Willie eigenhändig begraben. Nun ja, Sie haben eine schöne Stimme, ich fühle mich nicht um mein Geld betrogen. Wir werden kein Liebespaar, das ist schon mal klar.«

Wir lachen, und weil er sich verschluckt, klopfe ich ihm auf den Rücken. Er wird bald sterben, sein Buckel und seine falschen Zähne werden aus dieser Welt verschwinden. EIN MANN WENIGER IST EIN GETILGTES MINUS IST EIN KOMPLIMENT AN DIE PRACHTENTFALTUNG. Gehört er zu den Männern, die sich nachts unter der Decke krümmen, um an ihren Knien zu nagen?

Die halbe Stunde ist um, ich bin raus aus diesem Geschäft. Madison Square, Park der Statuen von Admirälen und Senatoren. Auf den Messingtafeln an den Sockeln liest man ihre Ruhmestaten. Nicht meine Geschichte. Freaks und Geschäftsmänner, Körner streuende, von Tauben umflatterte Veteranen, Langhaarige, Stoppelhaarige, kleine Gangster in roten Samtwesten, Muttersöhnchen, Bettnässer, Angestellte mit dicken Krawattenknoten: Ich sehe den Schmutz. UNITED SNAKES OF AMERIKA. Wofür sind sie gut? Ich spreche sie an, ich zeige die hektographierten Dokumente, ein Sonderdruck meines Manifests, nein, keine Streitschrift, nein, keine irre Nummer, ich meine es ernst: MÄNNER ZERSTÜCKELN. Mister X sagt: »Du willst uns abschlachten?«

Mister XX sagt: »Erzähl es meiner Frau, sie würde dich dafür lieben.« Ein baumlanger Typ mit feuchter Unterlippe sagt: »Du bist allein. Du bist keine Armee. Du brauchst Millionen von willigen, abgebrühten Helfern. Wir Männer würden uns natürlich wehren. Dein Plan geht nicht auf.« Ein Hippie will mich auf Wortwitz festnageln, und als ich ihm die Kette abreiße und als es bunte Perlen regnet auf die verdorrte Hundepisswiese und ihm Tränen in die Augen schießen, stößt mich das dumme Huhn an seiner Seite hart gegen die Brust. Das ist es, was die Kerle wollen: Weiberkrieg. Das ist es, was sie über alle Maßen begeistert: Frau gegen Papas artiges Mädchen. Ich könnte sie zerfleischen, ich tue es nicht. Ich preise mein Manifest: »Tod dem anständigen Bürger, Tod dem allamerikanischen sugar boy!« Jetzt werden sie hellhörig, jetzt reißen mir Hippieratte und Hippiemaus die Hefte aus der Hand. Amerika, das dümmste Land der Welt, ist eine einzige Reklamefläche. Verkünde das Heil in richtigen Worten, und das Idiotenvolk liebt dich wie Jesus. Drei Dollar vom Greis, der immer noch auf der

Parkbank klebt. Acht Dollar von den Blumenkindern. Ich bin im Geschäft. BEREITSCHAFT IST ALLES.

Raus aus dem Park, weg von den Wolkenkratzern, weg vom Parkwächter, der über den Schaft des Gummiknüppels streicht. Ich laufe die 23. Richtung Westen. Die Umhängetasche schlägt mir bei jedem Schritt gegen das Bein. Kleiner Trost: fünf Manifeste verkauft. Fünf Körper infiltriert. Ich bin eine Armee, mein Plan geht auf, wartet nur eine Weile. Verlasst euch auf mich, denn auf Linkshänder ist Verlass. Old York, Totenstadt, gewaltig werde ich kommen über sie. Der Rummel geht mich nichts an. Ich habe keinen zuckerwatteverklebten Mund. Es steht mir vor Augen, dass es nicht lange dauert. Es riecht nach Lammblut. Mir kann keiner vormachen, dass ich erwache im Frühling, dass ich sprieße und Knospen treibe. Ich rieche die chemische Reinheit der Achselhöhlen. Und totes Lamm. Dort: Im Schaufenster des Schlachters hängen Lammhälften an Haken, die Schlange reicht bis zum Bürgersteig. Ich erinnere mich an die Werbung für ein Deodorant: Die Sicherheit, körperfrisch zu sein. Jede Frau wird gezwungen, sich die Achselhöhlen auszuschaben. Ein Sprühmittel zu benutzen. Dann ist sie erhoben im Auge des Mannes. Weshalb? Ihre epilierte Achselhöhle ist eine Minivulva. Der Mann verfügt über zwei zusätzliche polierte Vötzchen. Seht die Perversion. DER MANN IST DAS LUDER DER NATUR. EIN BEKLEIDETES NICHTS. Die Kerle, die für Lamm Schlange stehen, fressen das Blut des Lammes, das die Hausfrau mit den besprühten Vaginen in der Pfanne brät, sie fressen die dünnen Adern und die Muskelfasern, sie füllen die Backentaschen mit Babyfleisch.

Mir kann keiner weismachen, dass die Jahreszeiten wechseln und dass wir uns frisch machen sollen gegen Muff und Moderdunst, weil wir im atemberaubenden Snake York leben. Ich lebe nicht. Ich überstehe mit großer Mühe die Tage. Ich bin keins dieser Wiesel, die durch die Straßenschluchten huschen, immer auf der Suche nach der kleinen Sensation. Ich bin eine mürrische Frau, ihre blendende Laune widert mich an. Ein Polizist drängt mich zum Weitergehen. Die Kerle sind unruhig geworden, ich habe ihnen den Appetit verdorben. Lamm fressende Lamm-Gottes-Anbeter. Schaugeile Minivulvaglotzer. Sie werden melancholisch, wenn ihre Organe anfangen zu versagen. Wenn sie ihren Spaß nicht haben dürfen. Das Insektizid ist ihr Lieblingspulver. Ich höre einen Flügelschlag: Eine Taube fliegt niedrig, sie will landen, ich mache ihr Platz, sie landet, sie pickt in die Rinnen zwischen den Gehwegplatten. Taube frisst, ich laufe weiter.

Die schäbigen Männer starren mich an – liegt es daran, dass ich nicht unter der Schwelle bleibe? Ich glaube nicht, dass sie zaubern können, also zeige ich ihnen meinen Zauber, ich rufe: »IHR SEID KRIEGSSCHROTT IN MEINEM KAMPF.« Sie kennen es nicht, deshalb sind sie verdattert: Wenn ich gehe, gehe ich im Wachshemd durchs Feuer. Wenn ich gehe, bin ich umflattert von kleinen reizbaren Flughunden. Wenn ich gehe, gehe ich nicht auf den Händen. Denn ich bin kein Kind und kein Komiker. Mein Terror ist kein Witz und kein Kinderspiel. Ich bin staunenswert, sie umringen mich, ich preise mein Manifest, sie zerstreuen sich. TÖTE DEN MANN DER STUNDE. MACHE IHN ENDLICH WIRKLICH IM TOD. DIE WELT HAT EIN GESCHLECHT: FRAU. MANN: ZERFRESSENER KNORPEL, GENSCHLICK, BAUCHSPECK DES SCHWEINS.

Diese Stadt ist verkommen, die Kerle beteuern ihre Unschuld: »Wir waren ein weißer Acker, und schwarze Samen hat man auf uns gestreut, gebt uns nicht die Schuld für die Frucht, die gedieh.« Ich lebe in einer Gesellschaft von Falschgenährten und Fabulanten, die an meiner Wut Anstoß nehmen. Die Irren sprechen zu mir: »Gib mir ein Stück Seele von dir, und ich werde wieder unbekümmert sein.« Ich spreche: »Niemals.« Das Wachshemd klebt mir am Leib, ich bin geröstet.

Eine Irre bittet mich um eine Haarlocke, in ihrer Wohnung hängen an einer großen Wand Strähnen an Zimmermannsnägeln, verstaubt und verzottelt. Umgestoßen wurde diese Stadt, umgestoßen wurden die Old Yorker, und sie sind alle verrückt geworden, sie denken nicht nach. Ich will doch nur in Ruhe denken. Ich bin nicht eure Unterhaltung. Ich schreite weiter.

Hotel Chelsea. Hier knasten sich die Homos ein und stecken einander den Finger in den Hintern. Hier verrecken die Süchtigen in Einzelzimmern: Sie glänzen kurz auf, die Tränen fließen heiß, ihre Bärte knistern trocken, dann bleibt ihr Herz stehen. Keiner vermisst sie. Kann man Tau kauen? Kann man die Nadel in der Vene lieben? Kann ein Freak mit frostiger Fresse, allein und nackt im Hotelzimmer, etwas anderes sein als eine Erbärmlichkeit? Ich hatte kein Geld, der Manager warf mich raus. Ich bin derart nüchtern, dass ich erschüttert bin, wenn man mich beleidigt. Der Manager hat mich am Arm gepackt. KEIN MANN FASST MICH AN. Der Manager bat mich, Vernunft anzunehmen. Das ist genauso absurd wie der Wunsch der Irren nach meiner Haarlocke. Ist man mit Geld vernünftig? Sie fälschen ihr Leben, ich entwürdige mich nicht.

Der Manager ist ein progressiver Demokrat. Ekelhaft. Damals, nach meinem Rauswurf, dachte ich einen halben Tag über meine Rache nach. Ich verwarf den Gedanken, ich scheue jede unnötige Strapaze. Mein Glück zersprang nicht. Jetzt warte ich neben den Mülltonnen im Hinterhof. Wer mich sieht, wird mich für einen Hotelgast halten, der den falschen Ausgang genommen hat. Ich schaue hoch: kein Spanner, der sich hinter den Gardinen versteckt. Ich schaue hoch: offenes Fenster im vierten Stock, Sexschreie, Kerl bellt wie Hund, Frau stöhnt bei jedem Stoß. Endlich endlich erscheint schwarze Schwester Abigail, ich halte meine Tasche auf, sie steckt mir die eingepackten Reste aus der Küche ein. Sie lässt sich umarmen, dann zwickt sie mir in den Unterarm, ich soll sie loslassen. Sie hält die Liebe zwischen Frauen für etwas weniger gottlos als zwischen Männern. Wenn ich mir ein Laken überwürfe und nachts neben ihrem Bett auftauchte, wäre ich nicht gespenstischer als in diesem Augenblick. Ich werde niemals ihr Muttersein loben, denn Schwester Abigail hat einen Sohn geboren. Der zerbeißt ihre Brustwarzen. Der zieht, gierig pumpend, an den Brüsten, dass sie schon bald wie zwei dreieckige Fettschürzen auf ihren Rippen liegen. Wer verzeiht ihr diese Sünde? Ich sage: »Man müsste den Dreckskerl von der Frau wegzerren. Einen Fenstersturz überlebt er nicht.«

»Er braucht nicht lange«, sagt sie.

»Ich stehe hier seit zehn Minuten, Schwester.«

»Ich bin nicht deine Schwester, Valerie.«

»Weil ich weiß bin?«, sage ich.

»Die Weißen fliehen, wenn es für uns Schwarze brenzlig wird«, sagt sie.

»Ich nicht … Der Kerl macht weiter.«

»Und? Sie lässt es sich gefallen.«

»Weil ihr Papa auf der Mama lag«, sage ich, »er hat es ihr beigebracht: Er versenkt seine Lendenramme, so oft, wie ihn die Geilheit übermannt. Die Frau öffnet sich, so oft, wie er es von ihr verlangt.«

»Schamloses Mädchen«, ruft sie und lacht.

Das Extrem ist meine helle Farbe, es ist das Gegenteil von augenlosem Schwarz: Schwarze Schwester kennt mich. Wenn der Dreckskerl aus einem Hochgefühl heraus durch das Fenster spränge; wenn er vor meinen Augen zerplatzte; wenn ihm Blut aus den Ohren flösse, ich verspürte nichts. Das fremde Unglück, sein Unglück, geht mich nichts an: Abigail kennt mich. Hundert Krisen. Hundert Aspekte. Hundert Wünsche. In der Hitze brüten die kranken Köpfe Ungeheuerlichkeiten aus. Ich aber bin bei Verstand.

Endlich Ruhe im vierten Stock. Lautes Vorspiel, leise Orgasmen. Progressiver Sex. Ekelhaft. Handstreiche in allen Städten sind nötig. Millionen Fensterstürze sind nötig. Ich frage sie, ob der Homo mit der Silberperücke im Hotel gedreht hat. Sie verzieht das Gesicht wegen seiner Gottlosigkeit. Ich bin katholisch, ich verstehe ihren Abscheu gegen die Sodomisten. Er war da mit seiner Rattenschar. Er hat wieder eine Perversion gefilmt. ABARTIGER MANN: JEDER MANN: JEDES MISTSTÜCK MIT EINEM PENIS.

Schwarze Schwester warnt mich: Noch ein unanständiges Wort, und sie lässt mich bei den Mülltonnen stehen. Ich sehe sie lächeln, also entschuldige ich mich nicht. Ich will ihr keinen Kummer bereiten. Wir sind gleichaltrig, doch sie ist eine dreifache Mutter. Wenn ihr Sohn zum Großtier auswächst, wird es über die beiden älteren Schwestern herrschen wollen. Noch ist sein Schädel ein kleiner Tiegel voller klebriger Schlingen. Im Jahr seiner Geschlechtsreife verklumpen die Schlingen zum großen grauen Ball. Dieses Geschöpf verdient keine Mutterliebe.

Abigail braucht Besänftigung, ich erzähle: »Meine Mutter nannte Spinnweben Christi Laken und die Spinne das wandernde Auge des Himmels. Übrigens, ich habe eine Theorie. Jeder schluckt in seinem Leben drei Spinnen. Man sollte immer mit geschlossenem Mund schlafen.«

Ich habe es übertrieben, ich habe sie verekelt. Sie sagt: »Hättest du die Freundlichkeit, dich zu benehmen?«

»Wieso sollte ich das, Schwester?«, sage ich.

»Wir sind nicht verwandt ... Man benimmt sich, weil man sonst verroht.«

»Ich finde mich zurecht, danke.«

»Tust du das?«

»Weht dir Grabgeruch in die Nase?«, sage ich. »Ich bin nicht tot.«

»Nimmst du Drogen?«, sagt sie.

»Nein, du würdest es doch merken.«

»Nachts, in den Korridoren, spielen die Homos Fangen. Sie schreien wie Zwergesel. Es nützt nichts, dass ich sie um Ruhe bitte. Sie ahmen mich mit verstellter Stimme nach. Sie sind hochmütig. Am liebsten ...«

»Am liebsten würdest du sie vernichten«, rufe ich.

»Ich werde aufatmen, wenn sie verschwinden.«

Schwarze Schwester glaubt nicht an die Rassenmischung. Schwarze Schwester glaubt nicht, dass sich alles zum Besseren wendet. Für sie bin ich eine Weiße mit unaussprechlichen Neigungen. Ich würde gerne ihren schwarzen Hals küssen. Wie viele Frauen drücken jetzt die Stirn gegen die Fensterscheibe? Wie viele legen den Topflappen auf die

Anrichte, das Strickzeug auf den Schoß, die Haarbürste auf die Ablage? Wie viele Frauen erstarren vor dem Spiegel, in dieser Minute, wie viele schließen die Augen, während er bei ihr unten stochert? Wie viele Frauen? Die Friseurin starrt mit leerem Blick auf das Schnitthaar auf dem weißen Umhang des Kunden, der vor ihr sitzt. Die Angestellte in der Fleischerei blickt auf die rotierende Rundklinge der Aufschnittmaschine. Die Chefsekretärin schaut auf das statische Schaubild an der Wand. Wie viele Frauen? Was lässt sie innehalten? Die Bedrückung. Was hindert Abigail daran, schwarze Rassenrache an der Tuntenschwadron zu nehmen? Sie würde ihre Arbeit verlieren. Der Manager würde sie eliminieren. Er hat auch mich eliminiert, als ich mehr Güte einforderte.

Ich wollte, ich könnte jetzt sofort Abigails Lippen küssen. Ich bin antisex. Ich bin ein Tabu. Ich zerspringe vor Lust. DIE MÖGLICHKEIT EINER LIEBE BESTEHT EINZIG UND ALLEIN UNTER FRAUEN. Nach den Millionen von Fensterstürzen gäbe es Millionen von Bettgeschichten. OHNE KERLE: OHNE DRECK. Jetzt sofort ist unmöglich. Sie sagt: »Ich weiß, was du willst, Valerie, du brauchst einen Schlafplatz. Das ist unmöglich.« Sie hat wahrscheinlich recht. Der Manager kontrolliert sogar die Besenkammern, er fürchtet die Paparazzi. Sein Hotel steht im Visier der Sittenpolizei. Alles außer Ehesex ist verpönt. Abigail hält sich an die Schweigepflicht der Dienerschaft. Homodiktatur im Hotel. Ich habe genug geflucht, schwarze Schwester kehrt zur Arbeit zurück.

Ich schwenke die Tasche, ich bin nicht tot. Wer bringt mir meine toten Tage zurück? Das nächste Mal werde ich Abigail erzählen: »Die Benimmlehrerin hat mich gelehrt, mit gerollten Zeitungen unter dem Arm mit Messer und Gabel zu essen. Gabel sticht ins Dotter. Messer schneidet ins Fleisch. Der Bürger ist beim Essen beidhändig beschäftigt.«

Ich gehe beidfüßig durch meine Welt, durch ihre Welt, in der ich lebe. Garment District. Dort: Jude im Kaftan, Randperson aus dem vorletzten Jahrhundert. Pelzmütze. Dort: Dienerin, sie führt die gelockten Viecher der Reichen durch die Straßen, die Rattenhunde zerren an den Leinen. Dort: Straßenschnapssäufer, sie klatschen in die Hände, sie feuern einen kaputten Kerl an, er gibt eine Vorstellung als Tanzbär. Dort: Explosion der Triebe, Schlägerei, die Touristen knipsen aus sicherem Abstand. Allamerikanischer Zerfall. Keiner der Kaputten will ein Manifest kaufen. Sie nennen mich Schlampe. Sie sagen, ich solle mich schminken. Sie nennen mich eine ungeschminkte Leckschwester. Das Pack erkennt mich, ich lache sie an, ich stecke die Hand unter das Gummiband des Maxi-Rocks, ich lecke meine Finger einzeln ab. Sie sind völlig verstört. Sie verschlucken sich am Schnaps. Der Tanzbär übergibt sich am Baum. DIE WIRKLICHKEIT DER FRAU IST EINE HARTE PORNOGRAPHIE. KEIN MANN HAT EINEN EISERNEN MAGEN. Die Verranzten, die Verbrauchten, die Tresenprahler, die Delikatessenfresser: Das Stampfwerkzeug in ihrer Hose schrumpft, sobald ich mich ihnen unmaskiert zeige. 35. Straße, Müllvögel hacken wegen eines Wurstzipfels aufeinander ein. Ich stampfe auf, ich zische sie an, es zeigt keine Wirkung, es ist ihr Krieg, ich darf mich nicht einmischen. Pack und hungrige Tiere. Hunde, Hunde, Hunde. Aus den Stadtsäumen hergeströmtes raues Volk, es haust in Pappkisten, unter verschimmelten feuchten Fetzen. Tauben, Tauben und Tauben. Dort: die gelenkigen Gecken, die sich auf die Stirn mit Lippenstift schreiben: »Ich bin ein Fick«, es sind die Stricher, die die Freier unter die Kellerstiegen führen. Kein Beginn und kein Tagesende, die Nacht ist ihre Haut, sie halten still, bis es vorbei ist. Huck+Toby+Lizzy+Ray+Cesar, bunte Namen, Kinderrotte, Abfall. Andere Kinder auf dem Bürgersteig: Zwei Mädchen stehen sich gegenüber, sie haben ein Gummiband auf Knöchelhöhe um die Beine gespannt, ein drittes Mädchen hüpft in der Mitte, es landet in der Grätsche, es staucht das Band zwischen den Lackschuhen, springt, es dreht sich im Sprung und landet neben der Seite, singt – was singt es? Das Mädchen singt im Hüpfen: »Es regnet dicke Tropfen, die Jungen muss man klopfen, die Mädchen muss man schonen, wie Porzellanpfropfen!« Sie verspricht sich bei dem letzten Wort, es hört sich an wie Hohlzahn verstopfen oder Pelikan köpfen.

Ich erinnere mich an die dickbusige deutsche Nachbarin, was sang sie mir, dem sechsjährigen Kind? Sie sang: »'S ist alles dunkel im Schützengraben, verklang der letzte Schuss ins Tal. Du glaubtest schon, die Schlacht wär aus. Du glaubtest schon, die Schlacht wär aus. Aber nein, aber nein, aber nein, aber nein. Jetzt geht's zum Sturme erst hinaus.« Zum Sturme hinaus.

Ich wende mich ab, ich laufe ins Haus, ich steige hoch zum dritten Stock, ich klingele, ich warte, ich denke: Ich bin abstrakt, mein Fleisch kriegen sie nicht. Sie reißt die Tür auf. Da steht sie: Sarah im giftgrünen Morgenmantel. Die heiße Asche der Zigarette fällt auf ihre Finger, sie zuckt nicht. Sie sagt: »Wieso bringst du immer stinkendes Essen nach Hause?«

Es ist ihr Zuhause. Es ist das Essen, das ich schnorre. Ich sollte es ihr leicht machen, mich einzustimmen auf ihre

Liebe. Ich liebe sie nicht. Ich drücke sie zur Seite, ich trete ein, ich setze mich an den Tisch am Fenster. Sie hat sich verschanzt, sie hat die Rollläden heruntergelassen, Licht in den Ritzen, Staub flirrt in der Luft. Eiersandwich, ich esse schnell. Sarah schimpft: Sie bezahlt die Miete, sie geht arbeiten, ich komme und gehe, wie es mir gefällt, ich bin ein Parasit. Zum Sturme hinaus. Ich bin es, die den Mist harkt. Sie ist die Immergleiche, ich darf es ihr nicht sagen. Sie ist Papas gute Tochter, sie ist eine frittierte kleine Dame. Was füllt sie schlanke Glasvasen mit bunten Knöpfen? Buntheit in allen Räumen, Buntheit der Häkeldecken und Schonbezüge, Buntheit ihres Geschmacks. Sie kommt näher, und ich sehe: Sie hat mit dem Kugelschreiber blaue Sommersprossen auf den Handteller gemalt. Sie sagt: »Wird das ein schöner Tag, was meinst du?«

»Ich kann nicht hellsehen«, sage ich, »ich weiß es nicht.«

»Wieso kommst du schon heute?«

»Soll ich gehen?«

»Hattest du Ärger?«

»Habe ich immer«, sage ich.

»Wie läuft es mit deinem Buch?«, fragt sie.

»Für ein Buch ist mein Manifest zu dünn.«

»Ich habe es gewogen. Gewicht in Gramm: hundertdreiundvierzig.«

»Du wiegst Bücher?«

»Manchmal«, sagt sie.

Was wundere ich mich? Ich habe sie dabei ertappt, dass sie ihre Bücher blind aufschlägt und Rauch hineinbläst. Ihre Bibliothek soll von empfindlichen Kunden nicht aufgekauft werden. Hat sie auch die Tasten meiner Schreibmaschine behaucht? Ich traue es ihr zu. DIE BÜR-

GERMÄDCHEN UND PAPAS LIEBLINGE SIND LEBENSLANG GEHEMMT, SIE VERABSCHEUEN UNSEREN EXTREMISMUS. AUF SIE IST KEIN VERLASS! SIE GEHEN UNTER MIT DEN MÄNNERN, AN DIE SIE SICH KLAMMERN. Sarah geht unter. Sie ist jung und miserabel. Zum Sturme hinaus.

Ich muss sie immer wieder retten, was nützt mir ihre Liebe, es treibt ihr die laue Luft Tränen in die Augen. Jetzt rupft sie schwarze Trauben von der Dolde. Jedes Mal, wenn eine Traube in ihrem Mund zerplatzt, schließt sie voller Schreck die Augen. Sie hat versucht, ihre Katze in die Thermoskanne zu stecken, ihr Verlobter hat sie dabei erwischt. Er zog aus, er nahm die Katze mit, er löste die Verlobung.

Ich strahle sie an, sie missdeutet meine Freude. Der Kerl hat es mit der Angst bekommen. Vielleicht hat Sarah bislang mehr als nur drei Spinnen geschluckt. Ich rieche ihre Schadhaftigkeit, ich rieche ihren schwitzenden Rücken. Ich rieche die ausgespuckten Kerne auf dem Unterteller. Plötzlich glaube ich fest daran, dass ich alle meine Zähne mit dem Eiersandwich heruntergeschluckt habe. Ich fahre mit dem Finger vorsichtig über das Zahnfleisch. Sarah tippt auf ihren Mundwinkel und sagt: »Eigelb.«

Sie ist eine feine Dame. Ich war das Arbeiterkind, das fraß, um satt zu werden. Dann kam ich in diese Stadt, über Umwege, ich kam in diese Landschaft mit Huren und Strichern, und mein erster Gedanke war, dass sie die harte Buße, die Ausrottung brauchen. Ich brauche eine Kampfgefährtin im Gedränge, ich brauche Schlächter an meiner Seite. Sie aber sitzt in ihren schallgedämpften Räumen, fern vom Lärm, fern von der Old Yorker Lautheit.

Als sie mich vor dem ersten Mal fragte: »Bist du der

Mann, bin ich die Frau?«, habe ich sie geohrfeigt. Es tut mir nicht leid, dass ich mich vergaß. Sie aber ist darüber nicht hinweggekommen. In meiner Nähe bekommt sie Runzeln vor Angst, sie wird sackartig, sie wird zu einer Tüte voller Sorgen. Hundert Dramen, hundert Übergriffe, hundert verrückte Sachen. Zu viel Liebe bringt Verwesung. Welchen Krieg fechte ich hier aus? Ich schaue Sarah an und denke: Ich weiß nicht, ich weiß nicht. Man müsste ihr die Stirnhöhlen ausklopfen. Man müsste sie gerade hinstellen. Man müsste sie dazu erziehen, dass sie Unheil anrichtet. Beinahe lebend und beinahe tot: Das ist mein Zustand als Frau in der besten aller Idyllen. Sie ist eine Papierfrau, ich höre sie bei jeder Bewegung rascheln.

Ich ziehe die Jalousie hoch, eine Hummel prallt gegen die Fensterscheibe. Sarah entfährt ein spitzer Schrei, weil sie sich fürchtet vor fliegenden, kriechenden, eine Schleimspur hinterlassenden Insekten. Eine Schnecke ist kein Insekt. Eine Spinne ist kein Insekt. Ich würde gerne Wolken an der Zimmerdecke sehen, dann müsste ich mich nicht aus dem Fenster hinauslehnen und den Himmel anstarren wie eine ergriffene Nonne. Ich sage: »Verstehst du mich, oder bist du abgelenkt?«

»Was willst du von mir?«, sagt sie laut.

»Die Hummel fliegt draußen. Es ist alles gut.«

»Ich kann das Licht nicht ausstehen.«

»Bist du mir böse?«, frage ich.

»Chuck war da«, sagt sie.

»Er wollte Geld.«

»Das Geld, das er dir vor sechs Wochen geliehen hat. Fünfzig Dollar. Du hast die Rückzahlfrist nicht eingehalten. Jetzt droht er mir.«

»Womit, Sarah?«

»Dass er dir einen Daumen brechen wird.«

»Er droht also mir«, sage ich.

»Ich habe ihm zwanzig Dollar gegeben. Das hat ihn erst einmal beruhigt.«

»Dann schulde ich dir noch mehr Geld.«

Sie macht eine schlaffe Gebärde. DER MINIROCK IST EIN VÖTZCHENFENSTER. DIE MODE IST EIN MÄNNERDIKTAT. Ich habe es ihr oft genug erklärt. Und doch will sie darauf nicht verzichten. Der Morgenmantel klafft auseinander, sie spielt an den Zierverschlüssen am breiten Bund. Ich rieche den Schweiß ihrer Kniekehlen. Sie hat blaue Flecken an den Beinen, weil sie sich an den Kanten der Möbel stößt. Sie hat tagelang gehumpelt, weil sie sich an der Werkzeugkiste den kleinen Zeh angestoßen hat. Wieso geht sie auch barfuß durch die Wohnung? Wobei ich ihren Argwohn gegen Schuhe verstehe: Sie fressen die Füße und kotzen sie aus, immer wieder. Ich lobe ihre kleinen Füße, ich lobe die Sorgfalt, mit der sie ihre Zehennägel rund feilt. Es ist sinnlos, sie friedlich zu stimmen. Ich greife zum Stift, ich schreibe aufs Papier: Ich spreche nicht von Frauenrechten, nicht von Wandel und Verbesserung, nicht von der Störung der Abläufe, nicht von der schrittweisen Aufweichung der Herrschaft. Was interessiert es mich, ob ein Tigerweibchen zwei Käfigstäbe zerbeißt? Ich spreche vom Umsturz mit den Mitteln der Militanz: Terror und Sabotage. Es gibt keine einstige Welt, nach der wir uns sehnen. Jedem Mann, der uns im Geiste der Versöhnung die Hand reicht, hacken wir beide Hände ab. Wir sind eine herzlose Bande. Wir setzen auf heißes Blut, die kalte Wissenschaft und auf das chirurgische Stahlbesteck. Männliche Küken werden geschrottet, weil sie nicht zu nutzbaren eierlegenden Hühnern auswachsen. Die Knaben, die erigieren können, sind verdorben. Man muss sie aus dem Leben nehmen. WIR werden sie für diesen großen Fehler büßen lassen. WIR werden ihre Reste an die Hühner verfüttern. Die Hühner scheiden die Reste aus, die WIR als Dung für die Äcker verwenden. Auf diese Weise werden die kleinen Mannspersonen brauchbar gemacht für den Kreislauf der Natur. Der Humanismus ist ein Irrtum des Mannes: Er lehrt, dass alle Menschen gleich seien. WIR verwerfen das Märchen vom Menschsein: Die Frau ist Frau. Der Mann ist ein Geschöpf mit Lungen und Löchern, er ist eine giftige Substanz, er ist der fremde Körper in der jetzigen Welt. WIR helfen jedem Mann, der seiner Dreckhaftigkeit bewusst ist, WIR leisten Service vor Ort: kleine Gaskammern für den schnellen traumschweren Tod, eine ›humane‹ Hinrichtung. Es gilt kein Gesetz, das uns daran hindert, die Schuldigen hinterrücks anzufallen. Ihre Schuld ist durch das fehlende Chromosom bewiesen. Nur zwei X-Chromosomen garantieren die Vollwertigkeit. Mannsein ist ein Fehler durch Mangel. Mannsein ist Gespensterhaftigkeit. WIR werden …

»Du bist ein Ungeheuer«, flüstert Sarah hinter meinem Rücken.

»Bin ich das?«, sage ich.

»Du willst kleine Jungen hinrichten?«

»Ein Volk erblüht und stirbt aus. Das gilt auch für das falsche Geschlecht.«

»Du hattest einen Sohn, Valerie«, schreit sie.

»Ich gab ihn weg«, sage ich.

»Herzlos bist du zu ihm gewesen. Herzlos bist du auch zu mir.«

Sie kommt um den Tisch: Sarah, die allamerikanische Gebärgrotte, ein Dummerchen mit dem Hang zu Dramen. Ihr Zuckermund wird schlaff. Meine Weibshärte stößt sie ab, zieht sie an, stößt sie ab. Sie schaut finster auf den Köcher mit den angespitzten Buntstiften, sie will ihn vom Tisch wischen, ich stelle ihn auf einen anderen Platz. AMERIKA IST KEIN HAIN DER BESEELUNG. Es herrscht Krieg, hier ist die Front, durch Worte betört man mich nicht. SCHRECKEN SÄEN. Die deutsche Nachbarin sang mir im Dämmerlicht auf der Veranda vor: »Was nützt mir das Käsemesser, das sonst an meiner Seite hing. Es kam's Kommando: Aufgesteckt! Es kam's Kommando: Aufgesteckt! Oh, wie das Eisen, oh, wie das Eisen dem Feinde gar so bitter schmeckt …« Ich stürze mich auf Sarah: Der schwere Stein sinkt auf den Grund. Danach liegt sie nach Atem schnappend glücklich auf dem Boden. Wonach? Sie nennt es Liebesakt, ich nenne es Liebe machen. Jetzt verschwendet sie keinen Gedanken an Exekutionen. Jetzt fühlt sie, in den Minuten, in denen sie durchschüttelt wird, die Mächtigkeit. Wer gibt sich mit Mannsdreck ab? Wer hat den Dreck erfunden? Ich denke nach, ich streichele sie nicht, ich stehe auf. Sarah bringt ihre Kleider in Ordnung. Ich habe ihr genug Aufmerksamkeit geschenkt, sie ist wegen des ausgefallenen Nachspiels verstimmt. Später im Bett wird sie es einfordern. Ich beseele niemanden, ich spreche nur nackte Worte. X und X, ich bin vollwertig. Sie fummelt ungeschickt den Stecker des Rauchverzehrers in die Steckdose: Die Augen der Eule glühen rot auf. Sarah kauft in den teuren Tandläden, die Eule hat bestimmt eine Menge Geld gekostet. Sie erwartet ein Kompliment. Aber ich bin nicht ihre Verlobte. Ich bin keine stillende Mutter, die sich aufgegeben hat. Ich lobe sie nicht. Sie sagt nach kurzem Schweigen: »Es gefällt dir, gib es zu.«

»Spielzeug«, sage ich.

»Es ist sehr lebensecht, meinst du nicht auch?«

»Das Ding lebt nicht, es kann nicht echt sein.«

»Mir macht es Freude«, sagt sie, »gestern, da hast du dich draußen herumgetrieben, und ich habe vergeblich auf dich gewartet, gestern also musste ich mich beruhigen. Ich ging spazieren. Es war reiner Zufall, dass ich die Eule entdeckte, ich nahm nämlich einen anderen Weg.«

»Ja«, sage ich, »es passt zu deiner Sammlung.«

»Was soll das heißen?«

»Die Emailschilder. Die Pastillendosen. Die Porzellanballerinas.«

»Soll ich die Wände stahlgrau malen?«, ruft sie. »Fühlst du dich dann wohler?«

»Sarah, es ist deine Wohnung. Mach, was du willst.«

Sie schleudert eine Schneekugel nach mir, und auch wenn sie mich verfehlt, bin ich beeindruckt. Sarah erwacht. Sarah ist kein aromatisches Mittelklasse-Mädchen. Sarah möchte sich nicht einrichten in Old Yorks unverkeimter Gnadenwelt. Jeder Mann bietet ein Ziel, jeder gemeuchelte Mann ist ein Volltreffer; jedes Papa-Püppchen ist eine verlorene Frau. Sarah könnte gerettet werden.

Nach der kurzen Erregung trinken wir guten halbbitteren Wein. Ich leere das Glas und breche auf. Sie wird die Stunden bis zu meiner Rückkehr wach liegen. Von der Telefonzelle schräg gegenüber rufe ich ihn an, ich lasse es lange läuten, er nimmt natürlich nicht ab. Seine Sklaven sind beschäftigt. Ich laufe los. Die Nacht riecht nach Schlechtigkeit, die Nacht riecht nach nichts. Die Kerle, die mir entgegenkommen, bewegen sich, als trügen sie einen knöchernen Pelz. Kein Reif und keine Spange in meinem Haar. Sie sehen: Ich bin kein Weib, das sich opfert. Ich fresse den Dreck aus meinem Weg. Ich denke: Träumt von mir, träumt schlecht und erstickt im Schlaf. Ein drogenverseuchter Hippie faselt vom knallgelben Kosmos, er kauft mir ein Manifest für acht Dollar ab. Wenn er aus dem Drogennebel erwacht, morgen oder übermorgen, wird er es aufschlagen, und nach den ersten Zeilen wird er denken: »Ich lese mein Todesurteil.« Langer Weg, die Waden krampfen, im Sturmschritt voran. Die Touristen haben sich verzogen. Es ist die Stunde der aufblühenden Geisteskrankheit. Für die Huren ist es noch zu früh, sie schminken sich vor kleinen Spiegeln. Ein Irrer brüllt: »Ich habe unter dem Vulkan geschlafen!« Er hat schlecht geträumt und ist nicht erstickt. Es ist kein Ernst in den Gesichtern der Aussteiger, sie spielen. Ich fresse die Albernheiten aus meinem Weg. Wer stehen bleibt, stürzt. Deshalb bleiben alle in Bewegung. Ich frage mich, wie lange es Sarah mit mir aushält. Sie schäkert gern mit brünetten Mädchen. Wird mich eine harte Hure ersetzen? Wird es eine sanfte Grundschullehrerin sein, die sie bald streichelt? Es wäre nicht gut, wenn Sarah sich von mir trennte. Ich lobe ihre kleinen Hände und ihre Anfälle. Ich bin keine Katze, die sie in die Thermoskanne stecken kann.

Der Wind kommt kalt vom Wasser. Meine Zweifel werden flüssig und verdampfen. Ich friere nicht, ich schwitze nicht. Leichter Schwindel – liegt es an dem bisschen Wein? Es kreuzen sich die Wege im kranken Knoten: Broadway, 5. Avenue, 23. Straße. Männer mit hartem Blick, Stichwaffen in der Jacke, größer als Käsemesser, ich lasse sie meine Beretta sehen: 32er Automatik, Weltkriegspistole, böses

Eisen gegen böses Blut. Sie weichen, natürlich. In der Wildnis gilt: »Du sollst nicht ins Gebüsch greifen, dann wirst du gebissen von versteckten haarigen insektengleichen Nichtinsekten.« In Old York gilt nichts.

Ich zögere nicht, ich zittere nicht. Ich sehe einen Kerl, der in Grätschstellung uriniert, zwischen zwei Bäumen, sein stinkendes Wasser spritzt auf Rinde und Gras. Ich greife ihn von hinten an den Gürtel und schüttele ihn durch, er fällt auf seine nackte Lendenramme, er bleibt vor Angst liegen. Er sollte flüssig werden und sich mit der Pfütze vereinigen. Hundert aufgerissene Himmel. Hundert Zerknirschungen. Hundert allamerikanische Leichen: Es wird nicht genügen.

Union Square West, 17. Straße. Factory. Ich steige in den Aufzug, steige aus im fünften Stock, ich klopfe, ich klingele, ich lasse mich nicht abweisen. Die Tür geht knarrend auf. Ich sehe eine Maske, ich sehe blinzelnde Augen in den Schlitzen. Er ist es. Andy DRELLA Warhol. Er versteckt sich hinter einem Hohlgesicht. Bemalter Gips am Holzstab. DRELLA: Das ist der Kosename, den ihm sein Rattenschwarm gegeben hat, der Name ist zusammengesetzt aus den Worten DRacula und CinderELLA. Er starrt mich an. Er schweigt mich an. Leblose Mumie. Sein Trick: still abzuwarten, bis es sein Gegenüber nicht mehr aushält. Sein Gesicht ist eine einzige Fläche. Schrumpfkopf, Schrumpfleib, geschrumpfte Glieder. Ich stelle den Fuß in die Tür, damit er sie mir nicht vor der Nase zuschlägt. Hinter ihm erscheint eine Transe in taillierter Kittelschürze. Ist er sein Leibgardist?

Will er jeden, der in Drellas Drogensphäre eindringt, aussaugen? Maskenball der Männer mit vergiftetem Blut.

Warhol fächelt sich mit der Gipsmaske Luft zu. Ich kenne ihn gut, er frisst jeden Tag die Aufputschpille Obetrol. Dämpft den Hunger und hält wach. Niemande, die glauben, Jemande zu sein, lieben die chemisch bewirkte Erregung. Drella flüstert gedehnt: »Was willst du, Valerie?«

»Mein Manuskript«, sage ich.

»Ich habe es nicht mehr, das weißt du doch.«

»Nichts kommt einfach so weg.«

»Oh doch«, ruft die Transe dazwischen, »das geschieht sehr oft.«

»Du hältst den Mund«, sage ich, »sonst lege ich dir deine falschen Wimpern auf die Zunge. Du wirst sie schlucken müssen wie zwei Hostien.«

Der geschminkte Kerl in der Kittelschürze will sich auf mich stürzen. Ich liebe es, Männer zu schlagen, ich freue mich auf die blutige Schlägerei. Doch Drella lässt die Maske sinken und lacht und lacht. Tunte Andy und ich sind antikatholische Katholiken, die beschürzte Tunte versteht es nicht. Er ist drittklassig, er ist eine alte Tante im Theaterkostüm, er ist eine Untergrundratte. Wir haben den älteren Glauben, wir haben das Recht, den Papst zum Teufel zu jagen. Wir sind ihm überlegen, der sich mit Hormonspritzen zum madigen Männerfleisch mit Titten verwandelt. Ich sage es dem großen Affen ins Gesicht, Drella stöhnt vor Freude, er kichert. Er bittet mich hinein. Er kann mich nicht versöhnlich stimmen.

Ich habe ihm das einzige Exemplar meines Theaterstücks gegeben. Er heuchelt, über den Verlust untröstlich zu sein. Er tadelt mich: »Man gibt kein Original aus der Hand.« Während er mich abfertigt, schwirren in der Homohalle schlichte Geister um uns herum. Die Vereinigten

Tunten der Fabrikhalle. Man müsste ihnen Kinderpapierservietten reichen: Der Speichel in ihren Mundwinkeln schlägt Blasen. Dann sehe ich die Supersternchen: Plas Tick und Tamara. Es sind Drellas toupierte Musen. Sie riechen nach Haarlack und chemisch verdicktem Schweiß. Tuschestriche auf dem Ober- und Unterlid. Hohe Schaftstiefel. Ohne Geld ist die Welt nicht zu machen. Ohne diese Puppen ist Warhols Kunst nicht zu machen. Sie witzeln, sie kauen am Gummiklumpen wie Feierabendnüttchen, sie malmen und malmen mit den Backenzähnen. Die Transen wollen Menstruationsmiezen sein. Als was geben sich die Sternchen aus? Sie schreien ihren Schmerz heraus, dass sie kein Talent haben. Sie haben das Gesicht ihrer Väter. Sie sehen aus wie geschminkte Väter. Mädchen ohne Besonderheit. Warhol will ein Vötzchen sein, eine Vagina kann er nicht herbeizaubern. Also behauptet er, er sei aus Plastik. Dabei ist er eine Homohaut, ein Mistgesicht mit trockener gesprungener Unterlippe. JEDER MANN SOLL VERRECKEN, WEIL ER KEINE FRAU IST. Tot für ewig, statt berührt für eine Viertelstunde.

Eine Aristokratin, italienischer Landadel, erzählt: »Ich bin süchtig nach mir. Ich bin in Hochform, immer! Andy ist ein Genie, er hat mich entdeckt.« Sie ist assimiliert. Lange Beine, viel Luft zwischen dem Boden und ihrem Hintern, sehr viel mehr Luft strömt aus ihrem Mund. Eine Ausreißerin, die davon träumt, in einem grandiosen Zwielicht zu stehen. YoYo, die Lieblingsmuse des Albinos Drella, stöckelt durch die Räume. Sie hat auf nüchternen Magen eine Stimmungspille geschluckt, sie hat eine Vision. Wir alle stecken im spastischen Magen eines Wals, der sich bald bewegen wird. Der Kerl in der Kittelschürze ohrfeigt sie hart, ich schlage ihm auf die Schläfe, ich schlage ihn mit großer Lust, ich würde ihn hier auf der Stelle zu Tode prügeln. Die Transen zerren ihn von mir weg. Kleine geschminkte Missionare, die ihre Mundhöhlen spiegeln. Ihr Geflüster wird mich nicht durchdringen. KALTES STAHLBESTECK. EXAKTER BLICK. RUHIGE HÄNDE. ZWANGSAMPUTATION ALLER FINGER. DER MANN DARF NIEMALS NACH DER FRAU GREIFEN. YoYo zittert in ihrer Ecke. Ich sage: »Wie kannst du dich derart gehen lassen?«

»Was?«

»Hast du dir diesen albernen Namen ausgesucht?«

»Mein Künstlername«, sagt sie, »der Yohimbebaum ist eine westafrikanische Baumart.«

»Was hast du mit Afrika zu schaffen?«, sage ich.

»Ich habe Wurzeln in Kongo.«

»Du bist weißer als weiß, das kann nicht stimmen.«

»Wir kommen alle von woandersher«, sagt sie, »und ich komme von dort.«

Amateure sind gefährlich. Sie glauben, dass man sich unbegabt durchschlagen kann. Im Rausch wollen sie alle Himmel aufsperren und unverletzt bleiben. Drella schmeichelt den Frauen in seinem engen Kreis. Er nennt sie Superstars. Er lügt, sie belügen sich selbst, und gegen das flaue Gefühl gibt es Drogen. Sie sind die Buchstabensuppe, in der das homosexuelle Mannstier mit den Fingern stochert. YoYo wie Ypsilon wie das wertlose Chromosom. Trägt sie deshalb ein Männerjackett mit Schulterpolstern, die so dick sind wie Teigrollen?

Drella stellt sich hinter die Kamera, eine Tunte klatscht in die Hände, es wird gedreht. Es gibt keine Anweisungen. Drellas Mädchen geben sich natürlich. Sie tun das, was sie am besten können: nichts Besonderes. Plas Tick erstarrt zum Sofakissen, dann streckt sie ihre Beine, klappert wie ein Gerippe. Ein dickes Weiblein zeigt eine Brust vor. YoYo blättert im Modemagazin. Ein Film in Echtzeit. Eine Szene aus dem Tierpark. Haschischbräute, die ihre Haarspitzen zwirbeln. Die sich selbst kichernd Geldscheine in den Ausschnitt stopfen. Die kleine Kunststücke vollführen möchten, es fällt ihnen aber nichts ein.

Die Dicke schaut auf und sagt betont bewegt: »Ich träumte von einem Königspudel, der ein Schweineohr zernagt!« Drella kratzt sich an der Perücke, er lobt flüsternd das dröhnende Muttchen. Jetzt klappern alle Gerippe, sie hecheln den leblosen Homotröster an. Ich stehe still im Hintergrund, mein Kopf brennt wie eine Fackel, mein Mund bekommt Gelenke. Ich will schreien. Ich blicke auf den Boden und sehe: eine fast leere Chipstüte neben zwei schwarzen Socken. Die Chipskrümel leuchten im Dunkeln. Das Bild beruhigt mich. Ich höre zwei kopulierende Männer in einer Abseite vor Lust stöhnen. Sie tun das, was Männer immer tun: die Anhängsel, die sie bei sich tragen müssen, versenken und verstecken. Stinken Gefühle? Stinken Gedanken? Ich rieche sie, es ist schwer auszuhalten. Drella ist ein sprechender Teig, er ist Mehl und Wasser. Mein Gedanke stinkt nicht: Was nützt mir das Käsemesser, das sonst an meiner Seite hing? YoYo ruft: »Der Wal bewegt sich. Haltet euch fest!« Sie erbricht vor laufender Kamera, Drella ist entzückt. ER VERHÖHNT EINE FRAU. Er bricht ab, vielleicht hat er meinen Hass gerochen. Plas Tick verrät mir, dass man mich für einen Lockspitzel hält. Die Polizei schickt Agenten in die Subkultur. Für die Polizei ist die Factory eine Brutstätte der Perversen. Man wird sie drankriegen, man wird ihnen eiserne Nägel in den Nacken stecken … Ihre Vernunft ist aufgefressen. Das ist der sanfte Tod in Amerika: Die Freaks werden paranoid. Sie sind nicht, wie sie es gerne hätten, ein absurdes Phänomen. Sie sind nicht, wie sie es glauben, eine neue Menschenart. Ich sage: »Hiropon.«

»Was?«

»Das ist japanisch und heißt: ›Auf einen Schlag ist die Müdigkeit verschwunden …‹ Ihr schluckt alle Desoxyn, um die Angst zu dämpfen. Die Japaner haben die Droge erfunden.«

»Woher weißt du das?«, fragt Plas Tick misstrauisch.

»Ich bin nicht dumm«, sage ich, »ihr aber verdummt, weil ihr dieser Mumie mit der Perücke dient.«

»Das ist nicht wahr!«, schreit sie.

»Ihr seid die Hilfstruppe auf seiner Jagd nach Ruhm.«

»Und weshalb bist du hier?«

»Er soll mir als Propagandist dienen«, sage ich.

Sie flieht in die Arme ihres Meisters. Er wird sie mit falschen Komplimenten bei Laune halten. Die Königspudel nagen an Knorpel, sie nagen an gekerbten Pillen. Wir werden nicht gären im Bauch des Wals. DIE PAPA-MÄDCHEN WERDEN VERDAUT IN DER SÄURE DER HÖLLE, DIE DIE MÄNNER GESCHAFFEN HABEN. ZWISCHEN MÄDCHEN UND FRAUEN GIBT ES KEINE VERSÖHNUNG. Die Lügen kleben an mir, ich werde in Sarahs Bad lange in der Dusche stehen. Drella ist in den hinteren Räumen verschwunden. Er wälzt sich bestimmt in irgendeiner Mannpfütze. Ich verschmutze in seiner Nähe.

♀

Ich muss an Türen pochen, manche gehen auf, manche bleiben geschlossen. 89. Straße, Ecke Lexington Avenue. Ein kleiner Bürgerbunker, in dem Andy Albino Drella Warhol mit seiner Mutter wohnt. Sie starrt mich an, sie hängt die Kette nicht aus, sie starrt durch den Spalt. Ziehe ich eine böse Spur und verschwinde?

Ich werde dieser Frau nichts antun. Die Kerngesunden sind im Kern verrottet. Die Drogenverseuchten sind verworfen. Ich aber bin nur vom Nervenfieber befallen. Sie soll in mir keine Feindin sehen, denn sie ist eine tüchtige Frau in einem Sommerkleid mit Blümchenmuster. Ich frage sie, ob Andy nur ein Schlafgast sei in diesem Haus. Sie blinzelt nicht, ich blinzele nicht. Was würde sie tun, wenn sie um die aufgetakelten Sternchen wüsste, die ihr Albinokind umschwärmen? Die Nützlichkeit der Lakaien loben? Die lohnenden Dollargeschäfte ihres Augensterns erwähnen: Der Sohn dieser slowakischen Einwanderin hat es weit gebracht im Mutterland der Geldgier. Julia Warhola wittert das Verderben, sie mustert mich, dann sagt sie: »Sie sind keine Nachbarin. Wer sind Sie?«

»Eine Bekannte Ihres Sohnes«, sage ich.

»Was wollen Sie von mir? Ich will mich Ihnen nicht bekannt machen.«

»Ihr Sohn Drella hat mich bestohlen.«

»Wer ist Drella?«

»Andy.«

»Er ist reich«, sagt sie, »er stiehlt nicht. Das ist eine Verleumdung. Bereuen Sie. Sonst wird Ihre Zunge schwarz und zerfällt in Ihrem Mund.«

»Die Reichen werden reich, weil sie sich bereichern«, sage ich.

»Sie sind arm? Dann wollen Sie mich berauben.«

»Nein, keine Angst. Ich möchte, dass Ihr Sohn mein Manuskript mir zurückgibt.«

»Was ist ein Manuskript?«

»Ein nicht gedrucktes Buch. Ich habe ein Theaterstück geschrieben. Ich habe den Papierstapel Ihrem Andy in die Hand gedrückt. Er sollte die Seiten lesen. Er sollte das Stück verfilmen. Jetzt behauptet er, dass er den Stapel verloren hat.«

»Sie müssen ihm glauben«, sagt sie.

»Jeder Mann ist verflucht, weil jeder Mann lügt«, rufe ich. »Ihr Sohn lügt die ganze Welt an, weil er Sie versteckt. Er schämt sich, weil Sie mit hartem Akzent sprechen. Er schämt sich, weil er fest davon überzeugt ist, dass Sie nicht vorzeigbar sind.«

»Wie heißen Sie?«

»Valerie Solanas.«

»Andy hat Sie noch nie erwähnt«, sagt sie, »das muss nichts Schlechtes bedeuten. Er arbeitet schwer für den Aufstieg. Oft ist er vertieft und wird vergesslich.«

»Ich habe hart an diesem Stück gearbeitet«, sage ich, »war das umsonst? Soll ich mich damit abfinden?«

Sie schlägt die Tür nicht zu, sie bittet mich nicht herein. Julia Warhola ist eine gute ernste Frau: Sie duldet keine Verrücktheit. Sie wäre eine wunderbare Kammerjägerin, sie könnte den Rattenschwarm aus der Factory hinaustreiben, sie könnte den Tuntenstall reinigen. Ihre Fingernägel sind nicht lackiert, ihr Haar ist nicht gefärbt. Es bräuchte einer schönen Berührung, und ich würde mich in sie verlieben. In ihrer Mutterhöhle ist Drella gekeimt, er hat ihr Inneres beschmutzt. Ich könnte sie beschützen, ich könnte sie vor

Infektionen warnen. Jetzt hat sie geblinzelt. Nicht länger will sie sich einer Fremden aussetzen. Sie verschwindet, der Spalt verschwindet, ihre slowakische Güte ist an mir verschwendet. Sie ruft: »Hungern Sie woanders! Essen Sie Ihre Zunge!«

»Hören Sie«, sage ich, »ich bin kein Hausierer.«

»Das, was Sie wollen, ist unbeschaffbar.«

»Wie bitte?«

»Unbeschaffbar«, schreit sie, »weg von meiner Schwelle. Weg von meinem Haus! Es gibt andere Plätze, an denen Sie ungestört hungern können.«

Die Slowakin wimmelt mich ab. Ich schiebe einen Geldschein durch den unteren Spalt: Ich möchte, dass sie sich an mich erinnert.

Wo hat sie nur dieses seltsame Wort aufgeschnappt? Unbeschaffbar. Vielleicht hat sie eine amerikanische Nachbarin belauscht. Drella kommt nach seiner Mutter. Er stiehlt Ideen, er entwendet kleine Splitter der Seele. Er verleitet die Aussteiger zu wahnsinnigen Taten, er schreitet nicht ein, er starrt sie kalt an und filmt und filmt. Er macht sie glauben, dass man das buchstäbliche Leben hassen soll. DRacula-CinderELLA:

koloriert fertige Bilder;
bepinselt den Rohstoff;
macht in Serie Produktkunst;
vernichtet Tiefe;
verstrickt Frauen in pornographische Spiele.

Er ist ein leichenliebender Leichnam. DER MANN KENNT DEN PRESSAKT NUR BEIM HARNEN UND BEI DER KOTENTLEERUNG. Wenn der Mann morgens auf der Kloschüssel sitzt, schlägt sein Herz langsamer. Der

Blutdruck kann dann rapide abfallen, das Gehirn wird mit Sauerstoff unterversorgt, das Blut kommt nicht dahin, wohin es soll, dem Mann schwinden die Sinne. TOD DURCH HERZLÄHMUNG: MIKTIONSSYNKOPE. Ich habe es Drella erzählt, ich habe ihm erklärt, dass er beim morgendlichen Stuhlgang aufpassen soll. Er sagte: »Ich zucke nicht. Mein Blut ist verdünnt durch Medizin.«

Ich durchgeistere die Nacht auf dem Weg zu meinem Viertel. Der Mond steht wie eine runde Wolke am Himmel. Die Drecksmänner meiden mich, ich habe den giftigen Blick. Ich habe Kugeln im Magazin der Beretta. Soll ihnen schwindlig werden, sollen sie in die Hölle fallen. Ich heule jeden Kerl an, der sich mir nähert. Die Kerle werden denken: »Diese Hündin ist nicht rollig, sie ruft das Rudel.« Sie werden denken: »Die Hündin geht auf zwei Beinen, doch sie wittert, als sei sie kein Mensch ...« Ich bin ein Rammsporn aus Fleisch. Ich bin das kalte raue Weib, das nicht nach Veilchenvotze duftet. MÄNNERMORDE, BEGANGEN VON FRAUEN DES TERRORS. KEIN ERBARMEN. NICHT MEHR WARTEN, BIS SICH EIN SPALT IM BODEN AUFTUT, BIS EINE GROSSE DICKE ZUNGE HERAUSSCHNELLT, UM SIE IN DIE TIEFE ZU FEGEN. EINE GEZÄHMTE FRAU IST DIE WÖLFIN, DIE DAS RUDEL VERLÄSST. Ich werde das Buch der Rache und der Mobilmachung, an dem ich arbeite, zu Ende schreiben. Die Slowakin schützt die Brut, so wie ich meine Worte und meine Schrift schütze.

Ich brenne, ich fresse das Gesindel aus dem Weg, ich pralle gegen die Plastiktüten eines Obdachlosen, er staunt über meine Heftigkeit, er dankt für den Eindollarschein, den ich ihm in die Tüte stopfe. Sein Hunger ist echt, mein

Hass ist echt, vom dreckigen Pinsel des Albinos Drella tropfen Lügen. Ich glühe, ich bin hundert Hasse, ich bin keine Frau, die man vergisst, sobald sie verschwindet. Ich fliehe die Rattenschwärme auf den Straßen, ich fliehe zu Sarah, die mich empfängt wie ein heimgekehrtes Haustier. Sie hat die Leiter unter dem Eisenhaken an der Decke aufgestellt. Was hat sie vor? Sie sagt fast flüsternd: »Es kostet dich nichts, mich zu lieben.« Es ist nicht die Stunde für Liebesschwüre. Muss ich sie jedes Mal für Unterkunft und Essen unterhalten? Die Stricher, die Tunten, die Parasiten in den Galerien: Sie verschaffen sich etwas Liebe und etwas Hitze beim Drogendealer. Es ist zu spät, um Sarah mit Geständnissen zu verstören. Ich streichele ihr Haar, Papas gute Tochter beugt den Kopf, ich streichele ihren Nacken.

Ich bin hart geworden, ich bin gehärtet, ich bin der falsche Umgang für dieses nette schöne Mädchen.

Sie fragt mich, ob ich wirklich wollte, dass man kleine Jungen hinrichtet. Sie fragt, ob ich damals meinen Sohn dem Henker übergeben hätte.

»Keine Ausnahmen«, sage ich.

»Ich glaube es dir nicht«, sagt sie.

»Man predigt uns, ein weiches Herz zu haben, Sarah. Wir werden weich. Die Männer nutzen unsere Schwäche aus, wir werden alt. Dann liegen wir im Grab und vermodern. Wir haben nichts davon, auf das kleine Glück zu setzen.«

»Also bin ich feige?«

»Das weiß ich nicht«, sage ich, »willst du neue Gardinen aufhängen?«

»Wieso? … Nein.«

»Die Leiter steht mitten im Zimmer. Spielst du mit mir?«

»Ich habe daran gedacht, mich umzubringen«, sagt sie,

»ich meine es nicht ernst. Ich spiele allein, weil du nicht mit mir spielen willst.«

»Was schwebt dir vor?«, rufe ich. »Dass wir beide auf die Leiter steigen? Dass wir uns Händchen haltend fallen lassen? Das ist widerlich.«

»Ich habe nicht einmal ein Seil im Haus.«

»Spiel nicht mit mir«, sage ich laut.

Sie steht auf, schultert die Klappleiter, stellt sie in die Abstellkammer. Ich höre sie in der Küche auf und ab gehen, sie stößt sich an einer Kante und schreit vor Schmerz kurz auf. Ich bleibe sitzen. Ich starre auf den Eisenhaken. Wollte sie es wirklich tun, und verließ sie dann der Mut? Sarah ist melodramatisch, sie wird nicht sterben, ohne einen Abschiedsbrief zu hinterlassen. Hat sie ihn zerrissen? Ich bin mir sicher, dass sie ein kleines Stück aufführt, um mich fester an sich zu binden. Old York: Die Farben verblassen, die Menschen spielen. Bin ich die einzige Frau, die mehr als nur drei Spinnen geschluckt hat? Keine Dramen, keine Krisen, keine falschen Gedanken.

Sie reicht mir ein Glas eisgekühlte Limonade, ich trinke das halbe Glas leer und hole tief Luft. Es tut gut, an nichts zu denken. Sarah erzählt von einer Frau, die den Finger in Cognac tunkt und ihrem quengelnden Säugling zum Nuckeln hinhält. Ist sie eine schlechte Mutter? Die Minute, in der ich nur trank und mein leerer Kopf vor Reinheit glühte, ist verstrichen. Jetzt denke ich: Spielen Sarah und ich in ihrem Wohnzimmer Familie? Ich denke: Schläft der Säugling schnell ein?

Die Tür fliegt krachend auf, Sarahs volles Glas zerschellt auf dem Boden. Die Scherben blinken wie Edelsteine. Chuck wankt herein. Sein Gehilfe ist ein schmalärschiger

Mulatte mit roten Augen. Sie stehen da wie zwei Geräte in elektrischer Ekstase. Chuck ist gekommen, um mir den Daumen zu brechen. Er zeigt auf mich und sagt: »Dreißig Dollar.«

»Du bekommst dein Geld«, sage ich.

»Ich bin die Verstärkung«, sagt der Mulatte, »hörst du nicht auf ihn, hörst du auf mich.«

»Wer ist der dumme Junge?«, sage ich zu Chuck.

»Er tut Menschen gerne weh.«

»Du hast meine Tür eingetreten«, ruft Sarah, »ein neues Schloss kostet mehr als dreißig Dollar.«

»Ihr seid verkehrt herum«, sagt Chuck, »und wir drehen euch um. Gleich hier. Also, wir machen das so: Wir öffnen die Hose, ihr geht auf die Knie. Das gibt einen kleinen Aufschub.«

»Bist du dir sicher?«, flüstere ich.

»Ich verstehe dich schlecht.«

»Ob du dir sicher bist?«

Er dreht sich lachend zum Mulatten um. Das Glas trifft ihn voll an der Schläfe, er brüllt wie ein Ochse, ich schnelle hoch, schlage mit dem Knauf der Beretta auf den Kopf des Gehilfen. Sie bleiben auf den Beinen, sie zittern, sie jammern, keine Ekstase mehr, die Drogen in ihrem Blut peitschen die Angst, peitschen den Trübsinn. Sie sind erschüttert, sie wollten sich mit zwei Frauen vergnügen, sie wollten unsere Münder benutzen, um später vor anderen Kerlen mit dieser Heldentat zu protzen, aber jetzt ist Schluss mit der Lust, ich habe sie erledigt.

Sarah fällt mir in den Arm, als ich zu einem weiteren Schlag aushole. Sie laufen weg, Sarah macht hinter ihnen sauber. DER GERUCH NACH FLEISCHABFÄLLEN

HÄNGT IN DER LUFT. Es hat gestunken, als sie hier waren, und es stinkt, nachdem sie geflohen sind. Sarah telefoniert mit dem Hausverwalter. Die eingetretene Tür hängt schief in den Angeln. Soll ich mich entschuldigen? Ich verschulde mich immer mehr bei ihr. Soll ich ihr danken? Ich sage: »Du bekommst wegen mir Ärger.«

»Ja, das stimmt«, sagt sie und lächelt.

»Was ist lustig daran?«

»Mit einem fliegenden Limonadenglas hat er nicht gerechnet.«

»Ich habe ihn überrascht«, sage ich.

»Wird er wiederkommen?«

»Das wird er bestimmt.«

»Ich kann nicht umziehen«, sagt sie, »und du bist selten da. Vielleicht passt er mich auch im Treppenhaus ab. Wenn er den Jungen mitnimmt, habe ich keine Chance.«

Ich kann sie schlecht trösten, ohne zu lügen. Chuck verschmerzt die Demütigung nicht: Er wurde von einer Frau besiegt. Er ist der Herr der Stricher und der Schuldeneintreiber, der Tunten und Transen. Er verkauft Hormonpillen und Drogen aller Art und Farben. Chemische Beseelung, dosierter Wahn, Temperaturstürze.

Seine Kunden sind geschwätzig, und sie lieben Gerüchte. Chuck wird mich hart treffen wollen, um sein Gesicht zu wahren. Ich erzähle Sarah von meinem Philosophielehrer, der von der Ungunst der Zustände sprach. Sie ist aufgebracht, ich langweile sie mit alten Geschichten, sie geht zu Bett. Ich folge ihr. Kein Bettgeflüster. Keine Liebe. Ich liege und lausche der Nacht. Schattengewächse an der Decke, sie wandern und verbleichen. Sarah träumt und zittert, ich berühre sie am Arm, sie beruhigt sich. Ungunst: klebriges

Wort. Möglichkeit: klares Wort. Ich bin nicht schadhaft, sie wollen es mir einreden. Die Schatten verschwimmen.

Ich öffne die Augen: Die Decke ist voller Licht. Später Morgen. Ich kleide mich an. Der Tisch steht mitten im Wohnzimmer, ich greife zum Zettel. Sarah schreibt: »Ich habe den Tisch vor die Tür gerückt. Ich hatte Angst, dich zu wecken, doch du hast tief und fest geschlafen. Jetzt gehe ich zur Arbeit. Schlag die Tür hinter dir zu. Es wird schon niemand einbrechen. Ich besorge einen Wein für heute Abend. Du wirst kommen, ja?«

Ich schneide vier Scheiben vom harten Käse und verlasse das Haus. Die Kerle starren mich an: Ich trage einen Lammfellmantel und einen Rollkragenpullover, ich trotze der Hitze. Was geht es sie an? Ich fresse den Dreck von meinem Weg. Union Square West, Nummer 33. Mit dem Aufzug hoch ins Dachgeschoss. Ich klingele, ich klopfe. Eine junge Tunte mit verschmierter Wimperntusche lässt mich ein. Wo ist Andy Warhol? Andy geht um diese Zeit immer einkaufen, er findet immer ein schönes Stück, er hat immer Glück. Ich würde gerne auf den Jungen einschlagen, ich beherrsche mich. Ich kündige meinen Besuch am späten Nachmittag an. Draußen sehe ich hoch zu den Baumkronen, hoch zu den obersten Fensterreihen, ich sehe nichts, was mich erstaunt, und nichts, was mich erschreckt. Eisern werden. Der Kaffee vom Libanesen schmeckt wie heiße Cola, er hat ungefragt den Kaffee gezuckert, ich trinke ihn trotzdem. Ich streiche durch die Straßen, ich bin auf der Hut: Der Stricherkönig Chuck könnte mich anfallen. Ich bleibe wachsam. Der Dreck ödet mich an, die Geschäfte öden mich an. Kein alter Mann auf der Parkbank. Keine Hippies in den Nebeln der Seligkeit, ich kehre zurück. Ich warte, ich warte nicht lange. Dort: Drella. Dort: Drella und ein hüftknickender Homo. Albino Drella sagt: »Valerie, du bist zu warm angezogen.«

»Ich fühle mich wohl«, sage ich.

»Du willst mit mir sprechen? Dabei ist doch alles geklärt.«

»Ich habe eine Idee.«

»Wirklich? Ich habe schrecklich viel zu tun.«

»Fünf Minuten«, sage ich, »mehr brauche ich nicht.«

»Versprichst du es mir?«, sagt er.

»Du hast mein Wort.«

Im Aufzug drückt er sich gegen die Wand: zu viele Körper in der Enge, zu viel Nähe. Er mustert mich. Es verwirrt ihn, dass ich mich geschminkt habe. Ich will ihn nicht beeindrucken. Seinem Begleiter missfällt, dass ich die Papiertüte leicht schwenke. Wenn er mich anredet, schlage ich ihn nieder, vor den Augen des Albinos, dem er imponieren möchte. Der Aufzug hält im fünften Stock. Sie lassen mir den Vortritt. Kerle mit feinem Benehmen. GALANTER DRECK. Bei Drellas Anblick springen die Tunten vor Freude auf. Er erzählt von seinem Einkaufsbummel, sie sind begeistert. Er füttert sie mit Geistlosigkeit. Ich warte, ich warte nicht lange. Ich greife in die Tüte, ich ziele mit der 32er Beretta auf den Kerl, der mich bestiehlt, ich drücke ab. Der Rückstoß reißt mir den Arm hoch, ich habe ihn verfehlt. Ich drücke ab. EXEKUTION DES SCHÄBIGEN SCHULDIGEN MANNES. Er versteckt sich unter dem Tisch. Ich gehe zu ihm, ich sage leise: »Du bist wertlos.« Ich ziele, ich treffe ihn in den Bauch. Dann drehe ich mich um und schieße auf den Kerl, der in seiner Zeitschrift Hymnen auf Drella anstimmt. Er rennt verwundet in die Dunkelkammer. Ich ziele auf den Homosekretär, er bettelt, er schreit, seine

Stimme überschlägt sich. Keine Ekstase. Keine Lustschreie. Ich lasse von ihm ab, er ist wertloser als der Mann, für den er arbeitet. Ich stelle die Papiertüte auf den Tisch. Darin wird man finden: meine Reservewaffe, den Revolver, Kaliber 22, mein Adressbuch, eine Monatsbinde. Werden es die Kerle verstehen? WIR BLUTEN JEDEN MONAT. SIE BLUTEN, WENN SIE STERBEN. Ich fahre mit dem Aufzug nach unten, trete auf die Straße, die Hand an der heißen Waffe in der Manteltasche. Vier Schüsse, zwei Männer. Eine Frau.

Feridun Zaimoglu
Leyla
Roman
Band 17621

Feridun Zaimoglu wirft den Blick zurück auf das Land der Vorväter, in eine anatolische Kleinstadt in den fünfziger Jahren. Hier wächst Leyla als jüngstes von fünf Geschwistern auf, im engen Kreis der Familie und der Nachbarschaft, und hegt einen großen Wunsch: Sie will dieser Welt entkommen.

»Ein wahres, schönes, fremdes, großes Familienbuch.«
Frankfurter Allgemeine Sonntagszeitung

»Feridun Zaimoglu ist eben ein großer Sprachen- und damit auch Sprachweltenerfinder. Das ist beglückend.«
Süddeutsche Zeitung

Fischer Taschenbuch Verlag

fi 17621 / 1

Feridun Zaimoglu
Liebesbrand
Roman
Band 18350

Am Anfang ist es fast zu Ende: Das Leben von David droht bei einem Busunglück zu verlöschen. Doch er wird gerettet und begegnet einer engelsgleichen Erscheinung. Eine junge schöne Frau übernimmt die Erstversorgung und verschwindet. Fortan ist der Erzähler in Liebe entflammt und macht sich auf die Suche.

Ausgezeichnet mit der CORINE 2008
(Belletristikpreis des Zeit-Verlags)

»Pure Leidenschaft. Feridun Zaimoglu ist ein deutschsprachiger Romancier, der mit diesem Buch endgültig zur Spitze gehört.«
Hajo Steinert, Die Welt

»So frisch und sprachgewaltig,
als hätte es noch nie einen Liebesroman gegeben.«
Denis Scheck, ARD

Fischer Taschenbuch Verlag

fi 18350 / 1

Feridun Zaimoglu
Evangelio
Ein Luther-Roman

4. Mai 1521 bis 1. März 1522: Martin Luther hält sich auf der Wartburg auf. Gänzlich unfreiwillig, denn er ist auf Geheiß des Kurfürsten von Sachsen in Gewahrsam genommen worden. Dort sieht er sich größten Anfechtungen ausgesetzt, vollbringt aber auch sein größtes Werk: In nur zehn Wochen übersetzt er das Neue Testament ins Deutsche.
Mit klingender Sprache, erstaunlichem Kenntnisreichtum und dramatischer Zuspitzung erzählt Feridun Zaimoglu von einem großen Deutschen, einer Zeit im Umbruch und der Macht und Ohnmacht des Glaubens.

»Potzdonner!, das ist ein tolles Buch.« *Radio Vatikan*

352 Seiten, broschiert

Weitere Informationen finden Sie auf
www.fischerverlage.de

AZ 596-70246/1